"사랑한다. 평평한 지구"

PART 1. 비전문가 임광혁이 소개하는 지구 모델에 관한 내용들

PART 2. 작가 김국일이 말하는 거짓과 진실에 관한 내용들

성순 출판사

이 책을 펴는 순간
당신의 상식은 로켓 비행선의 속도로 파괴된다.
안전벨트를 매셨는가~?

– PART 1 –

사명대사 (泗溟大師, 1544 년 10 월 17 일 ~ 1610 년 8 월 26 일)
안중근 (安重根, 1879 년 9 월 2 일 ~ 1910 년 3 월 26 일)

대한민국 사람이라면, 위의 두 인물을 모르는 이는 흔치 않을 것이다.
작자의 피 속에는 두 위인의 DNA 가 미약하게나마 흐르고 있는데
이 책을 손에 든 대부분의 독자들 또한 그러할 것이라고
믿어 의심치 않는다.

조선을 그리고 대한제국을 위기에서 구하기 위해 큰 역할을 하신
두 인물이 있었기에 자유로운 이 대한민국에서 작자는
이렇게 글을 쓸 수 있는 영광을 누릴 수 있었다.

인간에게 있어서 가장 큰 위협인 두려움이라는 존재를 떨쳐버릴 수
있는 용기를 주신 두 분께 감사의 마음을 가지며
이 책을 바치는 것으로 작자에 대한 소개를 마치고자 한다.

목차

4. 둥근 지구모델에서 추가 설명이 필요한 부분들~!

당부의 말

의식 및 사고의 수준과 폭을 조금이라도 높이고 그리고 조금이라도 더 넓히기 위해 지면을 할애하여야 함에도 불구하고, 이 아까운 한 페이지의 종이를 더 소비하면서까지 반드시 당부 드리고 싶은 말씀이 있다. 깊은 고민 끝에 결정한 작자의 이러한 노파심을 이해하여 주기 바란다.

작자는 사실 얼마나 많은 그리고 얼마나 다양한 독자들이 이 책을 읽게 될지 쉽게 예상할 수가 없다. 또한, 그들이 이 책을 읽은 뒤에 어떠한 반응을 보일지도 잘 모르겠다. 하지만, 독자들께서 이 책을 읽어 나아가기에 앞서 반드시 지켜주었으면 하는 바램이 있다. 만약, 이 글을 읽고 있는 독자 당신이 정규 교육과정을 받고 있는 중이라면, 이 책을 반드시 우리 인간의 사고 속에서 자유롭게 떠올릴 수 있는 하나의 상상 소설 정도로만 받아들여 주기를 바란다. 그리고 만약 그러한 마음의 준비가 되어있지를 않다면 그리고 작자와의 이 약속을 지킬 자신이 없다면,

정규교육을 마치기 전까지는 이 책을 잠시 놓아주기 바란다.

교육계에 혹시라도 발생할 수 있을지 모르는 어떠한 자그마한 혼란들, 그리고 의무 교육을 받고 있는 학생들에게 생길지도 모르는 어떠한 혼동들, 이러한 모든 것들은 이 책을 쓰게 된 동기와는 전혀 어울리지 않는다. 지금 받고 있는 정규 교육과정을 충실히 이행하고, 충분한 과학 지식을 먼저 습득한 상태여야만 이 책에서 다루는 내용들에 대해서 날카로운 비판과 분별력을 가질 수 있다는 점을 강조하고 싶다. 만약 이곳에서 말하는 내용을 어떠한 비판도 없이 그대로 받아들인다면, 즉 편향된 사고를 가진다는 것은 이 책이 지향하는 바와는 전혀 맞지가 않는 것이기 때문이다. 이 책을 통해서 말하는 많은 내용의 것들이 모두 진실이라고 결코 주장할 수가 없으며, 독자들로 하여금 정확한 판단을 각자 스스로 해보게 하는 것이 이 책의 목적임을 이해하여 주기 바란다.

그렇게 하기 위해서는 지금 정규 교육과정을 통해서 얻고 있는 지식들에 대한 충분한 이해가 반드시 선행되어져야만 함을 다시 한번 강조하며, 독자 여러분들께 드리는 당부의 말씀을 마무리 하도록 하겠다.

이 책의 1부에 내놓는 대부분의 이야기는 여러분이 잘 알고 있는 **turn off your tv** 라는 유튜브 채널에서 **lunar Lim**이라는 아이디로 활동하면서 남겼던 답변들을 기본으로 하여 쓴 것이다. 여러 궁금증을 갖고 질문을 하는 방문자들에게 그리고 진실을 알리겠다고 혼자서 고군분투하는 김국일 작가에게 조금이나마 도움이 될까 하여, 작자가 아는 범위 내에서 답변 글을 남기는 등 작은 노력을 해보았으나, 어떠한 순수하지 않은 의도를 가지고 대응하는 이들로 인해서, 진정으로 진실을 알아나가고자 하거나 폭넓은 사고를 원하는 이들이 혼동을 겪게 되는 모습을 보고, 깊은 고민 끝에 이것을 책으로 알려야겠다는 결심을 하였으며, 지금은 너무나도 친한 친구가 된 김국일 작가와 그 뜻이 크게 통하여 이 **"사랑한다. 평평한 지구"**라는 책을 출간하는 영광을 얻게 된 것이다.

상세한 설명을 위해 사진을 많이 삽입하는 방향으로 진행 하였으나, 많은 부족함이 있을 것이다. 깊은 이해를 위해서 동영상보다 더 좋은 선생은 없을 것이기에 신뢰성 높은 자료를 각자 스스로 찾아보기 바란다.

고급형 1쇄 출간 시, 주변의 조언을 받아들여 작자의 **이름 임광혁**을 책에 밝히지 못하는 바람에 양해를 부탁한 부분이 있다. 하지만, 그것을 밝힐 날이 이렇게 빨리 올 줄은 몰랐다. 독자 여러분들께 감사 드린다.

머리말

불과 백 년 남짓 되는 과거로부터 현재에 이르기까지, 그동안 우리는 학교 또는 여러 교육기관 등을 통해 지구본을 보면서 둥근 지구 모델에 대해서 많은 지식을 쌓아온 것이 사실이다. 그리고 이미 상식을 넘어 마치 진실 또는 진리처럼 되어버린 것들에 대해 부정하거나 조금이라도 의문을 가지면 주변으로부터 교육을 제대로 받지 못한 바보 취급을 받거나 비정상적이라고 외면당하는 상황 또한 쉽게 부정할 수 없다. 또한 이러한 상황을 한 번쯤은 경험한 이들이 적지 않을 것이다. 특히 이 책의 제목에 눈길이 이끌리고 손길이 가는 바람에, 지금 작자와 마주서서 과거의 경험을 공유하는 이들 이라면 더더욱 말이다. 당시에 여러분은 그 힘든 상황을 무엇으로 어떻게 그리고 누구와 함께 극복해 낼 수 있었는가~? 혹시라도 주변의 따가운 시선과 어떠한 두려움 때문에, 마치 어떠한 의심도 없이 아무렇지도 않은 듯이 둥근 지구모델을 너무나도 당연하게 받아들이도록 스스로 나 자신에게 강요한 것은 아닌가~? 지구과학이나 천문학을 배우면서 또는 그러한 대단히 거창하고 어려운 것처럼 느껴지는 학문을 모두 떠나서, 자연에 나타나는 현상을 직접 눈으로 보고 몸으로 느끼면서 최소한 하나 정도는 이해가 되지 않는 현상이 있어 그것에 대해 분명히 큰 답답함을 느꼈을 것임에도 불구하고 말이다.

그 큰 답답함을 해소하기 위해 하늘을 쳐다보고 긴 숨을 내쉬며 잠시라도 사색의 시간을 가졌을 동지들을 위해 작자 또한 큰 숨을 한번 내뿜고 이 글을 쓰기 시작하였다.

둥근 지구모델이 자연계에서 관측되는 모든 것을 다 설명할 수 있는 것인지, 혹시 평평한 지구모델이 오히려 더 타당한 것은 아닌지 그 가능성에 대해서 같이 한번 고민해보고자 하는 취지로 시작을 한 것이다.

10

천문학에 관해서 어떠한 관련 교육도 받지 않은 이들에게, 거대한 우주를 엄청난 속도로 떠다니는 둥근 지구모델의 지구와, 어떠한 작은 미동조차도 느낄 수 없는 평평한 지구모델의 지구를 제시하였을 때, 우리는 과연 어떠한 반응을 얻어낼 수 있을까~? 혹시라도 평평한 지구모델에 대한 선호도가 더 높게 나올 수도 있지 않을까~? 설사 그렇다 하더라도, 관련된 지식의 부족함을 이유로 그것을 약점 삼아 그들의 의견과 답변은 일고의 가치가 없는 것이라고 치부되며 무참히 짓밟혀지고 그냥 버려질 확률은 매우 높은 것이다. 지금까지도 그렇지 않았는가~! 물론 앞으로도 당분간은 그렇게 될 확률이 매우 높다.

– 여기서 당분간이라는 단어를 강조하고 싶다. –

그렇다. 절대 멈춰져야 할 일인 것이다.

불과, 몇백 년 전 아니 지금까지도 많은 철학자들과 과학자들 그리고 전공지식을 배우지 않은 일반인들조차도 천동설 또는 지동설에 대한 각자의 의견을 가지고, 어떠한 내용이 보다 더 진실에 가까운 것인지를 파악하기 위해 많은 실험들을 하고 있으며, 그것에 대한 증거 및 근거를 서로 제시하고 격한 토론을 해가면서 서로의 주장이 옳다는 것을 알리기 위해 서로 노력 해오고 있다. 이러한 모든 행위는 우리에게 주어진 자유이다. 그 어떠한 제도나 교육으로도 결코 제한되어서는 안 되는 영역인 것이다.

감히 그 어느 누가 이러한 진실추구를 위한 실험과 이론 제시와 정보 공유 등을 위한 행위를 막을 수가 있다는 것인가~!

이러한 진실 추구를 향한 각자의 노력 등을 통해서만이 사회는 진정한 발전을 할 수가 있으며, 대자연의 식물 그리고 동물과는 다른 만물의 영장인 우리 인류에게는 그러한 숙명이 주어진 것이다.

이 글을 쓰기에는 정말 많은 고민이 있었다. 그중에서도 가장 큰 걱정은 혹시라도 현 학교 교육에 미약하게나마 어떠한 혼란을 일으키는 것은 아닌가 하는 우려에서이다. 비록 작자가 천문학과는 전혀 관계가 없는 비전문가이기도 하고, 더군다나 극히 극소수만이 이러한 비전문가의 이야기를 관심 있게 들어줄 것이라고 예상이 되기는 하나, 솔직히 어떠한 신경도 전혀 안 쓰며 안심하고 이 글을 시작할 수는 없었기 때문이다.

그런데 여기서 한가지 짚고 넘어갈 것이 있다.

우리가 학교에서 많은 양의 지식을 교육이라는 이름 하에 열심히 습득하여야 하는 이유는 무엇인가~? 단지 묵묵하게 열심히 공부해서 좋은 대학을 졸업하고 대기업에 취직하여, 그곳에서 많은 돈을 벌고 재산을 축적하는 것이 과연 교육의 최종목적인 것인가~? 물론, 그것이 모두 틀렸다거나 전혀 의미가 없는 것이라고 말할 수는 없다. 하지만, 최소한 그렇게 생각하지 않는 사람도 많다는 점은 분명히 존중해줘야 하는 부분이다.

학교 교육을 받는 많은 이유들 중 단지 돈과 명예만을 좇는 세속적인 것이 전부가 아니라, 진실과 관련된 문제를 최소한 한번쯤은 깊이 성찰해보고, 그러한 진실들을 계속적으로 추구하고 찾아 나아가고자 하는 것이 궁극적으로 교육이 지향하는 바가 아니겠는가~? 더 나아가 이러한 진실을 추구하고자 하는 의지에 훌륭한 인성이 더해졌을 때만이 이 시대의 사회발전에 조금이나마 도움을 줄 수 있는 각자의 역할이 가능하여질 것이다. 진실추구가 없는 인성은 그 의미가 크게 퇴색될 것인 만큼 이러한 진실 관련된 문제는 매우 소중하게 그리고 신중하게 다루어져야 하는 부분인 것이다.

작자는 이러한 생각을 하였기에 비록 너무나도 부족한 깜냥을 지녔음을 앎에도 불구하고 이 책을 쓸 수 있는 용기를 얻게 된 것이다.

지금까지 두 세 페이지 남짓 되는 글을 읽어오면서, 작자가 진정 무엇을 말하고자 이렇듯 감히 교육의 목적까지 거론해가며 거창하고 장황하게 글을 쓰려고 하는지 이해해주는 독자가 적지 않았으면 하는 바램이 있다. 이미 누구나 다 알고 있을 법한 내용을 가지고 강조한 부분에 대해서, 만약 지루했다면 양해를 구하며 다음의 내용을 마지막으로 이 글을 시작하게 된 취지에 대한 설명은 슬슬 마무리하고 본론으로 들어가도록 하겠다.

이 책을 손에 든 이들 중 많은 독자들은 이미 지구모델과 관련된 내용이 단지 빅뱅이론과 같은 천문학이나 지구과학에만 국한된 문제가 아니라는 것 정도는 알고 있으리라 생각한다. 비록 매우 긴 역사를 가진 것은 아니지만, 우리는 빅뱅이라는 이론을 통해서 우주의 기원에 대해서 많이 접근해왔다고 생각해왔고, 작자 또한 빅뱅의 이론 그리고 둥근 지구모델에 대해서 항상 관심 있게 지켜보아 온 것이 사실이다. 관련 분야의 전공 여부를 떠나서 해당 내용은 인류의 기원, 인류 탄생의 이유, 그리고 삶의 목적과 같은 철학적인 문제와도 깊은 연관이 되어있는 내용이기 때문이다.

우주가 과연 어떻게 시작된 것인가에 대한 연구, 창조론과 진화론에 관한 깊은 고민, 천동설과 지동설에 관한 다양한 의견의 고찰 등과 더불어 지구 모델을 정확히 알아나가는 것이 진실과 큰 관련이 있다는 것은 두말할 나위 없으며, 인간이 누구에 의해서 왜 태어난 것인지 그리고 무엇을 위해서 어떻게 살아가야 하는 것인지 등과 같은 철학적인 문제와도 깊은 연관이 있는 것이다~!

이러한 출판의 기회를 통하여 많은 사람들로 하여금 의식 및 사고의 폭과 수준을 조금이라도 더 넓히고 높이는 데에 조금이나마 도움이 되고자 하는 취지에서 과감하게 뛰어든 것인 만큼, 이 책의 내용이 많은 사람들에게 작지 않은 의미로 다가가기를 작자는 진심으로 바란다.

1. 지구모델 분석을 위한 기초지식들~!

　복잡한 수식과 이론에 친숙한 천문과학자들이나 관련 분야의 전문가가 아닌 일반인이라 할지라도 지구가 둥근 모양을 하고 있는지 평평한 모양을 하고 있는지는 어렵지 않게 증명 및 관찰할 수가 있다. 이에 앞서 현재 둥근 지구모델에서 말하는 지구의 운동 및 수치를 우리는 먼저 파악해 볼 필요가 있다. 그 내용은 둥근 지구모델이 과연 사실인지 아닌지를 역으로 증명해줄 수 있는 좋은 참고자료가 되기 때문이다.

　그럼 이제 우리 함께 둥근 지구모델과 평평한 지구모델의 진실을 확인하는 여정을 떠나보도록 하자.

1-1. 둥근 지구모델의 기본수치에 관하여

　현대 우주 과학자나 천체 물리학자들은 대략 140 억 년 전에 발생한 빅뱅으로 인해 우주가 생성 되었으며, 지구의 나이는 약 46 억 년 정도 된 것으로 추정을 하고 있다. 또한, 빅뱅의 팽창이론을 근거로 다음과 같은 주장을 하고 있다.

- 북극성은 지구로부터 대략 1,938 조마일에서(대략 320 광년) 2,604 조마일(대략 430 광년) 떨어진 위치 사이 중간 어디 즈음에 존재하고 있다고 한다. (666 조마일의 차이는 명확하게 밝히지 못하고 있다.)
- 지구는 저 멀리 북극성에 일치하는 축을 중심으로 한 시간에 15 도씩 자전하고 있으며, 지구 둘레를 고려할 때에 적도지방의 각속도는 대략 1,660km/h 로 운동을 하고 있다고 한다.
- 태양을 중심으로 지구는 67,000mph(107,200kph)로 공전하고 있다고 한다.
- 밀키웨이, 즉 우리 은하수 중심으로 태양계는 500,000mph(800,000 kph)로 나선형 회전운동을 하고 있다고 한다.

- 우주전체가 670,000,000mph(1,072,000,000kph)로 확장되고 있다고
한다.

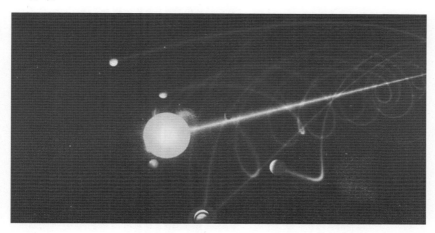

　지구는 이러한 움직임을 하는 데에도 대기권 또한 같이 자전을 하고
있기 때문에 인간은 이러한 것을 전혀 느끼지 못하고 있다고 한다.
사실 이러한 운동을 함에도 불구하고 수백 년 전에 선조들께서 만들어
놓으신 해시계와 달시계가 분 단위까지도 정확하게 맞는다는 점은 일반
적으로 이해하기가 힘든 부분이긴 하다.

　특히 아래의 내용을 통해서 태양과 지구간의 거리는 오랜 시간이
지나옴에 따라서 그 주장하는 바가 변해왔음을 알 수가 있는데 그 내용
은 다음과 같다.

　코페르니쿠스는 3,391,200마일, 케플러는 12,376,800마일, 벤자민
마틴은 82,000,000마일, 토마스딜워스는 93,726,900마일, 존힌드는
95,298,260마일, 벤자민구드는 96,000,000마일, 크리스챤메이어는
104,000,000마일로 각각 계산을 하였으며, 현재에는 일단 다음과 같은
거리로 정해진 상황이다.

- 태양 지름 : 1,392,000km (865,000 마일)
- 태양 둘레 : 4,366,813km (2,713,406 마일)

- 지구 지름 : 12,700km (8,000 마일)
- 지구 둘레 : 40,000km (25,000 마일)
- 달 지름 : 3,476km (2,172 마일)
- 달 둘레 : 10,915km (6,822 마일)
- 태양 지구간의 거리 : 1 억 5 천만 km (93,750,000 마일)
- 달 지구간의 거리 : 382,240km (238,900 마일)
- 빛 속도 : 30 만 km/s (1,080,000,000kph = 675,000,000mph)
- 1 마일 ≈ 1.6km / 12 인치 = 1 피트 / 1 피트 = 0.3048m / 1 인치 = 0.0254m

1-2. 원근법에 관하여

지구 모델을 분석함에 있어서 관찰자로부터 실제 사물의 거리가 멀어짐에 따라, 그것이 우리 눈에는 어떻게 보여지는지에 대한 지각 및 인식은 매우 중요하다.

다음의 그림들이 보여주는 바와 같이 우리 관찰자로부터 사물이 멀어짐에 따라 눈 아래에 위치하는 사물들은 관찰자 눈의 위치로 점점 올라가며, 눈 위에 위치하는 사물들은 관찰자 눈의 위치로 점점 내려오는 현상을 우리는 주변에서 쉽게 접할 수 있다. 즉, 원근법이라는 일종의 착시현상을 우리는 항상 맞이하고 있는 것이다.

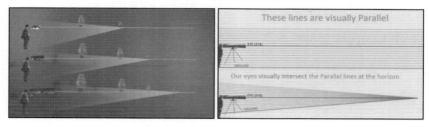

또한, 사람의 시력에는 한계가 있기에 저 멀리 보이는 배니싱 포인트, 즉 소실점은 거의 정해져 있으며, 망원경 등을 통해서 그 소실점을 점점 멀리까지 연장시킴으로써 저 멀리 있는 사물을 마치 가까이에 위치해 있는 것처럼 당겨서 보는 것이 가능하다는 것도 우리는 잘 안다.

이 내용은 우리가 지구모델을 분석하기 위해 필요한 아주 기초적이고 중요한 내용이지만, 실제적으로 많이 간과되어져온 것이 사실이다. 자세한 내용은 뒤에서 더 언급하도록 하겠다.

1-3. 나사에서 말하는 둥근 지구모델의 구조에 관하여

나사의 주장에 따르면 둥근 지구모델의 모양이 원이라고 처음에는 주장하였다가, 시간이 지나서 양극간의 거리 즉, 세로축의 지름이 적도를 말하는 가로축 지름보다 약간 더 짧은, 옆으로 볼록한 타원이라 하였고, 현재는 적도 밑부분이 적도 윗부분보다는 더 큰 모양 즉, 호리병 또는 조롱박 (닐 타이슨의 경우에는 지금의 지구 모양을 PEAR SHAPE 이라고 이야기하기도 한다.) 모양이라고 주장을 하고 있다.

앞으로 추가적으로 어떻게 모양이 바뀔지는 관심을 가지고 더 지켜봐야 할 것 같다. 또한, 나사가 둥근 지구모델의 실제 사진이라고 하면서 홈페이지에 올린 내용을 보도록 하자. 비교 사진에 보이는 바와 같이 대륙이나 바다의 크기나 모양 그리고 색깔들이 조금씩 계속 변하는 모양을 하고 있다. 그 신뢰성 여부에 관한 많은 의문에 대해 분명 명확

18

한 설명이 필요해 보인다. 그리고 설명과는 다르게 조롱박 모양도 그렇다고 타원형의 모양도 아닌 완벽한 둥근 원의 모습을 띠는 것에 대해서는 북반구지름과 남반구지름의 크기 차이가 매우 작기 때문에 사진으로 보기에는 원으로 보인다고 이야기를 하고 있다. 이 부분에 대해서 명확한 설명을 못하고 있는 모순점이 있으며, 그것에 대해서는 뒤에서 추가적으로 언급하도록 하겠다.

다음의 사진 같은 경우에는 나사에서 올린 사진의 일부분을 확대한 사진이다. 사진을 보는 순간 바로 인지하였겠지만, 곳곳에 구름의 모양이 완벽히 일치하는 현상을 볼 수 있다. 우리가 아는 자연계의 현상으로 이것이 어떻게 설명이 가능한 것인지에 대해서는 충분히 고민을 하거나 그 신뢰성에 대해서 합리적인 의문을 가질 필요가 있는 것이다.

지금까지, 우리가 그동안 학교에서 여러 책이나 자료를 통해서 배우고 익혀 온 둥근 지구모델의 특징들과 자연계에서 볼 수 있는 아주 기초적인 원근법이라는 현상에 대해서 간단히 살펴보았다.

다시 한번 말하지만, 일반 과학자들이 주장하는 둥근 지구모델의 기초적인 내용과 비록 추가설명이 더 필요한 의문스러운 부분이 존재하기는 하나, 상기와 같은 내용만 기본적으로 알고 있어도 지구모델을 분석하는데 큰 어려움은 없다.

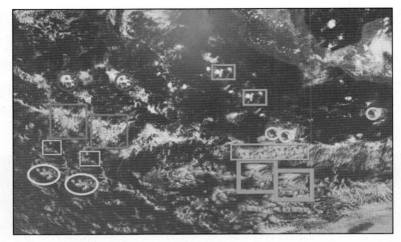

　꼭 천재적인 과학자나 전문가들의 설명을 들어야만 하고, 복잡하고 쉽지 않은 수식을 적용하여야만 정확한 지구모델을 예측하고 검증하는 것이 가능할 것이라는 생각에는 분명히 부족함이 존재한다. 일반인 누구나 기초적인 수식과 자연계에서 보이는 현상에 대한 정확한 관측만으로도 어느 모델이 더 타당한지 우리는 쉽게 알 수가 있는 것이다.

2. 평평한 지구모델의 구조에 관하여~!

　그동안 우리가 흔히 듣고 배워왔던 둥근 지구모델과는 달리, 지구는 실제로 평평한 지평을 가진 모습을 하고 있다는 주장에 대해서 어떻게 생각하는가~? 곧바로 다음과 같은 답을 내놓으려는 이들이 많을 것이다. 이미 과거의 많은 사람들이 지구가 평평하게 생겼다면 바닷물이 모두 밑으로 흘러내릴 것이라고 주장하였으나, 그러한 현상은 그 어떠한 곳에서도 찾아볼 수가 없으니 그것은 터무니없는 소리에 불과하며, 관련된 논란은 이미 모두 끝난 것이라고 말이다. 하지만, 여기서 말하는 평평한 지구모델은 지금껏 우리가 들어왔던 내용과는 사뭇 다르다.

　남극은 북극점처럼 한 극점이 아니고 5 대양 6 대주를 빙 둘러싸고 있는 얼음빙벽으로 이루어진 모양이고, 태양과 달은 그 평평한 땅과 바다 위를 원으로 회전하는 모습을 갖춘 것이라는 내용으로, 요즈음 이러한 주장에 대해서 동조하는 이들은 전세계에서 폭발적으로 늘어나고 있다. 과학기술이 발전함에 따라 우주선을 통해 찍은 지구 사진 등을 근거로 둥근 지구모델은 거의 불변의 진실이라고 확실히 결정되는 듯하였으나, 역설적이게도 그러한 사진들을 통해서 그동안 수면 아래로 가라앉아 있었던 지구 평면설에 대한 논란이 다시 수면 위로 부상한 것이다.

　그 사진들은 모두 조작된 것이라는 많은 증거들이 쏟아져 나오면서 오히려 평평한 지구모델이 보다 타당하다고 주장되고 있는 상황이며, 그러한 주장을 뒷받침하는 지구 모양으로는 바로 정거방위도법 지도라던가 많은 국제기구가 사용하는 마크 또는 깃발을 예로 들 수가 있다.

또한, 현재 위치에서 북쪽 정반대가 남쪽, 그리고 3 시 방향이 항상 동쪽이고, 9 시 방향이 서쪽을 가리키는 것으로 볼 수 있다는 것이다. 결국, 3 시 방향으로 계속해서 따라가다 보면 또 하나의 원이 되는 것이며, 그게 바로 동쪽이고 동쪽으로 계속 가다 보면 다시 현 위치에 도달하게 된다는 주장이다.

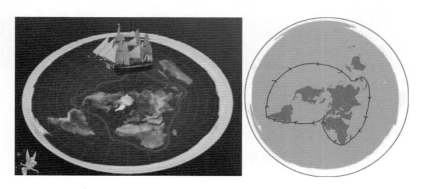

콜롬버스의 경우에 세계 일주를 통해서 지구가 구체의 모양을 하고 있다고 주장을 하였는데, 지구가 이렇게 원의 모양을 갖추고 있다고 하여도 세계 일주 여행은 가능한 것이다. 실제로, 우리가 흔히 보는 UN 깃발이나 세계 여러 기관에서 사용하는 깃발을 보면 그것에 대해 대략적으로 이해를 할 수가 있을 것이다.

또한, 태양이 8 십 6 만 마일이라는 지름의 크기를 자랑하며 9 천 3 백만 마일이라는 거리만큼 멀리 떨어져 있다고 지금까지 알려진 바와는 달리, 불과 땅으로부터 대략 5,000km 의 고도에서 대략 50km 정도의 그리 크지 않은 지름을 하고 있는 존재로 추정을 하고 있다고 한다. 그 높이에서 마치 스포트라이트처럼 땅을 비추며 1 시간에 15 도씩 회전을 하기에, 우리가 지금처럼 천천히 다가오는 아침과 천천히 저물어가는 저녁을 만끽할 수가 있다는 것이다.

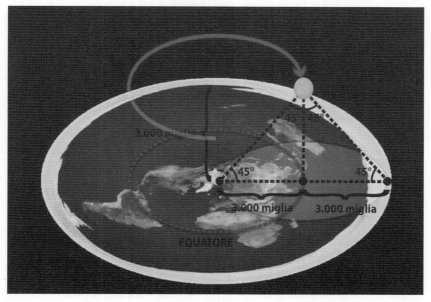

만약, 지구가 구체라면 오히려 태양이 지구 저편으로 넘어가는 순간 곧바로 어둠이 찾아와야 하며, 태양이 이쪽으로 넘어오는 순간 어둠은 곧바로 밝음으로 변하게 될 것이라는 주장인 것이며, 이는 곧 너무나도

멋지고 아름다운 여명과 황혼을 우리가 즐길 수 없게 된다는 것이다. 실제로 이러한 내용들을 보충할 만한 증거들은 많다. 그 내용들을 잠시 살펴보도록 하자. 구름 위에 보이는 태양빛이 마치 어느 한 지점을 집중적으로 스포트라이트 비추는 것과 같은 모양을 보이는 사진이라던 가, 구름을 통과하여 그 밑으로 바다나 대륙에 비춰지는 태양빛의 각도를 보여주는 사진 등은 오히려 태양이 지구로부터 수천만마일이나 떨어져 있을 수 없다는 사실을 역으로 증명한다는 것이다.

그렇다면 먼저, 구름 밑으로 보이는 현상에 대해서 살펴보도록 하자.

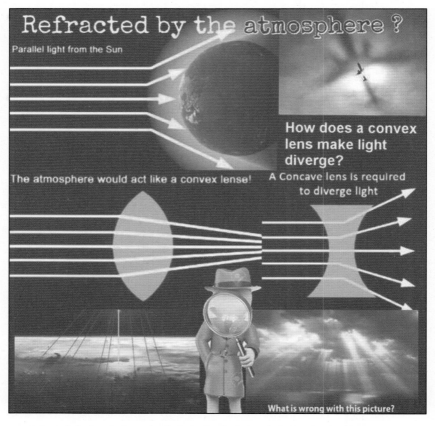

만약, 태양이 실제로 수천만마일 떨어져 있다면 저 먼 거리로부터 온 태양빛이 구름을 통과하여 투영되는 경우라 할지라도 서로 수평하게

24

바다나 대륙에 비추어지는 모양을 하는 것이 오히려 더 상식적일 것은 아닐까~? 구멍을 여러 개 뚫은 큰 판지 위에 전등을 가까이하거나 멀리 하였을 때에 그 판지 밑으로 형성되는 빛의 각도는 어떻게 될까~? (많은 전문가들이 대기에 존재하는 수분이 지구 구체의 모양을 따라 분포되어 있기에 저러한 굴절된 모습을 보이는 것이라고 하는데, 한쪽은 볼록하고 다른 한쪽은 오목한 곡률을 가진 렌즈에 직선의 빛을 통과시켰을 때에 과연 어떠한 현상이 발생하는지는 직접 실험을 해보기 바란다.)

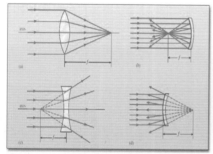 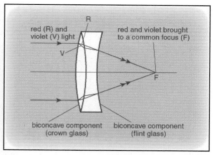

다음으로 구름 위로 보이는 현상을 살펴보도록 하자.

지구 구체의 반절 정도를 동시에 모두 비추던지, 그렇지 않으면 적어도 수백 또는 수천 킬로미터에 달하는 태양빛이 투영된 원모양의 핫 스팟이 우리 눈에 보여져야 하는 것이 더 상식적이라는 생각이 들지 않는가~? 만약, 태양이 지구로부터 엄청난 거리에 떨어져 있다면, 사진과 같이 저렇게 작고 뚜렷한 핫 스팟은 결코 구름 위에 보여질 수가 없을 것이다. 이에 대한 상상은 독자 여러분들에게 맡기도록 하겠다.

참고로, 평평한 지구모델에서 달과 해의 크기는 둘 다 모두 32 마일, 즉 51km 정도의 지름을 가지는 크기를 하고 있다고 주장하고 있는데, 이것은 육분의와 평면삼각법을 사용하여 큰 어려움 없이 계산이 가능한 부분이다.

나사는 달이 지구의 회전과 반대로 회전하며 완벽하게 일치를 이루기 때문에 우리는 결코 달의 뒷면을 볼 수가 없다고 주장한다. 그러한 논리를 근거로, 달이 정말 구체라면 북극과 남극에서 그리고 적도에서 보는 달의 모습은 많이 달라야 하지 않을까~? 단지 위상에만 차이가 나는 것이 아니라 말이다. 이러한 의문에 대해서 독자들의 의견은 어떠한지 궁금하다.

평평한 지구모델에서는 태양과 달이 구체모양을 한 항성 및 행성이 아니라 원반형의 형상을 가진 어떤 개체라고 주장한다. 또한, 많은 이들이 북반구와 남반구에서 달의 상이 서로 거꾸로 보이는 것을 이유로 지구와 달이 모두 구체라고 주장을 하지만, 이는 평평한 지구모델에서도 설명이 가능하며, 오히려 이 모델에서 더 설득력이 있다는 것으로 주장하는 이가 많다.

예를 들어, 달은 평평한 원반 모양으로 되어있고 그 중심을 축으로 시계방향으로 회전운동을 하고 있으며, 보름달을 찍는 위치 및 시간에 따라 단지 그 상이 다르게 보인다는 것이다. 실제로 그러한 사진이 많은 사람들에게 찍힌다는 것은 바로 그것을 증명하는 것 아닐까~? 세계 여러 곳에서 360 도의 다양한 기울기를 가진 달의 사진이 찍히는 것이 결국 그것을 말해주는 것일 수도 있는 것이다.

(이 책의 뒤에서 추가적으로 설명하겠지만, 태양의 흑점이라고 불리우는 지점도 시계방향으로 계속 회전하는 모습을 보이며, 이를 찍은 사진이나 동영상 등은 많이 존재한다. 관련된 자료는 인터넷이나 여러 사진 자료 등을 통해서 어렵지 않게 찾을 수가 있을 것이다.)

또한, 우리는 사진과 같이 태양의 양쪽에 고리나 무리 모양의 빛나는 점이 만들어지는 대기현상 즉 환일이라고 불리는 것을 가끔 볼 수가 있다. 전문가들에 의하면 이는 고도가 높고 온도가 낮은 권운에 육각판 상의 빙정이나 낮은 고도에서 날리는 빙정에 의해 일어난다고 한다. 그런데 이는 좀 더 깊게 조사할 필요가 있다. 더운 여름 한낮에 하늘에 펼쳐지는 환일에 대해서는 설득력이 좀 부족해 보이기 때문이다. 작자 또한 천문학에 관심이 있어서인지 하늘을 자주 쳐다보게 되는데, 실제로 여름 대낮의 하늘에서 무지개가 해를 중심으로 둥그렇게 자리 잡고 있는 것을 본 경험이 꽤 된다. 독자들 중에도 그러한 광경을 직접 목격하거나, 사진으로 찍어둔 경우가 있을 것이라고 생각된다. 평평한 지구 모델에서는 이러한 현상이 나타나는 것을 투명한 크리스탈과 같은 돔이 땅을 둘러싸고 있고, 그것에 태양빛이 반사되어 나타나는 현상이라고 추정하고 있다.

앞에서 설명한 바와 같이, 남극은 북극과는 다르게 하나의 남극점이 존재하는 것이 아니라, 사진과 같이 얼음대륙이 주변을 빙 둘러싸고 있으며, 그 위를 돔이 덮고 있다는 것이다. 물론, 그것에 대한 증거는 많다. 남극대륙이 남극점을 중심으로 한 대륙이라면 그 둘레를 따라 탐험하는 시간이 예상보다 너무 많이 걸린다는 점이다. 자세한 내용은 뒤에서 더 다루도록 하겠으니 지금은 이쯤에서 마무리 하도록 하겠다.

지금까지 우리는 해당 소주제를 통해서, 약 200년 전 이후부터 지금까지 교육 등을 통해서 배워왔던 둥근 지구모델과는 다른 평평한 지구모델의 구조에 대해서 간략히 살펴보았다.

지구가 둥근 구체의 형태를 지닌 것이 아니라 원반 모양을 하고 있다는 점, 얼음빙벽으로 덮여있는 거대한 대륙이 그 주변을 빙 둘러싸고 있기에 바닷물이 밖으로 흘러나가지 않는다는 점, 하늘 위로는 크리스탈로 이루어진 거대한 돔이 거대한 땅을 감싸고 있다는 점 그리고 태양과 달은 그 평평한 대륙 위를 각자 시계방향으로 회전하고 있다는 점 등 많은 것들이 생소하며, 다소 충격적으로 다가오는 독자들이 적지 않을 것이다.

 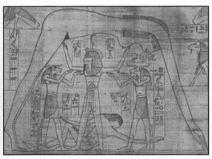

하지만, 우리가 흔히 보는 지구본의 지도를 평평하게 직사각형의 틀에 맞춰서 그린 세계지도를 사용하지 않고, 원반 모양 위에 지도를 그린 것은 단순한 편리함 때문만이 아닐 수도 있다는 의심으로 그러한 충격은 잠시 접어두기를 바란다.

앞으로 이 책에서 보여주는 많은 증거와 합리적 추론들을 통해, 상기와 같은 내용들이 과연 어느 정도의 타당성을 갖고 있는지 같이 고민해보는 시간을 갖도록 할 것이며, 앞에서도 몇 번 언급한 바와 같이 많은 국제기구에서 사용하는 로고들과 고대의 우리 선조들이 지구의 모양이라고 그린 문헌들을 마지막으로 살펴보면서 이 소주제를 마무리하도록 하겠다.

3. 평평한 지구모델에 관한 증거들~!

3-1. 레이저 실험을 통해 본 현상은 우리에게 지구 곡률에 관해서 무엇을 말해주는가~?

우리 일반사람들의 시력이 만약 2.0 보다 훨씬 좋다면, 우리는 보다 더 먼 거리에 위치하고 있는 물체들을 보다 상세하게 볼 수 있을 것이다. 하지만 시력에는 분명히 한계가 있고, 물체가 멀어지면 멀어질수록 점점 작아지다가 결국 소실점에서 물체가 완전히 없어지는 현상이 발생하는 것은 앞에서 이미 설명하였다. 설사 아무리 성능 좋은 망원경을 사용하게 되더라도 이러한 현상을 피할 수는 없을 것이다. 그런데, 사물이 점점 멀어질수록 안 보이는 이유가 지구의 곡률로 인해서 사물이 점점 밑으로 가라앉기 때문에 그것이 안 보이는 것이라고만 주장하기에는 분명 한계가 있다. 사물을 관측하고 분석하는 데에 있어서 우리가 일상 생활에서 지각하고 있는 이러한 원근법과 같은 원리들을 반드시 반영해야 하는 것이다. 기술의 발전으로 성능이 좋은 줌인 기능을 갖춘 카메라 등이 등장하면서, 더 멀리까지도 내가 추적하고자 하는 배를 관찰하는 것이 가능해졌다. 어떠한 도구의 도움 없이 우리의 눈으로만 보았을 때에 그 배가 안 보이는 이유가 지구의 곡률로 인해 저 너머로 넘어간 것으로 생각되겠지만, 그 순간 그 배가 내 눈 앞에 카메라나 망원경 등을 통해서는 다시 나타나는 것이 가능하다는 것이다.

이러한 내용을 기본으로 해서 실험을 하나 해보도록 하자.

레이저를 실험 배의 일정 부분에다가 계속 쏘아보는 실험이다. 예를 들어, 실험 배 위에 하얀 큰 종이를 붙여놓고 항구에서 출발할 때부터 계속 한 점을 목표로 정해놓고 레이저를 계속 쏜다고 가정해보자.

여기서 지상의 레이저는 해수면에 평행하게 쏘아져야 하는 것이 가장 중요하다. 이와 같이 해수면으로부터 일정한 높이에서 그 해수면과 수평이 되게 레이저를 지상에 고정 설치하고, 그 레이저를 배를 향해 계속 쏘면서 사람 눈에는 안 보일 만큼 배를 점점 멀리 보내는 실험인 것이다.

결론부터 이야기하자면, 이 실험에서 레이저는 배가 출발할 때 쏘았던 부분, 즉 어떤 임의의 한 점을 계속 쏘고 있는 것이 밝혀졌으며, 이는 지구에 곡률이 없음을 증명하게 된 것이다. 만약 지구가 둥글어서 곡률이 있다면 배가 점점 멀어지면서 그 투사된 레이저 빛은 어떻게 되어야 하겠는가~? 그렇다. 점점 윗부분으로 올라가야 하는 것이 그동안 우리가 알고 있던 상식적인 추론일 것이다. 하지만 실상은 그렇지가 않았던 것이다. 투사된 레이저 빛은 저 멀리 배가 사라져서 눈에는 보이지 않는 거리에 위치하더라도, 출발할 때의 위치와 같은 위치의 지점을 계속 투영하고 있었으며, 이는 지구에 곡률이 없이 평평해야만 얻을 수 있는 결과인 것이다.

(물론 파도가 잔잔하여야 좋을 것이므로 매우 넓은 호수 등에서 실험을 하는 것이 좋을 것이다. 또는 움직임이 없는 지상에서 곡률이 발생할 만큼 먼 거리의 사물에 레이저를 쏘는 실험도 좋을 것이다.)

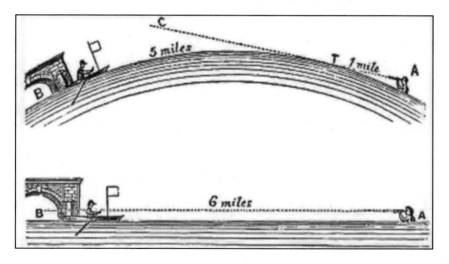

예전에는 매우 먼 거리까지 레이저 불빛이 도달하는 기술이 부족하였 겠지만, 기술의 발달로 인해 비록 눈에 보이지 않는 거리까지 멀어진

사물에도 레이저 불빛이 투사되는 것이 가능해지면서 이러한 테스트가 가능해진 것이다. 실제로 이와 관련된 실험을 한 단체들이 많이 있으며 그들이 동영상으로 올려놓은 자료들 또한 그 양이 적지 않으니, 인터넷 및 유튜브 채널 등의 각종 자료를 통해서 확인이 가능할 것이다.

(작자 또한, 이 책을 출판할 때 즈음 직접 실험한 자료를 올릴 계획을 가지고 있었으나, 그렇게까지는 여건이 허락되지 않아 책에 올리지 못한 점에 대해서는 양해를 구하고자 한다. 그러나 향후에 관련 영상이나 자료 등을 다른 루트를 통해서 공유하도록 하겠다.)

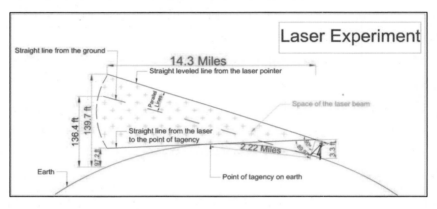

예전에 레이저의 기술이 발달되지 않았던, 단지 등대의 불빛을 바라보고 항해를 하던 시절에도 배가 항구로부터 어느 정도의 거리만큼 멀어짐에 따라 지구 곡률 때문에 등대의 불빛이 보이지 않아야 하는 것이 정상적인 것임에도 불구하고, 실상은 그렇지 않은 것에 대해서 많은 이들이 궁금해하였으며 또한 의문을 가졌던 것이 사실이다.

실제로 이러한 비정상적인 현상을 보고 지구에는 곡률이 없다는 것을 주장한 이들도 없었던 것은 아니며, 그것에 대해 의구심만을 품은 채 그대로 끝나 버리는 경우가 많았다. 사회에서 바보취급 및 교육을 못 받은 사람 취급을 받고 싶지 않으면 말이다. 또는 대기의 영향으로 인한 빛의 산란으로 그러한 것이 가능하다는 주장들을 들으면서 말이다. 하지만, 지금은 분명히 상황이 다르다. 많은 기술의 발전으로 인해 평평한 지구모델이 맞음을 증명할 수 있는 방법이 속출하고 있으며, 실제로 그것을 행하고 공유하고 있는 이들이 폭발적으로 늘어나고 있는 것이다.

3-2. 눈에 보이지 않는 곡률은 무엇을 말하는가~?

앞에서 살펴본 바와 같이, 지구의 둘레는 대략 25,000 마일이라고 하였기에 그 곡률을 고려한다면 1 제곱마일 멀어질 때마다 8inch 즉 0.2032m 의 비율로 하강이 발생하여야 한다. 하지만, 우리는 곡률에 따른 어떠한 하강도 도저히 찾아볼 수가 없다.

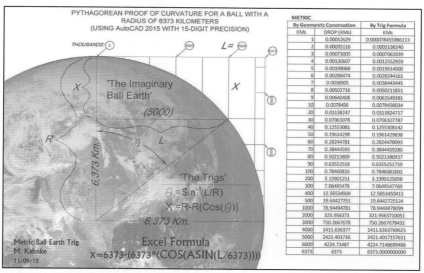

예를 들어, 어떤 배가 바다 위에서 6 마일의 거리를 진행한다고 생각해보자. (대략 9.6km 정도 되고, 10km 정도의 거리가 우리에게는 친숙하기에) 6 제곱마일은 6^2 을 의미하며, 결국 0.2032m 의 36 배에 해당하므로 7.3152m 만큼 하강이 발생하여야 하는 것이다. 하지만, 우리는 주변에서 10km 진행할 때마다 대략 7.8 미터의 하강이 발생하는 어떠한 경험도 할 수가 없다. 내가 직선 방향으로 나아가더라도, 그리고 가로방향으로 살펴보더라도 10km 의 거리 차이에 따라 조금이라도 발생하는 하강은 어떠한 자료에서도 그리고 현실에서도 볼 수가 없는 것이다.

여기에서, 바다에 가서 내 눈앞으로 곧게 뻗어있는 종방향과, 그것과는 수직하게 내 눈 양 옆으로 펼쳐지는 횡방향을 보는 경험을 한다고 생각해보자. 실제로도 그것은 큰 어려움 없이 쉽게 경험할 수 있는 것이다. 만약, 지구가 원통이 아닌 구체라면, 일반적인 사람의 눈의 기능 및 구조상 내 눈앞으로 곧게 뻗은 종방향으로 발생하는 곡률 대비 거의 두 배에 해당하는 곡률이 횡방향으로도 역시나 발생을 하여야 하는 것이다. 하지만 횡방향 즉 가로방향으로 발생하는 어떠한 곡률도 관측되지가 않는다. 배가 점점 멀어지면서 사라져 보이는 것이 지구곡률 때문에 그러한 것이라고 주장하는 현상과는 달리, 내 앞에서 저 멀리 가로로 지나가는 배들에는 어떠한 곡률도 없이 그리고 어떠한 배의 기울어짐도 없이 수평으로 곧게 항해를 하는 것이 관측되는 것이다. 과연 이것에 대해서는 어떻게 설명을 할 것인가~!

사람의 눈만으로는 관측이 불가한 정도의 먼 거리에 위치하고 있는 배를, 아무리 망원경 등을 사용하여 보더라도 우리는 어떠한 곡률도 그리고 어떠한 배의 기울어짐도 관측할 수가 없다.

또한, 많은 사람들이 비행기 여행 또는 조종 중에 지구의 곡률을 보았다고 증언하는 경우가 종종 있다. 하지만, 이것은 많은 로켓이 어안렌즈 등을 사용하여 사진이나 동영상을 찍는 바람에 마치 지구에 곡률이 있는 것 같은 착각을 불러일으키는 내용과 마찬가지라고 할 수

있다. 비행기의 창문 또한 항공기 자체의 모양에 따라 약간의 굴곡이 있기 때문에 그렇게 보일 수가 있는 것이다.

오히려, 항공기에서는 왼쪽 창문과 오른쪽 창문을 보았을 때에 항상 내 눈높이의 위치에서 양쪽방향으로 모두 수평선을 보는 것이 가능하다는 것이 특이하다 할 것이다. 이러한 현상 자체가 바로 지구에는 곡률이 없음을 증명해주는 하나의 좋은 예가 될 수 있는 것이다. 아무리 지구가 크다고 하더라도, 만약 구체라면 높은 고도에서 수평선은 내 눈높이보다는 아주 조금이라도 그 밑으로 형성이 되어야만 하는 것이기 때문이다. 참고로, 어안렌즈를 사용한 동영상이나 사진 등을 보면, 그것을 찍는 위치에 따라서 볼록한 모습을 보이는 경우와 오목한 모습을 보이는 경우가 반복적으로 나타난다는 것을 알 수가 있는데, 이는 곧 그러한 렌즈를 사용하는 것은 사물이나 지형의 진짜 모습을 왜곡시킨다는 것을 쉽게 알 수가 있다.

독자들은 다음의 그림들을 통해서 어떠한 왜곡도 없는 실사로 찍힌 사진을 골라 보기 바란다. 상공으로 출발하기 전 지상에서 찍힌 사진을 통해서 그 내용을 비교해 보면 답을 쉽게 찾을 수 있을 것이다. 또한, 어떠한 곡률도 발견할 수 없음을 같이 발견하게 될 것이다.

3-3. 항상 내 눈높이의 위치에서 형성되는 수평선 및 지평선은 무엇을 의미하는가~?

날씨가 맑은 날, 우리는 바닷가 저 멀리를 바라보며 많은 사색의 시간을 갖거나 또는 높은 산에 올라가서 저 멀리를 내다보며 대자연의 경관에 감탄을 하곤 한다. 그런데 대부분의 사람들이 크게 신경 쓰지 않고 보는 부분이 있다. 바로 수평선 및 지평선의 위치이다. 우리는 항상 내 눈높이의 위치에서 형성되는 거대한 가로선을 목격하게 된다.

키가 큰 어른은 키가 큰 대로, 키가 작은 아이는 키가 작은 대로, 각자의 눈높이 위치에서 모든 사물과 지형이 가로방향의 선으로 수렴되어 형성이 되는 것이다. 만약, 충분히 높은 고도가 아니어서 산으로는 부족하다고 생각된다면 비행기를 생각해보자. 비행기를 타고 가면서 창밖을 보더라도 지평선 또는 수평선은 항상 내 눈의 위치에서 펼쳐지게 된다는 것이다. 하지만, 이러한 현상에 대해서 대부분의 사람들이 간과하는 부분이 있음을 작자는 말하고 싶다.

만약, 지구가 구체라면 높이 올라가면 갈수록 수평선 또는 지평선은 반드시 아주 조금이라도 각자 내 눈의 위치보다는 아래에 형성이 되어야 할 것이다. 그러나 수평선 또는 지평선을 바라보기 위해 약간이라도 아래를 내려다보는 어떠한 행위 및 노력도 우리는 하지 않는다. 즉, 아무리 높은 곳에 올라가더라도 반드시 우리 눈의 위치에서 소실점이 발생을 하게 되는데, 결국 그것의 연결점들이 바로 수평선 또는 지평선으로 보이는 것이다.

이것이 바로 지구가 곡률을 가진 구체가 아님을 말해줄 수가 있다. 다시 한번 강조하지만, 지구가 만약 구체라면 고도가 높아짐에 따라 그 가로선들은 반드시 내 눈보다 점점 낮은 위치에서 형성이 돼야만 하는 것이다.

3-4. 바다 수면 위를 직선으로 비추는 태양빛이나 달빛은 무엇을 말하는가~?

태양빛이 수면을 통해 비치는 것을 우리는 흔히 볼 수 있다. 마치 비가 오는 날 길거리에서 차량의 불빛이 길게 늘어선 모습처럼 말이다. 만약에 지구가 구체라면 과연 태양의 반사된 빛이 저 멀리 수평선으로 부터 바다의 수면 위를 통해 나에게 그렇게 곧고 길게 뻗은 모습을 보 여줄 수 있을까~? 그렇다, 빛이 중간에 끊기거나 직선이 아닌 곡선의 모양을 하는 것이 더 합리적인 추론임을 우리는 쉽게 생각해 볼 수가 있는 것이다.

3-5. 교량이나 철로 그리고 운하 건설 시 지구의 곡률이 고려되지 않는 것은 무엇을 말하는가~?

학교에서 이론적으로 배운 것과는 달리, 어떠한 건축관계자도 교량이 나 철도 또는 운하를 건설할 경우에 지구 곡률을 생각하고 설계하거나 건축을 한다고 증언하는 경우는 없다고 한다. 단, 지역마다 각각 다른 고도가 발생할 경우에만 약간씩의 경사가 발생되게 건설을 할 뿐, 어떠한 경우에도 곡률을 고려하지는 않는다는 것이다. 세계 곳곳의 100 마일 이상 수평으로 뻗어있는 수많은 건설물들, 특히 지역마다 약간씩의 고도차이가 발생하는 대륙과는 달리 수평면이 유지되는 바다

위 운하 건설의 경우를 보면, 우리는 그 증언의 내용을 쉽게 찾아볼 수가 있다.

현재까지 세계에서 가장 긴 다리라고 알려진 단양–쿤산 간 102.4마일 (164.8km)에 해당하는 대교를 사진을 통해서 보고 있다.(앞 왼쪽) 이제는 익숙해진 것처럼 그 곡률을 계산해보도록 하자. 비록 직선거리가 다리의 총 거리보다는 짧겠지만, 일단 다리의 총 거리로 계산을 해보도록 하겠다. 앞에서 잠시 배운 바를 상기하면, 곡률은 1제곱마일당 8inch 즉 0.2032m의 하강이 발생하게 된다. 거리가 102.4마일이니 그것의 제곱은 102.4*102.4=10485.76 이 나온다. 즉 10485.76배만큼 곡률이 생겨야 하므로 그것을 계산해보면 0.2032*10485.76=2130.7m 정도가 된다. 대략 2km 정도의 곡률이 발생해야 하는 것이다. 여러분은 저 사진을 통해서 그 곡률을 관측할 수가 있는가~? 우리는 어떠한 곡률도 찾아볼 수가 없으며, 눈에 보이는 그대로가 바로 모든 진실을 말해준다.

또한 거리가 점점 멀어짐에 따라 지구의 곡률로 인해 수평선 건너편으로 넘어가면서, 모든 건축물 등은 뒤쪽으로 점점 기울어지는 모습을 보여야 할 것이다. 왜냐하면 그 곡률에 맞게 수직으로 건설되었을 것이

기 때문이다. 그러나 어떠한 사진 자료에서도 우리는 그런 모습을 볼 수가 없다. 그렇다면, 결국 수많은 건축물은 모두 나를 중심으로 수직으로 세워졌다는 이야기인 것인가~? 이와 비슷한 맥락으로, 잠수함의 잠망경이나 해안가의 등대는 안타깝게도 매우 유용하지 못하였을 것이다. 곡률 때문에 그리 멀지 않은 거리의 물체만 식별이 가능하였을 것이기 때문이다.

3-6. 자전하고 있는 지구에서 자이로스코프의 움직임은 무엇을 말하는가~?

우리가 잘 아는 바와 같이, 자이로스코프라는 장치는 로터가 회전을 하는 한 외부에서 어떠한 움직임을 주어도 원래의 그 위치를 유지하려는 성질을 가지고 있다.

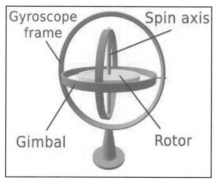

예를 들어, 팽이가 회전을 하고 있는 한 외부에서 어떠한 움직임을 가해도 잠시 흔들림을 보일 뿐 곧바로 원래의 수평의 위치를 유지하려는 성질과도 비슷한 것이며 그러한 원리를 이용해 만든 장치라고 생각하면 이해하기가 쉬울 것이다.

이러한 자이로스코프의 원리를 생각해서, 로터를 회전시킨 뒤에 외부에서 약간의 움직임을 가해보도록 하자. 자이로스코프는 바로 그 외부의 힘에 대해 반응을 하며 곧바로 수평을 유지하려고 할 것이다.

　　이번에는 지상의 고정된 자리에 가만히 놓아보도록 하자. 이 때에 자이로스코프는 어떠한 움직임을 보일 것으로 예상되는가~? 그렇다. 고정된 자리에서 외부로부터 어떠한 힘도 받지 않는 한 자이로스코프의 로터는 계속 회전만 하지 회전축이나 짐벌 그리고 가장 외부에 위치한 프레임 등 어느 곳에서도 움직임이 발생하지를 않는다.

　　과학자들의 이야기에 따르면, 지구가 공전과 자전을 하기 때문에 비록 우리가 느끼지는 못하지만, 지구에는 아주 미세한 흔들림이 항상 존재한다고 한다. 만약 그렇다면, 로터가 자전하는 한 자이로스코프는 그 어떠한 미세한 움직임에 계속적으로 반응을 하여야 한다. 그런데 실상은 그렇지 않은 것이다. 외부의 움직임에 대해 수평을 유지하기 위해 항상 반응을 하여야 하지만, 우리는 지상의 고정된 어느 장소에서도 외부의 힘이 가해지지 않는 한 자이로스코프가 움직임을 보여주는 현상을 볼 수가 없는 것이다. 이는 지구가 자전이나 공전 등의 운동을 하지 않고 어떠한 움직임도 없이 고요하다는 것이며, 이러한 운동이 없는 지구가 구체라는 모양을 하고 있다는 가설은 현대 과학에서 주장하는 바를 근거로 하였을 때에 곧바로 역설적인 이야기가 된다.

　　어떠한 이는, 자이로스코프를 만든 물질도 오래전부터 지구와 같이 계속 운동을 해왔기 때문에 그러한 상태에서 만든 이 장치 또한, 그 미세한 움직임에 반응이 없는 것이라는 웃지 못할 주장을 하기도 한다. 그렇다면, 지구의 자전 속도와는 다르게 오랫동안 우주유영을 하였다고 주장하는 우주인들이 지구에 복귀하였을 때에는 어떻게 그 차이를 쉽게 느끼지 못하는 것일까~? 인간의 몸은 회전과 같은 운동에 매우 민감하기에 그러한 차이를 곧바로 알아차리게 될 텐데, 이러한 운동에 의해서 발생하는 어지러움 등의 내용을 작자는 그 어디에서도 보지 못하였다.

3-7. 항상 수평을 유지하려는 물은 무엇을 말하는가~?

물은 항상 수평을 유지하려고 하는 성질을 가지고 있음을 우리는
주변에서 쉽게 볼 수가 있다. 둥근 지구모델의 이론대로라면, 구체의
모양을 한 지구가 중력으로 물을 잡아당기고 있기 때문에, 물 또한
곡률을 보이고 있다고 주장을 한다. 하지만, 지상의 그 어느 곳에서도
곡률의 형태를 하고 있는 물은 볼 수가 없는 것이다.

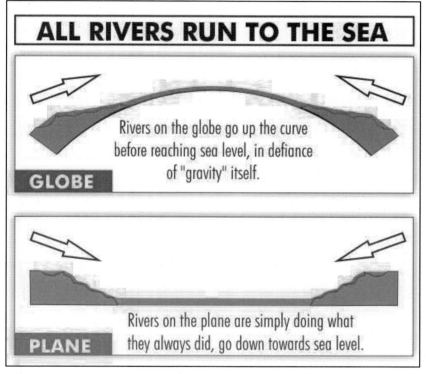

물은 항상 높은 곳에서 낮은 곳으로 흐르는 것을 우리는 잘 알고 있
다. 만약, 지구가 구체라면 위의 그림에서 보는 바와 같이 바다로 흘러
들어가는 물을 보면서, 마치 높은 고도에서 낮은 고도로 거꾸로 역류
하는 신기한 모습을 보는 것이 가능해야 할 것이다. 중력이 이 모든
것을 적절하게 잡아주고 있다는 것이 상상이 되는가~? 물은 항상 낮은

곳으로 흐를 뿐이며, 항상 수평을 유지하려는 성질을 지니고 있을 뿐이다.

여기서 간단한 실험을 하나 해보도록 하자.

지구의 적도는 지금 1,600km/h 로 각속도 운동을 하고 있음을 쉽게 계산할 수 있는데, 한 원통에 물을 넣고 돌려보는, 즉 자전을 시켜보는 실험이다. 그렇다, 우리는 원심력에 의해서 물이 바깥쪽으로 벌어지면서 수면이 높아지게 됨을 굳이 실험을 하지 않아도 많은 경험을 통해 쉽게 알 수 있다. 둥근 지구모델에 의하면, 적도지방의 모든 사물은 지축과 수직으로 서있는 것이기 때문에, 원통에서 돌아가는 물처럼 모든 사물은 회전의 수직 방향으로 모두 날아가려고 할 것이다. 하지만, 그 벗어나려는 힘을 중력이 잡고 있기 때문에 적도 부근의 물은 그대로 수평을 유지할 수가 있다고 주장을 하는 과학자들이 많으니 우리도 그들의 말을 따라서 한번 가정을 해보자. 그리고 이때에 적도 부근이 아닌 북극이나 남극 부근에는 어떠한 현상이 발생을 하는지 생각해보도록 하자. 지구가 현재 시간당 15 도씩 자전을 하고 있다고, 그리고 적도지방의 중력보다는 극지방에서의 중력이 더 강하게 작용을 하고 있다고 우리는 그동안 배워왔다.(지축을 기준으로 수직인 가로방향의 길이보다 지축방향의 길이가 짧기 때문이라고 설명한다.) 만약 이것이 사실이라면, 적도에서의 각속도는 1,600km/h 의 속도로 돌지만, 극지방에서의 각속도는 거의 0 에 가깝다는 것은 쉽게 알 수 있다. 즉, 단순히 제자리에서 회전운동만을 하게 되는 것이다. 그것도 시간당 15 도의 각도에 달하는 매우 조용한 움직임으로 말이다.

그런데, 극지방에서의 바닷물은 과연 어떠한 모양을 하고 있는가~? 적도지방보다 더 큰 중력이 작용을 하고 있고, 원심력에 의해서 바닷물이 우주로 벗어나가려는 성질 또한 작지만, 그 극지방에서의 바다 모습은 적도지방에서의 바다 모습과 별반 다르지 않다는 것을 우리는 이미 잘 알고 있다. 여기에 극지방에 서식하는 생태계는 또 어떠한가~? 상대적으로 원심력이 작을 것이기에 다른 어느 곳보다도 큰 중력을 받

44

아서 생활하기가 힘들다거나, 그곳의 바다에 서식하는 바다생물들에게만 존재하는 어떤 특이점이 발견되는가~?

그렇지 않다는 것 또한 역시 우리는 잘 알고 있다.

이것에 대해 우리는 어떻게 이해를 하여야 하는가~! 잠시 동안만이라도, 훌륭한 선생님과 과학자들의 말을 잘 듣는 착한 학생에서 벗어나, 우리 각자가 스스로 고민하고, 추론해보고 그리고 실험까지도 해보아야 하는 내용인 것이다.

3-8. 남극대륙의 둘레 길이를 통해 과연 어떠한 규모의 대륙을 추정할 수 있는가~?

둥근 지구모델에 의하면, 남극대륙은 남위 78 도에서 90 도에 이르기까지 밑부분을 덮고 있는 얼음대륙으로 알려져 있다. 또한, 그 둘레를 예측해보면 12,000 마일을 넘어서는 안 되는 것이다. 하지만 많은 남극 탐험가들이 남극을 항행하는 데에는 3~4 년이 걸렸으며, 50,000~60,000 마일 즉 적도의 둘레 25,000 마일의 2~2.5 배에 해당하는 거리를 항해하였다는 사실이 존재를 한다. 이것은 구체지구보다는 평평한

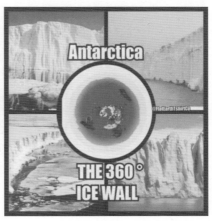

지구를 설명하는 데에 보다 더 적합한 검증 내용이 되는 것이 아닐까~?
다음은 실제 남극대륙에서 촬영한 사진이라고 알려진 내용을 보여준다.
수십 수백 미터의 높이에 해당하는 얼음대륙이 바다 위에 광활하게
펼쳐진 모습을 볼 수가 있는데, 이러한 거대한 얼음대륙이 바다주변을
빙 둘러싸고 있는 것으로 평평한 지구모델에서는 주장을 한다.

3-9. 남반구에 위치한 나라간의 비행항로는 왜 남극이 아닌 북극을 경유하는가~?

비행기를 자주 이용하거나 비행항로에 대해서 많은 관심을 가진
이들은 전 세계의 비행경로가 위와 같이 복잡한 모양을 띠는 것을 잘
알고 있다.

또한, 저 수많은 루트를 지구본 위에 그려보면 대부분의 항로가 북극을 경유하고 있다는 것도 잘 알고 있다. 그런데 재미난 점은 북극 대비하여 남극에는 항로가 극히 적다는 것이다. 특히 남극을 관통하는 항로는 존재하지 않는다. 관계자들의 설명에 따르면, 남극의 온도가 지나치게 낮아서 또는 위급상황 발생시 긴급 착륙이 불가능하다는 이유로, 남반구에 위치한 나라간에는 남극을 관통하는 항로의 개통이 이루어지지 않는 것이라고 한다. 예를 들어 남극을 관통하는 호주-칠레간 비행항로가 없는 것처럼 말이다.

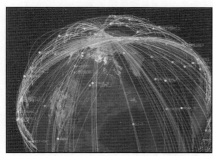 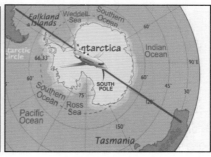

그런데 설사 그렇다 하더라도, 최소한의 연료 사용을 위해서는 남극대륙 근처, 즉 남태평양 위를 비행하는 항로의 개설이 그나마 합리적일 것이라는 것은 누구나 쉽게 생각할 수 있을 것이다. 하지만, 대부분의 항공기들은 남반구를 출발하여 적도를 지나 북반구에 위치한 나라들이나 북극 주변을 통과 한 후 다시 적도를 지나 남반구로 돌아오는 것처럼 보이는 항로를 형성한다. 이는 과연 어떻게 설명이 되어야 하는가~? 물론, 남반구 나라간의 비행기 여행자가 부족하고, 비행경로 중간 지점인 북반구에서 추가적인 주유를 하기 위해서 경로가 그렇게 설정되었다고는 하나, 논스톱 항공기에 대해서는 어떻게 설명을 할 것인가~? 실제로 논스톤 항공기 또한 거의 없지만 말이다.

이러한 고민들은 정거방위도법을 통해 그린 지도상에서 그 비행경로를 파악해보면 훨씬 더 설득력이 있음을 우리는 쉽게 발견할 수가 있다. 다음의 지도에서 둥근 지구모델에서 보여주는 바와 같이 호주를 출발하여 북미를 경유한 후에 다시 칠레로 도착하는 경로를 평평한 지구모델에 대입시켜보자. 그렇다. 거의 직선의 형태, 즉 연료소모가 가장 적은 최소거리의 비행 항로를 보여준다. 더 이상의 자세한 설명은 굳이 필요가 없을 것이다.

이와 같이, 평평한 지구모델에 대한 자료들이나 또는 그것을 증명한 내용들이 유튜브나 인터넷 등을 통해 폭발적으로 전파가 되고 있는 상황에서, 혹자 중에는 칠레-호주간의 논스톱 비행편이 생겼으며 그 항공기의 항로는 남태평양을 지나기에 비행 내내 남극대륙과 바다만이 보인다고 이야기를 하는 이들도 있는 것으로 안다. 여기에서 굳이 그것에 대해 상세히 다루지는 않겠으나, 이러한 주장은 거짓임을 밝힌 자료가 이미 많다.

또한, 그 두 나라간 비행항로의 실제 거리와 항공기의 최장 비행 가능거리 등을 비교해 가면서 정거방위도법지도를 근거로 그 위를 직선으로 논스톱 비행하는 것이 불가능하기에, 결국 평평한 지구모델은 절대 불가한 것이며 둥근 지구모델이 맞을 수밖에 없다고 주장하는 분들이 많은 것으로 안다. 하지만, 항공기에 따라 최대비행거리만 충분하다면 정거방위도법 지도상으로도 그 비행은 분명히 가능하다는 것을 말하고 싶다. 오히려, 둥근 지구모델을 근거로 하였을 때에 북반구와 남반구 간의 비슷한 거리를 비행하는 항공기의 비행시간이 왜 그렇게 큰 차이가 나는지 등에 대해서 해명을 해야 할 것이다. 또한, 호주-칠레

노선이 왜 남극 주변을 경유하는 루트가 없는지에 대해서도 분명한 해명이 필요한 것이다.

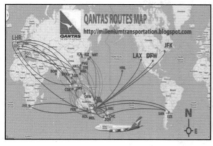 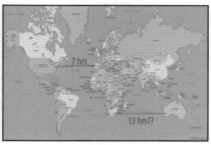

물론, 퀀터스 항공사에서 보여주는 비행루트만을 보면 항공기가 적도를 넘어 북반구를 경유하는 모습 없이 마치 남태평양 위 상공으로만 비행하는 것처럼 보인다. 그런데 이러한 항로의 정확한 내용을 증명하고자 어떤 이들은 실제로 나침반을 가지고 비행기에 탑승한 후, 그 비행 루트를 나침반을 통하여 계속 추적함으로써 그 루트가 거짓임을 증명하였다고 주장하는 이들도 있다. 이러한 것에 대한 해명 때문인지 남극 주변을 경유하는 비행경로를 보여주는 동영상 자료들이 있지만, 그것 역시 거짓임을 증명하는 자료가 많이 존재한다는 것을 다시 한번 말하도록 하겠다.

지금까지 해당 소주제를 통해 다룬 내용을 정리해보도록 하자.

이미 언급한 바와 같이 우리가 인터넷 등을 통해서 흔히 볼 수 있는 평평한 지구모델의 지도는 azimuthal equidistant map, 즉 정거방위도법으로 그린 지도이며, 주로 북극지방을 관통하는 항로를 사용할 때 많이 사용되는 지도 중의 하나이다. 예를 들어 우리가 파일럿이라고 가정해 보았을 때에, 비행 전, 후 브리핑 등을 하는데 둥근 모양의 지구본이라던가 그것의 모양을 평평하게 만든 지도를 사용하는 것보다는 훨씬 편리하고 직관적임을 알 수 있을 것이다. 이처럼 해당 지도는 비행을 위해서 국가간의 위치 등을 표시하거나 비행루트를 표시하는 데에 많이 사용되는데, 특히 대부분의 비행기 실제 항로가 이 지도상에서는 거의 모두 직선으로 그려지게 되는 특징을 우리는 확인할 수가 있는 것이다. 만약, 둥근 지구본상에 최단거리 항로를 그리고 그것을 평평한 지도로 펼쳐 놓는다면, 대부분의 항로는 직선이 아닌 원주를 따른 곡선이 그려지게 될 것이다. 그런데 실제 항로는 이 지도에서 직선으로 그려진다. 이러한 특징을 종합해 보았을 때, 이는 곧 단순히 항로를 보기 쉽도록 하는 편리를 위해서 해당 지도를 그린 것이 아니라, 정말 지구의 모양이 이러한 지도와 같을 수도 있다는 생각을 해 볼 수가 있는 것이다.

모든 합리적 판단 및 추론은 물론 독자 여러분의 몫이다.

마지막으로 다음의 내용을 소개하면서 이 소주제를 마무리하고자 한다. 모두 남반구에 위치하는 요하네스버그와 퍼쓰 사이를 비행하는 항로임에도 불구하고 중간에 북반구에 위치한 두바이를 경유하는 비상식적인 내용도, 지금까지 언급한 바와 같이 평평한 지구모델에서는 그 모든 설명이 역시나 명확해지는 것이다.

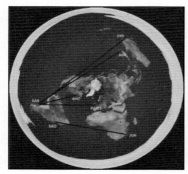 

3-10. 적도와 양극 간의 큰 환경의 차이는 무엇으로 설명이 되어야 하는가~?

앞에서도 언급한 태양과 지구간의 거리인 9천 3백만마일, 이는 태양의 지름인 8십 6만마일에 약 108배에 해당하는 거리이다. 즉 태양과 지구의 중간에 태양이 108개나 더 들어갈 수 있는 거리인 것이다. 또한 태양으로부터 엄청나게 떨어진 거리에 존재하는 이 지구의 온도는 태양의 영향을 받아서 형성되는 것이라고 한다. 만약 그렇다면, 무더운 여름 적도지방 아프리카에서의 온도와 그곳에서 불과 몇천마일밖에 떨어지지 않은 북극 및 남극에서의 온도가 어떻게 그렇게 큰 차이가 날 수 있을까~?

독자들 중 이것에 대해서 의심스러운 부분을 느끼는 이가 전혀 없는가~? 현재까지 알려진 거리인 93,750,000 (9천 3백만)마일을 날아온 열에너지가 어떻게 0.00004%의 거리에 해당하는 대략 4,000마일을 (이는 지구의 반지름에 해당한다.) 더 날아간다고 해서, 그렇게 큰 온도 차이를 보일 수가 있는 것인지에 대해서 사실 우리는 깊게 고민을 할 필요가 있다. 도대체 어떠한 현상으로 인해서 얼음으로 뒤덮인 양극의 온도가 적도지방에 비해서 극심하게 낮은 온도를 보이는 것인지에 대해서는 분명히 명확한 설명이 필요한 것이다. 만약, 태양빛이라는 존재가 그렇게 큰 영향력을 가진 존재라면, 태양과는 정반대에 위치하게 되어 밤이 되는 지역은 과연 어떻게 되어야 할까~? 위에서 설명한 현상대로라면, 태양빛이 없는 시점에서는 남극이나 북극지방처럼 또는 오히려 훨씬 더 극심한 추위가 갑작스럽게 찾아와야만 하는 것이 어느 정도 타당한 것은 아닐까~?

앞에서 갖는 의문에 대해서, 혹시 기울어진 지축 때문에 그러한 현상이 발생하는 것은 아닐까~? 라고 작자도 어떻게든 이해를 해보고 싶다. 하지만 스스로에게 쉽게 설명이 되지 않는다. 둥근 지구모델에 의하면, 지축이 23.5도 기운 상태로 12월인 겨울보다는 6월인 여름에 (북반

구를 기준으로 했을 때) 보다 더 먼 타원궤도를 유지하면서 공전을 한다고 한다. 아무리, 남반구의 여름과 북반구의 여름이 각각 공전궤도상 근일점(147,098,290km)과 원일점(152,098,232km)에 위치한다 하더라도 북극과 남극간의 환경, 예를 들면 각 계절의 온도, 평균기온, 낮의 길이, 식물 동물의 개체 수 및 종류 등 이러한 환경이 그렇게 큰 차이를 보일 수 있는 것인가~? 두 곳의 환경이 비슷해야만 더 설득력 있는 설명이 아닌지 생각해 볼 필요가 있는 것이다. 설사, 원일점과 근일점 없이 정확하게 타원형을 그리는 공전궤도라고 가정한다 하더라도 (만약, 이렇게 되면 겨울과 여름에 낮의 길이가 각각 다른 것에 대해 설명이 안될 것이며, 또한 봄과 가을에 태양이 가장 가까이 위치하게 된다는 내용으로 변질되기는 하겠지만, 이를 감수하고 한발 물러선다 하더라도) 과연 북극과 남극간에 큰 생태계 환경 차이가 없어지게 될까~? 남반구가 여름일 때에 태양에 더 가까움에도 불구하고 북극보다 남극의 여름온도가 오히려 훨씬 낮은 기온을 보이는 것은 명확한 설명이 필요한 것이다. 그 엄청난 태양의 열이 지구로 오는데 말이다.

지구에 도달한 태양빛이 태양에 비하면 너무나도 작은 지구의 각 지역에 어떻게 그렇게 큰 온도 차이를 보여주는 것인지에 대해서도 많은 의문이 있지만, 과연 그 태양빛이 지구로 어떻게 도달할 수 있는지에 대해서도 한번 고민해보도록 하자.

우주의 온도는 영하 270도라고 과학자들은 주장을 한다. 그런데 여기에서 열역학 법칙과 같은 내용을 적용하는 등 굳이 그들의 지식이 나름 풍부하다는 것을 내세우려는 것을 들을 필요도 없이, 열은 항상 높은 곳에서 낮은 곳으로 전달된다는 기본적인 내용을 우리는 너무나도 잘 알고 있다.

표면 온도가 대략 6천도라는 태양의 열이 1억 5천만 km 라는 어마어마한 거리에 떨어진 지구에 도달하는 과정 동안에, 어떻게 우주라는 엄청나게 크고 차가운 공간에 모두 빼앗기지 않고 일정한 열이 전달되는지에 대해 독자들은 상식적으로 이해가 되는가~? 하물며, 뜨거운 난로에서 조금만 멀리 떨어져 있거나 중간에 어떠한 물체가 하나만 가로막혀도 그 열기는 차단되거나 느낄 수가 없는데 말이다. 이러한 모든 것은 대기라는 물질이 존재하기에 발생 가능한 현상이며, 대기가 존재하지 않는 이유로 우주에서는 그러한 현상이 발생하지 않는 것이라고 설명하면서, 과학적 기본지식이 없는 사람에게나 가능한 의문이라며 작자를 비웃을 것인가~?

우리 은하계만 고려하더라도 수많은 태양계가 존재한다고 하는데, 그렇다면 그 수많은 항성들에서 뿜어내는 열기들은 왜 우리 지구에 전달되지 않는 것인가~? 복사에너지이건 대류에너지이건 어떠한 개념을 도입해서라도 그것에 대한 설명을 해주기 바란다. 도대체 우주라는 공간에서는 어느 정도 멀리 떨어진 거리까지 그 열이 도착하는 것이 가능한 것이며, 또한 그 거리가 점점 멀어짐에 따라 어느 정도로 열이 적절하게 감소하기에, 수소와 탄소 등으로 주로 이루어진 이 지구의 수많은 생명체가 차갑게 얼어버리거나 또는 너무 뜨거운 온도로 인해 단백질에 변형이 발생하는 일 없이 무사하게 생존할 수 있는 것일까~? 이 적절한 온도가 오로지 우연으로 인해서 형성된 것이라고 믿기에는 무엇인가 부족함이 있어 보이지 않는가~?

3-11. 정확한 남극점은 어디에 존재하는가~?

이른바 남극이라고 불리는 곳에는 이곳이 바로 정확한 남극점이라고
표시한 곳이 있다.(이발소 표시를 하는 빨간색과 흰색으로 꾸며진 막대
기둥 위에 지구본을 얹은 표식) 하지만, 실질적으로 이 남극점 근처에
나침반을 가지고 가도 항상 남쪽을 표시하려는 성질 때문에 나침반의
바늘이 관찰자가 움직일 때마다 360 도 방향 어느 곳으로도 계속 조정
이 되는 그러한 움직임은 발생하지 않는다고 한다. 즉, 이곳은 진짜 남
극점이 아님을 스스로 인정하고 있는 것이다. 어떠한 정확한 근거 없이
가상으로 남극점 표식을 세운 것이다. 이러한 현상에 대해 관계자들은
'지구의 자기장이 계속 움직이기 때문에 정확한 남극점을 표시하지
않은 것일 뿐이다' 라고 해명하고 있는 것으로 안다. 하지만 우리에게
그러한 답변은 너무나도 부족하고 구차해 보인다.

독자들 중 학창시절 동안 또는 졸업을 한 후에라도, 만약 나침반이
항상 정확하게 북극점을 가리키고 지구가 구체라면, 자기장에 대한
내용을 근거로 하였을 때에 북극이나 남극에서 나침반의 바늘이 북극을
가리키는 동안에 반대방향의 바늘은 아주 약간이라도 그 기울기가
생겨야 하는 것은 아닌가~? 하고 한 번쯤은 생각해 본 이가 많을 것이
다. 작자 또한 그러하였으며, 지구라는 구체가 너무 큰 반면 기울기는

매우 미미하기 때문에, 비록 눈에는 안 보이지만 약간의 기울기는 실제로 발생을 하고 있다는 답변을 들었던 기억도 있다. 그런데 그러한 답변을 아무런 고민과 의심 없이 그대로 받아들여야만 했던 시절은 이제 지나지 않았는가~! 기술이 발전함에 따라 기계적 나침반이 아닌 전자식 나침반 등으로 적도와 양극 근처에서 관측함으로써, 그 기울기 발생에 대한 실제적인 내용을 증명하는 것이 가능하지 않을까~?

결론부터 말하자면, 그 어떠한 나침반에서도 바늘 경사도는 발생하지 않는다고 한다. 이는 평평한 지구모델에서 명쾌한 설명이 가능해진다. 이 책에서 자세한 내용을 다루지는 않겠지만, 평평한 지구모델에서도 자기장은 정말 큰 역할을 하고 있다고 보고 있고, 또한 그 자극의 형상은 아래 그림과 같으니 참고하기 바란다.

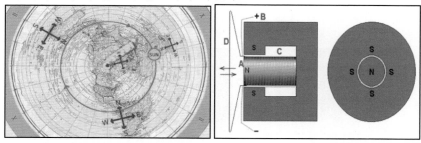

3-12. 지구의 자전 속도는 변하는 것인가~?

지금까지 여러 내용들을 살펴보는 동안 많은 독자들은 이미 지구의 자전 속도를 자연스럽게 외우고 있을지 모른다. 그렇다. 적도 부근의 각속도는 대략 1,600km/h 로 회전을 한다는 것을 이제는 잘 알게 되었을 것이다. 그런데 여기서 한번 생각해 볼 만한 문제가 있다.

다음에 첨부로 넣은 자료를 한번 살펴보자. 12 시 방향에 지구의 위치를 보면, 남미대륙이 한낮임을 알 수가 있다. 만약, 지구의 자전 속도가 절대로 변하지 않는다면, 즉 24 시간에 지구가 한 바퀴를 회전한다고 하는 내용이 사계절 내내 그대로 유지된다고 생각하였을 때에 과연 6 개월 뒤인 같은 시각에 남미대륙은 과연 낮이어야 할까 아니면 밤이 어야 할까~? 작자는 최소한 아직까지 지구의 자전 속도가 계속 주기적으로 변한다는 내용은 들어보지 못하였다. 공전궤도가 타원형이기에 태양을 중심으로 공전하는 지구의 공전 속도가 계절마다 다르다는 것은 들어보았어도 말이다.

주어진 24 시간에 한 바퀴씩 돌아가는 지구의 자전 속도가 변하지 않는다는 점을 고려해보았을 때에, 이론적으로 봄 여름 가을 겨울 마다 낮에 태양의 위치가 어느 정도씩 차이가 나야 하는 것인지 그리고 우리가 매일 보는 자연계에서는 실제로 어떠한 현상이 과연 발생하고 있는지에 대해서 독자들 각자 한번 판단해 보기 바란다.

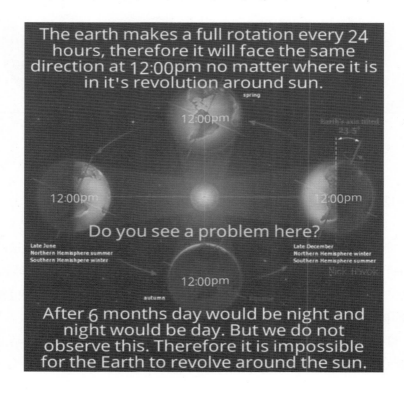

56

3-13. 태양과 달의 원주 방향 회전은 무엇으로 설명이 가능한 것인가~?

잘 아는 바와 같이, 현대 천체 물리학에 의하면 지구는 태양계 내에서 공전과 자전을 한다고 한다. 그런데, 만약 태양에 어떠한 표식을 세우고 그것을 관측할 수만 있다면, 지구가 태양을 중심으로 공전을 그리고 스스로 자전을 한다는 것이 정말 타당한 것인지 너무나도 쉽게 확인해 볼 수가 있지 않을까~? 불행히도 매우 뜨겁다고 알려진 태양표면 위에 어떠한 표식을 세우는 것은 거의 불가능한 일일 것이나, 다행히 우리에게는 흑점이라고 불리는 표식을 이용할 수가 있는 것이다.

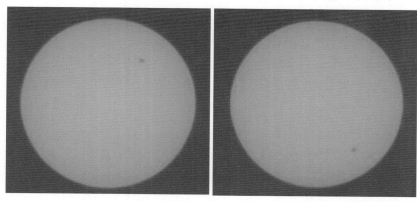

위의 그림을 통해서 우리는 아침 8 시경에 찍은 흑점과 저녁 6 시경에 찍힌 흑점을 눈으로 확인해 볼 수가 있을 것이다. 그런데 뭔가 이상한 점을 느끼지 못하였는가~? 만약 지구가 자전을 한다면 흑점의 위치가 그림과 같이 원주 방향의 회전운동을 한다는 것이 이해가 되는가~? 흑점이 태양 위에서 약간의 곡선을 이루면서 가로지르는 루트를 만들어 가는 것처럼 보이는 것이 오히려 더 합리적이라고 생각되지 않는가~?

보다 상세한 설명을 위해 다음 그림을 추가적으로 살펴 보도록 하자.

북반구에서 임의의 시간마다 태양의 흑점사진을 찍는 실험을 한 내용을 근거로 그 위치를 그려본 그림 설명인 것이다. 그렇다. 흑점이 시계 방향으로 회전 운동하는 것을 볼 수가 있을 것이다.

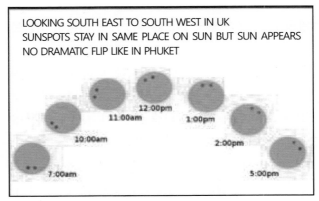

그렇다면, 남반구의 경우는 어떠할까~? 그렇다. 약간의 시간을 들여서 고민해 보아야 하겠지만, 반시계 방향으로 회전 운동하는 모습을 그리 큰 어려움 없이 우리는 예상해 볼 수가 있다. 이곳에 그것과 관련된 내용은 추가로 설명하지 않겠으니 각자가 직접 더 조사해보기를 바란다. 또한 달의 위상 변화는 말할 것도 없다. 태양의 원주 방향운동처럼 북반구에서는 시계 방향으로 남반구에서는 반시계 방향으로 회전 운동을 하게 되는 것이다.

여기서 조금은 시간을 더 들여서 적도의 위치에서는 어떠한 움직임을 보이게 될지에 대해서 생각해 보자. 그것에 대한 해답은 아래의 그림이 잘 설명해주고 있다. 보는 바와 같이, 동쪽을 바라 보았을 때에 어떠한 회전의 운동도 없던 흑점이 정오가 넘어서 서쪽을 바라 보아야 되는 시점 이후에 정반대의 위치로 반전을 하게 되는 것이다. 물론 관찰자가 태양을 바라보는 위치가 반전되면서 나타나는 당연한 현상이다. 만약 지구가 자전을 한다면 이러한 현상이 관측되는 것에 대해서 어떠한 설명이 가능하겠는가~? 판단은 독자 여러분들에게 맡기도록 하겠다.

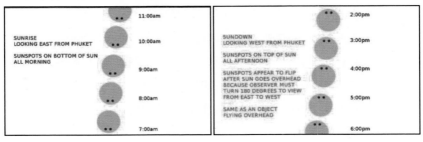

4. 둥근 지구모델에서 추가 설명이 필요한 부분들~!

4-1. 밤에 별들의 정확한 원주 모양 사진은 과연 어떻게 가능한가~?

앞에서 살펴본 바와 같이, 현재 나사가 주장하는 바에 의하면 지구는 다음과 같은 운동을 하고 있다.

1. 북극성과는 2천조마일 떨어진 위치에 존재하고 있고,
2. 스스로가 적도지방에서 1,600km/h 로 자전을 하고,
   (이를 계산하는 것은 어렵지 않다. 지구 둘레 40,000km 를 24 시간으로 나누면 되는 것이다.)
3. 태양 중심으로는 67,000mile/h(107,200km/h)로 공전을 하고 있고,
4. 밀키웨이, 즉 우리 태양계가 속해있는 은하수를 중심으로 500,000 mile/h 로 나선형으로 나아가고 있고,
5. 우주 전체가 670,000,000mile/h 로 팽창 운동을 하고 있다.

그런데, 현재와 같은 지구의 움직임에도 불구하고, 밤에 북극지방과 적도지방과 남극지방에서 북극성 또는 팔분의자리 시그마 주변을 중심으로 별들이 정확한 원을 그리는 사진이 찍히는 것에 대해서는 한 번쯤은 의문을 가질 수 있을 것이다. 지구가 엄청난 속도로 자전과 공전, 그리고 나선형 운동과 팽창 운동을 하고 있는데, 어떻게 과연 별들이 몇 천년 동안 매일같이 그렇게 동그란 원주 운동을 보여줄 수 있다는 말인가~! 별들이 상상할 수 없을 정도로 먼 거리에 떨어져 있기 때문에 그것이 가능하다는 전문가들의 설명은 무언가 부족해 보이며, 추가적인 보충설명이 좀 더 필요하다고 생각되지 않는가~? 북극성을 비롯한 모든 별들이 지구와 똑같은 주기로 공전 운동, 나선형 운동 등을 같이 하고 있다는 것인가~? 또한, 몇 천년 동안 우리 선조들이 이름 붙여 놓은 그 많은 별자리의 위치가 약간의 오차도 없이 그 모양을 그대로 유지하고 있고, 별 사이의 간격이 벌어지는 것도 없이 서로의 위치를 유지하

는 것에 대한 상세한 설명도 우리는 듣고 싶은 것이다. 또한, 많은 이들이 둥근 지구모델을 근거로, 북반구에서 적도지방으로 그리고 남극 방향으로 내려갈수록, 북극성의 중심이 수평선 또는 지평선쪽으로 기우는 것이 바로 둥근 지구 모델에서만 가능하다고 말한다. 하지만, 앞서 설명한 바와 같이 원근법에 대한 이해가 있다면 이는 쉽게 이해가 될 수 있는 부분이다. 앞에서 간단히 언급하였지만, 원근법에 따르면 그 대상이 멀어질수록 내 눈의 위치에서 소멸점이 형성되면서 모두 모이고 결국은 사라지게 된다. 내 눈높이보다 높은 곳에 위치한 사물은 눈의 위치로 떨어지고, 내 눈높이보다 낮은 곳에 위치한 사물은 눈의 위치로 올라가는 것이다. 따라서, 북극성에서 멀어지면 멀어질수록 그 높이는 내 눈의 위치로 내려오는 원근법에 의한 것으로 충분히 설명이 가능한 것이다. (보다 상세한 설명은 뒤에서 좀 더 자세히 다루도록 하겠다.)

지구가 둥글기 때문에 북극에서 적도지방을 거쳐 남극 방향으로 나아갈수록 북극성이 지평선 아래로 넘어가는 것처럼 보이는 것이 아니라, 점점 거리가 멀어짐에 따라 소실점으로 즉 내 눈의 위치에 형성되는 지평선으로 떨어지다가 결국은 사라져 보이게 되는 것이다.

이와 같이 몇 천년 동안 한 치의 오차도 없이 지속된 별의 일주운동은 오히려 평평한 지구모델에서 더 명확한 설명이 가능한 것이다. 또한, 우리가 항상 보고 느끼는 원근법이라는 현상을 둥근 지구모델에서는 왜 적용하지 않는 것인지에 대해서 보다 명확한 보충설명이 필요할 것이다.

4-2. 보름달과 해가 동시에 보이는 사진이 찍힐 수 있는가~?

낮에도 하늘에 떠 있는 달을 우리는 흔하게 볼 수가 있다. 그리고, 지구 그림자의 영향과 태양빛의 반사로 인해 달의 다양한 모습을 우리는 관측할 수가 있는 것이라고 배워왔다. 그런데, 지구가 만약 구체라면 최소한 보름달만큼은 해가 떠 있는 낮에 또는 해가 떠오르는 여명이나 해가 지는 황혼 무렵에는 절대 보일 수가 없는 것이어야 지극히 정상적인 현상 아닌가~?

둥근 지구모델에 근거하면, 달의 위치가 지구를 중심으로 태양과 정반대에 위치하여야만 우리가 보름달을 관측할 수 있는 것이기에, 이러한 현상이 나타나지 말아야 하는 것은 너무나도 간단한 논리이다.

하지만 실상은 그렇지 않다. 낮에 태양과 보름달이 동시에 떠 있는 수 많은 증거들이 존재하고, 이것은 둥근 지구모델에서는 설명이 불가한 것이며, 오히려 평평한 지구모델에서나 설명이 가능한 것이다.

아래에 참고 사진을 첨부하여 보았다. 이러한 사진의 조작 및 진위 여부에 대해 의심하는 분들이 발생하는 것은 어찌 보면 너무나 당연한 이야기이다. 따라서, 직접 자료를 찾아보거나 사진을 직접 찍어보는 것이 가장 좋은 방법이라고 생각되며 그것을 추천드리는 바이다.

4-3. 남극에서는 왜 북극과 달리 백야를 보는 것이 불가능한가~?

그동안 많은 탐험가나 과학자들이 북극에서의 백야 현상에 대해서 증언하거나 동영상 자료 등을 통해서 그것을 우리에게 말해주고 있다. 하지만, 남극에서의 백야현상을 보여주는 동영상은 존재하지 않는다. 많은 전문가들조차도 둥근 지구모델 이론으로 남극에서도 백야가 존재할 것이라고 추정만하고 있는 것이지, 직접 그곳에 가서 찍은 어떠한 영상자료도 제시한 것이 없는 것이다. 설사 남극 백야현상의 증거로 제시한다 하더라도, 동영상 대부분의 것들이 24 시간 이상 연결되지 못하고 중간에 끊기는 자료들이 대부분인 것이다. 또한, 이러한 내용을 입증하거나 반박하기 위해서 탐험가들이 남극을 탐험하려 하여도 그 여행 자체를 허용하고 있지 않고 있으며, 이는 여러 나라에서 유일하게 서로 싸우지 않고 협약을 맺고 있는 부분인 것이다. 즉, 많은 탐험가나 과학자들이 남극에서는 북극과 달리 백야를 보지 못하고 오로지 극야만 볼 수 있는 현상에 대해서 정확한 설명을 못하고 있는 상황이다.

그동안 우리는 지축이 23.5 도 정도 기울어졌고, 북위 그리고 남위 66.5 도 이상 되는 곳에서는 해가 항상 떠 있는 것으로 그리고 그러한 현상을 백야라고 배워온 것이 사실이다. 이를 근거로 하였을 때에, 아이슬란드는 북위 63.17 도, 칠레는 남위 56.32 도에 위치해 있으므로 그 지방에서 해가 24 시간 이상 계속 떠 있는 것을 보는 것은 불가능하다. 비록 밤이어도, 즉 해가 지평선 및 수평선 저 너머로 사라져서 눈에는 안 보인다고 하더라도, 밤이 대낮같이 밝은 현상을 보는 것은 가능하겠지만, 24 시간 이상 태양을 계속 보는 것은 불가한 것이다. 만약, 이러한 것을 두고 백야현상이라고 주장 한다면 이는 너무나도 우리를 실망시키는 일인 것이다.(여기서 백야는 해가 지지 않는 현상을 말하고자 하기에)

이렇게 백야와는 달리, 남극에서도 북극과 마찬가지로 극야가 존재한다는 것은 이미 증명이 되었으며 그 자료가 있다.(벨기에 왕립 지리학회 발표자료 근거 / 에릭 두베이 저서 참고) 이와 같이 북극에서는 백야와 극야가 모두 발생하고, 남극에서는 극야 현상만 발생한다는 것에 대해 둥근 지구모델에서는 여전히 답을 주지 못하고 있다. 북극과 마찬가지로 남극의 지축도 23.5 도 기운 것일 텐데 왜 이러한 현상이 유독 남극에서는 발생하지 않는 것일까~?

그런데, 평평한 지구모델에서는 모든 설명이 가능하다.

여기서 잠시, 영국의 윌리암 스위슨이라는 사람이 19 세기 중반에 뉴질랜드 법무장관으로 근무하면서, 북극과 남극의 비슷한 위도에 위치한 두 나라에서 몇 년 동안 살면서 겪은 내용을 소개해 보도록 하겠다. 뉴질랜드는 남위 42 도 부근에 위치하고 있으며, 그 나라에서 태양이 남회귀선을 지나는 여름에(12 월이라 하자) 해가 떠 있는 최장 시간은 14H 58M (일출 4:31 ~ 일몰 7:29), 그리고 북회귀선을 지나는 겨울에(6 월이라 하자) 해가 떠 있는 최장 시간은 9H 02M (일출 7:29 ~ 일몰 4:31)이라고 한다. 영국은 북위 50 도 부근에 위치하고 있으며, 그 나라에서 태양이 남회귀선을 지나는 겨울에 해가 떠 있는 최장 시간은

7H 45M, 그리고 북회귀선 지나는 여름에 해가 떠 있는 최장 시간은 16H 34M 이라고, 두 나라 간의 내용을 비교 조사한 자료가 있다. 비록 약간의 위도 차이가 있지만, 북반구의 여름에 해가 떠 있는 최장시간이 남반구의 여름보다 1 시간 36 분이 더 길고(16H 34M - 14H 58M), 북반구의 겨울에 해가 떠 있는 최장시간이 남반구의 겨울보다 1 시간 17 분 더 짧은(7H 45M - 9H 02M) 것을 볼 수가 있다.

또한, 북회귀선에서 태양이 회전할 때 두 나라에서 태양이 떠 있는 총 시간은 25 시간 36 분(16H 34M + 9H 02M)이며, 남회귀선에서 태양이 회전할 때 두 나라에서 태양이 떠 있는 총 시간은 22 시간 43 분(7H 45M + 14H 58M)이다. 즉 북회귀선에서 태양이 회전할 때에 그 회전속도가 남회귀선에서보다 더 느리다는 것을 우리는 쉽게 파악할 수가 있다. 지구의 공전궤도가 거의 원에 가까운 타원이라고 하였으므로, 북반구와 남반구의 각 여름에 태양이 떠 있는 최장시간은 큰 차이가 없이 비슷하거나 작은 차이가 나야 하지만(여기서 그 정확한 계산을 실행하지는 않겠다. 각자 수행해 볼 수 있을 것이다.) 실상은 그렇지가 않다. 이렇게 최장시간에 큰 차이가 나는 이유가 무엇일까~?

상기의 조사 내용 등을 포함하여, 남반구와 북반구간 위치가 거의 대칭되는 곳에서 나타나는 여러 현상들을 보면 도무지 이해가 안 되는 점들이 너무 많다.

예를 들면,

- 여명과 황혼의 시간이 왜 이렇게 다른지~! (북반구에서는 여명과 황혼이 긴 시간 동안 유지되는데 반해, 남반구에서는 순식간에 그 현상이 사라진다.)

- 북극 대륙 근처에는 일조량이 많고 온도도 나름 온화해서 많은 동식물이 생존하는데 반해, 왜 남극대륙 근처에서는 일조량이 적고 온도가 그렇게 낮은지~! (식물이 자라는데에 일조량이 얼마나 중요한 요소인지는 굳이 설명이 필요 없을 것이다.)

- 북극에 사는 동식물의 개체 수와 남극에 사는 동식물의 개체 수가 왜 이렇게 다른지~!
- 남극에서는 백야가 없고, 왜 극야만 발생을 하는 것인지~!

앞에서도 언급하였지만, 타원이 거의 원에 가깝게 공전을 한다고 하는데 북극보다 남극의 겨울이 훨씬 더 추운 이유는 과연 또 무엇 때문일까~? 지축이 기운 것도 남극만 기운 것이 아니라고 하지 않았는가~! 남극 주변을 북극 주변과 비교해 보았을 때에 대륙보다는 바다가 차지하는 면적이 훨씬 많은 관계로, 일정한 온도 이상을 계속 유지하는 것이 어렵다는 설명이 과연 충분한 것인가~?

그동안 우리는 해가 움직이는 속도가 여름에 더 느리다는 것을 타원형의 공전궤도를 통해 배워왔다. 태양으로부터 거리가 가까운 겨울에는 지구가 빠르게 공전을 하고, 태양으로부터 거리가 먼 여름에는 지구가 천천히 공전을 하기 때문이라고 말이다.

(지구가 태양에 가까이 갈수록 인력이라는 것이 크게 작용을 할 것이고, 그에 맞게 공전 속도가 빨라지지 않으면 태양 속으로 지구가 흡수되어 버리는 상황이 발생할 것이 예상된다. 또한, 공전궤도는 큰데 속도가 느려지지 않으면 지구는 이 태양계를 벗어나서, 우리는 이미 다른 태양계나 다른 은하계 내의 태양계로 귀속이 되었을지도 모른다. 만약 정말로 중력이 실제로 존재한다면 말이다.)

그래서, 북반구를 기준으로 여름에는 태양의 속도가 늦어지기 때문에 하루의 해가 가장 긴 시간이 발생을 하는 것이라고 말이다. 하지만, 위와 같은 그동안의 설명이 우리가 가질 수 있는 많은 합리적인 의문들을 모두 해소시켜주지는 못한다. 오히려, 평평한 지구모델에서는 그 모든 설명이 가능하다.

평평한 지구모델에서 태양이 북회귀선을 회전할 때가 남회귀선을 회전할 때보다 더 느리다는 내용에 대해서는 뒤에서 좀 더 자세히 다루도록 하겠다.

4-4. 바닷물과 대기를 잡는 힘이 과연 중력인 것인가~?

적도지방의 경우 시간당 1,600km 의 속도로 자전하는 지구에서 대기도 그리고 바닷물도 우주 밖으로 날아가지 못하게 끌어당기고 있는 것이 바로 중력 때문이라고 우리는 학교에서 배운다. 그 힘은 너무나도 거대해서, 심지어 빛과 공간마저도 휠 수가 있다고 한다. 하지만, 많은 과학자들이 중력이라는 힘은 전자기력에 비해서 너무나도 약하다는 것에 대해 많이 당황스러워하며 큰 곤욕을 치르고 있는 것이 사실이다. (실제로, 중력은 전자기력에 비해 소수점 밑으로 0 이 37 개나 더 필요한 힘인 것이다.)

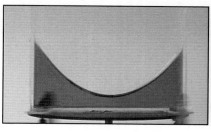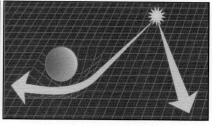

산업현장에서 무거운 물체를 들거나 옮길 때에, 진공을 이용하는 모습을 쉽게 볼 수가 있다. 즉 흡착이 된 부분에서 대기압과 진공 간의 기압 차를 이용해서 물건을 들어 올리는 것이다. 중력이라고 가정한 힘은 이렇게 공기 간에 발생하는 기압 차이도 이겨내지 못하는 만큼 미미하거나 없는 것이다. 또한, 대기가 준 진공상태인 우주로 빠져나가지 못하게 할 정도로 큰 힘을 가진 중력이 정말 존재한다면, 오히려 우리는 지금의 일상생활을 해 나가기가 어려울 수도 있다고 생각해 볼 수 있다. 0.01mg 의 질량을 가진 돌도 중력에 의해서 지구 중심으로 당겨지는데 70kg 의 질량을 가진 우리 사람들이 자유롭게 뛰어다니고 새들이 자유롭게 날아다니는 것은 한 번쯤은 깊이 생각해 볼 만한 문제인 것이다. 또한, 중력은 지구 중심에 가까울수록 그 세기가 커진다고 말하고 있기 때문에, 지표면보다는 대기가 존재하는 하늘의 공간에서 그 중력은 아주 조금이라도 더 작다고 생각해 볼 수 있을 것이다.

여기서 간단한 실험을 하나 해보자. 조금이라도 중력이 더 강한 지상에서 대기압에 의해 찌그러지지 않을 정도로 단단한 용기를 진공상태로 만든 다음에 조그마한 구멍을 내보면 어떠한 현상이 발생하겠는가~? 아마도 엄청난 속력으로 외부의 공기는 그 진공상태의 용기 안으로 빨려 들어갈 것이다. 굳이 실험이 아니더라도 우리는 그것을 쉽게 예상해볼 수가 있다. 지상으로부터 수십 킬로 떨어진 상공, 그래서 중력이라는 힘의 영향력이 더 작은 곳에서조차 지구의 대기를 우주로 빼앗기지 않을 정도로 엄청난 힘을 가진 중력이, 어떻게 중력이 더 세게 작용하는 지상에서는 그 진공 상태의 용기로 공기가 빨려 들어가는 것을 막지 못하는 것일까~? 높은 고도에 존재하는 공기를 진공상태인 우주에 빼앗기지 않는 것처럼, 용기 안의 진공도 유지가 되어야 하는 것은 아닐까~? 여러분은 이것에 대해서 어떠한 문제점을 제기하겠는가~?

하늘에 떠다니는 구름, 굴뚝의 연기, 바람에 흩날리는 꽃가루 및 씨앗 등 자연계에서 일어나는 많은 현상들에 대해서 도대체 어떻게 설명이 가능하다는 것인가~? 사실, 이러한 것은 기압 차이나 밀도에 의해서 모든 설명이 가능하다.

즉, 단순히 공기보다 밀도가 큰 것이냐 또는 작은 것이냐의 차이에 의해서 결정되는 것이다. 굳이 전자기력보다 상상할 수 없을 정도로 작은 중력이라는 가설은 필요조차도 없이 말이다.

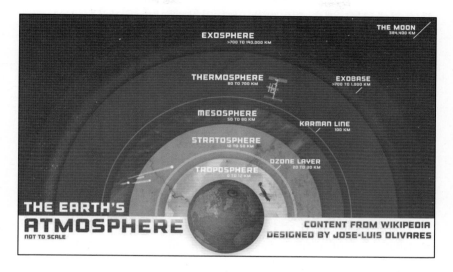

또한, 중력이라는 가설의 힘이 지구자전에 의해 발생하는 원심력으로 인해 바닷물이 우주 밖으로 튀어 나가는 현상을 막을 수 있을 만큼 강한 힘이라면, 그 물속에서 자유롭게 헤엄치는 물고기들에 대한 설명을 반드시 명확하게 해줄 필요가 있다. 만약, 바닷물과는 다르게 물고기의 질량이 극히 작기 때문에, 그 중력이 작게 작용한 것이라면, 물고기보다 질량이 훨씬 작은 돌멩이를 바다에 던져보는 실험을 해보도록 하자. 그 조그마한 돌멩이는 어떻게 될까~? 바로 가라앉게 됨을 우리는 잘 안다. 이러한 것은 모두 부력이라는 힘을 통해서 모든 설명이 가능하다. 굳이 질량에 비례해서 작동되는 중력이라는 가설 없이도 말이다.

만약, 지구가 자전과 공전을 하는 존재가 아니라면, 다시 말해 평평한 지구모델이 맞다면 중력이라는 가설조차도 필요가 없는 것이며, 빅뱅 이론 자체는 그 입지를 크게 잃어버리게 될 것이다. 그 가설 자체가 의미가 없어져 버리는 것이다.

공간조차 없었던 과거의 어느 시점에 엄청난 질량이 갑자기 폭발을 시작하여 순식간에 시공간을 형성하며, 우주의 팽창이 진행하고 온갖 항성과 행성들이 회전운동을 하며 구체 모양으로 둥그렇게 되고, 각 행성 간에 서로 계속 멀어지지 않고 일정 거리가 유지되는 것에 대한 설명을 위해 중력이라는 가설의 힘을 도입할 수밖에 없었던 것은 아닌가~? 너무 큰 중력으로 인해 서로 끌어당기는 인력을 극복하기 위해서는 공전이라는 개념으로 그것을 설득해가면서 말이다. 이 모든 것은 태양을 중심으로 지구가 공전을 한다는 가정과, 그리고 그 가설이 맞다고 가정한 후에 그것을 다시 합리화하기 위해 중력이라는 가설을 전제하면서 나타나는 현상들일 뿐이며, 그것에 대한 추가적인 해명을 계속적으로 해야만 하는 숙제만 남길 뿐인 것이다. 만약 정말 평평한 지구모델이 맞다면, 중력이라는 가설은 애초에 필요하지도 않은 것이다. 이미 많은 과학자들이 중력은 존재하지 않거나, 설사 존재하더라도 그 영향력은 극히 미미하다 라고 주장을 하고 있으며, 이 자연계에서 나타나는 모든 현상은 전문가들 그리고 천문과학자들만이 알아볼 수 있는 복잡한 수식 하나 없이도 너무나 쉽게 모든 설명이 가능한 것이다.

우리는 빅뱅이론과 그로 인해 발생하였다고 하는 수많은 은하계들을 처음부터 다시 진지하게 고민해볼 필요가 있다고 작자는 생각한다.

4-5. 조수 간만의 차는 과연 달의 인력으로 발생하는가~?

우리가 그동안 과학자들로부터 배워온 것처럼 바닷물이 달의 인력에 의해서 조수간만의 차가 발생한다면, 큰 호수나 저수지 또는 연못들과 습지대 등의 물에도 썰물과 밀물의 현상이 발생하여야만 하는 것은 아닐까~? 질량이 바닷물과 비교하였을 때 너무나도 작기에 그것이 발생 안 하는 것이라고 주장을 하는데, 바다 위에 설치된 큰 운하 내에 있는 바닷물에는 최소한 아주아주 조그마한 양이라도 조수간만의 차가 발생하여야 하지 않는가~?

우리는 지금껏 바다와 연결이 되지 않은 단절된 시스템, 예를 들면 큰 호수와 저수지인 이상 그 어느 곳에서도 조수간만의 차가 발생하는 것을 보지 못하였다. 또한 이러한 이유에 대해서 과학자들의 보다 성실하고 명쾌한 설명이 필요해 보인다. 설사, 그 양이 어마어마한 바닷물에만 선별적으로 인력이 발생한다고 가정하더라도, 달의 질량에 87배나 더 크다고 알려진 지구의 질량에 해당하는 중력이 우주로 벗어나가려는 물을 잡고 있는데, 몇십 배나 약한 중력을 가진 달이 물을 끌어당긴다는 것은 상식적으로 이해하기가 쉽지 않은 것이다. 즉, 중력이라는 가상의 힘이 존재한다 하더라도 중력이 더 큰 지구가 중력이 약한 달을 끌어당기는 원리를 설명하면서, 반대로 달이 지구에서도 유독 물만 그것도 바닷물만 선택적으로 끌어당긴다~? 다른 곳의 물도 끌어당겨야 하지만 그것은 질량이 너무 작아서 불가하다~? 바닷물의 질량이 굉장히 크기 때문에 큰 중력이 작용을 해서 그 물이 우주로 벗어나지 않고 지구에 달라붙어있는 것이라고 설명한 것과 완전히 상충되는 내용이라고 생각되지 않는가~? 또한 만약 그 가정이 사실이라면, 질량이 작은 컵 속의 물과 자그마한 호수의 물은 벌써 우주로 다 날아가 버려야 서로 앞뒤가 맞는 상식적인 이야기가 되는 것 아닌가~? 과학은 어떠한 현상에 대해 상식적인 설명이 가능하여야 한다고 하지 않았던가~!

결론적으로, 달이 지구 중심의 공전궤도를 돌도록 지구의 중력이 달에 작용을 하는데, 오히려 달의 중력이 물을 끌어당길 만큼 지구의 큰 중력을 대체할 수 있다는 설명은 전혀 타당성이 없어 보인다.

달과 관련된 소주제이니만큼 슈퍼문에 대해서 잠시 살펴보도록 하자.

그것은 달이 지구에 가장 가까이 다가왔을 때에 크게 보이는 현상이라고 우리는 알고 있다. 그렇다면, 실제로 슈퍼문이 떴을 때에 세계 모든 지역에서 그 큰 달이 관측되어야 하지만, 실제로는 전혀 그렇지

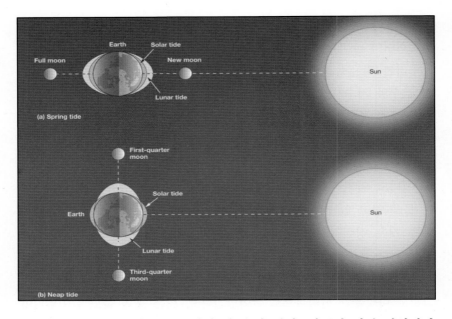

않음을 우리는 여러자료를 통해서 알 수가 있다. 지구의 어떤 지역에서 슈퍼문이 보이는 날 밤, 최소한 1~2 일 내에 지구의 또 다른 곳의 밤 하늘에 역시 슈퍼문 관측이 되어야 하지만 그렇지 않은 것이다. 또한, 지구로 달이 가까이 접근하기에 달의 크기가 커 보인다고 하지만, 실제로 하늘에 가장 높이 떠 있을 때의 크기가 수평선에서 막 떠올랐을 때보다 달의 크기보다 작아 보이는 등의 현상을 통해서 추측해 보았을 때 이것은 단순히 빛의 굴절 때문에 발생하는 것은 아닐까~? 이러한 현상에 대해서 우리는 과학자들의 보다 명확한 설명이 필요하다.

  그럼, 본론으로 들어가서 슈퍼문과 조수간만 차이의 관계에 대해서 좀 더 상세히 알아보도록 하자. 위에 언급한 바와 같이, 슈퍼문이 관측될 때에 인력이 가장 크게 작용하기 때문에 조수간만의 차가 일반 보름달일 때에 보다 크게 발생을 한다고 설명을 하는데, 과연 그러할까~? 또한, 공전궤도를 보았을 때에 우리가 지금껏 교육받은 것처럼 달이 지구에 가까워져서 공전궤도가 작아지면 그 인력을 이겨내기 위해서 달의 공전 속도는 평소보다 빨라져야 하는 것이 지극히 상식적일 텐데 과연 그러할까~?

우리는, 평소 보름달의 공전 속도와 슈퍼문일 때의 공전 속도가 다르다는 내용의 발표를 전혀 본 적이 없다. 달의 크기가 10~14%가 커짐에도 불구하고 말이다. 과학자들은 이에 대한 명확한 설명이 필요할 것이다. 참고로, 2016년 기준 서울에서 슈퍼문이 뜬다는 음력 10월 15일 월출 시각은 17:29이며, 월몰 시각은 06:16으로 총 12시간 47분 동안 달이 떠 있었다. 가장 작은 보름달이 뜬다는 음력 3월 15일 월출 시각은 18:20이며 월몰 시각은 05:24으로 총 11시간 04분 동안 달이 떠 있었음을 우리는 쉽게 알 수 있다.(천문학 자료 등을 통해서)

앞서 언급한 바와 같이, 달이 지구에 근접하였기에 공전 속도가 빨라야 함에도 불구하고, 달이 가장 멀리 있는 원거리 공전시보다 대략 1시간 40분을 더 하늘에 떠 있었다는 것을, 즉 공전 속도가 더 느리다는 것을 우리는 어떻게 이해해야 하는 것인가~?

또한, 달이 지구와 최단거리에 도달하고 태양과 지구와 달이 일직선상에 위치하였을 때에, 달의 인력이 더 크게 작용하여 조수간만의 차이가 최대로 발생한다고 하였지만, 실제로 달의 크기 그리고 그 모양과는 크게 상관없이 최대의 조수간만 차이가 발생하는 부분에 대해서는 어떻게 설명을 해 줄 것인가~? (그러한 조사자료는 이미 많다.) 그리고, 태양-지구-달 이렇게 일직선으로 위치하였을 때보다, 태양-달-지구의 위치로 되었을 때에 즉, 태양과 달의 인력을 합한 경우에 그 인력이 조금이라도 더 크게 작용할 것이고 그때에 최대의 조수간만의 차가 발생하는 것이 더 상식적인 것이 아닌가 하고 작자는 생각해본다.

실제로, 평평한 지구모델을 지지하는 관련 분야에서도 밀물과 썰물이 달의 인력에 의한 것이 타당해 보이지 않기에 많은 연구들과 추정들을 하고 있다. 하지만 그 연구를 위해서 필요한 탐방 같은 것들이 많이 제한되어 있는 것으로 알고 있다. 아직은 명확하게 밝혀진 내용이 아니기에, 이 책에서 그 추정원인을 굳이 말하지는 않겠다. 혹시라도 도저히 그 궁금증을 참지 못하겠다면, 개인적으로 자료를 찾아보기를 권장한다. 큰 어려움 없이 그 추정원인을 찾을 수 있을 것이다.

4-6. 정거방위도법으로 그린 지도를 통해 살펴본 비행항로는 무엇을 말하는가~?

앞에서도 몇 차례에 걸쳐, 정거방위도법으로 그린 지도가 평평한 지구모델을 설명하는데 많이 사용된다고 언급하였는데, 여기서 이 지도의 특징에 대해서 좀 더 살펴보도록 하겠다.

정거방위도법은 지도 중심과 임의의 한 점 간의 방위와 거리가 정확한 도법이다. 그러나 지도 중심이 아닌 임의의 두 지점 간의 방위, 거리는 실제 지구상에서의 방위, 거리와 정확히 일치하는 것은 아니다. 극을 중심으로 그린 경우 위선은 극을 중심으로 한 같은 간격의 동심원이고, 경선은 극에서 방사상으로 뻗은 직선이다. 경선의 거리는 실제 지구상에서의 거리와 같지만 면적은 극에서 멀어짐에 따라 확대 된다. 국제연합(UN)의 깃발은 극을 중심으로 남위 60°까지 그린 정거방위도법 지도이다. 극이 아닌 임의의 한 점을 중심으로 그린 경우는 지도의 중심을 지나는 경선을 제외하고는 모든 경선과 위선이 복잡한 곡선으로 이루어져 있다. 특정 도시를 중심으로 정거방위도법의 세계 지도를 작성하면 모든 방향으로 거리가 정확하기 때문에 이 도시를 중심으로 하는 항공지도로 이용하기에 적합하다. 이 도법은 거리와 방위가 정확한 반면 각이나 면적은 정확하지 않다.

상기와 같은 특징을 통해서 이러한 생각을 갖는 독자도 있을 것이다. 혹시 실제 지구의 모양이 정말 저러한 것은 아닐까~? 실제의 모양이 이러한데 굳이 어렵게 이 지도를 구체라는 지구본에 덮어씌운 것은 아닐까~? 하는 의심을 해보게 되는 경우 말이다.

그렇다면, 그러한 의심이 얼마나 타당한 것인지에 대해서 실제 항공기가 비행하는 항로를 통해서 살펴보도록 하자.

군이 항공관계자가 아니더라도, 우리는 북반구에서 대부분의 항로가 북극 주변을 통과하는 것을 잘 알고 있다. 그렇다, 바로 최단거리의 비행경로가 가능하기 때문이다. 또한, 아래의 지도를 보면 90 년대까지 제한되었던 비행항로가 그 이후에 신설된다 하더라도, 역시나 모든 항로는 북극을 경유하는 직선의 항로를 그린다는 것을 우리는 쉽게 확인할 수 있다. 둥근 지구모델을 근거로 하였을 때, 가장 가까운 항로를 선택하는 것이 아니라 군이 멀리 돌아가는 것처럼 보이는 항로를 선택하는 것에 대해서(주변에 지구본이 있다면 각자 체크해보기 바란다.) 이해가 안 된 부분이 있었을 텐데, 이 평평한 지구모델로는 모든 설명이 가능한 것이다.

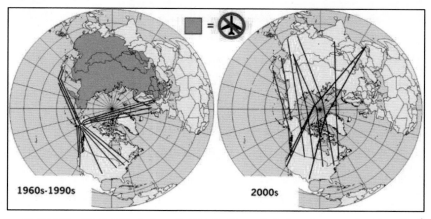

앞에서도 살펴보았지만, 남반구에서는 어떠한 항로도 남극을 횡단하는 항로가 존재하지 않는다는 점을 우리는 주의 깊게 바라봐야 할 것이다. 지구가 구체라면, 남반구 간의 나라를 비행하는 항로 또한 남극점 주변의 노선을 통해 비행시간과 비용을 많이 줄일 수 있을 텐데, 군이 먼 거리를 돌아가는 이유는 무엇일까~? 남극대륙이 너무나 추워서 그리고 주변에 공항이 없기에 긴급 착륙을 할 수가 없어서 등의 이유는 너무 구차한 변명처럼 들리지 않는가~? 켈빈온도를 유지하고 있는

우주를 통해 저 멀리 달나라까지 가는 기술이 존재한다고 하는 이 시대에 말이다. 남반구에 위치한 나라 간의 항로 또한 거의 북극 대륙 근처를 경유하게 되는데, 이는 평평한 지구모델에서 모든 설명이 가능해진다. 또한, 일전에 타이완 타이페이를 출발하여 미국 로스엔젤레스에 도착하는 비행기가 알래스카에 긴급 착륙한 내용의 뉴스를 우리는 접하였다.

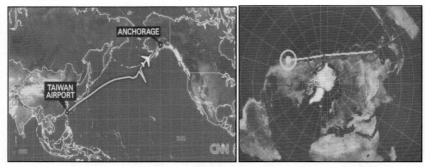

비행 탑승객 중 한 산모의 양수가 터져 아기를 출산해야 하는 긴급 상황이 발생하였고, 항공기가 앵커리지에 긴급 착륙하여 큰 화제가 되었던 사건이다. 둥근 지구모델 지도를 근거로 하였을 때에, 당시 비행기는 가장 가까운 호놀룰루 공항에 착륙을 했어야 되었지만 비행기는 갑자기 루트를 바꿔서 거리가 훨씬 먼 북쪽에 있는 알래스카의 앵커리지로 거슬러 올라가서 착륙을 하는 약간은 당황스러운 비행경로를 보여주게 된 것이다. 비행경로상 둥근 지구모델을 근거로 하였을 때에는 호놀룰루가 가까이에 위치하지만, 평평한 지구모델을 근거로 하였을 때에는 알래스카가 가까이에 위치하기 때문에, 앵커리지에 긴급착륙을 한 것은 너무나도 당연한 것이었다. 이는 정거방위도법 지도와 같은 모양으로 지구가 생겼음을 스스로 증명하는 것이 아닐까~?

그렇다면, 과연 새들의 이동은 어떠할까~?

인간의 인위적인 비행과는 무엇인가 또 다른점이 있을까~? 그렇다, 철새들 또한 마찬가지로 둥근 지구모델을 근거로 보면 남반구에서

76

북반구를 거쳐서 남반구로 가는 모습을 보이고 있다. 이 역시 평평한 지구모델에서는 직선거리인 것이며, 새들 또한 그 루트를 선택한다. 물론, 그동안 조류 전문가들로부터 이야기 들어온 것처럼 먹이를 구하기 위해 이동하는 모습에 대한 설명이 전혀 틀렸다거나 근거가 없다고 볼 수는 없을 것이다. 하지만, 단지 그 이유 때문만으로 이러한 이동을 보여주는 것은 아닐 것이라는 작자의 의심은 과연 합리적이며 타당한 것인지 독자들도 같이 생각해 보았으면 한다.

아래에 보여주는 자료의 기사를 보면, 둥근 지구모델을 근거로 하였을 때에 케이프타운과 시드니 간의 직선거리인 6,837 마일을 날아가지 않고, 케이프타운에서 두바이까지 4,752 마일 그리고 두바이에서 시드니까지 7,487 마일, 총 12,239 마일을 날아가는 경로에 대해서 언급을 하고 있다. 즉, 5,402 마일이라는 추가적인 거리를 가는 경로의 모습이 우리 인간들이 정해놓은 항로와 너무나도 일치한다고 생각하지 않는가~? 인간들이 만들어놓은 항로를 철새들이 따라 하는 것인지, 아니면 예전부터 철새들이 이동하는 경로를 인간들이 따라 하게 된 것인지, 이와 같이 웃지 못할 의문마저 들게 하는 대목이다.

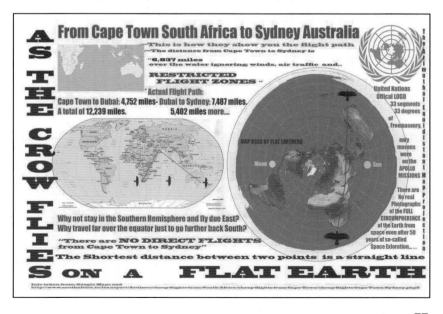

철새들의 이동 경로마저도 이러한 형태를 보여주는 것을 보고 많은 독자들이 적지 않은 생각을 하게 될 것이다. 물론 판단은 온전하게 독자들의 몫이다.

4-7. 곡률 위를 비행하는 것이기에 파일럿은 항상 기수를 조정해야 하는 것인가~?

일반 항공기는 임의의 순항고도에 도달하게 되면, 그때부터는 순항속도로 비행을 하게 되며 보통 500마일 즉 800km/h 의 속도로 비행하는 것으로 우리는 알고 있다. 앞에서 언급한 간단한 곡률계산법을 상기하여, 이곳에서도 지구의 곡률을 적용해보도록 하자.

시속 800km 이기에, 테스트 시작점으로부터 한 시간 뒤에 비행기는 500마일 멀리 떨어진 곳에 위치해 있을 것이며, 목적지점에 도착했을 경우에 50.8km(500²*0.2032)의 고도차이가 발생을 해야 함을 우리는 쉽게 계산할 수가 있다. 즉, 조종사가 순항고도를 일정하게 유지하기 위해서, 분당 846m 에 해당하는 높이만큼 기수를 내려주지 않으면, 비행기는 점점 지표면으로부터 멀어지게 될 것임을 우리는 쉽게 예측해 볼 수가 있는 것이다. 아래의 그림처럼, 전 세계 동서남북 어디를 향하더라도 항공기는 지구의 곡률에 맞추어서 기수를 계속적으로 내려야만

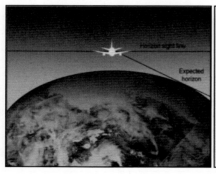 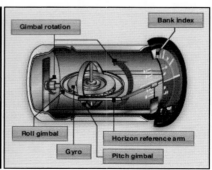

일정한 고도를 유지하는 것이 가능하며, 자이로스코프는 계속적으로 수평이 아닌 기울기를 갖는 모습을 보여주게 될 것이다. 하지만, 실상은 어떠한가~? 어떠한 비행조종사도 순항고도에서 일정한 간격마다 기수를 내려주는 일을 하지 않으며, 자이로스코프가 항상 수평을 유지하는 모습을 통해 그것을 확인할 수가 있다.

아래의 사진은 실제 비행 중인 항공기 내부를 촬영한 자료인데, 왼쪽을 보면 자이로스코프가 계속적으로 수평한 모습을 유지하고 있는 것을 보여준다. 또한, 오른쪽 그림을 통해서 자이로스코프의 움직임과 항공기에서 바라본 지상의 형태를 관측할 수가 있으며, 이 장치가 얼마나 정확한지를 역으로 알 수가 있다.

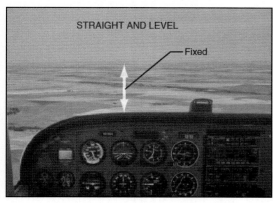

만약, 비행 중 자이로스코프가 항상 수평을 유지하는 것이 사실이라면 우리는 굳이 로켓을 수직으로 쏠 필요가 없을 것이다. 계속적인 수평을 유지하는 비행을 한다면, 결국에는 지구를 떠나서 자연스럽게 우주로 날아가는 꼴이 될 것으로 예상이 되기 때문이다. 그런데 지금까지 어떠한 로켓도 수평으로 발사되는 장면을 우리는 보지 못하였으며, 이에 대해 독자들은 과연 어떻게 생각을 하는가~?

혹자 중에는, 중력이 알아서 비행기를 지구 중심방향으로 계속 끌어당기기 때문에 기수를 주기적으로 계속 낮춰주지 않아도 우주로 날아가는 일은 발생하지 않는다고 주장하는 이도 있다. 하지만, 도대체 중력이 얼마나 똑똑한 지능을 가졌기에 자이로스코프가 항상 수평이 되도록, 또는 항공기가 수평이 되도록 해준단 말인가~! 단지 그럴듯한 해명일 뿐 그것에 대해 증명해 놓은 자료가 어느 한 곳이라도 존재하는가~?

또한 어떤 이들은 특히 조종 관계자 중에, 이 자이로스코프가 수평을 유지하는 것에 대해서 전자적으로 보정장치가 내부적으로 들어있기에, 스스로 알아서 지구의 곡률에 따라 대륙과 계속적인 수평 관계에 있도록 조정이 된다고 답을 하는 이들도 있는 것으로 안다. 만약 그렇다면, 항공기에 자이로스코프를 장착해야 하는 이유는 그 명분을 잃게 되며, 아예 필요조차 없게 되는 것 아닐까~? 즉, 언제 어디서든 항공기의 자세를 정확하게 파악하기 위해서 그것이 필요한 것인데, 오히려 지구 곡률에 맞춰서 계속적으로 그리고 자동으로 그것이 조정된다면, 그 기구를 장착하는 이유가 과연 어떤 의미를 가질 수 있겠는가~!

위와 같은 대답들은 어떠한 또 다른 의도가 있거나 자이로스코프의 원리에 대해 부족한 지식을 가진 자라고 밖에는 이해가 되지 않는 것이다. 또한 이 기구가 비행기뿐만 아니라 잠수함 등 많은 곳에서 매우 중요하게 사용되는 기계적 장비인 것을 모르는 것이다.

(특히, 비행기 조종사들에게는 버티고 즉 비행착각이라고 하는 것이 있는데, 야간비행 시에 바다를 하늘인 줄로 착각하고 바다로 빠지기도 하므로 수평유지는 매우 중요하다. 또한, 잠수함도 이 기능이 없다면 일정한 수심에서의 잠항이 불가할 것이며 수면 위로 떠오르거나 해저에 부딪히는 확률이 매우 높아지게 될 것이다.)

여기서 잠시, 기계적 방식과 전자적 방식에 대해서 한번 생각해보자. 예를 들어, 자동차에 브레이크를 오일, 즉 기계적 방식이 적용된 이유는 바로 안전성과 고장이 발생했을 경우에 그 고장을 찾기가 보다 쉽기 때문일 것이다. 곧 전자적 방식은 기계적 방식보다 고장확률이 더 높고 주변 전자기파에 영향을 많이 받게 된다. 또한 만약 결함이 발생하면 큰 사고로까지 이어질 수가 있는 경우도 있기에, 비록 단순해 보이기는 하지만 기계적 방식이 많이 사용되고 있는 것이다. (차량의 브레이크에 브레이크오일 대신 모터가 사용된다고 생각해보자. 모터의 고장이나 전선 단락 등이 발생하면 과연 어떠한 일이 발생을 하겠는가~? 그러나 유압을 사용하게 되면 고장확률이 낮을 뿐 아니라, 설사 오일의 누유 등이 발생하더라도 곧바로 쉽게 확인이 가능한 것이다.)

지금까지 우리는 항공기가 비행 중에 항상 수평을 유지한다는 것을 자이로스코프와 같은 장치를 통해 확인해 보았다. 순항 고도에서 기수가 위로 향하게 되면 속도가 늦어지면서 고도가 점점 높아지게 될 것이고, 기수가 아래로 향하게 되면 속도가 빨라지면서 고도가 점점 낮아지게 될 것이다. 이처럼 비행기가 일정고도에 도달하면 수평을 유지해야 하는 것은 매우 중요한 것이다. 그런데, 만약 지구가 구체라면 고도가 점점 높아지는 현상이 나타나야 하지만 그러한 현상은 발생하지 않으며, 그것으로 우리는 둥근 지구모델보다는 평평한 지구모델이 더 합리적이라는 결론을 얻을 수가 있는 것이다. 또한, 다시 한 번 강조하지만 자이로스코프는 비행기에 없어서는 절대 안 될 장치이며, 만약 이 수평을 유지하도록 하는 기능이 없이 일정고도를 계속 유지하려고 한다면, 비행기는 끊임없이 오르락내리락을 반복해야만 할 것이다.

마지막으로, 독자들에게 재미난 실험을 하나 해볼 것을 권하면서 마무리를 짓도록 하겠다. 앞으로는 비행기 탑승 시마다 수평계 어플이나 spirit level(수준기) 등을 이용해서 수평을 체크하는 실험을 해보기 바란다. 비행출발 전 지상에서 대기할 때에, 앞자리 의자에 부착된 테이블을 펼치고 수준기 등을 통해서 수평을 확인해보고, 비행기가 순항 고도에 도달했을 때에(대부분 안전벨트 해제 표시가 나는 경우가 될 것이다.) 테이블을 다시 펼쳐놓고 수평을 체크해보는 것이다. 만약, 핸드폰의 수평계 어플이나 수준기 등이 몇 분이나 몇 시간 동안 수평을 지속적으로 보여준다면 이것을 통해서 우리는 지구에 곡률이 없음을 알 수가 있는 것이다.

지구의 똑똑한 중력이 수준기 내의 액체와 공기 방울에 기울기가 발생하지 않도록 항상 지구 중심으로 끌어당긴다는 그러한 근거 없는 상상력은 이제는 그만두기를 바란다.

4-8. 지구가 자전한다면 하버링하는 헬리콥터의 위치는 왜 그 위치에 그대로 존재하는가~?

작자 또한 헬리콥터를 조종한 경험이 있지만(단지 신뢰도를 높이기 위함이지 어떠한 자랑을 늘어놓기 위함이 아니니 너그러이 양해하여 주기 바란다. 더군다나 헬기조종 경험이 꼭 자랑할 만한 것도 아니지 않은가~!), 그러한 경험의 유무를 떠나서 적도지방에서 헬리콥터를 지상 한 4~5m 위치의 하늘에 떠우고 나서 가만히 하버링하는 상태로 가만히 있다고 해서 1시간 뒤에 1,600km를 이동하는 일은 절대 일어나지 않는다. 지구가 반시계 방향으로 자전을 하고 있다고 하니, 한국에서 하버링하고 가만히만 있으면 중국의 상공에 헬기가 떠 있어야 하지 않을까~? 이러한 의문에 대해 많은 분들은 너무나도 바보 같은 질문에 실소를 금하지 못할 수도 있다. 지구의 대기권도 지표면과 같이 움직이는 상황이고 관성이라는 것이 있는데 어떻게 헬리콥터가 잠깐 지상 위에 뜬 후 제자리에 있다고 해서 지구 자전과는 반대방향에 위치하는 다른 지역의 상공에 위치할 수가 있느냐고 말이다.

하지만, 우리는 여기에서 많은 시간을 들여서라도 깊은 고민을 해 볼 필요가 있다. 과연, 대기라는 것이 지표면과 똑같은 속도로 움직일 수가 있는 것인가~? 이것은 마치 선풍기를 작동시켰을 때에 그 바람이 선풍기 팬의 속도와 똑같이 회전할 수 있다는 말과 무엇이 다른가~! 공기라는 것이 기체가 아니고 고체라면 그리고 그 공기가 선풍기의 팬과 완전히 고정되어 있는 존재라면 우리는 그것을 쉽게 받아들일 수 있을 것이다. 하지만, 마찰이라는 것이 존재할 것이기에 아주 미세하게나마라도 속도 차이가 발생하는 것이 더 상식적이지 않은가~? 지표면과 대기가 똑같은 속도로 같이 자전하고 있다는 것이 절대 불가능한 일인 것을 주변을 통해 쉽게 보고 또는 지각하면서도, 우리는 지구의 자전과 함께 대기도 같이 회전한다는 주장을 너무나도 쉽게 받아들이고 마는 것은 아닐까~? 우리의 상식적인 사고를 과학이라는 거대한 존재 앞에서 너무 쉽게 무너뜨려 온 것은 아닌지 한번 생각해 볼 필요가 있는 것이다.

기름은 많이 들겠지만, 헬기의 하버링 고도를 좀 높여보도록 하겠다. 헬리콥터가 날 수 있는 최대한의 고도로 헬기를 위치시키면 과연 어떠한 것이 예상되는가~? 지구의 자전을 주장하는 과학자들의 이야기에 의하면 지표면과 똑같은 속도로 마치 고체처럼 대기도 회전을 한다고 하였으니, 고도가 높아짐에 따라 그 지구 중심으로부터의 거리는 더 멀어지게 될 것이고, 대기는 1,600km/h 의 속도보다는 아주 미세하게 더 빨리 돌 것이다. 결과적으로 고도만 높여도 헬기는 점점 반시계 방향 즉 지구의 자전 방향으로 조금이라도 더 이동하는 움직임이 예상되는가~? 아니면, 고도가 높아짐에 따라 지구 대기의 밀도가 낮아지는 바람에 대기의 영향이 점점 없어져서 지구의 자전 속도보다는 늦어지기에, 지구의 자전 방향과는 반대로 이동하는 움직임이 예상되는가~? 둥근 지구모델을 지지하는 이들은 과연 어떠한 답을 우리에게 줄 수가 있는 것이란 말인가~!

이번에는 조금 다른 실험을 하나 해보도록 하자.
우리나라에서 헬기를 조종해서 북쪽 방향으로 간다고 가정해 보자. 점점 북극으로 가면 갈수록 회전각속도는 줄어드는 것이 예상되니 (적도 부근 공기대류속도가 1,600km/h 라고 한다면 북극점의 대류속도는 점점 0 이라는 값으로 줄어들 것이다.) 우리는 과연 헬기조정을 어떻게 해야 할까~? 북쪽으로 나아감에 따라 상대적으로 동풍이 부는 이치이니, 조종사는 기수를 항상 북동쪽으로 향해야 하는 것이 예상되는가~? 안타깝게도 그런 일은 없다. 단지 상황에 따라서 매 순간 변하는 바람의 방향에 대응을 할 뿐인 것이다. 남쪽으로 향하면 어떨까~? 그것 또한 마찬가지이다. 우리나라에서 적도 방향으로 진행하면 상대적으로 서풍이 점점 더 세게 부는 것이 예상되지만 현실은 그렇지 않은 것이다.

참고로, 양력을 얻거나 안정적인 비행을 위해서 헬기의 기수는 항상 바람이 가장 세게 부는 곳을 향하도록 하면서 비행이 진행된다. 예를 들어, 비록 정동 쪽의 목표점을 가기 위해서라도, 바람의 영향에 따라 북동이나 남동으로 기수를 맞추게 되는 것이다. 만약 정말 지구가 자전을 한다면, 특히나 속도가 많이 발생하는 비행은 매우 복잡하고 어려운 계산을 추가로 해야 할 것이다. 사실 헬기의 하버링 원리는 프로펠러 회전을 통해 발생하는 하강 방향의 공기와 그 작용에 대한 반작용을 이용하는 원리이며, 비행기 등이 양력을 얻는 원리는 우리가 흔히 말하는 베르누이 법칙에 의한 것이기에 대기권이 아니면 즉 공기가 희박하면 날 수가 없을 것이다.

그러니 이번에는 항공기와는 다른 실험을 한번 생각해 보도록 하자.
대기가 매우 희박하여 자전할 대기조차 없는 고도(즉, 자전의 영향이 없는 고도), 그리고 위도로 따졌을 때에는 북극점에서 기구를 띄우는 A 팀이 하나 있다. 그리고 대기의 영향을 충분히 받는 낮은 고도이며 위도로는 적도인 곳에서 기구를 띄우는 B 팀, 그리고 B 팀과 같은 고도 같은 경도의 위치에서 위도만 다른 몇 개의 팀을 중간 중간에 더 배치하여 서로간의 움직임을 망원경 등을 통해서 관측해본다고 가정해 보는 것이다. 여러 개의 팀이 동시에 기구를 하늘로 띄워서 서로를 관측하였을 때에, A 팀은 대기가 거의 없는 자전축에 위치를 하고 있으니 회전 속도가 거의 없을 것이고, B 팀은 둘레가 4 만 키로에 달하는 위치에 있으니 1,600km/h 의 각속도로 회전을 하는 것이 예상된다.
여기서 이성적으로 생각을 해보도록 하자. A 팀에서 B 팀을 바라보면 (지구가 구체라고 하고 망원경의 성능도 고려를 해야 하니, 중간의 여러 팀들을 거쳐야 할 것이다.) 그들은 어떠한 모습을 하는 결과를 얻게 될까~? 과연 한 시간 뒤에, 북쪽에서 적도지방을 바라보았을 때에 동쪽 방향으로 1,600km 떨어진 곳에 B 팀이 위치를 하고, 그리고 그 착지점의 위치가 큰 이동을 하는 결과를 얻게 될까~?

이와 더불어서, A 팀의 맴버들을 기준으로 수직으로 서있는 B 팀의 맴버들이 1,600km/h 의 속도로 머릿결을 휘날리며 동쪽 방향으로 전진해 나가는 모습이 과연 상상이 되는가~? 독자들이 각자 시간을 좀 들여서라도 합리적인 추론들을 해보기를 권장하는 바이다.

마지막으로, 우리가 일상생활을 하면서 쉽게 해볼 수 있는 실험을 하나 해보자. 혹자들 중에 달리는 기차 안이나 또는 비행기 안에서 공을 던지거나 드론을 띄울 때에, 공이 우리가 나아가는 방향의 반대방향으로 떨어지지 않거나, 드론이 뒤로 밀리지 않는 현상을 이야기하면서 그 이유가 기차 또는 비행기의 속도와 그 안에 있는 공기의 속도가 같기 때문이라는 설명을 하곤 한다. 여기서 문제는 그러한 현상과 같이 지구와 대기도 똑같은 속도로 회전을 한다는 주장을 하는 경우이다. 그들의 주장이 맞으려면, 그나마 지구는 폐공간 즉 닫힌 공간이어야 하지 않을까~? 지구 밖에 광활한 진공의 우주가 존재한다는 말과는 뭔가 앞뒤가 안 맞는 것이다.

예를 들어, 기차 안에서 의자에 줄로 연결시킨 풍선을 띄워놓았다고 가정해 보자. 정지해있는 기차가 출발할 때 풍선은 어떻게 되겠는가~? 물론 기차 앞뒤의 문 그리고 창문은 모두 닫고 말이다. 그렇다, 기차가 출발하는 가속도에 따라 약간의 차이는 있겠지만, 차량이 출발하는 시점에 기차 안의 공기는 그대로 정지해있으려는 관성으로 인해서 풍선이 약간 뒤로 가는 것처럼 보일 것이다. 그러나 출발 후 기차가 등속도 운동을 하게 되면 기차 안의 공기도 기차의 속도와 같아지면서 상대 속도가 0이 될 것이다. 풍선은 다시 원위치를 찾게 될 것이고, 차 안에서의 공 던지기는 당연히 그 던진 위치로 바로 떨어지게 되는 것이다. 그런데, 이러한 현상을 지구와 대기권의 회전운동 관계에 대한 설명에 어떻게 접목을 할 수 있다는 것인가~!

앞서도 언급하였지만, 지구가 만약 기차처럼 폐쇄된 즉 닫힌 공간이라면 어느 정도 설득력이 있다고 할 것이다. 그러나 둥근 지구모델은 닫힌 공간이 아니지 않은가~! 마치 기차에서 창문을 열고 달리는 것과 같은 이치인 열린 공간이 아니었단 말인가~?

혹자 중에는 너무나도 오랜 시간 동안, 지구와 대기가 같이 회전을 해왔기 때문에 상대속도가 0이 될 수도 있다고 말하는 이들도 있을 것이다. 그러나 물이 들어있는 큰 수조 가운데에 모터 등이 연결된 원통을 위치시킨 후 그것을 회전시켜보기 바란다. 아무리 오랜 시간 동안 돌려도 원통의 회전속도와 수조에 들어있는 물의 회전속도는 같아질 수가 없다는 것을 우리는 잘 알고 있다. (원통의 질량이 거대하면 중력이라는 것이 작용하여 물을 원통과 같은 속도로 돌릴 수 있다고 또 주장할 것인가~? 제발 그러한 증명되지 않은 허무맹랑한 가설은 제시하지 말아주기를 바란다.)

지구의 나이가 46억년 정도가 된다고 하니, 그래도 한 1억년 정도를 돌리면 그것의 속도가 같아질 것이라고 주장을 하고 싶단 말인가~?

그것은 오로지 원통과 수조 안의 물이 얼음으로 고체가 된 상태에서 서로 연결되어있을 때에 만이 가능한 것이지, 액체 또는 기체인 상태에서 원통과 수조 내의 물은 절대 속도가 같아질 수 없음을 우리는 이미 너무나도 잘 알고 있는 부분이다. 또한, 지구라는 고체가 대기를 돌리는 것인가~! 아니면 대기가 지구라는 고체를 돌리는 것인가~! 그리고 그러하다면 도대체 어떠한 힘이 지구를 이렇게 수십억 년 동안 회전시키고 있는 것이란 말인가~! 그 어떠한 것도 명확하게 밝혀진 것은 없다.

마지막으로, 설사 지구라는 대륙과 공기가 마찰 없이 같이 돈다고 최대한 가정을 해보도록 하자. 그럼 대기권 밖을 벗어나는 순간 갑자기 생성되는 1,600km/h의 속도 차이를 우주선과 우주인들은 어떻게 극복을 한다는 말인가~? (여기서 공전 속도와 나선형 운동 속도 등은 모두 제외하자.) 우주도 1,600km/h의 속도로 자전을 하고 있는 것인가~? 팽창만 한다고 하지 않았는가~?

이와 같은 비슷한 예를 든 과학서적을 읽으면서 '아~ 1,600km/h의 속도로 지구가 자전을 해도 공기와의 상대속도가 0이기 때문에 인간은 전혀 느끼지 못할 수도 있겠구나~!' 라고 고개를 끄덕거리며 동의한 것에 대해 그동안 작자는 매우 부끄러웠으며, 그 부끄러움에 대한 반성이 바로 이 책을 쓰게 된 동기 중에 하나이기도 하다.

4-9. 북극과는 다른 남극의 경도간의 거리 차이를 어떻게 이해를 해야 하는 것인가~?

우리가 북극으로 여행을 간다고 가정해보도록 하자. 지구가 구체로 이루어졌다고 하기에 북극점 쪽으로 가면 갈수록, 즉 북위가 점점 커짐에 따라 해당 북위마다 경도 간의 거리 차이는 점점 줄어들게 될 것이다. 그렇다면 남반구 쪽은 어떠한가~? 남극으로 가면 갈수록, 즉 남위가 점점 커짐에 따라 해당 남위마다 경도간의 거리 차이는 점점 줄어들어야 할 것이다. 하지만, 실상은 어떠한가~! 경도간의 거리는 점점 벌어지게 되는 현상이 발생을 하며(항해사들의 주장에 근거하여), 이러한 현상에 대해서 어떻게 이해해야 하는 것인지 관계자들의 명확한 설명이 필요해 보인다.

비록 나사에서는 현재 남반구가 북반구보다 더 큰 타원, 즉 호리병 모양을 하고 있다고 주장하고 있지만, 그렇다 하더라도 남위 어느 지점에서부터인가는 분명히 경도간의 거리가 점점 좁아져야 하는 것이며, 그 위치에 대해 정확한 설명이 없는 한 그것은 충분한 설득력을 가지지 못한다. 그리고, 언젠가는 남극점 근처에서 그 거리가 점점 좁아져서 북극점처럼 결국 한 점으로 모아져야 하는 것이 아닌가~! (사실 남극점을 탐험한 정확한 자료가 없기에 그리고 그곳의 탐험은 극히 제한되어 있기에, 이러한 남극점이 없다는 것을 사실인 것처럼 단정적으로 말하는 것에는 무리가 있다. 남극점과 관련된 내용은 이미 앞에서 다룬 바가 있다.)

지구의 모양이 호리병 모양을 하고 있다는 말과는 달리, 우주에서 찍은 둥근 구체 모양의 사진을 제시하면서 그 크기의 차이가 극히 미미하기 때문에 우리 눈에 호리병 모양으로까지는 보이지 않는다고 주장하였으나, 적도로부터 각각 북극 방향과 남극 방향으로의 같은 위도상의 위치에서 (즉 북위 남위의 위치가 같음) 어떻게 같은 경도간 에 그렇게 큰 차이가 나는 거리가 발생할 수 있는 것인지, 그것에 대한 명확한 설명을 우리는 필요로 한다. 앞에서도 언급하였지만, 남반구의 남쪽으로 항해하는 많은 선장들이 남쪽으로 내려가면 갈수록 점점 항법 에서 벗어나는 의문 및 문제 제기를 실제로도 하고 있으며, 적도 이남 으로 갈수록 점점 원주가 커지는 것에 대해 많은 의문을 가지고 있다고 한다. 그러한 이유 때문인지, 바다가 잔잔한 맑은 날씨의 항해임에도 불구하고 남반구에서 많은 배가 암초 등에 걸려서 난파된 것 등에 대해 서 관계자들의 명확한 설명이 필요하다.

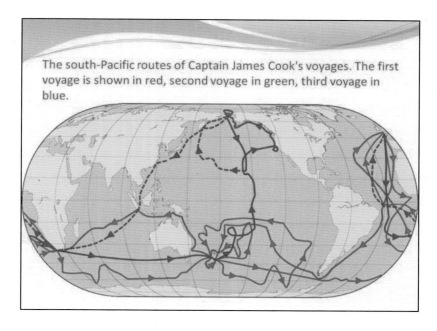

The south-Pacific routes of Captain James Cook's voyages. The first voyage is shown in red, second voyage in green, third voyage in blue.

또한, 우리는 전 세계 특히 남태평양을 항해 일주한 루트도 눈여겨 볼 필요가 있을 것이다. 쿡 선장이 3번에 걸쳐 진행한 남태평양 일주 루트를 정거방위도법 지도에 투영시켜보기 바란다. 여기에서 굳이 자세한 설명은 하지 않도록 하겠으나, 독자들이 직접 그림 그려볼 것을 추천하며 그 결과에 대해서 각자 판단해 보기 바란다.

4-10. 항해사들이 구면 삼각법 대신 평면항법으로 운행하는 것은 어떻게 이해해야 하는 것인가~?

항해사들이 바다 위를 항해할 때에 구면삼각법을 이용해서 항해를 하지는 않는다고 한다. 즉, 평면삼각법을 사용하며, 지구가 완전히 평평하다는 가정하에 항해를 한다는 것이다. 여러분들은 이것에 대해서 좀 의문스럽지 않은가~? 지구가 매우 크기 때문에, 곡면이 아닌 수평면으로 가정해도 무방하다는 답변은 그 타당성이 매우 부족해 보인다. 우리는 앞에서 지구의 곡률에 대해서 많은 계산을 해보지 않았는가~! 또한, 설사 그것이 가능하다 할지라도 항해거리가 멀어지면 멀어질수록 그 거리 차이에 의한 오류는 심각하게 발생을 할 것이라는 것을 우리는 쉽게 예상할 수 있다. 대양을 가로지르는 거리들을 결정함에 있어서 구면 삼각법보다 평면 삼각법이 더 정확하다는 것이 수백 수천 년 동안 반복적으로 증명이 되어온 만큼, 그것에 대한 명확한 설명이 필요하다. 여기에서 유클리드 기하학에 대한 자세한 설명은 하지 않겠다. 단 다음의 그림으로도 독자들은 작자가 무엇을 말하려고 하는지 잘 알 것이다. 암초 같은 것을 만나면 배가 난파되기에 그 항로가 매우 중요한 것은 굳이 항해 전문가가 아니어도 알 수가 있다. 그런데, 구체인 지구에서 점점 증가하게 될 오차를 감수해가면서까지 평면삼각법을 사용해서 항해를 한다는 것은 도무지 이해가 되지 않는 것이다.

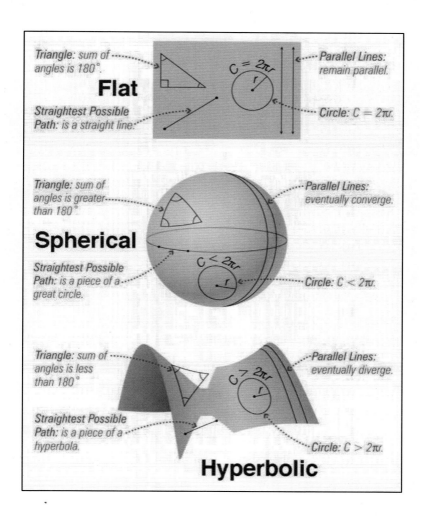

4-11. 남반구에서 보이는 북극성은 어떻게 이해해야 하는 것인가~?

둥근 지구모델을 근거로 하였을 때에 일반적으로 적도 이하 지방에서 북극성을 보는 것은 이론적으로 불가능할 것이다. 하지만, 실제로 남위 20도 이하에서조차 북극성은 관측이 가능하다고 한다. (작자가 직접 관측한 것은 아니기에, 전해지는 이야기들을 전달하는 수준에 그치는 점은 양해 바란다. / 에릭 두베이 저서 참고)

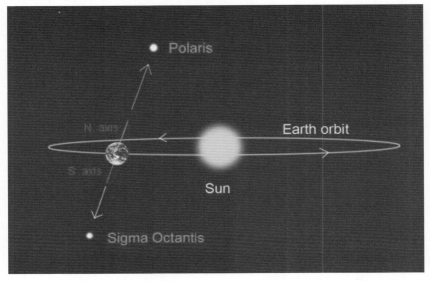

　만약 구체라면 관측하기 어려운 현상이 아닐까~? 또한 북반구에서는 북극성을 중심으로 큰곰자리 및 작은곰자리 등 많은 별자리들을 임의의 북위를 기준하여 거의 모든 경도의 위치에서 관측하는 것이 가능하지만, 남반구에서는 팔분의자리 시그마 주변을 중심으로 하여 회전하는 별자리들, 예를 들면 남십자성과 같은 별자리 등을 임의의 남위를 기준하여 모든 경도의 위치에서 관측하는 것은 거의 불가능하다고 한다. 이러한 현상에 대해서 우리는 충분히 의심을 해보아야 하며, 관계자들의 명확한 답변이 필요한 것이다. 위의 내용을 읽으면서, 약간은 이상한 부분을 감지한 독자도 있을 것이다. 그렇다, 남반구에서는 팔분의자리 시그마 중심이 아닌 그 주변을 축으로 별들이 회전한다는 내용이다.
　여기서, 잠시 팔분의자리 시그마라는 별에 대한 설명을 첨부해보도록 하겠다. 팔분의자리 시그마는 가끔 '남쪽 북극성'(Polaris Australis) 또는 '남쪽의 별'(South Star)으로 불리기도 한다. 그러나 이 별은 공식적으로 남극성의 지위를 받은 적이 없다. 이 별의 이름은 단지 천구의 남극에 가깝기 때문에 붙었으며, 발견된 시기도 비교적 최근이다. 위의 설명에서 보았듯이, 실제로 남반구에서는 남극성이 존재를 하지 않는다. 흔히 북반구에서 북극성과 같은 역할을 하는 별이 남반구에는 없는 것이며, 그나마 Sigma Octantis 즉 팔분의자리 시그마라는 별자리가, 남극의 지축으로부터 약 1 도 정도 벗어나 있는 위치에서 그나마 남극성의 역할을 하고 있는 것이다. 그런데 여기서 생각해 볼 만한 문제가 하나 있다. 무한한 우주에는 수많은 별들이 있고 또한 2 천조마일, 즉 3 천 2 백조 km 나 떨어진 곳에 정확히 지구의 지축선상에 북극성이 존재한다고 우리는 배워왔다. 그런데 왜 유독 남반구에서는 그 남극 중심의 위치에 별이 존재하지를 않는 것일까~? 우리는 이러한 현상을 어떻게 받아들여야 하는가~! 그 수많은 별들 중에 남반구의 지축선상에 위치하는 별이 하나 정도는 있다는 것이 그렇지 않은 경우보다 확률적으로 더 높지 않을까~? 북극성도 그 멀리 떨어진 곳에서 너무나도 또렷하게 밝은 빛을 우리 지구에게로까지 보내고 있지 않은가~! 또한 북극성과 정반대에 존재하는 남반구에 있는 별의 특징은, 항상은 아니고 가끔씩 아주 운이 좋으면 볼 수 있다고 한다는 점인데, 그러한 별을 굳이 남극성이라고 가정하거나 칭하는 것이 과연 합당한 것인가~?

이러한 것에 대해 우리는 깊이 고민해 볼 필요가 있는 것이다.

그리고 여기서 재미난 것은, 이 별자리 또한 남십자성 별자리와 같이 남반구의 임의의 위도를 기준으로 하여 모든 경도의 위치에서 동시에 관측하는 것이 불가능하다고 하는 점이다.(에릭 두베이 저서 참고) 만약 이것이 사실이라면 이 현상은 무엇을 설명하는가~? 지구가 구체라면 남반구 또한 구체이고, 북반구처럼 지구의 축을 중심으로 회전하는 별자리들이 어떠한 경도에서도 모두 보여야 정상 아닌가~? 하지만 실상은 그렇지 않다는 것이다.

참고로, 인터넷을 통해 "스텔라리움"이라고 검색해보면 무료로 다운로드 받을 수 있는 프로그램이 있다. 우리가 전 세계 모든 지역의 별들을 직접 관찰하기는 힘든 일일 것이니, 이 프로그램을 통해서 세계 각

지역의 동서남북 방향으로 별의 움직임을 시간대별로 볼 수 있을 것이다. 비록 둥근 지구모델을 근거로 하여 만들어진 프로그램이기는 하겠으나, 상기에 언급한 내용 파악에 조금이나마 도움이 될 것이니 참조하기 바란다. 이 프로그램에서도 북극성은 항상 또렷이 보이지만, 남극성은 보이지를 않는다.

4-12. 낮에 달이 반투명으로 보이는 현상은 무엇으로 설명이 가능한가~?

우리는 주변에서 대낮에 높게 떠 있는 달을 흔하게 볼 수 있다.

초승달부터 보름달에 이르기까지 다양한 모양의 달을 볼 수가 있는 것이다. 사실 둥근 지구모델에서 이것은 누구라도 어느 정도 의심해 볼 만한 문제임에도 불구하고, 그것을 과학자나 전문가들만의 몫으로 넘기고 그것을 간과하여 쉽게 넘어간 측면 또한 우리는 반성해 보아야 한다. 기술이 점차 발전함에 따라 일반인들도 쉽게 하늘의 천체를 사진으로 담거나 관찰하는 일이 수월해졌으며, 실제로 우리가 흔히 배워온 것과는 다르게 항성이나 행성들이 땅 덩어리가 아닌 것으로 의심되는 많은 의혹적인 자료들이 쏟아져 나오고 있다. 구체가 아닌 빛을 발하는 평평한 원반으로 보이는 사진들이 있는가 하면, 달의 표면을 뚫고 그 뒤로 보이는 별들이 찍혀있는 자료들이 있으며, 하늘을 날아다니는 새들이나 비행기들과 동시에 뚜렷이 찍히는 달의 분화구 사진 등 너무나도 신비스러운 사진들이 폭발적으로 공개되고 있는 것이다.

달이 고체로 이루어진 구체라면, 어떻게 낮에 투명하게 보이는 부분이 있을 수 있다는 말인가~! 태양 빛이 반사되어진 부분만이 우리 눈에 보여야 하며, 태양 빛이 반사되지 않거나 지구의 그림자가 발생하는 곳은 어두운 또는 검은 다른 색으로 보여져야 하는 것 아닌가~? 어떻게 파란 하늘의 색과 같을 수 있단 말인가~!

94

구체의 달 뒤로 보이는 별들은 도대체 또 무엇으로 설명을 할 것인가~! 또한, 달과 지구간의 거리는 382,240km 떨어져 있다고 하는 둥근 지구 모델의 수치를 앞에서 언급하였다. 만약, 그렇게 먼 거리라면, 달 표면의 분화구라고 주장되는 모양을 찍기 위해서 그 먼 거리를 줌 인하는 기능의 카메라 기술이 현존하는지 의심되기도 하거니와 불과 몇십 미터 또는 몇 킬로미터 상공의 하늘 위로 날아다니는 새 또는 비행기와 동시에 찍혔음에도 불구하고 초점상 전혀 문제가 없는 부분에 대해서는 어떻게 설명을 할 것인가~! 과학은 이러한 현상에 대해서 상식적인 설명을 해주어야 하는 것 아닌가~?

다시 말씀 드리지만, 사진의 조작 및 진위여부에 대해 의심하는 분들이 발생하는 것은 어찌 보면 너무나 당연한 이야기이다. 따라서, 직접 자료를 찾아보거나 사진을 직접 찍어보는 것이 가장 좋은 방법이라고 생각되며 그것을 추천 드리는 바이다.

4-13. 태양 뒤편의 구름은 무엇으로 설명이 가능한가~?

굳이 사진 찍는 취미가 없다 하더라도 대부분의 사람들이 일출 및 일몰 사진을 하나쯤은 소유하고 있을 것이다. 그렇다면 각자가 소유하고 있는 사진을 한번 잘 살펴보기 바란다. 혹시라도 그냥 지나쳐 버리기에는 너무나도 의심스러웠던 부분을 다시 발견할 수도 있을 것이기 때문이다. 태양과 지구 간의 거리는 1 억 5 천만 km 떨어져 있다고 우리는 알고 있다. 그렇다면 과연 태양 뒤의 구름은 무엇을 의미하는 가~? 혹시 구름 대신 저 멀리 태양 뒤편에 존재하는 어떠한 특수한 물질들이 사진에 찍힌 것이란 말인가~?

    만약, 구름이 맞다면 우리는 한번 시간을 갖고 태양의 고도에 대해서 합리적인 의심을 해 볼 필요가 있는 것이다. 태양이라는 존재가 지구로 부터 그렇게 멀리 떨어져 있지 않다는, 그리고 지름이 1,392,000km 에 달하는 크기가 아니라고 주장하는 평평한 지구모델에서는 위 사진의 현상이 설명 가능하다고 생각하지 않는가~?

5. 평평한 지구모델에서 주장하는 부분들~!

5-1. 평평한 지구모델에서도 밤낮이 그리고 사계절 발생이 가능한가~?

평평한 지구모델에서 해와 달이 회전하는 모습은 여러 자료들을 통해서 많은 이들이 설명을 하고 있으며, 앞에서 잠시 언급은 하였으나 그 내용을 좀 더 자세히 살펴보도록 하겠다.

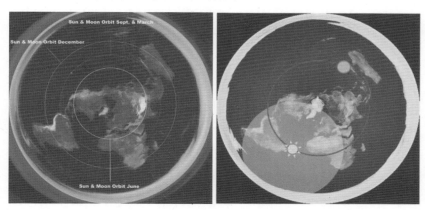

우리가 흔히 말하는 적도라는 동심원과 그 안쪽의 동심원 그리고 그 바깥쪽의 동심원을 각각 현재의 북회귀선과 남회귀선으로 대치하여 이해할 수가 있는 것이다. 북회귀선 즉, 가장 안쪽의 동심원을 태양이 회전할 때가 여름이고, 적도 부근 즉 가운데 동심원을 태양이 회전할 때가 봄과 가을, 그리고 남회귀선 즉, 가장 바깥쪽 동심원을 태양이 회전하는 시점이 바로 겨울인 것이다. 또한, 태양은 24 시간에 한 바퀴씩 각 크기의 동심원을 돌고 있으며, 지금껏 알려진 바와는 달리 그 크기가 그리 크지 않고, 고도 또한 그렇게 높지 않기에 태양빛과 달빛이 비춰지는 곳은 매우 한정적인 것이다. 즉, 평평한 지구모델에서는 전 세계가 모두 동시에 밝은 대낮처럼 빛나야 되는 것 아니냐고 의문을 갖는 이들이 많은데, 그것은 태양이 매우 멀리 떨어져 있고 어마어마한 크기를 가졌다는 가정하에 생길 수 있는 의문인 것이다.

그럼, 이제 각 계절의 발생과 계절마다 하루의 길이가 다른 이유에 대해서 다뤄보도록 하겠다. 하루는 24 시간으로 정의가 되어있다. 즉 태양이 12 시 지점에서 출발하여 시계방향으로 한 바퀴를 돌고 12 시 지점에 다시 도착하는 데에는 24 시간이 걸리는 것이다. 여기서, 주어진 시간 내에 출발한 원위치에 다시 도착하려면 동심원이 작은 안쪽 원을 회전할 때가 동심원이 큰 바깥쪽 원을 회전할 때보다 속도가 느려야 한다는 것을 우리는 잘 알고 있다.

이러한 이유로 평평한 지구모델에서도, 여름에는 태양이 동심원을 도는 속도가 겨울에 태양이 동심원을 도는 속도보다 느린 것이다. 이러한 내용들은 겨울이 여름보다 여명이나 황혼이 더 빨리 사라지는 현상에 대해서도 모두 설명이 가능한 것이다. 또한, 북회귀선 즉 가장 안쪽 동심원을 회전할 때에 태양의 속도는 느리고 그것이 비춰야 하는 면적은 좁은 반면에, 남회귀선 즉 가장 바깥쪽 동심원을 회전할 때에 태양의 속도는 빠르고 그것이 비춰야 하는 면적은 훨씬 넓다. 이러한 내용은 북극과 남극의 심한 기온 차이, 사계절의 기온 차이, 낮과 밤의 길이 차이, 동식물의 생태계 차이 등 우리가 지구에서 보고 느끼는 이 모든 현상에 대해서 둥근 지구모델보다 더 명확한 설명이 가능하다. 또한, 여름에 태양이 뜨는(사실은 다가오는 것이다.) 시각이 겨울보다 더 빠르고, 더 늦게 지는(사실은 멀어지는 것이다.) 것에 대한 이유도 모두 설명이 가능한 것이다.

둥근 지구모델을 근거로 하였을 때에 석연치 않은 부분이 지금까지도 계속 제기되고 있기는 하나, 그 모델을 근거로 하더라도 상기에 대한 현상이 어느 정도 설명은 가능하다. 우리가 그동안 배워왔던 것처럼 말이다. 태양이 지구로부터 엄청난 거리에 위치해 있고, 지구의 공전궤도가 겨울보다 여름에 더 멀고 자전축이 기울어져 있기에 계절이 발생을 하고 계절에 따라 낮의 길이가 변하는 것 등에 대한 설명이 말이다.

사실, 처음에는 공전궤도가 원이었다가 그리고 타원이었다가 그리고 겨울보다는 여름에 공전궤도가 더 먼 타원궤도라는 설명의 추가라던가,

자전축이 수직에서 23.5 도가 기울었다는 내용 등의 추가는 그리 오래된 과거의 일이 아니다. 추가적으로 많은 설명들이 계속 붙긴 하였지만, 태양의 크기가 변하는 부분이라던가, 남극과 북극의 심한 기후 차이 등에 대해서는 아직도 더 추가적인 보충설명이 필요해 보인다.

앞서 언급한 바와 같이, 엄청난 크기의 태양이 지구로부터 굉장히 멀리 떨어져 있고 지구가 자전을 한다면 그 크기가 눈에 띠게 변하는 것은 오히려 가능하지가 않은 것이다. 즉, 굉장히 멀리 떨어지지 않았기 때문에 태양의 크기가 변하는 것이 우리에게 관측되는 것이고, 이것은 원근법 및 대기에 의한 빛의 굴절 등을 모두 반영하여서라도 보다 명쾌한 설명이 가능해지는 것이다. 또한, 남극과 북극의 심한 기후 차이가 대륙과 해양이 배치된 면적의 차이 때문이라는 것을 그냥 받아들이기에 분명히 답답한 부분이 있다. 북극점 주변에는 대륙이 많아서 더 오랜 시간 열을 머금고 있기에 온도가 남반구보다 높다는 것은 분명히 설득력이 부족해 보이는 것이다. 그리고 해양의 온도 차이는 또 어떻게 설명할 것이란 말인가~!

1 억 5 천만 km 를 달려온 빛과 열기가 어떻게 고작 근일점(147,098,290km/남극의 여름)과 원일점(152,098,232km/북극의 여름)의 거리 차이인 5 백만 km 때문에 그러한 극심한 온도 차이를 보여줄 수가 있을까~?

단지 3.3%의 거리 차이가 그러한 극심한 온도 차이를 발생시킨다는 것이 여러분은 상식적으로 납득이 되는가~?

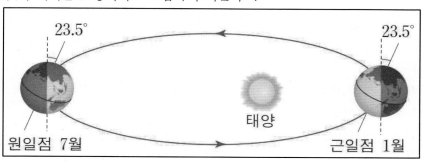

99

5-2. 평평한 지구라면 중력과 공전 및 자전도 모두 필요 없는 것인가~?

앞에서 언급한 내용들을 마음 넓게 받아들여서 만약 평평한 지구모델이 어느 정도 타당하다는 생각이 조금이라도 든다면, 즉 지구는 평평하고 어떠한 움직임도 존재 하지를 않으며, 태양과 달과 별이 그 평평한 대지 위를 회전하는 것이 어느 정도 일리가 있다고 생각된다면, 우리는 가장 먼저 빛도 그리고 공간도 휘게 만들 수 있다는 중력이라는 가설이 필요 없게 될 것이다. 다시 말하지만, 지구상에서 발생하는 거의 대부분의 현상들은 중력이라는 가설이 아닌 밀도와 부력 이라는 내용으로 얼마든지 설명이 가능한 것이다. 실제로, 뉴턴이 중력이라는 개념을 가설로 내놓기 훨씬 이전부터 자연계 대부분의 현상은 이미 이 밀도와 부력으로 모든 설명이 마무리된 것이 사실인 것이다.

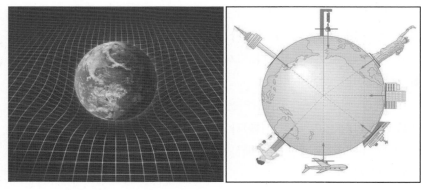

군이 천재적인 과학자나 수학자들만이 풀어낼 수 있는 복잡한 수식은 하나도 필요 없으며, 매우 단순하게도 높은 밀도의 물체는 낮은 밀도의 물체보다 밑으로 가는 성질로 모든 것이 설명 가능한 것이다. 즉 중력의 가설은 애초에 전혀 필요가 없는 것이다. 중력이 공기를 잡아당기고 있기에, 대기가 준 진공상태인 우주로 모두 빠져나가 버리지 않는 것이라고 설명을 하였는데, 더워진 공기가 차가운 공기보다 위로 올라가는 성질 등은 어떻게 설명을 할 것인가~! 이는 더워진 공기의 밀도가 낮아져서 상대적으로 밀도가 높은 차가운 공기보다 위에 위치하려는 성질로 모든 설명이 가능한 것이다.

뜨거운 물이 차가운 물보다 위에 위치하려는 성질을 막지 못할 만큼 중력은 그렇게 미미한 존재라고 또 추가적인 설명을 할 것이란 말인가~? 회전하지도 않는 지구를 회전한다고 가정하고, 그 회전하는 구체의 원심력을 이겨내는 힘을 억지로 짜맞추려다 보니 이러한 중력 및 인력이라는 가설이 필요하였던 것이며, 많은 과학자들에 의해서 그리고 어떠한 권력에 의해서 그 가설은 타당하며 진실이라고 강요되어져 왔을 뿐, 그 이상도 그 이하도 아닌 어떤 의미도 없는 것이다. (물론 지금까지도 중력의 존재에 대해서 거부하거나 분명히 문제점이 있다고 인정하는 과학자들도 많이 있다.)

이러한 중력이라는 가설의 힘으로 인해서 남반구와 북반구의 사람들은 땅을 밟고 각각 정반대로 서 있는 그리고 적도지방에 있는 사람들은 가로로 서 있는, 오히려 일반적인 상식으로는 도저히 이해하기 힘든 엉터리 현상을 믿도록 강요한 것일 뿐 어떠한 의미도 없는 것이다.

그럼 여기서 밀도와 부력에 대한 것을 좀 더 깊이 생각해보도록 하자. 저 멀리 바다 위에 배 한 척이 떠있다고 가정해보자. 그 배를 찌그러뜨리어 (똑같은 질량) 바다 위에 띄운다고 배가 뜰 수 있을까~? 그것이 불가능함을 우리는 이미 알고 있다. 물에 작용하는 부피가 작아짐에 따라 질량은 같더라도 밀도가 (질량/부피) 커져서, 결국 물의 밀도보다 작게 만들어주는 역할을 하는 부력을 잃어 버리는 바람에 가라앉게 되는 것이다.

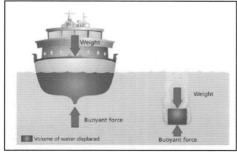

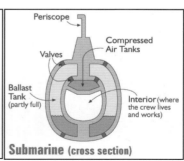

그럼, 잠수함의 경우에는 부피가 크고 항상 변하지 않기에 그 큰 부력으로 인해 물의 밀도보다 작아서 항상 물에 떠야만 하는 것 아닌가~? 어떻게 잠수가 가능한 것일까~? 그렇다, 그것은 질량을 늘려서 밀도를 키우기도 하고 질량을 줄여서 밀도를 줄이기도 하는 내용일 뿐 특별한 것은 없는 것이다. (바닷물을 이용하여 잠수함 내에 저장하기도 분출하기도 하는 것이다.)

　항공기의 비행 원리는 어떠한가~? 비행기 또한 부피를 조정할 수 없으니 질량을 조절해야 할 텐데 말이다. 그렇다고 사람을 버릴 수도 연료를 버릴 수도 없는 일 아닌가~! 이미 잘 아는 바와 같이, 비행기 날개의 모양을 변화시켜서 날개 위의 작은 압력과 날개 아래의 큰 압력을 발생시켜서(베르누이 원리) 결국 공기의 밀도보다 작게 만들어 주는 역할을 하는 부양력을 얻는 원리일 뿐 특별한 것은 없는 것이다.

　이때에 압력 차이를 발생시키기 위해서는 반드시 공기의 흐름이 필요하기 때문에 비행기는 속도가 필요하다. 즉, 배는 속도가 없어도 바닷물 위에 떠 있을 수 있지만(단지, 물의 밀도보다 작기만 하면 되기 때문에) 비행기는 속도가 없으면 절대로 공기 위에 떠 있을 수 없는 것이다. (헬리콥터의 하버링 원리는 앞에서 이미 설명을 하였다.) 그렇기에 그 큰 쇳덩어리가 큰 질량을 극복하고 마치 공기보다 가벼운 담배 연기처럼 하늘을 날게 되기도 하고, 바닷속에서 잠수하거나 바다 위에 떠 있기도 하는 것이다. 밀도와 부력으로 모든 설명이 가능하며, 중력이라는 가설은 그 어느 곳에서도 필요가 없는 힘인 것이다.

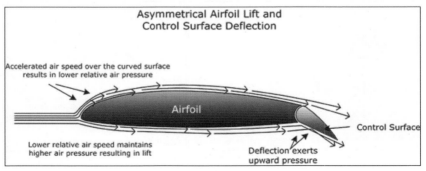

또한 실제적으로, 역사상 어떠한 실험에서도 큰 질량을 가진 물체가 작은 질량을 가진 물체를 아주 조금이나마 끌어당기는 실험, 즉 인력이라는 것을 관찰하고 증명해내는 실험이 성공한 적이 없다.

그리고 물체를 끌어 당기는 인력을 이겨내도록 하기 위해서, 도대체 어떠한 힘이 어디서 생겨났기에 행성이 항성을 중심으로 공전하게 되는 것인지에 대한 실험도 성공한 적이 없다. 단지 태양과 같이 질량이 큰 존재이어야만 그것이 가능할 것이라고 추정과 주장만 할 뿐 그 어디에도 타당한 실험자료 및 상세한 설명은 없는 것이다.

5-3. 평평한 지구모델에서 남반구의 시계방향으로 도는 별의 일주운동은 어떻게 설명이 가능한가~?

북반구 별의 일주방향은 반시계 방향이며 남반구 별의 일주방향은 시계방향이다. 과연 이것이 평평한 지구모델에서도 설명이 가능할까~? 이것에 대한 이해를 위해서는 원근법의 이해가 선행 되어져야 한다. 즉, 빛을 포함한 모든 사물은 거리가 멀어질수록 관찰자 눈의 위치로 점점 수렴하게 되고, 거리가 가까워질수록 관찰자 눈의 위치와는 상관 없이 점점 발산하게 된다는 것이다. 예를 들어, 동쪽에 뜬 태양을 바라보았을 때에 그 태양빛은 마치 우리에게로 다가오는 동안 발산을 하는 것처럼 보이며, 태양과는 반대편인 서쪽을 바라보았을 때에 그 빛은 점점 더 먼 곳으로 가면서 수렴하는 것처럼 보이게 되는 것이다. 또한, 우리 인간의 욕심과는 다르게 우리가 바라보는 시야는 한정되어 있다. 높은 하늘을 바라본다고 하자. 우리는 하늘의 모든 부분을 볼 수가 없으며, 내 시야에 들어오는 극히 일부분의 하늘만을 바라보고 있는 것이다.

이러한 것에 대한 충분한 고찰이 둥근 지구모델에서는 모두 무시되고, 단지 지구가 반시계 방향으로 자전하기에 북반구에서는 반시계 방향으로, 남반구에서는 시계 방향으로 별의 일주운동이 일어난다고 설명하고 있는 것이다.

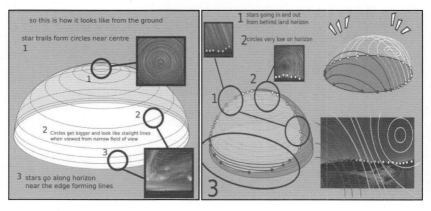

여기서, 별들의 움직임을 관찰해보도록 하자. 참고로 여기에서도 작자는 "스텔라리움"이라는 무상 프로그램을 권장한다. 컴퓨터에 프로그램을 설치하여 각 지역에서 별들의 움직임을 보면 이해가 더 빠를 것이다.

관찰자가 북위 45도에서 북쪽 지평선을 바라보면 북극성을 중심으로 반시계 방향, 그리고 남쪽 지평선을 바라보면 동쪽에서 서쪽으로 태양이 운동하듯이 시계 방향으로 회전하는 별들을 볼 수가 있다. 만약, 이때에 지평선이 아닌 하늘을 바라보면 역시 북극성을 중심으로 반시계 방향으로 회전하는 별들을 우리는 볼 수가 있는 것이다.

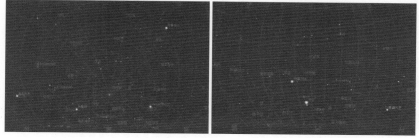

적도에서 동쪽을 바라보면 북위도 지평선에서는 북극성을 중심으로 반시계 방향, 남위도 지평선에서는 팔분의자리 시그마 주변을 중심으로 시계 방향으로 회전하는 별들을 볼 수가 있다. 물론, 동쪽에서 서쪽으로 이어지는 하늘을 정면으로 보게 되면, 우리는 직선 운동하는 별들의 모습을 볼 수가 있다. 마치 태양이 동쪽에서 서쪽으로 지는 것처럼 별 또한 그러한 직선 운동의 모습을 우리에게 보여주는 것이다.

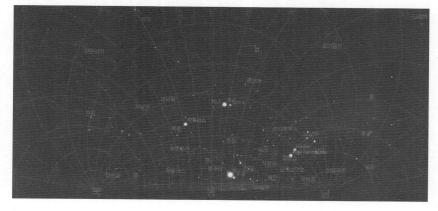

남위 45도에서 북쪽 지평선을 바라보면 눈에는 안 보이지만 북극성을 중심으로 별들은 여전히 태양과 같이 반시계 방향으로 일주를 하게된다. 만약, 이때에 지평선이 아닌 하늘을 바라보면 역시 팔분의자리시그마 주변을 중심으로 회전하는 별들을 볼 수가 있다. 그리고 남쪽지평선을 바라보면 팔분의자리 시그마 주변을 중심으로 시계 방향으로회전하는 별들을 볼 수가 있다.

　　이와 같이, 별의 일주운동은 평평한 지구모델에서도 원근법을 적용하여 얼마든지 설명이 가능하다. 즉, 지구의 자전 때문에 북반구와 남반구의 별이 각각 반시계 및 시계 방향 운동을 하는 것이 아니라, 별은 태양과 같이 항상 동쪽에서 서쪽으로 계속 원운동을 하는 것일 뿐이다.

　　매우 잔인한 가정일 수도 있지만, 만약 태양이 북반구 80도 근처에서만 회전운동을 하면 어떻게 될까~? 그렇다, 북극성을 중심으로 하는

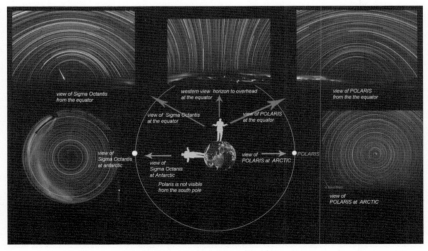

106

별들의 일주운동과 똑같은 운동을 하게 된다는 것을 쉽게 예상할 수가 있다. 적도에서 북반구 방향을 바라보면 반시계 방향 운동을, 남반구 방향을 바라보면 시계 방향 운동을 하는 것을 보는 것과 똑같은 이치인 것이다. 평평한 지구모델 하에서는 북반구와 마찬가지로 남반구에서도 별이 반시계 방향으로 회전해야 하는데, 그렇지 않다는 이유로 그 모델이 틀렸다고 이야기하는 이들의 주장은 오히려 여러 고민의 부족함으로부터 기인한 것이며, 오히려 실제로 우리 생활에서 항상 느끼고 있는 원근법을 적용시키지 않은 것에 대해서 해명이 필요한 것이다. 또한, 북반구의 경우 북극성을 중심으로 별들이 회전하는 것과는 달리 남반구에서는 회전을 하는 별들의 중심역할을 하는 별이 없다는 것에 대해서 추가 설명이 필요한 것이다.

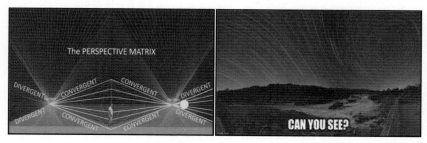

만약, 첨부한 자료 또는 추천한 프로그램만으로는 부족하여 이해가 어렵다면 유튜브 등을 (안타깝지만 이러한 교육을 공개적으로 하는 곳은 딱히 없기 때문에 어쩔 수가 없다.) 통한 동영상 자료들을 스스로 찾아보기를 권장하는 바이다. 쉽지는 않겠으나, 그렇게 많은 시간 투자가 아니어도 이해가 가능할 것이다.

별의 일주운동뿐만 아니라, 계절마다 다른 별자리가 관측되는 것에 대한 설명 또한 가능하다. 우리는 그동안, 공전궤도의 계절마다 지구를 중심으로 태양과는 반대편에 위치한 별자리들에 대한 설명으로 계절별 별자리가 다름을 배워왔다. 하지만, 아무리 별의 위치가 멀리 떨어져 있다 하더라도 계절마다 뚜렷한 별자리들을 본다는 것이 가능한가~?

지구가 자전, 공전, 그리고 나선형 운동 등을 함에도 불구하고 계절마다 큰 오차나 왜곡도 없는 것이 독자들은 이해가 되는지 묻고 싶은 것이다. 오히려, 이러한 설명은 평평한 지구모델에서 더 설득력이 있다.

평평한 지구모델에 의하면, 태양은 24 시간 동안에 한 바퀴를, 달은 대략 25 시간 동안에 한 바퀴를 그리고 별은 태양보다 대략 4 분 빠른 속도로 한 바퀴를 돈다고 이야기한다. 즉, 매달 약 120 분가량 선행을 하며, 1 년에 1,440 분인 24 시간 정도를 선행하게 되는 것이다. 이렇게 1 년이라는 기간 동안 하루에 해당하는 시간만큼 태양보다 선행하기에, 궁창 또는 돔 밖에 존재하는 모든 별들을 관측하는 데에 1 년이 소요된 다는 이치는 그 어떠한 설명보다도 명확하며, "스텔라리움" 프로그램 으로도 확인이 가능하다.

태양이 저문 밤하늘에, 각 별자리들이 매년 봄 여름 가을 겨울마다 다른 모양으로, 그리고 매번 같은 위치에서 수천 년 동안 한 치의 오차 도 없이 우리에게 늘 그렇게 보여져 온 것은 혹시 그 때문이 아닐까~?

5-4. 평평한 지구모델에서 월식과 일식은 설명이 가능한가~?

둥근 지구모델에 의하면, 태양은 달의 400 배에 달하며 그 떨어진 거 리 또한 400 배에 달하기 때문에, 우리 눈에 태양과 달의 크기는 비슷 하게 보이는 것이며, 개기일식과 같은 현상도 가능하다고 말한다. 사실 이러한 내용이 이 어마어마한 크기의 우주에서 자연발생적으로 우연찮 게 일어난 일이라고 보기에는 뭔가 쉽게 받아들이기가 어렵다. 오히려 매우 거대하고 세밀한 어떤 계획하에 보여지는 현상이라고 주장하는 것이 차라리 더 설득력이 있어 보인다. 최소한 작자에게는 말이다.

또한, 흔히 말하는 월식은 태양과 지구와 달이 순서대로 완벽하게 일직선상에 위치해있을 때만이 가능하다고 말한다.

하지만, 과거로부터 지금까지 태양과 달이 둘 다 수평선 위에서 또는 하늘에 동시에 보이는 경우에도 월식이 발생한 기록들이 많이 있으며, 지금도 우리는 그러한 현상을 관측할 수 있고 그것을 보여주는 동영상이 많이 존재한다.

이것은 월식이라는 현상이 우리가 그동안 배워온 것처럼 지구의 그림자로 인해서 발생하는 현상이 아닐 수도 있음을 증명하는 것이다.

오히려 평평한 지구모델에서 주장하는 또 다른 행성의 존재가 이러한 일식 및 월식 현상을 일으킨다는 설명이 더 설득력이 있을지도 모른다. 다음의 사진은 하늘의 여러 행성들을 보여준다.

(여러 나라의 고대신화 속에서도 제3의 존재가 달과 해를 잡아 삼킨다는 내용은 많다.)

앞에서도 언급하였지만, 낮에 달을 보면 달의 뒷배경으로 파란 하늘을 보는 것이 가능하다. 심지어 밤에는 달 표면을 통과해서 뒤로 보이는 또 다른 별까지도 볼 수 있는 증거사진들이 쏟아져 나오고 있으며, 과거에도 이러한 기록은 많이 존재해 온 것이 사실이다. (왕립 천문협회)

이처럼, 달은 그동안 우리가 배워온 것처럼 고체이고 구체가 아니라, 원형으로 되어있으며, 단순하게 태양빛을 반사하는 것이 아니라 달 스스로 온전하게 빛을 내는 큰 투명체인 것이 점점 입증되고 있는 것이다. 그것에 대한 이해를 위해서 태양빛과 달빛의 성질 자체가 다름에 대해서 약간 추가 설명을 해보도록 하겠다.

태양의 빛은 금색이고 따듯하고, 건조시켜주며, 방부와 소독 효과가 있다고 한다. 또한 거의 대부분의 사물들이 태양빛에 노출되면 오그라들고, 건조되고, 응고되며, 분해되거나 부패되려는 경향이 줄어든다고 하는데, 이것이 바로 태양빛의 성질인 것이다. 반면, 달의 빛은 은색이며, 시원하고 축축하게 하며, 부패하게 하고 패혈성이 있다고 한다.

또한, 태양빛은 모닥불의 연소를 감소시키지만, 달빛은 오히려 연소를 증가시킨다고 한다. 이것은 태양빛과 달빛이 서로 다르며, 독특한 성질을 가지고 있다는 것을 증명하는 것이다. 또한 달빛이 단순히 태양의 빛을 반사시키는 것이 아니라는 점을 보여주는 것이다.

쉽게 해볼 수 있는 실험이 하나 있는데 그것을 한번 살펴보자.

태양의 직사광선에 놓은 온도계는 그늘에 놓인 온도계보다 그 온도가 더 높이 올라가는 것은 상식적이다. 하지만 보름달의 직사광선은 그늘에 놓인 온도계보다 그 온도가 더 낮아진다고 하는데 이를 모르는 이는 많았을 것이다. 또한 태양의 빛이 볼록렌즈를 통과하면 우리는 큰 열을 만들어낼 수 있으며 불을 만들어 내기도 한다. 하지만, 달의 빛을 가지고는 절대 열을 만들어 내지 못하는 것을 우리는 간단한 실험으로 알수가 있다. 오히려, 달의 광선이 온도계상의 온도를 8도 이상 감소시킬수 있다는 것을 입증한 실험은 이미 1856년 "랫신 의학 학술지"에 실린 바가 있다고 한다.

태양 빛을 거울 등을 통해 반사시키면 어느 정도는 감소된 반사열을 우리는 쉽게 얻을 수 있다. 하지만 달에서 나오는 빛에서는 열을 얻을수 없거나 거울 등을 통해 반사된 달빛은 그 성질이 전혀 다르다는 것을 안다. 이것을 확인한 이상, 결국 태양빛과 달빛은 서로 다른 특성을 가진 존재라고 주장하는 것이 더 합리적이고 과학적인 것 아닌가~?

5-5. 전향력과 태풍의 회전방향 등은 어떻게 설명이 가능한가~?

우리는 지구의 자전으로 인해서 코리올리, 즉 전향력이 발생한다고 배워왔다. 즉, 지구 위에서 움직이는 물체들이 북반구에서는 이동방향의 오른쪽 방향으로, 남반구에서는 이동방향의 왼쪽 방향으로 휘어져 움직이는 것처럼 보인다는 것이다.

예를 들어, 적도에서 북극점을 향해 미사일을 쐈을 때 미사일은 오른쪽 방향으로 휘어 보이게 되며 실제로 표적보다 동쪽을 맞히게 되고, 북극점에서 적도를 향해 미사일을 쐈을 때 미사일은 오른쪽 방향으로 휘어 보이게 되며 실제로 표적보다 서쪽을 맞추게 되는 원리라고 설명을 한다. 실제로, 독자들 중에는 북반구를 기준으로 하여 수돗물이나 양변기물이 배수구를 통해 빠져나가는 경우에 반시계 방향의 나선형 운동을 하는 현상 등이 모두 전향력에 의해서 발생하는 것이라고 배운 이들이 대부분일 것이다. 하지만, 그러한 현상은 단지 배수구의 모양 등에 의한 현상일 뿐 전향력에 의해서 발생하는 것이 아니라고 정정하여 알려주는 곳이 많아진 것은 그나마 다행스럽게 생각한다. 궁금증에 못 이겨 이미 집에서 테스트를 해 본 이들도 많겠지만, 이것은 자전의 영향과는 전혀 무관하다는 것이 이미 밝혀진 것이다. (북반구에서도 반시계 방향이 아닌 시계방향으로 배수가 되거나, 나선형 운동 없이 배수가 되는 수많은 경우가 발생한다. 이것은 단지 배수구의 모양이나 초기의 물 흐름 방향에 기인하는 것이다.)

푸코의 진자 또한 지구의 자전 현상을 설명하는 데에 오랜 시간 동안 사용되어 왔지만, 많은 과학자들이 그것의 문제점에 대해서 많은 내용들을 제기하고 있는 상황이다. 또한, 이 진자가 유독 자전 현상만을 보여 주는 것에 더 큰 문제가 있다. 둥근 지구모델에 의하면 지구는 자전, 공전, 나선형 운동, 팽창 운동, 그리고 잔 진동까지 계속적으로 발생하는 구체가 아니던가~!

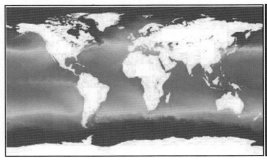
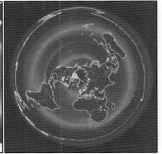

평평한 지구모델의 지도에서도 바닷물의 온도와 흐름 그리고 바람의 방향 등을 보여주는 자료들이 이미 많이 공개되어 있다. 관련 분야의 전문가조차도 이 수많은 데이터들을 보고 평평한 지구모델을 기반으로 배치하고 분석할 때에 보다 더 합리적이라는 의견 또한 많다.

앞의 그림에서, 가장 바깥쪽 해수의 흐름은 반시계 방향으로 흘러간다. 마치 지구가 반시계 방향으로 자전한다고 배운 것처럼 말이다.

그런데, 여기에서 과연 어떠한 힘이 해류를 형성하고, 반시계 방향을 만들어 내는지에 대해서는 지속적인 연구가 필요할 것이다. 단지 자전에 의한 현상이 아니라면 말이다.

북반구에서 태풍이나 허리케인 등이 반시계 방향의 나선형 운동을 하는 것에 대해서도 연구하고 실험데이터를 내놓는 이들이 많은데, 여기서 잠시 그들의 실험 동영상에서 캡처한 사진을 소개해보도록 하겠다.

아래의 그림은 막대의 극성을 다르게 함에 따라 공기의 나선형 운동 방향이 어떻게 형성되는지를 보여준다. 즉, 극성을 어떻게 주느냐에 따라서 반시계 방향 또는 시계 방향으로 공기의 흐름이 발생하는 것을 보여준다. 또한, 가장 오른쪽 그림은 회전이 없는 공기의 흐름을 보여주는데 이것은 어떠한 극성도 인가하지 않았을 때의 모습이다. 즉, 극성에 의해서 발생한 자기장에 따라서 공기가 어떠한 운동을 보여주는지 좋은 예가 되는 것이다. 그것에 대한 보다 자세한 내용은 곧바로 다루도록 하겠다.

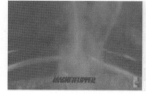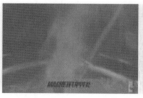

(동영상이 이해하기 수월하겠으나 지면 관계상 그림으로밖에 표현이 불가한 부분은 양해를 바란다. 하지만, 얼마든지 많은 자료를 인터넷의 여러 동영상 자료를 통해서 확인 가능 할 것이다.)

앞에서도 이러한 분야에 대해서 지속적인 연구가 앞으로 매우 중요할 것이라고 언급하였는데, 바람이나 태풍 또는 허리케인 등은 과연 어떻게 발생하는 것일까~? 그동안 우리가 배운 바와는 전혀 다르게 자기장 등의 영향으로 발생하는 것은 혹시 아닐까~?

이러한 것에 대해서 연구하는 과학자들 또한 적지 않은데, 그것에 대해 간략하게나마 소개를 하자면 그 내용은 다음과 같다.

공기나 물을 우리는 흔히 반자성체라고 부른다. 즉, 강자성체처럼 영구자석은 아니지만 외부에 형성된 어떤 자기장에 놓이게 되면 그 자기장과는 반대 방향으로 자화되는 물질인 것이다.

여기서 우리는 반자성체의 성질을 쉽게 눈으로 확인해 볼 수가 있는데, 아래와 같이 간단한 실험을 하나 해보도록 하자.

예를 들어, 큰 수조에 물을 넣고 이 물 위에 스티로폼 같은 것을 띄워보자. 그리고 그 위에 물이 들어있는 조그마한 비커를 올려놓으면, 물과 물 사이에 스티로폼이 존재하고 마치 위의 물과 아래의 물처럼 분리가 된 상황이 예상될 것이다. 이 때에 자석을 물이 들어있는 비커에 가져다 대면 어떻게 될까~? 그렇다, 물이 들어있는 비커는 자석에 의해서 반대방향으로 밀리게 되고 밑에서 비커를 받치고 있는 스티로폼과 함께 물 흘러가듯이 자석의 반대방향으로 흘러가게 된다.

사실, 이렇게 비교적 간단한 실험장치 하나 없이, 마찰 등으로 인해 자기장이 발생한 책받침 등을 수도꼭지에서 나오는 물 근처에 가져다 대었을 때에 물이 휜다는 사실만으로도, 우리는 물의 반자성체 성질을 눈으로 쉽게 볼 수가 있는 것이다.

물론 공기도 마찬가지이며, 이러한 성질들이 바람의 형성과 흐름을 그리고 해류의 흐름을 만들어 내는 것은 아닌지 연구해보는 것은 대단히 가치 있는 일일 것이다. (바다 같은 경우에는 나트륨 성분이 많은데, 이는 반자성체 성질을 더욱 강하게 하는 역할을 한다.)

다시 한번 더 언급하지만, 도대체 어떠한 힘이 지구가 계속 끊임없이 반시계 방향으로 자전하도록 하는 것인지조차도 우리는 아직 못 밝히고 있는 실정이 아니던가~!

작자는 관련 분야의 과학자들이 서둘러 이러한 자기장의 영향에 의해 발생할 수 있는 여러 현상에 대해서 많은 것을 밝혀주기를 희망하는 바이다. 작자와 같은 많은 비전공자들이 이러한 내용을 궁금해하고 직접 다루기 전에 말이다.

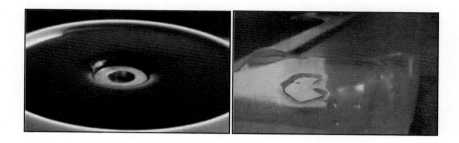

굳이 부가적인 설명 없이도 상기의 사진을 통해서 반자성체의 성질을 쉽게 이해할 수 있을 것이나, 보다 명확한 이해를 위해서 간단한 설명을 붙여보도록 하겠다.

먼저 왼쪽의 그림을 살펴보도록 하자. 이 경우에 파란색을 띠는 물이 만약 자성이 없는 물체 위에 있었다면, 상기와 같이 가운데 부분에 공간을 형성하는 것이 불가하였을 것이다. 단지 물의 표면장력으로 발생한 현상이 아님을 강조하고 싶다.

이제는 오른쪽 그림을 한 번 살펴보도록 하자. 물이 들어있는 수조 안에 자성체를 지닌 자석을 넣었을 때에 어떠한 현상이 발생하는지 독자들은 쉽게 상상이 갈 것이다.

둥근 지구모델이건 평평한 지구모델이건 간에, 지구에는 자기장이 형성되어있고 그것이 이 자연계에 얼마나 큰 역할을 하는지 테슬라라는 위대한 과학자가 이미 많은 언급을 해놓은 것을 잘 알 것이다. 이 분야에 대한 많은 재 연구가 시급하다는 것은 굳이 강조하지 않겠다.

5-6. 평평한 지구모델에서 지상에 떨어지는 운석은 어떻게 설명이 가능한가~?

지구나 달에 있는 분화구들이 어떠한 과정을 통해서 형성된 것인지 우리는 과연 정확히 잘 알고 있는 것일까~? 그동안 배운 바에 의하면 큰 운석덩어리가 지구나 달에 충돌하여 다음의 사진과 같이 크레이터를 만든 것이라고 지금까지 우리는 알고 있는데 말이다.

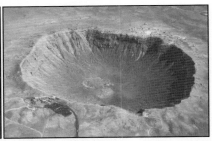

그런데 여기에서 우리는 최소한 두 가지 정도는 반드시 짚고 넘어가야 할 내용이 있다고 생각한다. 먼저, 만약 평평한 지구모델이 진실이기에 그 평평한 땅 위를 크리스탈과 같은 물질이 돔처럼 감싸고 있는 것이 정말 맞다면, 우주를 떠돌아 다니던 운석이 지구에 떨어진다는 것이 과연 설명이 되는 것인가~? 이 모델에 의하면 인간의 현재 기술로는 돔 밖으로 절대 나갈 수 없고, 역시나 돔 밖의 어떠한 물질도 돔 안으로 들어오는 것이 불가능한 것일 텐데 말이다.

또한, 운석이 지구에 떨어져서 전세계가 아비규환에 빠지게 되는 내용의 재난 영화 등을 보면 공전과 자전을 하는 지구 위에 떨어지는 운석들은 하나같이 모두 일정한 경사를 가지면서 지상으로 떨어지게 되어있는데, 사진을 보면 어떠한 생각이 드는가~? 그 떨어지는 물체가 어떤 물질로 이루어져있던 간에 반드시 수직으로 떨어져야만 생길 수 있는 모양이라고 생각되지 않는가~? 마치 비행기가 착륙할 때에 필요한 활주로의 모양 같은 자국을 주변에 남겨놨어야 너무나도 합당하다고 생각하지 않는가~? 일부러 그 자국을 없애지 않았다면 말이다.

만약, 앞에서 본 분화구의 모양이 운석 때문에 생긴 것이 아니라면 과연 무엇 때문에 생긴 것일까~? 일단, 이 소주제에서는 평평한 지구모델에서 추정하고 있는 운석 및 유성에 대해서 이야기 해보도록 하겠다.

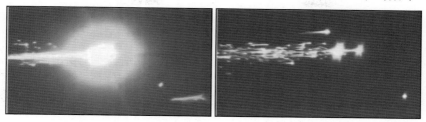

위의 그림과 같이, 가끔 밤하늘을 보면 운석이나 유성 등이 밝은 빛을 내면서 떨어지는 광경을 볼 수가 있는데, 우리는 그것을 우주 밖의 물질들이 대기권에 진입하면서 마찰열 등에 의해서 타면서 발생하는 빛과 열이라고 배워왔다.

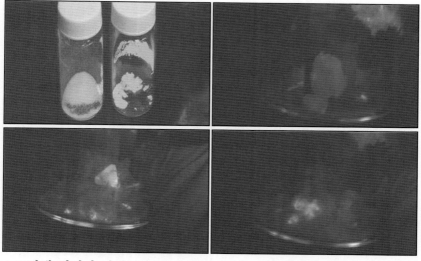

그런데 여기서 관련된 내용의 실험을 한 내용을 하나 보도록 하자.

위의 사진은 티오시안산염이라는 크리스탈 결정체에 자외선을 비추었을 때에 그 크리스탈 종류에 따라 약간은 다른 형광색을 내는 현상을 보여주고 있다. 그리고 그 결정체를 어떠한 외부적인 힘으로 부수게 되면 자외선을 비추었을 때에 볼 수 있는 본연의 색으로 자체 발광을 하는 현상까지도 같이 보여주고 있다. 즉 어떠한 물리적인 힘이 외부로부터 주어졌을 때에 순수하게 빛의 에너지로만 변환하는 성질을 보여주는 것인데, 이는 비대칭성 분자구조가 깨지면서 발생하는 현상이라고 한다. 물론, 잘게 부수어진 그 크리스탈 결정체는 재 결정화를 통해서 다시 큰 모양의 크리스탈로 변화될 수 있으며, 상기와 같은 현상은 계속 반복될 수가 있는 것이다. 이와 같이, 평평한 지구모델에서 유성우 등은 단지 크리스탈 파편이 분쇄될 때에 발생하는 현상으로 추정을 하고 있으며, 결론적으로 운석이 지구로 떨어지는 일은 없다는 것이다.

그렇다면, 실제로 우리가 뉴스 등을 통해서 보는 운석이 떨어짐으로써 발생하는 사건사고 등의 진실은 과연 무엇일까~? 평평한 지구모델을 주장하는 이들 중에는 비행기 등에서 의도적으로 떨어트리는 인공 물체들이 그러한 사건사고와 관련된 많은 내용 중에 하나일 것이라고 의심 및 추정하는 이들도 많다. 다음의 사진은 그러한 인공 물체 등이 떨어진 현장을 실제로 찍은 사진을 보여준다. 물론 일반 대형 언론매체 등을 통해서는 보기가 힘든 뉴스거리이다. 이 추정에 대한 타당성이나 신뢰성에 관련하여서, 판단은 역시나 독자 여러분에게 맡기도록 하겠다.

6. 우리가 앞으로 고민하고 풀어내야 하는 숙제들~!

6-1. 나사의 과학자나 학교 선생들은 모두 거짓말쟁이인가~?

　　우리가 알고 있는 피타고라스(BC.580~BC.500), 코페르니쿠스(1473
~1543), 갈릴레오(1564~1642), 케플러(1571~1630), 뉴턴(1642~
1727), 아인슈타인(1879~1955) 그리고 요즘의 많은 과학자들에 이르
기까지 수많은 과학자들은 그동안 지동설과 천동설을 사이에 두고 서로
자기들의 가설이 맞다고 주장하고, 그것과는 별개로 지구가 구의 모양
을 하고 있는지 아니면 평평한 모양을 하고 있는지에 대해서도 많은
주장들이 오고 간 것이 사실이다.

(이미 눈치챈 분도 있겠지만 위에 언급한 과학자들은 사실 모두 지동설을 더 신뢰하고 주장한 학파들이다.)

과거로부터 수많은 과학자들 및 일반인들이 계속적으로 천체의 움직임에 대해서 관찰하고 연구해 왔으며, 대략 약 200 여 년 전부터는 구체를 한 지구가 태양을 중심으로 공전을 하는 지동설로 거의 굳혀졌다. 즉, 지구의 모양은 우주의 다른 천체들과 마찬가지로 구의 형태를 지니고 있으며, 인력과 원심력 등의 균형을 통해서 천체끼리는 서로 부딪치지 않고 적당한 거리와 공전 속도를 유지하는 운동을 한다고 불과 몇 백 년 전 이후부터는 학교에서 그렇게 배워 온 것이다. 하지만, 매우 역설적이게도 과학기술이 발전함에 따라 세계 여러 나라들의 비전문가들조차도 로켓 등을 쏘아 올리거나, 관련된 여러 실험 등을 통해서 지구의 모양이 구체가 아니라 평평한 모양을 가지고 있을 수도 있다는 주장들이 폭발적으로 증가를 하고 있는 것도 사실이라는 점은 이미 앞에서 언급한 바 있다. 그런데, 만약 평평한 지구모델이 맞다면, 천문과학과 관련된 분야에 종사하는 거의 대부분의 훌륭한 과학자들이나 스승들은 이러한 논란에 대해서 과연 어떠한 생각을 가지고 있을까~? 또한 이들 중에는 평평한 지구모델이 사실인 것을 이미 어느 정도 알았음에도 불구하고 우리 모두를 속이는 것에 동참해 온 것은 아닐까~?

사실, 나사의 많은 과학자나 학교 선생들 모두 세계적인 석학들이 정립해 놓은 내용을 가르침 받아왔고 그 가르침을 다시 제자들에게 전달하는 역할을 하여 왔을 뿐, 그 모든 것을 본인이 직접 증명하거나 밝히는 것은 매우 힘든 일이었을 것이다. 또한, 어떠한 악의적인 의도조차 없었으리라는 것이 작자의 개인적인 생각이다.

다시 말해 사람들을 일부러 속이는 그러한 사기꾼은 절대 아닐 것이란 말이다. 단지 각자의 위치에서 본인들에게 주어진 일을 최대한 열심히 하고자 하였었을 것이라는 점을 강조하고 싶다.

6-2. 지구라는 용어의 사용에 문제는 없는가~?

지금껏 앞에서 설명한 것처럼, 만약 지구가 구체가 아닌 평평한 지평으로 이루어졌다면, 이 책을 읽어오는 동안에 한 번쯤은 이러한 생각을 할 수도 있었을 것이다.

그렇다면 "지구라는 용어를 왜 사용하는가~?" 에 대한 의문 말이다. 둥근 지구모델이 맞기 때문에 "지구"라는 용어를 사용하는 것이지 만약 둥글지가 않다면 그 용어를 사용하지는 않았을 것 아니냐 하는 생각 말이다. 작자 또한 이러한 생각을 안 한 것은 아니다. 잘 아는 바와 같이, 언어라는 것이 역사성, 자의성, 사회성 등을 띠고 있기에 그 누가 어느 날 갑자기 '지구' 라고 함부로 명명할 수도 없었을 것이고, 오랜 시간 전부터 조금씩 사람들이 그것에 대해서 인정을 해주었고 크게 문제가 없었기에 지금까지 전해져 내려오고 있는 것일 것이기에 말이다. 그렇다면, '지구' 라는 어원은 어디에서부터 온 것일까~? 그리고 언제부터 사용이 된 것일까~? 우리는 이것에 대해서 확인해 볼 필요가 있다.

잠시 한국민족문화대백과 사전의 내용을 살펴보도록 하자.(발췌인용) 전통적으로 땅을 뜻하는 한자어는 지(地)거나 곤(坤)이었다.

'땅이 둥글다' 는 뜻의 '지구' 라는 용어는 15 세기까지는 없었던 말이었다. 이탈리아 출신 예수회 선교사였던 마테오 리치(Matteo Ricci, 1552 ~1610)가 중국에 와서 선교활동의 일환으로 서양과학을 소개했을 때 처음으로 창안한 용어로 보인다. 그가 1605 년에 편찬한 『건곤체의(乾坤體儀)』에는 "해는 지구보다 크고, 지구는 달보다 크다 (日球大於地球, 地球大於月球)"라는 표현에서 지구라는 명칭을 찾을 수 있다.

우리나라에서 지구라는 용어는 조선 후기의 문신이며 학자인 김만중(金萬重)의 『서포만필(西浦漫筆)』(1687 년)에서 처음 보인다. 그는 땅이 둥글다는 것을 의심하는 것은 우물 안의 개구리나 여름 벌레와 같은 소견(井蛙夏蟲之見)이라고 하면서, " '만약 땅이 하늘을 따라서 돈다면 사람들이 거꾸로 매달리게 되지 않겠는가?'고 의심할 것이나, 바로 이 것이 땅이 둥글다는 이치와 맞는다(地若隨天輪轉, 人將疑於倒懸, 正與地 球一理)"고 서술하고 있다. 또한 김석문(金錫文, 1658~1735)은 역학도 해(易學圖解)』(1697 년)에서 지구가 구형이며 움직인다는 설을 주장 하였고, 이익(李瀷, 1681~1763)도 지구가 둥글다는 지원설(地圓說)을 설명한 바 있다.

홍대용(洪大容, 1731~1783)은 지구가 둥글 뿐만 아니라, 스스로 돈다는 지전설(地轉說)을 『의산문답(毉山問答)』(1766 년)에서 서술 하였으며, 박지원(朴趾源, 1737~1805)도 홍대용의 지전설을 소개한 바 있다. 지구라는 명칭을 책의 제목으로 붙인 사람은 최한기(崔漢綺, 1803~1877)가 처음이었다. 그는 『지구전요(地球典要)』(1857 년)에서 우리가 살고 있는 땅이라는 개념을 넘어서 태양 둘레를 공전하는 하나 의 행성으로서 지구를 다루고 있다.

지금까지 사전에 설명된 '지구' 라는 용어에 대해서 살펴보았다.

물론 지구는 둥글지 않다고 주장을 한 학자들도 많았을 것이나 그것들 에 대한 내용은 굳이 추가적으로 설명하지 않도록 하겠으니 독자 여러 분들이 각자 조사하고 공부해 보기 바란다. 과거 문헌을 참고해 보았을 때에, 15 세기 이후 마테오리치의 서양과학에 관한 소개를 접한 이후부 터 우리나라의 많은 학자들도 지동설이라던가 지구의 구체모양에 관한 내용을 따랐음을 추측해 볼 수가 있는 것이다.

실제로, 평평한 지구모델이 더 현실성이 있다고 생각하는 많은 사람 들은, 과연 '지구'라고 부르는 것이 타당한 것이냐 라고 이야기들을 하면서, 적절한 단어로 지평이라고 부르는 것이 차라리 맞는 것 아니냐 고 하며 의견을 내놓고 있는 것이 사실이다. 작자 또한 이것에 대해 매우 공감하고 있다. 실제로 우리가 지평선 또는 수평선이라고 부르지, 지구선 또는 수구선 이라는 용어를 사용하고 있지는 않기 때문이다.

그래서, 이번 기회를 통해 '지구'라는 용어 사용의 타당성에 대해서 작자 나름대로 생각한 내용을 한번 공유해보고자 한다.

地球 지구. 그렇다 '땅 지'자에 '공 구'자로 이루어진 용어이다.

그 사전적 의미로는 다음과 같이 정의가 되어있다. 사람이 살고 있는 땅덩어리, 또는 인류(人類)가 살고 있는 천체(天體)로 말이다. 여기서 천체라는 용어가 나왔으니, 天(하늘 천)이라는 글자에 대해서 작자가 개인적으로 예전에 생각해보았던 내용을 잠시 이야기 해보면 다음과 같다. 글자의 모양을 보았을 때에 특이한 것이 한자 맨 꼭대기가 뚫려 있지를 않고 한일 자로 그 끝이 막혀있다는 점이다. 형상문자라고 배워온 한자의 이러한 모양을 보고, 둥근 구체 모양의 지구 위를 대기권이 감싸고 있다는 것을 우리 선조들께서 이미 다 아시고 혹시 저러한 글자 모양을 만든 것은 아닐까~? 하고 작자는 상상의 나래를 펼쳐본 적이 있었다. 정말 글자가 참 타당해 보인다 라고 하면서 말이다.

하지만, 이번 기회를 통해서 다시 여러 고민을 하는 과정 중에 개인적으로 재미난 생각이 든 것이 하나 있다. 혹시 정말 땅 위의 공간 그리고 그 공간 위를 그 무엇인가가 뚫지 못하게 막고 있는 것을 상징 적으로 표현한 것은 아닌가~? 하는 생각 말이다.

다시 원래 이야기로 돌아가서, 地 '땅 지'자의 의미를 살펴보자.

'흙 토'와 '어조사 야가 합해진 글자이며 그 뜻은 다음과 같다.
1. 땅, 대지(大地) / 2. 곳, 장소(場所) / 3. 노정(路程: 목적지까지의 거리) / 4. 논밭 / 5. 뭍, 육지(陸地) / 6. 영토(領土), 국토(國土) / 7. 토지(土地)의 신(神) / 8. 처지(處地), 처해 있는 형편(形便) / 9. 바탕, 본래(本來)의 성질(性質) / 10. 신분(身分), 자리, 문벌(門閥), 지위(地位) / 11. 분별(分別), 구별(區別) / 12. 다만, 뿐 / 13. 살다, 거주하다(居住--)

여기서, '어조사 야'라는 글자는 뱀이라는 의미도 있고, 둥글넓적한 큰 그릇 즉 대야라는 의미도 가지고 있다.

그리고, 球 '공 구'자의 의미를 살펴보자.

'구슬 옥'과 '구할 구'가 합해진 글자이며 그 뜻은 다음과 같다.
1. 공(둥근 물체) / 2. 옥(玉) / 3. 옥으로 만든 경쇠 / 4. 둥글다
여기서, '구할 구'자의 의미는 물을 구한다는 의미도 있고, 끝 즉 종말을 의미하는 의미도 가지고 있다. 또한, '경쇠'라는 것은 옥이나 돌 또는 놋쇠로 만든 타악기이며 그 모양새는 반구 모양으로 되어있다.

보다 자세한 설명을 하기 전에, 약간 특이한 점을 이미 느낀 이들이 있으리라 생각된다. 재미난 점을 느끼지 못하였는가~? 흙으로 이루어진 대야와 옥으로 만들어진 반구 모양의 경쇠는 우리에게 무엇인가를 말해주고 있는 것 같지 않은가~? 실제로, 평평한 지구모델에서는 땅을 둘러싸고 있는 돔이 존재한다고 주장하고 있다. 또한, 여기서 돔(Dome)은 우리가 흔히 말하는 크리스탈로 이루어졌을 것으로 추정하는 이들이 많다. 크리스탈은 곧 수정을 의미하며, 옥하고 전혀 무관하지 않은 것이다.

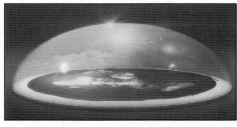

· 경쇠

여기서, '땅 지'라는 단어에 대해서 조금 더 살펴보도록 하자. 이 단어는 '흙 토'와 '어조사 야'가 합쳐진 단어로서, 즉 흙에서 뱀이 나오는 모습을 형상화한 단어라고 설명을 하는 자료도 있는 것으로 안다. 그런데 그 수많은 생명체들 중에 하필이면 왜 뱀이 나오는 모습을 그 글자

124

에 붙인 것일까~? 하고 한번 생각해 보는 것은 지극히 정상적이지 않은가~? 그렇지 않은 것이 오히려 더 이상할 것이다.

흔히 평평한 지구모델을 논할 때 많이 거론되는, 여러 국제기구의 깃발이 보여주는 것처럼 남극이라고 일컬어지는 얼음 대륙이 5 대양 6 대주를 빙 둘러싼 모양을 한번 살펴보자. 마치 얼음이 뱀처럼 땅을 빙 둘러싸고 있고, 결국 인간은 두려운 존재인 뱀 또는 차가운 얼음 대륙 밖을 절대 나갈 수 없다는 것을 의미하는 것은 아닐까~? 실제로 그렇게 설명하는 이들도 많으며, 그러한 문양을 사용하는 단체 및 깃발 또한 실제로 적지 않다.

"우리 선조들께서는 어쩌면 단순히 둥그런 구체 모양의 땅만을 표현하기 위해 '지구'라는 단어를 사용한 것은 아닐 수도 있겠다"라는 이 의문에 대해 독자들은 너무나 황당하여 실소를 금치 못하겠는가~? 대야 모양을 한 땅 그리고 옥 즉, 크리스탈로 이루어진 반구 모양을 한 어떤 구조체가, 그 땅 위를 빙 둘러 감싸며 우리를 보호하고 있다는 것을 우리 선조들께서 이미 알고 있었던 것은 혹시 아닐까~?

'지구'라는 한 단어에 평평한 지평과 둥근 반구 모양 안에 존재하는 하늘을 모두 나타내고자 하는 우리 선조들의 의지와 심오한 뜻을 우리 가 미처 눈치채지 못하고 있는 것일 수도 있다. 비록, 지구를 뜻하는 earth 가 별도로 있지만, 실제로 행성이라는 의미를 갖는 영어 planet 에서도 't' 만 빼면 결국 평평한 이라는 의미를 지니고 있지 않은가~! 다시 말하지만, 이러한 내용은 순수하게 작가의 개인적인 의견일 뿐, 일고의 가치도 없는 의견으로 분류되어도 상관은 없다. 단지, 선조들께 서 과연 어떠한 의지를 가지고 '지구'라는 단어를 선택한 것인지 그것에 대해 다같이 고민해보는 시간을 한번 가져보자는 것이다.

그리고, "지금까지 위에서 설명한 의미로 '지구'라는 단어를 사용한 것이 만약 정말 맞다면, 그 용어를 사용해도 크게 문제가 될 것은 없으며 또한 크게 불합리할 것은 없겠다"라는 생각을 이번 기회를 통해서 개인적으로 하게 된 것이다. 작자는 단지 이를 공유하고 싶었을 뿐이다.

6-3. 지구의 내부는 과연 무엇으로 이루어진 것인가~?

인류는 이미 몇십 년 전에 달까지 방문했다는 것을 우리는 여러 매체들을 통해서 전달받았다. 하지만 지금까지도 그것의 진실에 관한 논란은 끊이지 않고 있다. 인류가 달에 간 것은 사실이 아니며, 모두가 조작된 내용이라고 자세한 근거를 내보이며 주장하는 이들이 많은 것이다. 여기서 그것에 관한 자세한 내용을 다루지는 않겠다. 또한 그것의 진실 여부를 떠나서, 지구 밖의 일 말고, 지구 내부의 일을 잠시 고민해보도록 하자. 앞에서도 언급하였지만, 달나라까지 왕래가 가능한 기술이 존재한다고 하는 이 시대에, 바닷속 깊은 곳까지 그리고 땅속 깊은 곳까지 탐험하는 기술은 너무 발전이 안 된 것 아니냐 하고 한 번쯤은 생각을 해본 이들이 적지 않을 것이다. 작자 또한 그것에 대한 많은 궁금증이 있었으며, 지금까지도 답답한 마음이 없는 것이 아니다.

현재 우리 인류가 가진 기술로는, 심해잠수에 성공한 최대 깊이가 5,000미터 대략 5km 정도가 되는 것으로 알고 있다. 우주를 향해 수백, 수천 킬로미터까지 멀리 날아간다고 하는 이 시대에 너무나 빈약한 성과라고 생각하지 않는가~? 이미 알려진 바와 같이, 10m 수심이 깊어질 때마다 1기압씩 증가하게 되는 것을 우리는 잘 안다. 심해잠수함을 제외한 핵잠수함 같은 경우에도 보통 700m 수심까지 즉 70기압 정도의 수압을 견디는 잠항이 가능한 것이다. 엄청난 수압의 힘을 이겨내기 위해서는 고강도로 이루어진 재질의 발견 및 개발이 필요할 것인데, 그것에 대한 기술력을 인류는 아직 갖추지 못하고 있는 듯하다.

Boyles law
(Volume and Pressure Changes) at Depth

Depth	Pressure	Relative Volume	Volume
Sea level	1 ATA	1 or 100%	20 l
10 M	2 ATA	1/2 or 50%	10 l
20 M	3 ATA	1/3 or 33 %	6.7 l
30 M	4 ATA	1/4 or 25 %	5 l
40 M	5 ATA	1/5 or 20%	4 l
90 M	10 ATA	1/10 or 10%	2 l

NB: Change in volume with pressure is the greatest nearer the surface

그렇다면, 우리가 흔히 대륙 및 지각으로 부르는 crust 밑은 과연 어디까지 연구가 된 것일까~? 학교에서 이미 배운 바와 같이 둥근 지구모델을 근거로 하였을 때, 지구의 지름은 대략 12,800km 라고 한다. 즉, 반지름으로는 6,400km 정도가 되는 것이다. 겉 표면, 즉 대륙으로부터 지구 중심부 방향으로 대략 0~35km 까지는 지각 또는 대륙으로, 35~2,900km 까지는 맨틀로, 2,900~5,100km 까지는 외핵으로, 그리고 마지막으로 5,100~6,400km 까지는 내핵으로 이루어졌다고 우리는 학교에서 배운 것이다.

그런데, 위와 같은 사실은 도대체 어떠한 근거로 밝혀진 것일까~? 그리고 그 조사가 과연 타당한 것이며, 무조건적으로 신뢰할 수 있는 것인가~? 그동안 우리는 과학자들이 P 파나 S 파 등의 지진파를 이용해서 위와 같이 지구의 내부를 밝혔다고 배워왔지만, 그것은 단지 가설 및 추정일 뿐 어떠한 것도 명확하게 밝혀진 것은 없지 않은가~? 많은 관련자들이 지금도 지속적으로 연구를 하고 있으나, 계속적으로 지구 내부의 모습과 형태에 대해 새로운 내용을 주장하고 있는 것으로 작자는 알고 있다. 지진파를 이용하는 방법이 과연 타당한 것인지 작자 같은 비전문가들은 잘 알지조차도 못하지만, 우리는 그것에 대해 합리적인 의심을 가질 자유가 있고, 보다 타당하고 공식적인 테스트를 요청할 권한도 있지 않은가~!

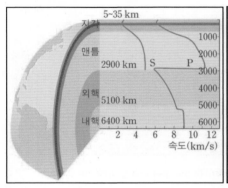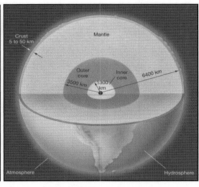

  너무나도 무식하거나 위험한 방법처럼 보일지는 모르겠으나, 가장 확실한 것은 직접 땅속을 파보는 것 아닐까~? 저 멀리 진공으로 이루어졌다고 하는 광활한 우주로 나아가려고 노력하고 있듯이 말이다.

  알려진 바대로라면 정말 엄청난 양의 마그마가 땅속 깊은 곳까지 존재를 할 것이고, 그곳을 파게 되면 엄청난 양의 용암이 분출하여 전 세계를 뒤덮는 재앙에 다다를 것이라는 겁만 먹지 않는다면 또는 그렇게 위험한 일이 아니라면 이 또한 충분히 가치 있는 일이라고 생각되지 않는가~? 실제로, 러시아에서는 이러한 작업을 진행한 일이 있었다.

  Kola Ultradeep, 러시아의 콜라반도에서 러시아 사람들이 비밀 프로젝트를 진행한 사건으로, 지구 내부방향으로 15km 까지 땅을 파 내려가는 계획에 관한 것이다. 이 프로젝트는 1970년대에 시작을 하게 되는데, 그 작업 또한 순조로워서 1983년까지 12km 를 파 들어가게 된다.

하지만, 그들이 목표로 한 15km 까지는 현재에 이르기까지 아직 도달하지 못하는 상황에 봉착을 하고 만다. 그리고 애초에 왜 15km 를 목표로 했는지에 대해서 작자는 그 정확한 이유조차도 잘 모른다. (지각의 두께가 35km 정도 된다고 알려졌기에 대략 반 정도는 탐사가 필요해 보여서 그런 것인지, 아니면 안전을 위해서 15km 정도를 목표로 한 것인지, 또는 이미 15km 이상은 어차피 불가할 것이라는 어떤 고급 정보를 이미 알고 그것을 확인하고 싶어서, 그렇게 목표를 정한 것인지 작자 개인적으로 추정만 할 뿐 정확한 이유에 대해서는 잘 모르겠다.)

12km 를 파 내려간 후에도 계속 작업이 진행되어 그 뒤에 10년을 더 파보았지만, 고작 0.262킬로미터 정도를 더 파냈을 뿐, 12킬로미터 이상을 파 내려가는 것은 불가하였고, 시추공은 그대로 둔 채 그 작업은 지금에 이르기까지 중단된 상황에 놓여 있다고 한다.

그들이 이 작업을 하면서 밝혀낸 것은 대략 다음과 같다고 한다.
1. 깊은 곳으로 가면 갈수록 점점 더 밀도가 크고 비다공성, 즉 물이나 공기가 들어갈 자리가 없는 암석들이 발견되어야 하나 (지질학적으로 접근하거나 중력의 개념을 놓고 보았을 때에도) 그것과는 반대로 점점 깊이 내려가면 갈수록 더 많은 물을 머금고 있는 암석들을 발견하게 되는 미스터리 한 상황에 봉착을 하게 되었다는 것이다.
2. 이 결과를 두고 지질학자들이 학회를 열었으며, 이 프로젝트를 통해 우리는 이 지각, 대륙에 대해서 정말 많은 것을 모르고 있다는 결론을 내렸다는 것이다.

이 책의 내용을 진행하면서 작자는 어떠한 종교적인 내용도 언급하고 싶지는 않다고 하였으며, 혹시라도 그러한 방향으로 흘러가지 않도록 조심하고 있다. 하지만 재미난 것은 우리가 흔히 말하는 대류권도 12 km 정도까지라는 점이다.

인간의 몸을 한 이상 별도의 도움 없이는 그 이상의 고도에서는 존재할 수 없는 것인데 (대기의 대부분인 80%정도가 사실은 이 영역 안에 존재를 한다고 하지 않는가~!), 땅 밑으로도 그리고 바다 밑으로도 아직 인류가 내려가지 못하였다는 점은 무엇인가를 생각하게 해 볼 만한 것이다. 그 어떠한 거대하고도 세밀한 설계 또는 계획이, 모든 것이 단지 우연에 의해서 구성되었다고 하는 지구의 모습보다 더 현실성이 있다고 점점 느껴지는 것은 과연 작자만의 생각인 것일까~?

6-4. 평평한 지구모델 근거하에 과연 지구 밖에는 어떠한 세상이 있는가~?

고대문명에 대해서 어떤 큰 관심이 없다 하더라도 한 번쯤은 들어보았을 만한 제카리아 시친 이라는 아주 유명한 고고학자는, 수메르 유적에서 발굴된 점토판들을 해독하여 지구의 문명은 외계인으로부터 설계가 되었다는 주장을 하였다. 당시 그것은 큰 논란을 일으켰으며 지금까지도 많은 학자들에게 적지 않은 영향을 끼치고 있는 것으로 안다.

물론, 기본적으로는 둥근 지구모델을 기본으로 하기에, 우주는 수많은 은하계로 이루어졌으며, 저 멀리 다른 은하계로부터 고대문명을 지닌 외계 생명체가 그러한 역할을 했다고 주장하고 있는 것이며, 작자 또한 비록 고고학에 대해서 깊은 식견과 이해가 있는 것은 아니지만 시친이

말한 내용에 대해서 참 그럴 만하다고 생각을 해본 적이 있었던 것도 사실이다. 또한 현재까지도 그 가능성에 대해서 완전히 문을 닫은 상황도 아니다. 개인적으로는, 현재 5 대양 6 대주 외에 그 밖까지도 표현한 고대지도나 관련 자료들을 보면서 그곳이 혹시 타 행성을 의미하는 것이고, 그곳에서 사는 외계종족이 정말 존재하고 있었던 아니 지금도 존재하는 것은 아닐까~? 하는 생각을 하면서, 참 재미난 시간을 보낸 적도 많다. 하지만, 일반인인 우리로서는 그 진실을 알기가 어렵다.

평평한 지구모델에 의하면, 일반인들은 아직 남극대륙 밖을 그리고 돔 밖을 그리고 땅 속 깊은 곳까지 벗어나 가본 적이 없기 때문이다. 결국, 그것이 바로 우리에게 남아있는 가장 큰 숙제 중 하나일 것이며, 세계 여러 단체에서 그 진실을 밝혀 주기를 희망할 뿐이다.

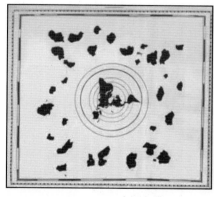 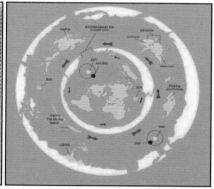

6-5. 우주는 정말 진공으로 이루어졌는가~?

평평한 지구모델을 지지하는 쪽에서는 우주가 진공 대신 물과 같은 액체로 채워져 있다고 한다. 마치 성경에 나오는 내용처럼 궁창이라는 하늘을 중심으로 돔 위의 물과 돔 밑의 물, 즉 우리가 흔히 말하는 바다로 나뉘어져 있다는 것이다. 작자를 포함해서 많은 분들이 진공 대신 액체로 채워져 있다는 이 주장을 쉽게 받아들이기 어려우리라는 것은 굳이 긴 설명이 필요 없을 듯하다. 그리고 작자 또한 직접 가서 본 것은 아니니 무엇이 맞다고 말을 할 수는 없는 것이며, 그것을 밝히는 것은 우리의 숙제일 것이다. 그런데, 비록 진실을 찾은 것은 아니지만, 관련 자료를 공부하다 보면 진공상태보다는 물이 훨씬 더 합리적이고 현실적 이라는 결론에 점점 도달하는 나 자신을 발견하고 있는 것 또한 사실이 다. 진공과 물을 비교해 보면 그 대답을 찾는 데에 어느 정도 도움이 될 것이다. 우리가 잘 아는 바와 같이, 인간의 몸은 70% 이상이 물로 구성 되어 있다고 한다. 그리고 그 물을 거의 진공에 가까운 상태의 환경에 놓아두면 상태가 어떻게 변하는지를 아는 이들 또한 많을 것이다.

그렇다, 마치 100도에서 물이 끓듯이, 상온임에도 불구하고 진공이 되어감에 따라 물은 점점 기화되어 마치 끓는 것처럼 보이는 현상을 우리에게 보여 주는 것이다.

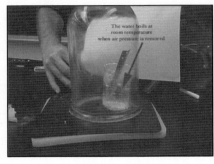

(기압이 낮은 곳에서 밥을 하면, 끓는점이 낮아져서 설익은 밥을 먹게 되는 경험을 어린 시절에 수차례 경험한 바가 있다. 마찬가지로 압력 밥솥을 사용하게 되면 즉 압력이 높아지면 끓는점이 높아져서 잘 익은 밥을 즐길 수가 있게 될 텐데, 이러한 대자연의 법칙이 우주에서도 똑같이 적용될 것은 너무나도 당연한 일일 것이다.)

만약, 우리가 준 진공 상태의 우주에 노출된다면, 우리 몸속의 액체들 이 어떠한 현상을 일으키게 될지는 어렵지 않게 예상해볼 수가 있다.

또한, 우주인들이 입고 있는 우주복이 인체 내의 피를 포함한 모든 수분이 끓는 것을 방지하기 위한 내부 기압형성과 진공과의 기압 차이를 극복할 만한 재질인지 그리고 동시에 극 고온과 극 저온을 모두 견딜 수 있는 것이 가능한지에 대해서 작가는 개인적으로 의문점이 많다.
(그 무게나 재질 그리고 구조 등을 여기서 언급하지는 않겠다. 전문서적 및 인터넷 등의 자료를 찾아서 얼마든지 스스로 조사해 볼 수가 있을 것이다.)

우주인들이 우주에 나가기 전에 큰 수조 안에서 훈련하는 동영상을 우리는 쉽게 찾아볼 수가 있다. 우주의 무중력 상태를 구현하기 좋은 조건이라고 하면서 예비 우주인들은 이 큰 수조에서 걷기, 우주선 문 여닫기, 태양 전지판 교체작업 등의 훈련을 받는다. 그런데, 혹시 저 우주가 정말 유영을 해야 되는 상황 및 조건이라서 그런 것은 아닐까~? 그러한 이유 때문에, 우주인들이 물속에서 많은 훈련을 하고 있는 것은 아닐까~? 사실, 우주유영이라는 표현 자체도 물속이라서 그런 표현을 사용한 것은 아닌지 하고 생각해보는 것은 크게 비정상적이지도 않은 것이다. 또한, 여러 나라에서 내놓은 우주 활동 동영상 및 자료 등에서 기포 등이 발견되었고, 우주기지 존재 자체의 진위여부에 대해서도 논란이 많다는 것도 우리는 잘 알고 있다.
(이곳에서 그러한 것에 대한 내용까지 자세히 다루지는 않겠다.)

엄청난 비용을 들여서 만들어 놓은 진공 챔버에서 테스트를 하지 않고, 굳이 큰 수조에서 테스트를 진행하는 진정한 이유가 과연 무엇인지

한 번쯤은 생각해 볼 만한 문제인 것이다.

　다시 언급하지만, 우주로 나아가고 달나라를 왕복하는 이 최첨단 시대에, 바닷속 심해에 대한 연구는 상대적으로 너무 빈약해 보인다. 작자 또한, "도대체 바닷속의 수압을 이겨내는 것이 기술적으로 얼마나 힘든 일이기에 이쪽 분야는 이렇게도 개발의 큰 진척이 이루어지지 않는 것인가~! 물의 힘이 대단하긴 한가 보구나~!" 하고 감탄하였던 일이 떠오른다. 빅뱅의 팽창이론에 한참 심취하여 있을 때의 기억이 말이다. 만약에 정말 우주가 물과 같은 액체로 채워져 있다면, 그 수압이 무시할 만한 수준은 아닐 텐데, 이제부터라도 심해를 잠수할 수 있는 기술 분야를 오히려 더 적극적으로 깊이 연구해야 되는 것은 아닌가~? 하는 재미난 생각을 해보게도 된다.

6-6. 과연 숲은 존재하는가~?

　빅뱅의 팽창이론을 신봉하건 그렇지 않건 또는 부분적으로만 신봉하건 그러한 것을 떠나서, 기본적으로 지금 지구에 펼쳐져 있는 대평원과 산 그리고 울창한 산림들 그것들이 과연 어떻게 형성된 것인지에 대해서 한 번쯤은 깊은 고민들을 해보셨으리라 생각한다.

　비록 얼마 되지 않은 역사를 가지고 있긴 하지만 빅뱅이론이 주장하는 내용들과 그리고 그 이론이 나오기 전에 우리 선조들은 과연 어떠한 생각을 가지고 있었는지에 대해서도 한번 생각해 보는 시간을 갖는 것은 절대 가치 없는 일이 아닐 것이다.

초기에 엄청난 열 덩어리인 지구가 점점 식는 동시에 자전 등의 영향을 받아서 지금의 대륙모양이 형성되었고(물론 팡게아 이론 포함하여), 얼음으로만 이루어진 행성이 지구에 충돌하여 적절한 양의 바다를 이루는 물이 생겨 났다고 하는 주장들 그리고 만약 조금만 더 큰 얼음 행성이었다면, 지구 대륙의 면적이 너무 작아졌을 것이기에 사람들이 살 땅이 부족했을 것이라는 이러한 소설 같은 추정을 아무런 의심과 고민 없이 그냥 받아들이기에는 무엇인가 좀 석연찮은 부분이 많지 않은가~? 의식이 깨어있는 사람들이 점점 많아지는, 아니 이미 너무나도 많은 요즈음인 것이다.

우리가 일상생활을 하면서 매일 보고 느끼는, 이 지구 곳곳에 형성되어 있는 산과 고원과 대평야와 동굴들 그리고 사막 등이 과연 어떠한 과정으로 형성된 것인지에 대해서 지금까지 우리는 많은 것을 학교에서부터 배워왔다. 하지만 잠시 착한 학생이 되기를 거부해보자. 그리고 풍부한 경험과 깊은 사고능력이 아직은 부족한 상황에서 단지 좋은 성적을 얻기 위해 선생님들의 말을 무조건적으로 믿는 것을 잠시 탈피해보자. 그동안 우리는 지각 밑의 맨틀이 대류 하면서 하나의 큰 대륙이 지금과 같은 5 대양 6 대주로 분리가 되고, 서로 각 층이 부딪치고 밀리는 과정들 속에서 산과 평야 그리고 고원이 형성된 것이라고 배워왔다. 또한, 주로 산을 다니다 보면 볼 수 있는 동굴들(석회동굴 등은 제외하고) 그리고 사막들의 그 수많은 모래들은 과연 우리가 그동안 배워 온 내용대로 형성된 것이 맞을까~?

수많은 시간이 흐르면서 침식과정 등으로 형성된 것이라는 추정으로 정말 그 모든 것을 다 설명할 수 있을까~? 하긴, 지구 나이가 50 억년 정도 되었다고 하니 그럴 수도 있다는 개연성에 무조건적인 반대는 옳지 않을 것이다.

본론으로 들어가기 전에 자구 서론이 길어지는 이유는 관련된 내용이
혹자에게는 특히, 지질학적으로나 지리학적으로 또는 고생물학적으로
관심이 많은 분들에게는 적지 않은 충격으로 다가올 수 있는 문제이기
에 조심스럽게 다가감을 양해하여 주기 바란다.
(평평한 지구모델의 내용과는 또 다른 차원의 문제일 수 있다.)

이 책의 소제목과 같이, 과연 이 지구에 숲은 존재하는 것일까~?
그게 무슨 얼토당토않은 황당한 질문이냐고 말씀하는 분들이 많을 것이
다. 다시 말씀드리지만, 지금 우리가 보는 모든 산림은 과연 어떤 의미
를 지니냐는 것이다. 혹시 단지 덤불 숲에 지나지 않는 것은 아닐까~?

지구의 나이가 50 억년 정도 되었다고 하는데 대략적으로 1 억년 전
또는 1 만년 전에 존재 했었던 그 수많은 수목들의 모습을 우리는 볼
수가 없다. 화산폭발, 지진, 운석의 충돌 그리고 나무가 가진 수명 등에
의해서 수천 년 이상의 나이를 지닌 나무들이 사라졌기에 그 모습을 볼
수 없는 것이라고 과학자들에 의해서 추정이 되고 있는데, 그 이유가
무엇이건 간에 분명한 것은 지금 우리가 보고 있는 울창한 숲은 지구의

나이에 비해 너무나도 젊다는 것이다. 물론 세계 몇 군데에서 발견되는 엄청난 크기의 세콰이어 나무 등과 같은 거목들도 존재하기는 하지만 단지 30m를 넘는 경우는 매우 드물다. 몇백 년 몇천 년의 나이를 가진 큰 규모의 나무들을 보호수 등으로 보호하는 광경을 주변에서 흔히 볼 수 있기는 하나, 그러한 오래되고 큰 규모를 자랑하는 나무들이 살아남아 있는 동안 도대체 나머지 나무들은 어떻게 된 것이란 말인가~!

단순히 사람들의 필요에 의해서 엄청난 양의 나무들이 벌목된 것이고, 지금까지 남겨진 큰 지름을 가진 그루터기들이 그것을 모두 설명할 수 있는 것일까~?

(수학적으로 보았을 때에, 대략 5m 정도의 지름을 가진 나무 높이는 일반적으로 20 배 즉, 100 미터 정도는 되어야 하나, 그 나무들의 광경을 지금 어디에서 그리고 얼마나 흔하게 찾아 볼 수가 있을까~?)

이미 언급하였지만, 일부 과학자들은 운석 등의 충돌로 인하여 그 수많은 산림들이 모두 불타 없어진 것으로 추정을 하고 있다. 사실 산림

뿐만 아니라 생태계의 99%가 다 타버려서 사라졌다고 추정 및 주장을 하고 있는 것이다. 만약 그렇다면 이 이산화탄소의 급증량은 어디엔가 표시가 되어야 하는 것 아닐까~? 이러한 것을 밝히기 위해 과학자들이 빙하를 분석해보았지만 그 빙하에 수많은 양의 이산화탄소가 녹아있는 부분은 아직도 찾고 있지를 못하고 있는 것으로 안다. 모든 생명체는 수소와 탄소가 주를 이루고 있기 때문에 그 반응한 결과물이 분명 어딘가에는 존재를 하여야 하는데 말이다. 그렇다면, 혹시 이 추정은 틀린 것이 아닐까~? 즉 거대한 양의 산림이 불에 타서 사라진 것이 아니라 어떤 다른 형태로 사라져 버린 것은 아닐까~? 하고 우리는 얼마든지 상상해 볼 수가 있을 것이다.

혹시, 영화 아바타에 나오는 그 엄청난 규모의 나무가 과거에 실제로 이 지구상에 존재를 하였을 가능성에 대해서 생각을 해본 적이 있는가~? 그리고 과거 어느 시점에서인가 어느 사건에 의해서 모두 잘려져 그루터기 즉 밑동만 남은 상태이며, 그것을 우리는 고원이나 산이라는

잔여물로 현재에 볼 수 있는 것이라는 주장에 대해서 어떻게 생각을 하는가~? 과학적으로 아직 어떠한 연구도 진행되고 있지는 않은 부분이기에, 단지 소설로써 그리고 상상으로만 접근을 해보았을 때 말이다.

과거에는 지금 우리가 보는 탄소성분을 가진 나무가 아닌, 실리카 성분이 주를 이루는 그리고 거목이라는 용어를 사용하기에는 너무나도 부족한 엄청나게 거대한 규모의 나무들이 존재를 하였었다는 주장이 있다. 지구 상의 대륙지각에 풍부하게 존재하는 석영(돌의 형태를 가진 미네랄 덩어리) 또한 실리카 즉, 이산화규소로 이루어졌던 나무들의 잔여물이라는 주장과 같이 말이다. 물론, 우리가 채굴하는 크리스탈 또한 거대한 실리카 나무의 잔여물이라는 것이다.

여기서 여러분의 편의를 위해서 실리카에 대한 내용을 잠시 살펴보도록 하겠다.

실리카를 말하는 이산화규소($SiO2$)는 규산 무수물이라고 하는데, 천연에서는 석영, 수정, 마노, 오팔 등에서 산출되며 석영질의 모래와 돌 규사 규소 등 유리의 원료가 된다고 한다. 또한 지각에 가장 많이 존재하는 성분이고 주로 규산염 광물로 존재한다고 하며, 신소재로 사용되고 특히 우리 인체의 건강에도 아주 중요한 물질이라고 한다. 그리고, 지각에 광범위하게 분포되어있기에, 곡물, 감자 등에도 풍부하게 함유되어 있다고 하며, 치매 예방 및 증상 완화에도 도움이 된다고 한다. 예를 들어 치매환자가 30mg 이상의 실리카가 함유된 물을 매일 마시면, 몸속의 알루미늄이 배출되며 치매증상이 완화된다는 임상실험 결과까지도 이미 연구가 되었다고 한다.

방금 보았듯이, 돌 그리고 거대한 바위 및 암석은 비록 그 생명을 다한 실리콘 나무의 잔여물이라 하더라도 계속적으로 에너지를 방출하고 있으며, 그 에너지는 탄소 덩어리로 이루어진 인간에게 좋은 영향을 준다고 한다. (찜질방의 각종 광물들을 생각해보면 될 것이다.)

그리고 지금 존재하는 나무 또한 실제로 에너지 발생기의 역할을 하고 있으며, 광합성을 통해서 계속적으로 전기와 산소를 배출하는 것을 우리는 너무나도 잘 알고 있다. 여담이긴 하지만, 우리 선조들은 나무가 지구에 있는 과거의 모든 정보를 유지하도록 프로그램 되어있다는 이론을 가지고 있었다고도 하는데 이는 그리 크게 타당성이 없는 것도 아닌 것 같다.

지금까지 대륙 위에 주로 존재하는 성분과 그 성분이 형성되게 된 근원을 그동안 배운 바와는 다른 각도에서 추정해보았다면, 이제는 마그마에 대해서 잠시 살펴보도록 하자.

마그마의 활동에 의해서 화산폭발이 발생을 하고 그것이 산을 형성하는 경우가 대부분이라고 우리는 그동안 학교에서 배워왔다. 그런데, 혹시 산은 과거의 거대한 실리카 나무 그 자체이며, 그 잔여물들인 각종 암석 및 광물들간의 화학작용을 통해서 산 내부의 온도가 올라가고, 그 내부에 있는 물질이 마그마처럼 되며, 또한 높은 압력을 이겨내지 못해서 용암이 분출 되는 것은 혹시 아닐까~? 가볍게라도 한번쯤은 생각해 볼 만한 문제인 것이다. 만약 그렇다면, 그 거대한 실리카 나무들은 과연 산으로만 현재까지 남아 존재하는 것일까~? 보다 상세한 내용은 뒤에서 다시 좀 더 다뤄보도록 하겠다.

또한, 우리들에게 친숙한 그랜드캐넌과 같은 장소 및 그 외의 많은 협곡 또한 많은 학자들이 그동안 주장해 온 것처럼 과연 자연스럽게 생긴 것인가~? 하는 의문에 대해, 인공적으로 채석을 하고 남은 장소가 바로 그곳이라는 내용을 주장하는 이들도 많은데, 이 또한 한번 생각해 볼 만한 문제이며, 판단은 독자 여러분 스스로의 몫이다. 최소한 아직까지는 말이다.

이제 나무에 대해서 좀 더 생각해보자. 그동안 우리는 화석화된 나무들을 규화목이라고 배워왔다. 그런데 이것이 정말 화석화된 나무일까~? 혹시 이것이 과거 실리카 나무의 잔여물은 아닐까~?

(학계에서도 규화목이 정확히 어떻게 형성된 것인지에 대해서는 아직 많은 논란이 있는 것으로 알고 있다. 그래서인지 사전의 정의 또한 명확하지는 않다.)

여기서도 규화목에 대해서 잠시 살펴보도록 하자.

수억 년 전 화산폭발과 지각변동에 의해 광물을 함유한 규토(SiO_2 성분)들이 나무에 스며들어 복잡한 화학작용을 통해 나무가 화석으로 변한 것을 두고 규화목이라고 정의를 내려놓은 것으로 우리는 알고 있다. 즉, 나무가 산소 없이 땅에 묻힌 채 오랜 세월에 걸쳐 (약 6천 5백만년 ~ 2억 5천만년 전) 목재 성분을 잃어버리고, 대신 광물질이 녹아 있는 물에 의해 침투를 받아 유기물질이 광물질로 치환되어 화석화된 것이라는 것이다. 다채로운 색깔들은 화석이 되는 과정에 스며든 광물질에 따라 다양한 색과 성질을 가지게 되는 것이며, 주요 광물질에 따라서 검정색(Mn), 푸른색(Cu, Ni), 붉은색(Fe), 회색 (Si)을 띠게 된다는 것이다. 이처럼 나무모양은 변하지 않고 성분만 변한 이 규화목은 "목화석"이라고 일컬어지기도 하며 중생대 지층대에서 소량 채굴되고 있다고 한다.

우리가 알고 있는 과학자들은 '최소한 수학식 몇 개는 들고나와서 그 모든 것이 수식으로 증명이 되거나 실험적 검증작업을 거쳐야만 과학적이다'라고 말할 수 있다고 주장을 하곤 한다. 그런데 우리가 앞에서 같이 살펴본 규화목에 대한 정의를 보았을 때에 여러분은 얼마나 과학적인 설명이라고 느껴지는가~? 굉장히 특별한 조건에서 그리고 복잡한 화학작용을 거쳐서 나무가 목재 성분을 잃어버리고 보석으로 변한다.

이 설명만으로는 무엇인가 부족함이 많다고 생각하지 않는가~?

고생물학자들은 여러 지역에서 나뭇잎 화석부터 공룡 화석까지 다양한 종류의 많은 화석들을 발견했다고 이야기하며, 그것을 증명이라도 하듯이 박물관에는 그것들이 넘쳐 난다. 그런데 도대체 그 수많은 화석 중에 왜 나무 화석은 발견되지 않을까 하는 의문을 가져본 적이 없는가~? 그리고 고생물 학자들의 주장처럼 규화목이 바로 나무가 화석화된 증거라는 가설을 우리는 아무런 고민 없이 그대로 받아들여야 한단 말인가~? 왜 유독 나무만이 보석류로 변하는 것일까~? 화석으로 발견되는 그 어떤 것도 강한 열과 압력이 가해진 상황에서 엄청나게 긴 시간이 흘러도 보석류처럼 내부 성질이 변하지 않는다는 것을 우리는

직접 눈으로 보고 있지 않은가~! 그렇게 발견된 화석은 없다. 그런데 단지 왜 화석화된 나무 즉, 규화목만이 그렇게 보석류에 준하는 성질로 변하여 남아있는 것일까~? 그들의 주장처럼 유기물이 갑자기 어느 특별한 조건을 만족하는 순간 아주 우연찮게 이산화규소라는 형태로 변한다고 하는 주장에는 분명히 부족함이 있다. 사실 과거의 유기물이 현재까지 보존되는 것에는 크게 두 가지 방법밖에 없다는 것을 우리는 이미 너무나도 잘 알고 있다. 그 생명체가 완전히 말라서 썩지 않고 호박(amber) 안의 모기나 곤충이 남아있는 경우(미이라도 비슷한 경우라 할 수 있을 것이다.)이거나, 아니면 거름이 될 정도로 충분히 썩는 것, 이 두 가지 외에는 없다는 것을 우리는 잘 안다. 잘 아는 바와 같이 유기물질은 절대로 돌이 될 수가 없다. 그런데 이렇게 돌이 되는 것도 불가한데 심지어 보석류로 변하였다는 것에 어떠한 의심과 추가적인 조사도 없이 무조건적으로 동의하는 것은 순전히 여러분의 몫이다.

앞의 사진에서도 보았지만 Devil's Tower 와 같은 Mesa 는 과연 어떻게 형성이 된 것일까~?

지금부터는 그것에 대해서 좀 더 자세히 살펴보도록 하자.

꼭대기는 평평하고 등성이는 벼랑으로 된 언덕으로 미국 남서부 지역에 흔한 지형, 관련분야의 학자들은 이것을 보고 Mesa 라고 명칭하였으며, 이것이 형성된 원인을 다음과 같이 추정하고 있다. 약, 5천만 년 전에 땅속의 기반암을 뚫고 위로 솟아나온 용암이 굳어 형성된 것이라고 또는 해안의 육지가 침식 되었을 때 지층 위의 단단한 암석층이 남아서 이루어진 것이라고 말이다. 물론 그것을 어떻게 증명하였는지 또는 앞으로 어떻게 증명할지도 작자는 모르겠다.

지하에서 분출된 마그마에 의해서 생성된 거대한 돌덩어리가 시각과 계절에 따라 시시각각 그 색이 바뀐다고 하는데 여러분은 이것에 대해 어떠한 생각이 드는가~? 어떠한 의문과 호기심 없이 이러한 것을 그대로 받아들이는 데에 너무 익숙해져 있다고 생각하지 않는가~?

그러면, 매우 과학적이라고 자부하는 관련 학자들이 주장하는 것과는 다르게, 매번 미신이라고 취급 당하는 너무나도 비과학적인 전설과도 같은 이야기를 하나 해보도록 하겠다.

이 악마의 타워에는 전설이 하나 있다고 하는데 그 내용을 살펴보면 다음과 같다. 라코타에 살고 있던 인디언 부족인 수족 출신 7명의 소녀들이 꽃을 따면서 놀고 있었는데, 갑자기 곰들이 난폭하게 달려들었고 그때 인디언의 신이 이를 불쌍히 여겨, 소녀들이 있는 땅을 아주 높이 치솟게 만들었다는 것이다. 이후 곰은 소녀들을 공격하기 위해 온갖 힘을 다해 오르려고 노력했으나 계속 떨어졌고, 높이 솟은 타워 바위는 곰이 할퀸 자국만 남게 되었다는 이야기이다.

이 소주제의 내용들을 읽으면서 혹시라도 너무 심각해지는 독자들이 생겨날까 해서, 가벼운 미소라도 잠시 띠게 하고자 하는 의도도 있었는데, 그 의도가 잘 전달되었는지는 모르겠다. 어쨌든 작자는 그 모든 것에 항상 과학적으로 접근한다고 하는 과학자들의 가설보다는 차라리 너무나도 비과학적인 이 전설 이야기를 믿겠다.

약 265 미터의 높이와 305 미터의 지름을 가진 그리고 육각형의 줄기 모양을 한 기둥들이 서로 모여있는 듯한 모양을 보고, 정말 마그마가 분출되고 매우 특별한 조건하에서 차가운 공기에 식어서 그러한 모양을 가졌다고 주장하는 것이 혹시라도 믿기지 않는다면(물론 선생님들이나 학자들에게 혼날 것을 각오하고 말이다.), 대신 이 Devil's Tower 가

정말 과거의 실리카 나무 그 자체일 수도 있겠다고 조금이라도 상상이 된다면 우리는 그 높이를 한번 추정해 볼 수가 있을 것이다. 그 지름이 300m 에 달하기에 수학적으로 보통 20 배인 높이를 가지는 것을 적용해보면 대략 6,000m 즉, 나무의 높이가 6km 에 달한다는 것을 수학적으로 얻어낼 수 있다.

   매우 믿기 힘들겠지만 어떠한 것에 조금이라도 더 신뢰가 가는지는 독자들 각자에게 달렸다. 작자는 단지 고정관념에서 벗어나 사고의 전환이 필요하다고 생각되어 이러한 내용을 이 책을 통해서 공유하기로 마음을 결정하였고, 조금이라도 더 과학적이고 개연성이 있게 새로이 주장되는 이러한 정보들의 공유를 통해서 여러분의 의식수준을 높여주고 싶은 것일 뿐이지, 어떠한 혼란을 의도한 것은 아니니 넓은 마음으로 양해하여 주기 바란다. 즉, 재미있는 전설 정도로 읽어나가 주는 것만으로도 충분히 만족한다. 그러나 냉철한 판단은 잃지 말길 바란다.
   사실 이러한 장소는 전 세계 수많은 곳에 형성되어 있다. 참고로 몇 군데의 장소를 사진으로 더 첨부하기는 하겠으나, 많은 지면을 할애 못하는 점은 양해 바란다. 각자 추가적으로 더 찾아보기를 추천한다.

　제주도를 가면 주상절리를 보기 위해서 한 번쯤은 관련 장소를 방문
해본 경험이 있을 것이다. 이것의 사전적 의미 즉, 관련 분야에서 정의
내린 것은 다음과 같다.

　주상절리(柱狀節理, columnar jointing)란 주로 현무암질 용암류에
나타나는 기둥 모양의 수직절리로서 다각형(보통은 4~6 각형)이며,
두꺼운 용암(약 섭씨 1,100 도)이 화구로부터 흘러나와 급격히 식으면서
발생하는 수축작용의 결과로써 형성된다고 하는데 이 곳의 주상절리는
높이가 30~40m, 폭이 약 1km 정도로 우리나라 최대 규모이다. 이미
눈치를 챈 분들도 많겠지만 육각 모형의 형태는 단순히 용암이 흘러서
만들어질 수 있는 형태가 절대 불가함을 우리는 쉽게 생각해 볼 수 있다.

　과학자들이 말하는 주상절리 발생의 추정원인에 대한 설명과 실제
그것이 발생하여 현존하는 모습을 보여주는 사진을 첨부하여 보았다.

　이 사진들은 마그마의 흐름과 그러한 흐름이 형성할 수 있는 암석들의
형태에 대한 것을 바로 우리 눈앞에서 보여준다. 혹시 예전의 마그마와
현대의 마그마가 그 성질 및 흐름, 그리고 주변의 환경이 다르기 때문
에 사전에서 설명하는 내용이 충분히 맞을 수 있는 것이라고 여겨지는
가~?

　우리는 보다 명확하고 과학적인 설명을 관련분야 학자들에게 요구할 수 있는 것이다. 마그마가 흐를 때에, 어떠한 조건을 만들어서라도 수직으로 된 육각 모양의 절리가 만들어지는 형성 과정 및 결과를 보여주기를 말이다. 이러한 구체적이고 과학적인 검증결과 없이 우리로 하여금 무조건적으로 받아들이도록 하거나 학습을 하도록 하는 것에는 분명히 큰 모순이 있음을 작자는 말하고 싶다.

　지금부터는 자연에서 흔히 볼 수 있는 육각 구조에 대해서 잠시 살펴보도록 하자. 많은 독자들이 이미 너무나도 잘 알고 있는 내용처럼, 이 육각 구조는 눈이나 얼음물의 분자 구조, 벌집의 모양, 그리고 나무를 가로로 자른 절단면 중심에서 볼 수 있는 매우 특이한 구조이다. 또한, 굉장히 과학적인 원리가 숨어 있음을 우리는 역시 잘 알고 있다. 예를 들어, 벌집의 경우에 있어서 벌들은 본능적으로 이 육각구조처럼 굉장히 효율적인 구조를 꿀과 애벌레를 저장하기 위해 사용한다고 알려져 있다.

(벌은 애초에 원형으로 집을 만들지만 시간이 지나면서 표면장력에
의해 자동으로 육각형 모양을 한다는 주장도 있지만, 여기에서 이러한
주장의 옳고 그름에 대해서 자세히 다루지는 않겠다.)

벌통이라는 주어진 공간에 있어서 최소한의 밀랍으로 가장 튼튼하고
가장 많은 수의 방을 만드는 데에 있어서 최적구조인 것이다.

또한, 물이 얼음으로 될 때에 분자 구조는 육각형의 구조를 형성한다.
물 분자들이 수소 결합을 하면서 빈 공간이 많이 생기는 이러한 육각
구조를 하게 되는 것인데, 단순히 모양의 특징을 거론하기 이전에 이것
에는 굉장히 큰 의미가 있다. 대부분의 물질은 온도가 낮아지면서 부피
가 작아지듯이 물 같은 경우에도 4 도까지는 부피가 작아지지만(즉 4 도
에서 물은 가장 밀도가 높아진다.), 그 이하로 냉각시키면 다시 부피가
증가하게 된다. 그렇기 때문에 앞에서 설명한 바와 같이 얼음의 밀도가
일반 물보다는 작아지게 되는 것이다. 따라서 얼음은 물 위에 뜨게

되며, 호수에서도 역시 물의 윗부분부터 얼음이 얼기 시작한다는 것을 우리는 잘 안다. 만약, 온도가 낮아지면서 물의 부피가 커지는 현상 없이 오히려 작아진다면 얼음은 물 밑에서부터 얼기 시작하게 되며, 겨울에 수중생물은 모두 사라지고 말 것이다. 이처럼 엄청난 과학적 원리가 숨겨져 있는 것이며, 물이 얼 때에 육각형 모양의 분자구조로 인해 발생하는 큰 공간이 아니었다면, 우리의 수중 생태계를 포함한 많은 곳에서는 이미 대참사를 맞이하였을 것이다.

나무나 식물 같은 경우 물을 빨아들이기 위해서 삼투압원리가 사용된다고 알려져 있다. 엄청난 무게를 지탱하면서 높은 높이까지 물을 끌어 올리는 데에 육각 구조가 어떤 역할을 하는지는 굳이 자세한 설명이 필요 없을 것이다. 그럼 과거에 과연 이렇게 헥사고날 즉 육각 모양의 모양을 줄기 내부로 구성하는 나무만 존재하였을까~? 이러한 의문이 발생하는 것은 너무나도 당연하다. 물론 그렇지는 않을 것이다. 과거에도 정말 다양한 종이 살았을 것이고 그중에서도 버섯모양의 식물들과 스폰지 형태 및 박막 형태의 암석들을 연관시켜보면, 그러한 종류들의 존재에 대해서도 어느 정도 추측을 해볼 수 있는 것이다.

지금까지 "과연 숲은 존재하는가~?" 소주제를 가지고 다소 충격적인 내용의 주장을 소개하여 보았다.

이 내용을 읽는 동안 고개가 자연스럽게 끄덕여지는 이들도 있었을 것이고, 충격에서 헤어나오지 못 하는 이들도 있을 것이다. 또한 너무나도 소설같은 허무맹랑한 주장이라고 생각하는 이들 등 정말 다양한 반응이 예상되는 바이다.

앞에서도 언급한 바를 다시 강조하지만, 작자는 이 분야와 관련된 학계 및 담당자들에게 어떠한 혼란도 주고 싶지는 않다. 단지 그동안 우리가 학교에서 배운 내용들과 새로이 주장되는 내용들에 대해서 어떠한 것이 더 현실성이 있는지 한번 진지하게 고민의 시간을 가져보고자 굳이 이 내용을 포함시킨 것이며, 이것이 어느 정도 타당하다고 생각된다면, 이런 식의 접근을 통한 연구도 되어져야 하는 것이 아닌가 하는 바램을 가지고 내용을 남겨 본 것이다. 실제로 많은 고대역사에서 지구의 중심 즉 북극에, 하늘에 닿을 정도의 굉장한 크기를 가진 나무가 존재했었다는 내용 등을 우리는 어렵지 않게 찾아볼 수가 있다. 하지만, 작자는 여기에서 어떠한 종교적 언급이나 고대사적인 내용을 자세하게 거론하고 싶지는 않다. 그것에 대한 전문적인 지식도 없을 뿐만 아니라, 그것을 증명한다는 것은 거의 불가능한 일이기 때문이다. 과거의 어느 시점에 도대체 어떠한 일들이 벌어졌기에 이렇게 거대한 산림들이 채벌되고, 현재의 주변 모습이 된 것인지에 대해서 최소한 이 책에서 자세한 언급은 하지 않도록 하겠다. 비록 과거에 고대문명이 존재하였고, 그

고대문명이 핵전쟁 등을 하여서 많은 산림들이 파괴되었고 모래 등이 형성되었을 것이라는 내용 등의 많은 추정들 또한 있지만, 그것은 말 그대로 추정일 뿐이지 진실을 밝히기가 어려우며, 이 소주제에서 다루고자 하는 내용과는 맞지 않기 때문이다.

다시 한번 이 소제목의 내용을 통해서 그 수많은 산림이 언제 어떻게 어디로 사라지게 된 것인지, 산과 동굴 그리고 바위 및 돌들 그리고 모래들은 어떻게 형성이 된 것인지, 화산폭발은 어떻게 발생이 되는 것인지, 지금 남아있는 Mesa 나 고원들은 어떻게 형성이 되었는지, 헥사고날 즉 육각형 모양의 마그마 형성물 등이 어떻게 형성이 되었는지, 그랜드 캐년과 같은 협곡은 어떻게 형성이 되었는지에 대해서 그동안 배워 온 내용을 전문가들에게만 맡기지 말고, 다양한 자료들을 통해서 한번 고민해보고 합리적으로 추정해 보는 시간을 갖자는 것에 의미를 두었으면 하는 바램, 이 부분을 작자는 강조하고 싶다.

지구가 과연 둥근 모양을 하고 있는 것이 맞는지 아니면 평평한 모양을 하고 있는 것이 맞는지를 알기 위해 보다 자세하고 상세한 검증작업들의 수행이 필요하듯이, 이번 소주제에서 다룬 이러한 많은 내용들을 계속적으로 조사하고 연구해야만 우리는 점점 진실에 한 발짝 더 다가설 수가 있을 것이다. 그리고 비록 그 모든 진실을 완벽하게 파악한다는 것 자체가 불가능하다 할지라도, 이러한 다양한 시각을 갖고 행하는 활동들과 노력들을 통해서만이, 지금까지 학계에 알려진 그리고 가르쳐진 많은 것들 중 불명확하고 의심적은 내용들에 대해서 보다 구체적이고 명확한 설명을 가능하게 하는 발판이 만들어질 수 있을 것이다.

우리가 선조들에게 배워온 많은 훌륭한 것들을 보다 더 수준 높고 진실되게 잘 다듬어서 후손들에게 전해주는 것은, 우리들의 많은 사명들 중에 하나임을 명심하여야 할 것이며, 그 생각은 절대 틀림이 없는 것이라고 작자는 확신한다.

7. 아쉬움을 뒤로한 채

지금까지 둥근 지구모델과 평평한 지구모델에 관한 여러 내용들을 살펴보았다. 지면 관계상 그리고 혹시라도 발생할 수 있는 어떠한 혼란도 원하지 않기에, 더 많은 주제를 다루지 않음에 대해서는 너그러이 양해하여 주기 바란다. 우리의 교육 및 사회 그리고 종교에 이르기까지 아주 조금이라도 어떠한 혼란이 발생하는 것을 작자는 원하지 않는 것이다. 이러한 평계로 매우 많은 주제를 다루지는 못하였으며, 이로 인해 독자들 중에는 부족함이나 아쉬움을 느끼는 이가 적지 않을 것이라 생각되기도 한다. 충분히 여러 가지 추가의문을 가질 수 있을 것이며, 그 예를 보자면 다음과 같은 내용들이 대표적이라 할 것이다.

- 태양과 달이 돌아가는 원리는 어떻게 되는가~?
- 천둥과 번개가 발생하는 명확한 메커니즘은 무엇인가~?
- 조수간만의 차를 발생시키는 진짜 이유는 무엇인가~?
- 공룡은 과연 존재하였는가~?
- 위성은 과연 존재하는가~?
- 항성은 과연 무엇인가~?
- 땅속 깊이 12km 이상을 들어가는 것은 불가능한 것인가~?
- 돔은 무엇으로 이루어졌는가~?
- 돔 밖에는 과연 무엇이 존재하는가~?
- 하늘이 파란색을 띠는 것이 정말 빛의 산란 때문인가~?
- 지구가 정말 엄청난 크기를 하고 있다면 곡률은 발견되지 않는 것이 정상적인 것 아닌가~?
- 외계인은 과연 존재하는 것인가~?
- 만약 평평한 지구모델이 맞는 것이라면, 그들은 왜 이러한 거짓을 꾸미는 것인가~?

등등등

이러한 추가적인 물음은 너무나도 당연한 것들이며, 우리가 추가적으로 연구하고 지속적으로 풀어나가야 하는 과제인 것이다.

현재 세계 곳곳에서 이 분야에 관심을 갖고 있는 많은 전문가 및 비전문가들이 여러 가지 다양한 실험 및 검증을 진행하고 있으며, 이미 적지 않은 내용이 밝혀지고 있는 것도 사실이다. 그러나 다시 한번 말하지만, 혹시라도 발생하는 혼란은 이 책을 여러분에게 내놓는 목적과 전혀 부합하지 않고 오히려 정반대이기에, 더 많은 부분을 다루지 못하는 부분에 있어서는 다시 한번 더 양해를 구하도록 하겠다.

서두에도 언급한 바와 같이, 이 책은 단지 평평한 지구모델에 관해 조금이라도 알고자 하는 이들에게 **입문서 정도의 역할을 하고 싶은 것이다.** 그동안 둥근 지구모델을 무조건적으로 받아들여온 우리들로 하여금, 평평한 지구모델 또한 한번쯤 생각해 보도록 하자는 취지로 이 글이 시작된 것이라는 점을 다시 한번 꼭 상기하여 주기 바란다. 틀에 박힌 상식과 사고에서 벗어나 자유로운 사고 그리고 진실을 추구하고자 하는 의지 등을 통해 보다 나은 사회발전에 보탬이 되기를 바라는 것이다.

그렇기에 작자는 상기와 같은 추가의문들에 대한 내용을 우리들의 숙제로 남겨두고자 한다. 이 많은 궁금증들과 풀어나가야 하는 숙제들 중에서 우리가 해결해야 하는 또는 해결까지는 아니더라도, 정말 너무나도 궁금해서 죽음에 다다르기 전에 꼭 알고 싶은 것은 무엇인가~?

그렇다. 그것은 아마 독자들 개개인마다 다를 것이다.

작자의 개인적인 의견을 말하면서, 이 소주제의 내용처럼 슬슬 이 책 중 Part 1 의 마무리에 대한 아쉬움도 뒤로 흘려 보내고자 한다.

평평한 지구모델에서 주장하는 바와 같이, 지구가 정말 돔으로 둘러싸여 있고 최소한 현대의 인류는 아직 그 돔 밖을 나가 본 적이 없다는 것이 만약 사실이라면, 우리는 그 밖의 세상이나 존재에 대한 지식이 거의 전무한 상태이다. 최소한 현재의 교육체제하에서는 특히 말이다.

또한, 지금까지 이야기해 온 평평한 지구모델의 내용과는 정반대로, **그 돔 밖으로 벗어나서 이 지구를 바라보면 정말 구체의 형상을 한 행성일 수도 있을 것이다.** 만약, 그동안 우리가 둥근 지구모델을 근거로 배워온 지구의 크기가 아니라면 말이다.

즉, 지구가 태양의 크기와는 비교할 수 없을 정도로 정말 어마어마한 크기를 하고 있다면, 우리가 돔이라는 상대적으로 매우 작은 공간에서 살고 있는 한, 우리 인류는 절대 곡률을 발견하지 못할 것이며, 그러한 이유로 주변의 모든 곳이 수평선과 지평선이라는 용어처럼 단지 평평하게 보이는 것일 수도 있다는 것이다. 상대적으로 매우 작은 공간인 돔 안에서 사는 우리 인류에게는 말이다.

그렇다. 그동안 과학자들이 말해온 둥근 지구모델이 정말 맞는 것일지도 모르는 것이다. 다시 강조하지만 지구가 어마어마하게 큰 크기를 가졌다면 말이다. 작자는 이러한 진실을 파악하기 위해 이 돔 밖으로 나가는 것이 가장 큰 우리의 숙제가 아닐까 생각을 해본다.

비록 혹자 중에는 이 돔이 마치 감옥과도 같아서, 우리 인간이라는 존재가 또 다른 어떠한 영적인 발전을 하지 않는 한 이 돔이라는 차원을 절대 못 벗어난다고 주장을 하는 이들도 있기는 하지만 말이다.

물론 이 책에서 그러한 내용까지 다루지는 않았다.

다만 그 어떠한 것이 진실이던 간에, 최소한 우리가 현재 살고 있는 이 지구라는 곳은 그동안 우리가 배워온 바와는 달리 그 어디에서도 곡률을 발견할 수가 없으며, 어떠한 미세한 움직임도 느껴지지 않는 등 너무나도 많은 부분에서 둥근 지구모델의 모순을 우리는 쉽게 발견할 수 있으며, 작자는 이 책을 통해서 그것에 대한 내용을 단지 공유하고 싶었을 뿐이다. 평평한 지구모델에 대한 소개와 함께 말이다.

우리 인류에게는 이러한 과제를 풀어낼 권한과 숙명이 주어져 있다는 것을 다시 한번 더 강조하며, 아쉬움을 뒤로한 채 작자는 이제 여러분들과도 헤어지도록 하겠다. 하지만 작자에게만 어떤 큰 아쉬움이 있을 것이라는 것은 독자들께서 더 잘 알고 있을 것이다. 그렇다. 이 책 중 Part 2 의 내용을 통해서 보다 심도 있고 폭넓은 내용을 접할 기회가 아직 남아있는 것이다.

진실의 문을 계속 두드릴 시간과 기회는 아직 남아있으며, 이 책의 Part 2 를 통해 그곳에 한 발 더 다가가기를 진심으로 바란다.

마무리 글

작자에게도 역시 독자 여러분 모두에게 있을법할 만한 학창시절의 재미난 추억들이 많다. 그중에서도, 누구나 다 한번쯤은 도전해보고 싶었을 만한 전국일주 여행이 갑자기 떠오른다.

당시 대학생 시절, 작자는 친구들과 자전거 또는 도보를 통해 우리나라 전국을 여행해보자는 야심찬 계획을 세우고, 벽에 붙은 우리나라 지도를 같이 보며 서로서로 루트를 의논했던 기억이 있다. 여행을 위한 루트를 의논하던 중 당시에 꽤 똑똑했던 친구 녀석 하나가 이러한 말을 했다. "그나저나 남쪽으로 내려갈 때에는 내리막길이라 힘이 안 들 텐데, 서울로 다시 올라올 때에는 오르막길이라 되게 힘들겠다"라고 말이다. 나는 자지러지게 웃으면서 그 친구의 유머 감각에 대해서 대단함을 느꼈었다. 하지만, 그 친구는 매우 당혹스러워하는 미소를 살짝 지은 표정으로 나를 보며, "그게 아닌가~? 내리막 오르막하고는 상관이 없나~?" 하고 말을 했었던 기억이 난다.

그렇다. 이름을 밝힐 수 없는 그 친구는 벽에 붙어있는 지도를 보면서, 서울로 올라올 때의 오르막이 힘들 것이라는 것을 진지하게 걱정하고 있었던 것이다. 당시, 나는 지구가 둥글고 중력이라는 것이 존재하는데 어떻게 위도의 차이로 인해서 오르막길과 내리막길이 존재한다고 생각을 할 수가 있냐고 비아냥거리면서 신나게 설명을 했던 기억이 난다. 오르막과 내리막은 단지 고도의 차이에 의해서 생길 수 있는 것이지 위도의 차이에 의해서는 발생할 수 없다는 둥, 만약 그렇다면 서울의 모든 물이 부산으로 쏟아져 내려가야 되는 거 아니냐는 둥 내가 알고 있는 지식 안에서, 내가 할 수 있는 온갖 설명들을 쏟아내면서 말이다. 요즈음 생각해보면, 그 똑똑하고 상상력 풍부했던 친구의 생각이 정말 맞았을 수도 있었다는 생각이 든다.

정말로 중부지방의 서울이나 남부지방의 부산 등이 곡률이 전혀 없는 평평한 땅 위에 같이 위치해 있으니, 내리막이나 오르막이 없었던 것은 아닐까~? 그동안 학교에서 배워왔던 검증도 되지 않은 중력이라는 가설 따위와는 아무런 상관없이 말이다. 좀 배웠답시고 어디서 주워들은 중력을 운운해가며 온갖 똑똑한 척을 다했던 나는, 틀에 박힌 논리로부터 자유로웠던 당시 그 친구에게 온갖 약을 올리면서 잘난척했던 내 잘못을, 20 여 년이 지난 지금 다시 이 책을 선물로 권하면서 용서를 빌어야 할 시점에 도달한 것인지도 모른다.

우리는 지금까지 이 책을 통하여 몇 가지 안 되는 수식과 우리 인간이 가지고 있는 감각으로 과연 어떠한 지구모델이 맞는 것인지에 대해서 살펴보고 고민해 보았다.

서두에서도 언급한 바와 같이, 둥근 지구모델과 평평한 지구모델을 판단함에 있어서 오로지 많은 학식과 지식을 갖춘 자만이 그것의 진실을 밝힐 수가 있고, 그 분야에 대하여 논할 수 있는 위치에 있다는 생각에는 분명히 너무나도 큰 오류가 있다. 또한, 그들이 정해놓은 논리와 지식들, 그리고 명확한 설명이 부족함에도 불구하고 이미 상식이 되어버린 것이라고 단정 지어가며 많은 내용들을 우리에게 무조건적으로 강요하여서는 안 되며, 우리에게는 그것을 깨부수어버리고 얼마든지 자유롭게 사고할 자유와 의무가 있는 것이다.

그러니, 각자의 생각을 존중해 주는 배포를 가져주기 바란다.

우리는 이 시대를 살아가면서 이미 상식으로 분류되어버린 많은 내용들을 다시 검토해 볼 필요가 있다. 자연계에 발생하는 수많은 현상에 대해서 논리적인 사고와 수학적인 검증 및 실제적인 관측을 통해서 그것을 다시 한번 꼼꼼하게 살펴볼 필요가 있는 것이다. 그러한 과정을 통해서 나온 그 누구도 부정할 수 없는 내용들만을 사람들에게 공유하고, 그러한 공유를 통해 형성된 어떠한 공감대를 기본으로 어떠한 지식 및 상식이라는 형태로 발전해나가야만이 세상은 점점 더 나은 방향으로 흘러갈 것이라는 점에는 많은 이들이 동감할 것이다. 즉, 모든 현상에 대해 설명이 가능하지 않은 가설 및 이론이라면 우리는 그것을 더 이상 상식이라고 불러서는 안 될 것이며, 아무런 의심 없이 너무나도 당연하게 받아들이면 안 되는 것이다. 그 타당성에 대해서 심도 있는 고민이 필요할 것인데, 평평한 지구모델 주장은 이러한 의식의 확대와 진실추구 본능에 충분히 큰 동력이 될 수 있을 것이다.

작자가 자꾸 이 부분을 강조하는 것은, 혹시 평평한 지구모델이 가능한 것 아니냐는 의견을 보였을 때에 주변 사람들로부터 어떠한 취급을 받게 될지를 그 누구보다도 잘 알기 때문이다.

향후에 혹시라도 작자에게 어떠한 기회가 또 주어진다면 추가적으로 더 책을 내도록 하겠지만, 설사 그렇지 못하더라도 비정기적인 세미나 등을 통해서라도 평평한 지구모델과 관련하여 새로이 밝혀지는 내용 등을 계속 공유할 것을 약속드리는 바이다. 전문가 및 비전문가를 떠나서 이 분야에 관심이 있는 이들과 항상 신뢰성 높은 실험과 검증의 단계를 거쳐서 나온 결과를 여러 루트를 통해서 항상 공유하도록 노력하겠다.

평평한 지구모델에 관하여 소개하는 입문서 수준밖에 되지 않는 이 책과는 달리, 너무나도 방대한 자료가 인터넷 등을 통해서 축적되고 있으며, 우리는 그것을 쉽게 접할 수 있는 행복한 시대에 살고 있다. 그러니 혹시라도 그것들에 대한 궁금증에 너무나도 목이 마르면, 그전에라도 스스로 찾아서 공부하거나 직접 실험을 해서 같이 공유하기를 작자는 진심으로 바란다. 그러한 각자의 행동 하나하나가 모일 때에만이, 진실추구를 통한 밝은 세상을 우리 후손들에게 남겨줄 수 있을 것이다.

– PART 2 –

사랑한다 평평한 지구

1939년에 태어난 나의 어머니는 2016년 12월 13일 운명하셨다. 책가방을 메고 학교 친구들과 수다를 떨 사춘기에 어머니는 6.25를 겪어야 했다. 매 순간순간을 배고픔과 몸부림으로 죽음의 사자와 겨루며 살았다. 초등학교 근처도 못 가본 어머니는 글을 읽을 줄 모른다. 문맹률 제로에 가깝다는 대한민국에서 살아가기 쉽지 않았으리라….

삐쩍 마르고 굳어버린 그래서 무릎을 펼 수 없는 어머니의 다리를 주무르며 내가 물었다. "엄마, 혹시 지구가 둥글지 않은 거 알아?" 그러자 어머니는 일말의 주저가 없었다. "당연히 평평하지." 틀니를 빼내 입 안으로 들어간 어머니의 입술을 난 멍하니 봤다. 충격이었다. 내가 잘못 들은 걸까? 그동안 평평한 지구에 관해 논쟁을 벌여왔던 그래서 그때마다 불협화음이 일었던 사람들이 주마등처럼 떠올랐다. 그들 대다수가 대학을 나오지 않았던가….

사실 어머니께 평평한 지구에 대해 말씀드리려 했던 이유가 있다. 그것은 한 해 전 돌아가신 나의 아버지 때문이다. 2015년 2월 14일 연인끼리 초콜릿을 주고받는다는 그날 난 눈물로 지새웠다. 아버님의 싸늘한 시신을 붙들고 오열했다. 어머니와 마찬가지로 잘 걷지 못했던 아버지의 다리는 가는 불쏘시개를 닮아 있었다. 아직도 지팡이에 의지 해 힘들게 걷던 노년의 아버지가 눈에 어른거린다.

소설가인 나는 책을 출판하기 전 그 내용을 아버님께 말씀드리곤 했다. 전자책으로 출간한 "잘 속는 사람에게 함정의 문이 열리면"이란 책은 미국 쌍둥이 무역 빌딩 테러를 담았다. 911 테러 당시 비행기는 없었다는 것이 주 내용이다.(알루미늄 소재 비행기가 철근 콘크리트 빌딩을 먼지로 변하게 할 수 없다. 우리가 봤던 비행기는 홀로그램이다.)

아버지는 2001년 9월 12일 자신의 두 눈으로 생생히 보았던(TV를 통해) 그 테러가 미국의 자작극이었다는 것에 큰 충격을 받았다. 그 후론 나의 책을 보시는 것이 두렵다고 하셨다. 세상이 너무나도 무섭다고 하셨다. 그런 아버지에게 평평한 지구를 설명드릴 순 없었다. 생각해 보라. 이 세상 이보다 더 참혹한 거짓말이 어디 있겠는가! 이보다 더 끔찍한 속임수가 어디 있겠는가! 둥근 지구본을 보는 아이들의 해맑은 눈동자를 떠올려보라!

아버님은 노크 없이 찾아온 죽음으로 둥근 지구에서 살다 돌아가시게 됐다. 어머님만큼은 그렇게 할 수 없었다. 한평생 속은 채로 돌아가시게 할 수 없었기 때문이다. 그러나 어머니는 지구가 평평하다는 것을 알고 계셨다. 뿐만 아니라 지구가 자전을 하지 않는다고도 내게 말하셨다.

현명하신 분이다. 깨어 있는 분이다. 지식과 지혜는 다르다는 것을 다시 한번 알게 됐다.

나의 자랑스럽고 사랑스런 어머니 이성순
향년 79세로 별세하셨다.

어머님의 장례를 치르던 중 나와 같은 고민(지구는 평평하다)을 하는 사람이 있지 않을까 하는 생각이 들었다. 만약 사람들이 거짓으로 얼룩진 이 세상을 살다 결국, 목숨이 다해, 지구의 참모습을 보지 못하고 저승으로 간다면, 그래서 죽어서까지 평평한 땅의 참모습을 보지 못한다면? 아찔했다. 이보다 더 억울한 일은 없을 것이다. 어머님의 49 재가 돌아오기도 전 난 노트북에 불을 밝혔다.

왜 난 둥근 지구를 믿지 않는가?

● 매우 원초적인 질문

[지구를 본 적 있는가?]

*지구가 둥글다고 주장하는 사람에게 우주에 나간 적이 있냐고 물어 본다. 그러면 항상 **"없다"**라는 답이 돌아온다. 때문에 한국의 첫 우주인 이소연씨 얘기를 한다.

*컴퓨터나 TV 또는 잡지에서 본 위성 말고 직접 망원경 또는 카메라를 통해 위성을 본 적이 있는가 물으면 역시 **"없다"**라는 답이 돌아온다.

*그렇다면 지구는 어떨까? 위성과 마찬가지로 컴퓨터 CGI 그래픽 또는 포토샵과 같은, 인공적으로 그려낸 것들 말고 실제로 촬영된 지구 사진(실사)이 있냐고 물으면 **"없다"**라는 답이 돌아온다.

NASA는 왜 진짜 지구 사진을 공개하지 않는가?

이렇듯 지구의 '실제' 모습을 드러내지 못함에도 불구하고 미 항공우주국 NASA는 아득히 먼 곳의 여러 행성들을 공개하고 있다. 안드로메다를 예로 들어 보자. 거리로 따지자면 대략 250만 광년이다. 1광년은 9조 4600억 km다. 이것은 빛의 속도로 지구 7바퀴 반에 해당하는, 30만 km를 1초에 주파하는 것이다. 이러한 빛의 속도로 250만 년을 가야 안드로메다에 도달할 수 있다. 이처럼 NASA는 태양계만 아니라 까마득히 먼 은하계도 볼 수 있다고 한다. 그러면서 고가의 최첨단 장비를 자랑한다. 그럼에도 정작 우리가 딛고 있는 이 땅의 전체적인 모습을 보지 못한다. 지구를 왜 보지 못하는 것일까? 맞다. 지구가 둥글다는 증거는 없다. 오직 이미지 사진과 실체를 알 수 없는 영상뿐이다. 그럼에도 사람들은 일말의 주저가 없다. 마치 자신의 두 눈으로 그것을 확인한 듯 우리가 사는 세상은 무조건 둥글 수밖에 없다고 한다. 무엇을 근거로 지구가 둥그냐고 물으면 하나같이 **미 항공우주국 NASA를 얘기한다.** 아무래도 위성사진을 보고 그러한 믿음이 생긴 것 같다. 그로 인해 자신이 보고 있는 위성사진이 실제 지구를 찍어 우리 눈앞에 내놓았다고 착각하는 것 같다.

구글 검색창에 위성을 검색하면 아래와 같다.

위성 이미지 사진 **위성 드론** **위성 발룬**

컴퓨터 그래픽 사진만 관찰이 된다. 위성 역할을 수행하는 드론 위성 역할을 수행하는 열기구

위성을 검색하면 한결같다. 모든 결과물이 컴퓨터 그래픽이란 것을 알 수 있다. 단 한 장의 사진도 우주라는 공간에서 유영하는 그것이 없다. 그렇게 많은 위성이 있다고 하는데 단 한 장의 실제 사진이 없다는 것은 선뜻 이해하기 어렵다. 이는 지구 사진도 마찬가지다. 내가 위성을 언급한 것은 다름이 아니다. 만약 위성이 존재한다면 그래서 지상의 작은 물체까지도 볼 수 있다면 그리고 그러한 것들이 우주라는 공간에 광활하게 퍼져 있다면 지구를 찍지 못할 리 없지 않겠는가. 생각해 보라! 위성과 위성 사이는 더욱 가깝다. 앞서 얘기했듯이 수백 광년의 거리를 찍을 수 있는 기계를 보유한 미 항공우주국 나사다. 그런 그들이 굳이 드론과 열기구 등을 이용하는 것은 무슨 연유에서 일까? 여기서 잠깐 한 가지를 언급하고자 한다. 위성이 없을 거란 나의 글이 많은 논란을 불러일으킬 것이다. 그럼에도 이를 빼놓을 수가 없다. 반드시 짚고 넘어가야 한다. 그래야만 평평한 지구가 설명되기 때문이다. 그러한 연유로 시작부터 위성을 언급한 것이다. 우리가 무엇을 보고 있는지 그리고 무엇을 믿고 있는지부터 먼저 알아야 한다. 가짜를 진짜로 믿고 있으면 결과는 진실과 멀어지게 된다. 때론 믿음이 눈을 멀게 할 때가 있다. 너무나도 쉽게 진실을 배반하기도 한다. 이 한없고 모호한 믿음의 허구를 부수고 진실을 보여주는 것이 이 책의 목적이다. 거짓을 기준으로, 그리고 허상의 물체가 존재한다는 가정하에선 평평한 지구를 증명하기 어렵다. 그것은 불가능하다.

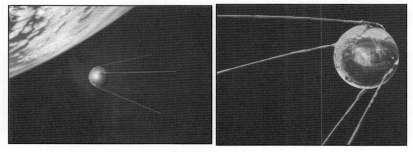

인류 최초 위성이라는 스푸트니크 1호

인류의 첫 번째 인공위성 스푸트니크 1호(물론 위 사진은 다른 인공위성 사진과 마찬가지로 컴퓨터 그래픽이다)다. 불행 중 다행일까? 최소한 왼쪽에 위치한 위성사진에선 별이 보인다. 별을 언급한 이유는 다름 아니다. 큰 증거로 작용하기 때문이다. 아폴로 달 착륙선에서 내렸다는 우주인 그리고 그들이 달에서 찍었다는 사진에선 별이 보이지 않는다. 위성도 보이지 않는다. 이는 미 우주정거장 ISS도 마찬가지다. 별을 넣거나 위성을 넣게 되면 손이 더 많이 가기 때문이다. 여기서 말하는 '손'이란 조작을 뜻한다. 영화감독 큐브릭의 폭로처럼 '달 착륙'은 할리우드 지하창고에서 찍었다는 것이 더욱 신빙성 있어 보인다.

할리우드 영화감독 큐브릭

유명 폭로기관 위키리크 보고서의 제목과 달 착륙 조작 사진

달 착륙은 전부 거짓말이며 할리우드 영화 세트장에서 찍은 영상은 '연출된 화면'이라고 폭로하고 있다. (현재에 와선 이 영상이 음모론자들에 의해 조작 되었다는 의심을 받고 있다.)

아폴로 프로그램은 전부 사기이며 인간은 달에 간 적이 없다는 내용

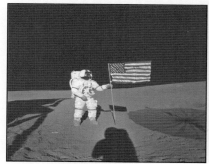

달에 착륙했다며 찍은 영상엔 별이 없다.

우주에 떠 있다는 미 우주정거장 ISS 역시 별이 없다.

167

맑은 날 관측 되는 수많은 별 **빈 공간을 찾기 힘들 정도로 하늘을
수놓은 별**

누군가는 거짓말을 하고 있다. 이는 나사 영상 자료에만 국한된 얘기
는 아니다. 미 항공우주국에서 근무하며 실제 우주에 나갔다고 주장하
는 사람들까지도 서로 상반된 주장을 하고 있다. 왜 그들은 다른 얘기
를 하는 것일까?

**나사 우주인들이 별에 관해
얘기하고 있다.** **1969년 아폴로 11호 우주인
닐 암스트롱**

좌) 마이크 마시미노 우) 돈 패티 **가운데) 닐 암스트롱**

왼쪽 두 명의 우주인들은 지구 밖으로 나가면 수많은 별들 때문에 눈이 부실 정도라고 주장하고 있다. 그러나 암스트롱의 말은 다르다. 달에 도착하기 전 별은 전연 보이지 않았고 암흑만이 존재한다고 했다. 상기 인물들 모두는 우주라는 공간에 나갔다고 주장하는 사람들이다. 그렇다면 어떻게 서로 상반된 얘기를 꺼낼 수 있을까? 내 생각은 이렇다. 1960년도의 카메라 기술로는 수많은 별을 조작해서 영상에 담기 힘들었을 것이다. 반면 21세기의 그래픽 기술로는 충분히 그것이 가능해졌을 것이다. 암스트롱은 미래 그래픽 기술의 발달을 가늠하지 못했을 공산이 크다. 또한 앞으로도 있을지 모를 달 착륙 프로그램을 위해 많은 생각이 필요했을 것이다. 맞다. 카메라가 담아낼 수 있는 범주안에서의 스토리가 필요했던 것이다. 그렇다면 그래픽 기술이 노후했던 당시의 암스트롱만 거짓말을 했다는 말인가? 그렇지 않다고 본다. 셋 모두 거짓말을 했을 수도 있다. 카메라와 그래픽 기술이 과거에 비해 눈부신 발전을 했고 그래서 과거에 할 수 없었던 우주 탐험 조작이 가능해졌을 것이다. 때문에 우주엔 별이 무수히 많다고 말한 것은 아닐까?

1960년대 카메라 기술

별이 우주에 보인다고 가장한 세트장

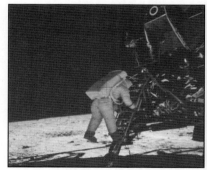

1950~60년 대의 카메라 기술은 매우 조잡했다. 그런 관계로 뒷배경에 별을 넣지 않았다.

CGI그래픽 기술이 없었던 관계로 별을 전구와 같은 물체로 대체해서 본 사진

21세기의 화려한 카메라 기술과
그래픽 기술

G-force 비행기에서 무중력을 발생
시킬 수 있다.

마이크 마시미노(Mike Massimino)가
우주선 안에서 촬영했다고 주장하는
영상

돈 페팃(Don Pettit)이 ISS 안에서
유영한다는 영상

지금으로부터 반세기 전인 1957년 10월 4일, 세계 최초의 인공위성 스푸트니크 1호가 소련에서 발사되었다고 한다. 여기서 참고해야 할 것이 있다. 그것은 바로 위성이 발사된 시점이다. 전시 상황이나 아니면 그것을 전후로 해서 세상은 많이 변한다. 새로운 무기와 기술이 쏟아져 나온다. 이것은 역사가 증명해 주고 있다. 그러니까 전쟁이 우리의 과학기술 발전에 이바지를 했다고도 볼 수 있다. 가상의 무기를 공개하여 적에게 공포심을 심어주는 전술도 있다. 그리고 이와는 반대로 가공할 무기를 숨겨 적의 허를 찌르는 등 전장에는 수많은 전략과 전술이 존재한다. 아무튼 나사의 창립 시기는 냉전의 소용돌이였다. 과학기술의 우위와 선점이 전쟁의 승패를 가르는 중요한 열쇠다. 때문에 당시 소련이라는 강대국과 대립했던 미국으로서는 소련의 인공위성 소식이 매우 민감한 문제였을 것이다. 이에 미국이 큰 자극을 받았음에 이견이 없을 것이다. 경찰국가의 위치를 유지하기 위해 그리고 서구의 헤게모니를 유지하기 위해 그들은 연구에 박차를 가했다. 문명의 충돌이 저 드넓은 창공 위 광활한 우주로까지 번졌다. 그렇게 강대국이란 이름을 거머쥔 나라들은 기회가 있을 때마다 그것을 발사했다고 만천하에 공표했다. 앞다투어 발표했다. 이를 부럽게 바라보던 개발도상국들은 언젠가 자신들도 인공위성을 쏘아 올리겠다는 꿈에 가득 차 있었다. 이렇듯 위성은 문명의 척도를 가르는 기준이 되었다. 그렇게 해서 현재까지 우주에는 만여 개에 달하는 위성이 있다고 한다. 그리고 다른 은하계를 관찰할 수 있다는 허블 망원경도 있다고 한다. 또한 미 우주정거장 ISS(International Space Station)가 있어서 사람이 얼마든지 그곳에 머물며 지구를 볼 수 있다고 한다. 그렇다면 처음에 던진 화두를 다시 꺼내 보자. 이렇듯 뛰어난 기술력을 가진 단체와 강대국들이 **단 한 장의 지구 사진을 촬영할 수 없는 이유는 무엇일까?** 왜 그것이 단 한 장 없을까? 없어야 하는 까닭이 있는 것은 아닐까? 만약 있다면 왜 그것을 공개하지 않는 것일까? 의문은 꼬리에 꼬리를 문다. 오해의 소지가 있을까 하여 다시 한 번 더 말하지만 여러분이 보고 있는 **지구 사진은 100% 컴퓨터 그래픽이다. 실제 지구 사진이 아니다.** 그것이 단 한 장 없다. 그렇다면 나사가 발표한 그 모든 지구의 사진이 반드시 그래픽이어야만 하는 까닭은 무엇일까?

**우주에 존재 하며 분포 한다는
위성의 이미지**

우주쓰레기 문제는 공공연하다.

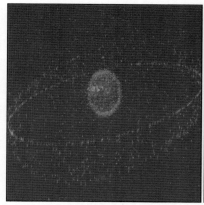

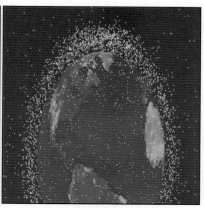

**위성과 위성의 사이는 매우 가까울
것이다. 그러므로 더욱 관찰하기
쉬울 것이다.**

**수명을 다한 위성들로 인해 우주
쓰레기가 생기고 이는 땅에
떨어져야 할 것이다.**

이 지구 상에 존재하는 수많은 천문학자 그리고 별을 찍는 사진작가들 중 단 한 명도 인공위성을 보지 못했다고 한다. 봤다는 사람이 없다. 언젠가 우주 쓰레기가 떨어졌다는 기사를 본 기억이 있는 것 같긴 하다. 하지만 그것이 위성의 잔해인지는 확실치 않다. 그렇다고 추정만 할 뿐이다. 어떤 이는 광활한 우주의 크기를 들며 위성의 크기가 상대적으로 작기 때문에 그것을 볼 수 없다고 한다. 그러나 우린 성능 좋은 카메라로 달의 분화구마저 들여다보는 시대에 살고 있다.

**니콘 P900으로 찍은 달
역시 위성은 보이지 않는다.**

**우주를 관찰하는 수많은 사람 중 단
한 명도 위성을 보지 못했다.**

만여 개에 달하는 위성이 그것도 마하 23의 속도로 지구를 도는데 단한 번 그것이 관찰되지 않았다는 것은 정말이지 믿기 힘들다. (알루미늄 소재의 위성이 마하 23으로 나는 것은 불가능하다.) 만약 위성에서 찍은 지구 사진이 없다면 나사에서 공개한 지구 사진은 무엇일까? 맞다. 이미지다. 나사가 공개한 지구 사진은 실제가 아니다. 인간이 가공한 것이다. NASA는 이를 전문적으로 그리는 연구원을 두고 있다. 그중 한 명의 인터뷰를 보기로 하자. 여기엔 많은 단서가 숨어 있다.

미스터 블루 마블이란 별명을
가진 나사 직원 로버트 시몬

Photo of Robert Simmon in front of
the "Blue Marble." Credit: NASA/W.
Hrybyk

푸른 지구와 회색 달이 보인다.
물론 이미지 사진이다.

평평한 지구에선 태양과 달의
크기가 같고 지구와 멀리 떨어져
있지 않다.

사람들이 로버트에게 질문을 했다.

"왜 실제 사진 대신 컴퓨터 그래픽을 쓰는 거죠?"

그러자 지구 그래픽 전문가인 그가 대답했다.

"맞아요. 이건 실제 사진이 아니에요. 포토샵이죠. 그러나 **그래야만 해 요.**"

그래야만 한다? 이게 도대체 무슨 말인가? 실제 지구 사진은 보여줄 수 없다? 포토샵만 사용해야 하다니! 나는 이 모호한 말이 무슨 뜻인지 여러 각도로 생각해 보았다. 그러다 나사 직원 로버트 시몬이 우주에 나간 사실이 없다는 것을 알게 됐다. 그러니까 지구를 실제로 본 적도 없는 사람이 지구를 그리고 있는 것이다. 이상하지 않은가?

나사 직원의 말 **"그래야만 해요."**를 깊게 생각해 보자.

[실제 지구 사진은 없으니 컴퓨터 그래픽이어야만 해요. **그래야만 해요.**]

이 주장은 납득하기 어렵다. 더욱이 NASA 직원이 그런 말을 한다는 것은 있을 수 없는 일이다. 앞서 말했듯이 태양계만 아니라 다른 은하

173

계도 볼 수 있다는 나사다. 이미 1884년도에 태어난 스위스 물리학자가 1931년 본인이 직접 열기구를 타고 창공으로 올라가 지구의 모습을 보고 신문사와 인터뷰한 기사 내용도 있다. 물론 그는 지구가 평평하다고 했다. 하루가 다르게 신문물이 쏟아져 나온다. 시간이 흐르면 흐를수록 발전한다는 것이 바로 과학이다. 그렇다면 현재의 기술이 1800년도에 태어난 과학자보다 못하다는 것인가? 한 세기 전에 태어난 사람이 할 수 있었던 것을 현재에 와서 못한다는 것은 전혀 납득할 수 없는 일이다. 또한 독일의 과학자 폰 브라운이 발명한 V2 로켓이 있다. 그것으로 지구를 찍은 사진이 엄연히 존재한다. 물론 평평하다. 현재의 나사 기술력은 실시간으로 지구를 찍는다고 한다. 실제 라이브로 보여주는 방송을 내보내기도 한다. 여러모로 보나 위 주장은 맞지 않아 보인다.

ISS(international Space Station)   ISS(국제우주정거장)

24시간 생방송으로 지구를 촬영하여 공개한다는 ISS. 그러나 그 어디에도 별은 보이지 않는다. 위성 또한 보이지 않는다. 이 역시 컴퓨터 그래픽이다. ISS가 지구를 한 바퀴 도는 데는 92분의 시간이 소요된다고 한다. 그러므로 낮은 46분 밤은 46분이 된다. 나사에서 라이브라고 보여주는 영상 중엔 46분마다 녹화된 비디오를 교체하는 것도 있고 영상 두 개를 교묘하게 겹치다 달이 두 번이나 출몰하는 영상도 발각됐다. 심지어는 우주에 벌이 날아다니는 것도 카메라에 찍혔다. 이 모든 영상은 유튜브 검색창에 Bee in space, ISS live stream fake를 입력하거나 내가 운영하는 채널 'Turn off your TV'에 와도 볼 수 있다.

[실제 지구 사진은 있지만 보여줄 수 없어요. **그래야만 해요.**]

이 말이 앞서 예기한 '지구 사진이 없다'는 주장보다는 더욱 설득력이 있어 보인다. 왜냐면 기술의 발달로 인해 하늘이란 공간이 나사의 전유물이 아니기 때문이다. 민간인들도 열기구에 카메라를 실어 하늘에 띄운다든지 자체 개발한 로켓을 쏘아 올리고 있다. 볼록 렌즈나 기타 물체를 휘어서 보이게 만드는 렌즈를 장착한 카메라가 아니라면 그것은 언제나 평평한 지평선을 찍는다. 아무튼 나사 직원의 이런 주장을 위와 같이 해석한다면 한 가지의 가능성이 있다. 그것은 나사가 현재까지 주장해온 지구의 모습이 사실과는 다를 수도 있다는 것이다. 실제 1988년 나사의 다큐먼트는 지구가 평평하며 자전하지 않는다고 되어있다. 포토샵만 보여 줄 수 있다는 나사 직원의 말과 1988년에 제작된 나사 다큐먼트를 보자면 하나의 결론에 이를 수도 있다.

-NASA가 우릴 속이고 있다.-

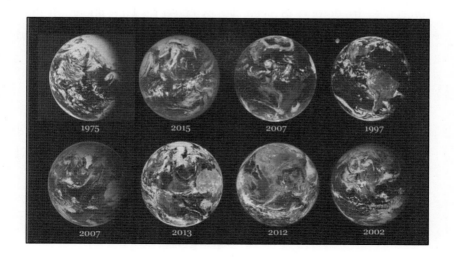

그것은 바로 1975년부터 내놓은 나사의 지구 이미지는 계속 바뀌고 있다. 단적인 예로 위 이미지 중 2002년과 2012년 그리고 2015년을 각각 볼 것 같으면 북아메리카의 크기가 너무나도 달라서 이것이 과연 같은 나라를 그린 것인가 하는 생각이 들 정도다.

우린 그동안 일방적으로 나사의 발표를 믿어왔다. 아무리 그들이 새빨간 거짓말을 하더라도 그리고 그것이 끝끝내 거짓으로 밝혀져도 애써 외면했다. 피치 못할 사정이 있을 것이라 생각했다. 하지만 나사 스스로가 지구는 평평하며 자전하지 않는다는 보고서를 작성했다면 어떻겠는가?

아래는 1988년도에 작성된 나사 다큐먼트로서 지구가 평평하며 자전하지 않는다고 명시되어 있다.

NASA document

This report documents the derivation and definition of a linear aircraft model for a rigid aircraft of constant mass flying over **a flat, nonrotating earth**. The derivation makes no assumptions of reference trajectory or vehicle symmetry. The linear system equations are derived and evaluated along a general trajectory and include both aircraft dynamics and observation variables.

"A flat, nonrotating earth-지구는 평평하며 자전하지 않는다!"라고 되어있다. 상기의 내용은 나사가 주장하고 보여주는 것들과 다르다. 상반된다. 평평한 지구가 맞다고 한다. 물론이다. 이 보고서는 나사 본인들이 작성한 것이다.

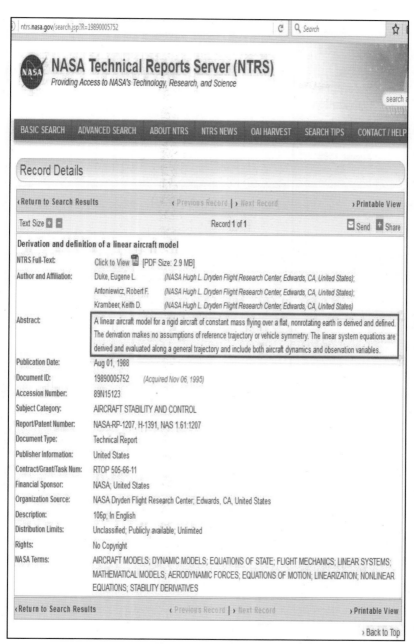

NASA Technical Reports Server (NTRS)
Providing Access to NASA's Technology, Research, and Science

BASIC SEARCH   ADVANCED SEARCH   ABOUT NTRS   NTRS NEWS   OAI HARVEST   SEARCH TIPS   CONTACT / HELP

Record Details

‹ Return to Search Results   ‹ Previous Record | › Next Record   › Printable View

Text Size ⊞ ⊟   Record 1 of 1   Send Share

Derivation and definition of a linear aircraft model

NTRS Full-Text:	Click to View 📄 [PDF Size: 2.9 MB]
Author and Affiliation:	Duke, Eugene L. *(NASA Hugh L. Dryden Flight Research Center, Edwards, CA, United States);*
	Antoniewicz, Robert F. *(NASA Hugh L. Dryden Flight Research Center, Edwards, CA, United States);*
	Krambeer, Keith D. *(NASA Hugh L. Dryden Flight Research Center, Edwards, CA, United States)*

Abstract:	A linear aircraft model for a rigid aircraft of constant mass flying over a flat, nonrotating earth is derived and defined. The derivation makes no assumptions of reference trajectory or vehicle symmetry. The linear system equations are derived and evaluated along a general trajectory and include both aircraft dynamics and observation variables.

Publication Date:	Aug 01, 1988
Document ID:	19890005752 *(Acquired Nov 06, 1995)*
Accession Number:	89N15123
Subject Category:	AIRCRAFT STABILITY AND CONTROL
Report/Patent Number:	NASA-RP-1207, H-1391, NAS 1.61:1207
Document Type:	Technical Report
Publisher Information:	United States
Contract/Grant/Task Num:	RTOP 505-66-11
Financial Sponsor:	NASA; United States
Organization Source:	NASA Dryden Flight Research Center; Edwards, CA, United States
Description:	106p; In English
Distribution Limits:	Unclassified; Publicly available; Unlimited
Rights:	No Copyright
NASA Terms:	AIRCRAFT MODELS; DYNAMIC MODELS; EQUATIONS OF STATE; FLIGHT MECHANICS; LINEAR SYSTEMS; MATHEMATICAL MODELS; AERODYNAMIC FORCES; EQUATIONS OF MOTION; LINEARIZATION; NONLINEAR EQUATIONS; STABILITY DERIVATIVES

‹ Return to Search Results   ‹ Previous Record | › Next Record   › Printable View

› Back to Top

나사가 운영하는 사이트에서 확인 된다.

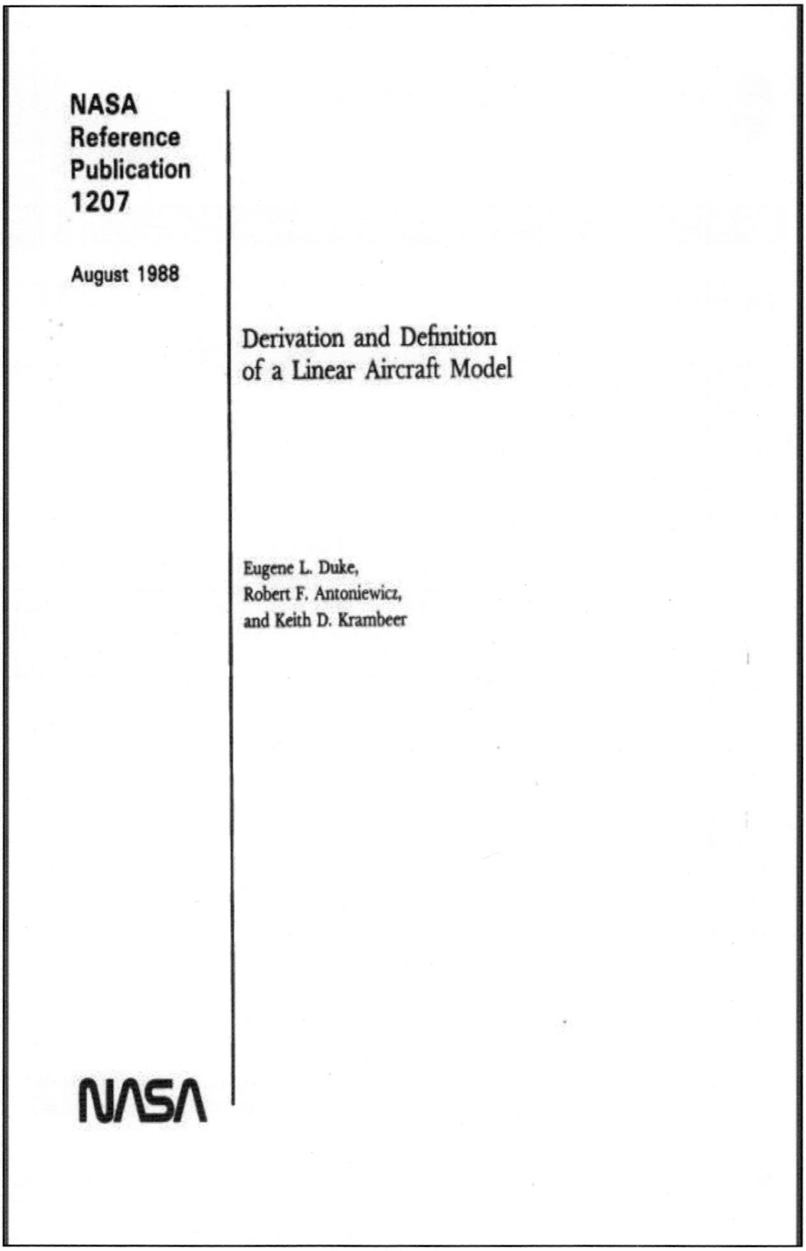

**NASA
Reference
Publication
1207**

August 1988

Derivation and Definition
of a Linear Aircraft Model

Eugene L. Duke,
Robert F. Antoniewicz,
and Keith D. Krambeer

NASA

실존하는 나사 보고서

Report Documentation Page

1. Report No.	2. Government Accession No.	3. Recipient's Catalog No.
NASA RP-1207		

4. Title and Subtitle	5. Report Date
Derivation and Definition of a Linear Aircraft Model	August 1988
	6. Performing Organization Code

7. Author(s)	8. Performing Organization Report No.
Eugene L. Duke, Robert F. Antoniewicz, and Keith D. Krambeer	H-1391
	10. Work Unit No.

9. Performing Organization Name and Address	RTOP 505-66-11
NASA Ames Research Center Dryden Flight Research Facility P.O. Box 273, Edwards, CA 93523-5000	11. Contract or Grant No.

12. Sponsoring Agency Name and Address	13. Type of Report and Period Covered
National Aeronautics and Space Administration Washington, DC 20546	Reference Publication
	14. Sponsoring Agency Code

15. Supplementary Notes

16. Abstract

This report documents the derivation and definition of a linear aircraft model for a rigid aircraft of constant mass flying over a flat, nonrotating earth. The derivation makes no assumptions of reference trajectory or vehicle symmetry. The linear system equations are derived and evaluated along a general trajectory and include both aircraft dynamics and observation variables.

17. Key Words (Suggested by Author(s))	18. Distribution Statement
Aircraft models Flight controls Flight dynamics Linear models	Unclassified — Unlimited
	Subject category 08

19. Security Classif. (of this report)	20. Security Classif. (of this page)	21. No. of pages	22. Price
Unclassified	Unclassified	108	A06

화살표가 지목하는 곳이 명확히 지구의 모습을 그리고 있다.

상기 보고서엔 선형 항공이란 말이 명시되어 있다. 이것이 어떻게 둥근 지구를 뜻하는지 나로서는 모르겠지만 둥근 지구를 주장하는 사람들은 비행하는 방식에 따라 땅이 다르게 보인다고도 한다. 납득하기 힘들다. 하지만 가능성은 배제할 수는 없다. 그래서 평평한 지구를 증명할 수 있는 문서를 더 공개하겠다. 아래는 연방 항공국에서 발표한 자료다.

FAA

FAA 항공기 동역학 모델
엔지니어링 분석과 설계

The Engineering Analysis and Design
of the Aircraft Dynamics Model For the
FAA Target Generation Facility

Mark Peters
Michael A. Konyak

Prepared for:

Scott Doucett
ANG-E161
Simulation Branch, Laboratory Services Division

Federal Aviation Administration
William J. Hughes Technical Center
Atlantic City, NJ 08405

Under:

Air Traffic Engineering Co., LLC
1027 Route 9 South
Palermo, NJ 08223
FAA Prime Contract No. DTFAWA-10A-00020

October 2012

> The observant reader will notice that the aircraft equations of motion were calculated assuming a flat Earth and that we here assume the development frame was the North-East-Down frame. This implies necessarily that earth rotation and the variation of the gravity vector with position over the earth were ignored in developing the aircraft equations of motion. This simplification limits our mathematical model to the flight of aircraft only. The model will not properly handle the flight of sub-orbital craft and spacecraft such as intercontinental ballistic missiles, satellites, or the space shuttle. The model is adequate for all vehicles traveling under Mach 3.

항공기의 운항 방식은 평평한 지구에 적용하여 만든 것이다.

"Assuming a flat Earth-평평한 지구로 계산되어 비행한다."라고 연방 항공국 FAA의 문서마저 말하고 있다. 또한 1950년 미 공군과 나사가 협력하여 촬영한 자료에 의하면 평평한 지구의 모습이 그대로 나온다.(유튜브 Flat Earth from 1950을 검색하면 확인이 가능하다.) NASA의 보고서가 실수였다고 치더라도 연방 항공국 자료마저 오류일 수 있을까? 만약 비행기에서 보는 땅이 어떠한 이유로 왜곡을 불러일으키고 비행장비(자이로 등)마저 어떠한 힘에 의해 잘못 측정될 수도 있다는 가정을 한다면, 실제로 땅을 측량하는 사람들은 어떨까? 미국 사진측량 원격탐사 학회와 공간 정보학회(asprs: The Imaging & Geospatial Information Society)에서도 지구가 평평하다는 기사를 실었다.

토목공학과 건축을 전공한 사람들 중에서도 지구 굴곡률이 실재하지 않는다고 말하는 사람이 있다. 둥근 지구에 티끌만치의 의심도 없는 사람이라면 이 책이 충격으로 다가왔을 수도 있다. 그럴 것이다. 복잡한 마음이 들 것이다. 다른 이도 아닌 나사 본인이 저러한 보고서를 작성했다는 것이 믿기지 않을 것이다. 믿고 싶지 않을 것이다. 그리고 세뇌에서 벗어날 의지가 없는 사람이라면 자신의 믿음을 다시 한번 더 확고히 다지는 작업도 할 것이다. 방어기제로 적당한 변명거리를 떠올릴 것이다. 정말 미국 사진측량 원격탐사 학회와 공간 정보학회(asprs: The Imaging & Geospatial Information Society)에서 지구가 둥글다는 기사를 실었나 하고 검색해 볼 것이다. 이것의 발표 날이 4월 1일 예를 들어 만우절에 내뱉은 농담에 지나지 않는다고 얘기할 수도 있을 것이다. 만약 정규 교육을 착실히 받은 사람이라면 그래서 권위에 비판적 시각이 허용되지 않는 독재 교육 시스템에 익숙한 사람이라면 여러 물리학자 이름을 떠올릴 것이다. 더불어 이런저런 공식도 읊으리라….

사실 우린 둥근 지구만 보여준 사회에서 살았다. 맞다. 사실이다. 너무나도 많이 둥근 그것에 노출되다 보니 의심할 여지가 없었다. 그래서 이미지 사진을 보고도 그것이 인공적이란 것을 인식하지 못한 것이다. 이런 환경에서 평평한 지구를 떠올린다는 것은 매우 어려운 일일 것이다. 난 잘 알고 있다. 평평한 지구를 주장하는 사람들에게 반감을 갖고 있는 사람들의 마음을 말이다. 괜찮다. 자신이 속고 있다는 것을 모르기 때문에 나오는 행동이다.

물론 의도적으로 남을 속이기 위해 거짓말을 일삼는 무리도 있다. 그러니까 지구가 평평하다는 것을 알고 있음에도 불구하고 평평한 지구를 주장하는 사람들을 험담하고 공격하는 것이다. 이유는 있다. 그것이 밝혀지게 될 경우 본인들이 어려움을 겪게 될 수도 있기 때문이다. 그래서 침묵하거나 부정하는 것이다. 위성이 없다면 위성 개발을 목적으로 천문학적인 금액을 정부로부터 요구하여 이용한 사람들이 어려움을 겪을 것이고 과거 위성 발사에 성공했다는 사람들은 거짓말쟁이가 되는 것이다. 교단에 서서 학생들을 가르치는 물리, 과학 그리고 천문학교수들은 뭐가 되겠는가? 그러나 난 그들에게 힘든 시련을 주고자 이런 글을 쓰는 것이 아니다. 인류를 대상으로 한 거짓말을 멈추게 하기 위해서 펜을 든 것이다. 그러므로 과학적 규명이 절대적으로 필요하다. 과연 그동안 우리가 학교에서 배운 중력(Gravity)과 전향력(Coriolis force)은 무엇일까? 둥근 지구 모델 하에서 나온 그 수많은 법칙들은 어떻게 설명되어야 할까? 이 책 한 권으로 이 모든 문제가 풀릴 수는 없다. 또한 이 책으로 인해 기존 과학이 쌓아 왔던 법칙이 무시될 순 없다. 그래서 더 나가지 않고 평평한 지구를 증명할 수 있는 선에서 멈추려 한다.

잠시 아래 사진을 봐주길 바란다.

고요하다.

진정 이 땅이 시속 1천6백 km로 돈다고 생각하는가?(물론 둥근 지구에선 위치에 따라 속도가 다르다고 한다.) 고요한 호수와 잠잠히 떠있는 구름이 무언가를 여러분에게 말해주고 있다. 이 책을 읽는 동안만이라도 마음의 문을 열어 두길 바란다. 때론 과학적 수치와 대입보다 차분한 마음으로 자연을 보는 것이 더 중요할 때가 있다. 이것이 진실의 눈을 뜨게 하는 경우도 있다. 원근법도 그것 중 하나라 하겠다. 이러한 법칙을 사물 그리는 미술시간에만 적용한다는 것에 아쉬움이 따른다. 이는 엄청난 낭비이자 과학의 저해다. 마치 사진의 그것처럼 현재의 모습(현상)에만 머무르는 숫자 대입만으로는 항상 움직이는, 변화무쌍한 자연의 현상을 풀기란 어렵다. 한치의 오차도 허용치 않겠다는 과학이 오류를 범하게 될 수도 있다. 하늘을 나는 새와 곤충의 모습을 보고 중력의 허구를 발견할 수도 있지 않을까? 고요한 산사에서 피어오르는 향이 중력의 미신을 몰아낼 수도 있지 않을까? 물리학(physics)이란 단어의

183

의미는 그리스어로 "자연의 이해"란 뜻이다. 한번 숫자를 이용한 자연의 이해가 아닌 눈과 마음으로 이해하는 물리학을 보자.

비행기를 타본 사람은 많을 것이다. 보통 민간항공기 고도는 7km에서 13km 사이다. 우리 생각과는 다르게 비행기는 그리 높게 날지 않는다. 민간항공기 중 가장 높이 올라 비행한 비행기가 있다. 바로 콩코드다. 18킬로까지 올라간다. 이 높이라면 평평한 지구를 볼 수 있지 않을까? 가능하다. 어쩜 그렇기 때문에 그것이 문제가 되어 콩코드의 운항이 중단되지는 않았나 하는 생각도 든다. 마하 2의 속도로 상공 18킬로에서 난다면 평평한 지구가 증명될 수도 있다. 이 가정이 사실이라면 의문은 더욱 커진다. 이토록 철저하게 평평한 지구를 속여야 할 이유가 무엇인지 말이다. 이는 아래에서 다루기로 하겠다.

시속 약 700km로 나는 민간항공기　　　**콩코드에서 찍은 밖의 사진**

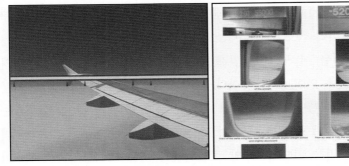

지구 곡률이 있다면 비행기는 매　　**마하 2의 속도로 상공 18킬로에서**
5분마다 기수를 떨궈줘야 한다.　　　**난다. 지구 굴곡률이 없다.**

아무리 높이 올라가도 대지가 평평하게만 보이는 이유는 무엇일까? 단지 눈의 착각일까? 그렇다면 고도를 바꿀 수 없는 환경이 주어진다면 어떨까? 비행기가 상하로 움직일 수 없는 상황에서의 비행이라면 착각이란 변명은 껴들 자리를 잃는다. 항공법상 연료 수송기가 주유할 때는 고도를 바꾸어서는 안 된다는 규칙이 있다. 물론 주유를 하는 쪽이든 받는 쪽이든 둘 다에게 적용된다. 이를 어길 시 대형 사고로 이어질 수 있기 때문이다. 공중 주유는 단시간에 이루어지지 않는다. 적게는 몇십 분 길게는 몇 시간씩 이어진다. 맞다. 상하좌우의 움직임 없이 직진만 해야 하는 상황인 것이다.

연료 수송기가 주유를 준비하고 있다.　　**연료를 공급받고 있는 전투기**

연료 주입 중엔 절대 고도를 바꿀 수 없다. 만약 이 규정을 어기게 되면 대형 사고로 이어질 수 있기 때문에 파일럿은 항시 이를 따른다.

그런데 만약 지구 굴곡을 무시하고 계속 직진을 하게 되면 어떻게 될까? 당연히 비행기는 우주로 날아가게 된다. 그렇지 않은가?

지구가 둥글다면 비행기에서 관찰되는 수평은 없어야 한다.

비행기가 한 방향으로만 계속 직진하면 결국 우주로 날아가게 되어 있다.

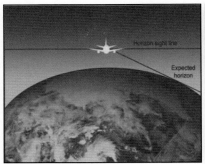

지구가 거대하기 때문에 굴곡을 볼 수 없다는 것은 어불성설이다.

비행기는 절대 굴곡을 따라 날지 않는다. 고로 지구는 평평하다.

비행기 내에는 평형을 감지하는 기기가 없을까? 물론 있다. 자이로스코프다. 이 기기 또한 평평한 지구를 가리킨다. 굴곡이 없다는 것을 단번에 알려준다. 그 어떠한 전자장비도 이 자이로에 설치되어 있지 않다. 다시 말해 외부의 영향을 받지 않는다는 뜻이다. 그럼에도 불구하고 둥근 지구를 주장하는 사람들은 하나같이 이를 무시한다. 그러나 비행기를 타는 여행객의 신분으로 평평한 땅을 증명할 것은 많다. 인공 지평선을 보기 위해 굳이 비행기 조종석에 앉아 있을 필요도 없다. 스마트폰만 있으면 된다. 그것으로 평평한 지구를 확인할 수 있다. 사실 난 몇년 전부터 이것을 실험하려 했다. 그러나 안타깝게도 비행기를 탈 기회가 없었다. 여러분 중 해외여행이나 외국에 나갈 일이 있으신 분은 하나의 어플을 다운 받길 바란다. 그것은 3D 나침반이다. 비행기가 이륙하고 일정 고도를 유지할 때 다운 받은 그것을 평평한 곳에 놓아라. 만약 나침반에 미동이 없다면 비행기는 하강이나 상승을 하지 않고 수평하게 난다는 뜻이 된다. 이는 지구의 곡률이 없다는 것이므로 지구가 평평하다는 것을 입증하게 되는 것이다.

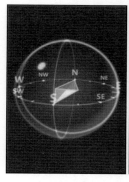
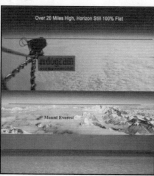
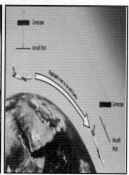

3D 나침반

관찰하는 곳이 어디든 평평하다. 육.해.공 언제나 평평하다.

비행기는 직진으로 난다. 지구 굴곡률의 적용

3D 나침반을 들고 비행기에 타면 그것이 상하로 움직이지 않는다는 것을 알 수 있다. 지구 곡률이 있다면 비행기는 우주로 날아가지 않기 위해 그 굴곡을 따라야 한다. 그래서 비행기가 하강하게 되면 나침반도 이에 반응하여야만 한다. 그러나 그러한 일은 절대 일어나지 않는다. 비행기는 언제나 평평한 땅에서 수평으로 날기 때문이다.

비행기를 타거나 또는 배를 타고 바다에 나가본 적이 있다면 끝없이 펼쳐진 푸른 그것과 만날 수 있을 것이다. 많은 사람들이 약탈자이자 학살자인 콜럼버스를 예로 들어 지구가 둥글다고 한다. 그렇다면 사람들은 어떻게 그의 주장을 믿게 된 것일까? 아래 사진 중 가운데를 보자. 그는 둥근 지구를 항해한 것이 아니다. 평평한 바다를 돈 것이다.(물의 성질이 그러하다. 그래서 수평선이라 불린다.) 이것이 실제 콜럼버스의 경로라고 나는 본다. 둥근 지구에서의 신대륙 발견 스토리는 이치에 맞지 않는다. 또한 앞으로 가는 배가 점점 사라지는 현상을 들어 지구에 굴곡이 있다고 그는 말하였다. 그러나 이는 터무니없는 주장이다. 이런 허무맹랑한 주장이 21세기인 현재까지도 인용되고 있다는 것에 놀랄 뿐이다.

학살자 콜럼버스　　　실제 콜럼버스가 항해 했다고　평평한 지구 선두주자
　　　　　　　　　　생각되는 항해 경로　　　　에릭 두베이

 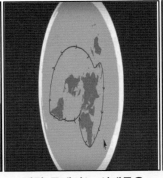 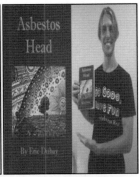

프리메이슨　　　　　에릭 두베이는 신대륙을　평평한 지구를 출간한
콜럼버스의 왼손이　　발견했다는 학살자　　　진실 추구 선두주자
메이슨(Mason)의　　　콜럼버스의 항로를 상기와
M을 형상화 하고　　　같이 보고 있다. 물론 내
있다.　　　　　　　　생각도 그렇다.

앞으로 가는 배가 지구 곡률에 의해 8km도 못 가 사라진다면 옆으로
가는 배는 어떨까? 이는 확인 가능하다. 확실히 앞으로 가는 배와는 다른
현상을 보인다. 8킬로가 아니라 그 거리의 몇 배를 더 멀리 이동하더라도 배는 사라지지 않는다. 앞으로 가면 사라지고 옆으로 가면 사라지지 않는다면 이를 통해 우린 이 지구라는 땅이 원통형의 모양을 하고 있다는 것을 가정할 수 있다. 그러나 우린 상공 18킬로미터에서 내려다봤다. 평평한 땅 지평선이 관찰됐다. 지구는 둥글지 않다.

배가 사라진다고 말하는 콜럼버스의 주장은 태양에 의해 또 한번 좌절을 맛보게 된다.

빛이 수표면을 따라 휘어졌다.　　평평한 곳에서 보이는 빛의 현상.

　이 땅에 있어 물이란 물질은 태양과 달처럼 많은 단서를 준다. 물은 항상 수평을 이루려는 성질을 가지고 있다. 지구의 71%를 차지한다는 물이 둥그렇게 말린다면 이는 물의 성질을 위배하는 것이다. 해저나 강 또는 한 잔의 물이라도 언제나 물은 수평을 이룬다. 바닥의 모양이 수표면에 그 어떠한 영향도 행사할 수 없다. 이것은 평평한 지구를 증명할 수 있는 절대적 증거다.

바닥이 어떤 모양이건 물은
언제나 수평을 이룬다.

노면에 비친 자동차 라이트.

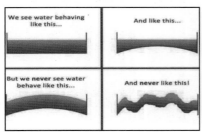
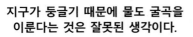

지구가 둥글기 때문에 물도 굴곡을
이룬다는 것은 잘못된 생각이다.

젖은 노면 위로 자동차 라이트가
직선으로 비친다. 도로의 높낮이에
따라 빛의 모양이 결정 된다.

　평평한 지구를 지지하는 사람 중엔 비행기를 조종하는 파일럿이 많다.

장거리 무기를 다루는 군인도 그러하다. 특히 레이저를 다루는 사람들이 평평한 지구에 많은 관심을 갖고 있다. 그것은 이 무기가 가지고 있는 특성 때문이다. 레이저 무기는 휘지 않는다. 일직선으로 날아 장거리의 목표물을 타격한다. 때문에 레이저를 다루는 군인들은 곡률의 실체에 대해 의심한다. 마치 비행사가 자이로를 보고 둥근 지구를 의심하듯 말이다. 레이저는 장거리의 목표물을 타격하는 만큼 조금의 오차도 허용치 않는다. 다시 말해 지구 곡률이 적용된다면 그래서 10킬로마다 약 8미터가량 고도가 떨어진다면 이를 계산하여 무기에 적용시켜야만 한다. 그러나 레이저 무기에 지구 곡률에 따른 휘어짐이 있을 수 없다. 무조건 직진으로만 날아 물체를 맞힌다. 장기로 치자면 차(車)와 같은 존재다. 이러한 무기를 자주 사용하면 사용할수록 그만큼 평평한 지구의 비밀이 들통날 확률도 높아진다. 때문에 거액의 돈을 들이고서도 잘 사용치 않는 비밀 무기가 되어 버렸다. 정말이지 웃지 못할 일이다.

미국이 개발한 레이저 무기
XN-1 LaWS

실제 미 해군에 배치했다.

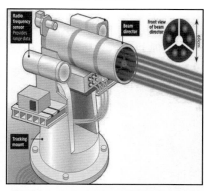

강력한 레이저 무기를 만들기 위해 수천억의 개발비를 들였다.

이 무기는 비밀에 휩싸여 있다. 함부로 사용할 시 평평한 지구가 발각될 수도 있다.

이처럼

미국은 국방 강화의 기치를 걸고 무기 개발에 온 힘을 기울인 다. 멀리 있는 적을 타격해야 하기 때문에 정밀한 기기를 만들고 오차 를 줄이기 위해 여러 가지 테스트를 거친다. 천문학적인 거액을 들여 실전에 배치할 무기를 개발하는 그들이 지구 곡률에 따른 목표물의 위 치 변화에 대한 오차를 계산에 넣지 않는 것은 정말 아이러니한 일이다.

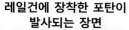

미 육군의 강력한 무기
레일건(Railgun)

레일건에 장착한 포탄이
발사되는 장면

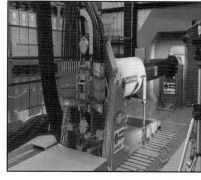 

미군에서 개발한 무기다. 마하 7의 속도로 100 마일 이상을 날아 물체를 타격한다. 이 무기 역시 상기 레이저 무기와 같다. 일직선으로 날아 목표물을 타격한다. 그렇다면 미군은 이 무기를 만들 때 곡률을 계산에 넣었을까? 이 무기는 포물선을 그리며 몇십 미터 정도 날아가는 수 세기 전 화약 대포가 아니다. 곡률 계산은 없다.

하늘과 바다 그리고 땅에서 사용되는 무기들은 하나같다. 평평한 지 구를 지목하고 있다. 그렇다면 수면에서 관찰되는 곡률은 어떨까? 한번 잠망경을 보자.

잠망경	곡률 없이 작동하는 기기	지구의 굴곡률
		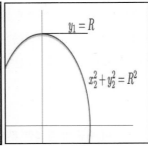
수면 위 물체를 보기 위한 장비다.	잠망경, 등대, 자이로, 해시계. 평평한 땅을 입증하는 기기들	지구 곡률에 맞춰 만든 물체는 없다고 본다.

평평한 지구에 대한 단서나 증거는 우리 주위에 널려 있다. 굳이 계산기를 두드리고 나사의 도움을 받지 않아도 된다. 언제든 우린 그것을 관찰할 수 있다. 환한 대낮에 달을 보기도 하고 미국에 뜬 달을 호주에서 보기도 한다. 물론 이런 현상들은 둥근 지구에선 불가능하다.

2014년 7월 24일 아침, 아마추어 로켓 개발자들(CXST 그룹)이 GO FAST 로켓을 상공 117.59184km까지 도달시켜 세계 신기록을 갈았다. 이 로켓에는 두 대의 카메라가 장착되어 있었다. 그 중 하나의 카메라에 달이 포착됐는데 로켓을 쏘아 올린 시간이 아침 10시경이었으므로 둥근 지구라면 호주에 떠 있는 달을 찍을 수 없었어야 한다. 호주는 미국에 18시간 가량 앞선다.

GOFAST 아마추어 로켓 CXST그룹 사진

GOFAST 로켓을 쏘아 올리는 장면! 아침 10시경

상기 로켓이 찍은 달 사진. 달은 호주에 위치해 있다.

네바다 검은 돌 사막에 모인 아마추어 로켓 엔지니어들

385.800피트 상공 세계 신기록을 달성

미국보다 18시간 앞선 호주에서 달이 관측

좌) 로켓을 쏘아 올린 장소 우) 달의 위치

평평한 지구 하에서는 얼마든지 달이 관찰 된다.

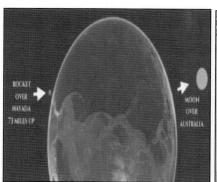

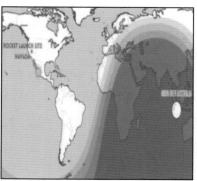

구체의 모양을 한 지구에서는 그 크기에 가려 달을 볼 수 없다.

태양과 달은 비슷한 크기로 평평한 지구에 떠 있다.

지구와 태양까지의 거리 1억 5000만 km는 잘못된 정보라고 본다. 물론 달도 마찬가지다. 굳이 계산기가 없더라도 우리 눈으로 얼마든지 확인 가능하다.

태양과 구름　　　　　**달과 구름**

구름이 태양 뒤에 있다.　　　**구름이 달 뒤에 목격 된다.**

태양이 구름을 가린다는 것은 그만큼 구름이 태양보다도 멀고 높이 있다는 뜻이다. 달도 마찬가지다. 그렇다면 태양이 우리가 배운 것과 많이 동떨어져 있다는 뜻인데 이는 정말이지 믿기 힘든 얘기일 것이다. 지구가 평평하다는 말처럼 터무니없어 보일 수도 있다. 그러한 의심이 아직 남아 있는 사람이라면 이 책의 앞에서 다뤘던 내용을 다시 한번 참고하기 바란다. 쉽게 이해할 수 있는 내용이라 여기서 따로 할애하여 설명치는 않겠다.

평평한 지구도 전장의 그것처럼 의도치 않은 실험을 통해 밝혀지기도 한다. 그러한 사건 중 하나를 보자. 아래는 일본 오사카에서 실험한 레이저 테스트다.

일본 오사카 연구팀이 개발한 LFEX 레이저

지구에서 가장 강력한 레이저

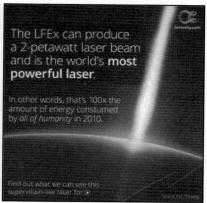

일본 오사카에서 실험한 레이저 테스트를 미국 시카고에서 목격했다. 이 두 곳의 거리는 비행기로 15시간 하고도 30분이다. 지구가 둥글다면 레이저를 볼 수 없어야 한다.

위에서 보았다시피 평평한 지구는 우리 주변에서 쉽게 관찰할 수 있다. 거대한 레이저를 다루는 곳이 아니어도, 최첨단 무기를 테스트하는 군수산업체가 아니어도, 우리 주변의 자연환경과 현상만으로도 밝힐 수 있는 것은 많다. 비록 우리가 특수한 무기나 장비를 직접 다루지 않더라도 그것을 다루는 사람들의 동영상을 쉽게 찾아볼 수 있다. 그들은 자신의 특별한 경험을 인터넷으로 공유하기도 하고 일반인들이 가까이할 수 없는 장비를 작동시켜 둥근 지구의 허구를 밝히기도 한다. 하늘을 터전으로 삼는 비행사들이 평평한 지구에 대해 애기하는 것도 심심치 않게 볼 수 있다. 심지어는 나사 직원도 그러하다. 그럼에도 불구하고 평평한 지구의 의심이 완벽하게 해소되지는 않는다. 여전히 우리의 머릿속엔 둥근 지구가 강렬하다. 그것이 각인됐다. 천천히 도는 푸른 그것이 자꾸만 머리에 떠오른다. 없어지지 않는다. 만약 둥근 지구가 사실이라면 평평한 지구를 목격한 사람들은 전부 신기루를 본 것일까? 좋다. 천천히 도는 둥근 그것을 머리에서 지울 수 없다면 그것의 크기를 떠올려 보라. 지구라는 것이 거대하기 때문에 아무리 빠른 속도로 돌아도 우린 그것을 느끼지 못하는 것일까? 과연 그럴까?

빠르게 회전하는 지구! 이 속도라면 모든 물체가 원심력에 의해 지구 밖으로 튕겨 나가야 한다.

지구가 자전을 하면 비행기의 거리에 영향을 주어야 한다. 이는 시간과 직결 된다.

시속 1천6백 킬로는 총알보다 훨씬 빠른 속도다.

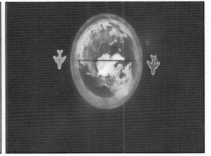

자전을 한다면 비행 거리와 시간에 영향을 주어야 한다.

지구가 총알보다 빠르게 회전한다면 우린 왜 그것을 감지하지 못할까? 나의 답은 간단하다. 감지를 못하는 것이 아니다. 이 땅이 실제 돌지 않기 때문이다. 지구가 돈다면, 그것도 총알보다 빠른 속도로 돈다면, 우리가 그것을 느끼지 못할 리 없다. 설마 중력 작용에 의해 우리 오감이 마비된 것일까? 절대 그렇지 않다. 인체는 매우 뛰어난 감각 기관을 가졌다. 맞다. 빠르지 않은 놀이기구를 타더라도 쏠림 현상이나 멈춤 현상을 느낄 수 있다. 그럼에도 지구가 돈다고 생각하는 이유는 간단하다. 앞에서 얘기한 중력이 우리의 이성과 사고에 끼어들었기 때문이다. 이것이 한몫을 단단히 한다. 중력이란 것과 전향력이 우리의 마음을 지배했기 때문에 우린 돌지 않는 땅에서 살면서도 돌고 있다고 믿으며 살아가는 것이다. 이러한 이야기를 하면 그림자처럼 따라붙는 것이 하나 있

196

다. 그것은 바로 크기(사이즈)다. 지구는 엄청난 크기를 했기 때문에 자전하는 것을 우리가 느낄 수 없다고 한다. 그러나 이는 역정보다. 같은 시간을 돌 때 지름이 크면 클수록 더욱 빨리 돌아야 한다는 것을 쉽게 알 수 있다.

지구는 거대하기 때문에 속도에 영향을 덜 받는다?

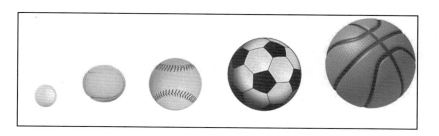

절대 그렇지 않다.

골프공-테니스공-야구공-축구공-농구공 그리고 지구가 있다고 치고 하루 24시간 동안 각각의 물체가 돈다고 생각해 보자. 우린 여기서 지름이 크면 클수록 빨리 돌아야 한다는 것을 알 수 있다. 지구가 커서 천천히 돈다는 것은 사실이 아니다. 각각의 물체가 같은 시간을 돌 때 지름이 작은 골프공이 더욱 천천히 돈다는 것을 확인할 수 있다.

    지구가 둥글다고 주장한 사람들이 철석같이 믿는 힘이 있다. 바로 위에서 말한 중력과 전향력이다. 나는 이 두 힘이 밀도와 부력에 의해 설명될 수도 있다고 생각한다. 이러한 이해 없이 글을 써 내려간다는 것은 빈 수레가 굴러가는 것밖엔 안된다. 분명 난 기존 학설과 과학에 반대되는 주장을 하고 있다. 이에 많은 논란이 예상된다. 하지만 두렵지 않다. 필시 나의 대학교 전공(토목공학)을 들어 비난할 무리도 있을 것이다. 그러나 상식에는 많은 과학적 지식이 필요치 않다. 때론 어렵게 생각해서 틀리는 경우도 있다. 그래서 누구나 상식적으로 생각할 수 있고 또한 언제든 두 눈으로 확인할 수 있는 것들을 예로 들고자 한다. 위에서 말했듯이 난 유튜브라는 채널을 이용하여 여러 정보를 공유하고 있다. 그러다 지구가 평평하다는 것에 깊은 고뇌를 하는 사람의 댓글을 보게 됐고 그 또한 토목공학을 전공한다는 것을 알게 됐다. 분명 지구가 평평하다고 볼 수밖에 없는데도 불구하고 쉽게 그것을 믿지 못하겠다는 내용이다. "명제를 의심하라"는 명언을 남긴 데카르트의 생각만 이끌어내도 나의 글은 성공했다고 본다. 이성이 본능을 제압한다는 인간의 실상은 꼭 그렇지만은 않다. 쉽게 믿고 의심 없이 받아들이는 성질을 가지고 있다. 특히 사회라는 울타리에서 형성된 독재적 권위주의 그리고 의도성을 지닌 교육방침에서는 더욱 빠져나오기가 힘들다.

진희

저는 측량 일을 하고 있습니다…. 이 문제로 혼란이 와~~ 답을 찾던 중에… 결론은~~
지구가 둥근지, 평평한지는 확실치 않게 되었고~~ 최소한 대한민국은 평평하다 입니다.
인천과 부산의 거리를 330km로 가정 후 지구 곡률반경 오차를 대입해 보면 부산이 인천보다 대략 8km 정도 낮아야 합니다. 하지만 실제론 거의 평평합니다. 국가 수준 원점을 보시면 대략 확인하실 수 있고 또~ 실제로도 측량한 데이터(높이)를 보면 표고 값이 거의 비슷합니다.
그래서 대한민국은 최소한 평평하다고 결론짓게 되었습니다. 한동안 이 충격에서 벗어나지 못할 거 같습니다. 측량기사를 취득할 때 곡률 오차 공부도 했었고 그걸로 시험도 봤었는데~
조금 허무하기도 하고 지금은 아주 혼란스럽습니다.~~ 다른 나라는 측량을 안 해 봐서 잘 모르겠습니다.

기존 자신이 가지고 있던 개념이 송두리째 흔들려 혼란스러워하는 모습이 역력하다. 난 이 댓글을 남기신 분에게 괴로워하지 말라고 조언했다. 그러면서 이런 말도 남겼다. 속이는 사람이 나쁜 것이지 속아 넘어간 사람은 죄가 없다고 말이다. 믿기 힘들 것이다. 우리를 속이는 단체가 존재한다는 것이 말이다. 그들은 거대한 자금을 이용하여 우리에게 잘못된 정보를 습득하게 만든다. 그럼으로써 자신의 위치를 확고히 다지고 인류를 노예화하고자 한다. 그 비밀 단체에 대해선 아래에 다루기로 하겠다. 내 유튜브 채널에 댓글을 남기신 진희라는 분은 다른 나라의 곡률은 모르겠다고 하였다. 아마 내가 올린 영상이나 자료를 몇 개만 본 것 같다. 세계에는 평평한 지구를 증명하기 위해 고가의 장비들을 아낌없이 구입해 직접 촬영하고 측량하여 그러한 결과물을 인터넷에 올리는 사람들이 많다. 평평한 지구를 증명하겠다고 나선 사람 중 직접 차를 운전하여 호주를 횡단한 사람이 있다. 그가 측량한 자료는 앞서 본 한국처럼 평평하다. 높낮이의 미미한 변화는 있었으나 지구 곡률은 없었다. 이는 단지 호주만이 아니다. 다른 나라도 마찬가지다. 그럼에도 이를 부정하는 것은 다름이 아니다. 우리를 속이는 거짓 정보가 너무나도 광범위하게 퍼져 있기 때문이다. 최근에 나온 하나의 자료를 보자. 그것을 볼 것 같으면 지구의 굴곡이 찍혔다는 내용이다. 대학생이 열기구를 이용하여 찍었다고 했다. 그런데 가만히 보면 지구라는 땅만 커브가 있는 것이 아니라 카메라 앞에 보이는 끈도 살짝 휘어져 보인다. 카메라에 볼록 렌즈를 끼운 것이다.

위성을 볼 수 없듯이 지구의 굴곡 또한 볼 수 없다. 세상 그 어디를 가도 보이지 않는다. 다만 고 프로(Go Pro) 카메라에 물고기 눈알 렌즈를 장착하여 인공적으로 굴곡을 가미한 것을 빼면 그 어디에서도 굴곡이 발견되지 않는다. 이를 입증하기 위해 많은 사람들이 측량 장비를 들고 세계 곳곳을 돌아다니지만 결과는 매번 같다. 이 땅은 평평하다. 360도의 커브를 이룰 굴곡은 없다. 지구는 둥글지 않다. 명백하다.

How It Works란 프로에서
대학생이 지구 굴곡을 촬영했다며
공개

열기구 또는 헬륨 가스로 만든
물체가 위성의 역할을 대신한다며
공개한 사진 중 하나

카메라 앞 끈을 보면 살짝 휜
것이 보인다.

위성이 있다면 굳이 열기구를
띄울 필요가 없다.

상- 고 프로 물고기 눈 렌즈
　(fish eye lens)
하- 고 프로 렌즈 제거 후 사진

상- 고 프로 물고기 눈 렌즈
　(fish eye lens)
하- 고 프로 렌즈 제거 후 사진

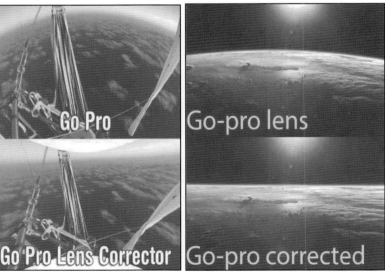

중력(Gravity) 전향력(Coriolis force)

VS

밀도(Density) 부력(Buoyancy)

　물리학자 리처드 파인만은 중력의 힘을 전자기력과 비교했을 때 소수점 밑으로 0이 37개나 붙는다고 했다. 맞다. 매우 약한 힘이다. 과연 이 것을 힘이라고 할 수 있을까? 그래서 일부에서는 중력을 엔트로피의 잉여물 정도로 여기기도 한다. 돌아가신 물리학자 파인만만 이런 주장을 했던 것은 아니다. 네덜란드 암스테르담대학교 명예박사 에릭 버린담은 중력이 없다고 한다.

암스테르담 명예 교수 에릭 버린담　　　**지식 채널 빅씽크와 인터뷰**

수업 중 중력의 허구에 대해 설명　　**인터뷰에서 중력이 없다며
설명하고 있다.**

　충격적인 발표다. 천재라는 아인슈타인이 무덤에서 벌떡 일어날 소리다. 세뇌 교육으로부터 빠져나오지 못한 사람들의 비난이 예상된다. 그러나 그가 중력이 없다고 발표한 것은 기존 학설에서 오류를 발견했기 때문이다. 아무리 그래도 그렇지 중력이 없다고? 정말이지 이것만큼은 믿기 힘든 이론일 것이다. 과거 천동설을 주장했던 사람들이 그러하듯 이단 취급을 받을 수 있다. 버린담 교수 또한 이를 잘 알고 있다. 그러나

누군가는 진실을 말해야 한다. 사람들의 비난을 무릅쓰고서라도 진실을 알려야 한다. 그렇지 않으면 잘못된 정보 속에 살게 된다. 그뿐 아니다. 양적 되먹임 현상(Positive Effect)도 겪게 된다. 이것이 우리 아이들에게 잘못된 정보를 전달해 주게 되고 또 성인이 된 우리 아이들은 자신의 아이들에게 계속해서 잘못된 정보를 전달해 주게 된다. 이런 이유로 그는 외롭지 않을 것이다. 두말할 나위 없다. 난 그를 지지한다. 사실 중력이 없다는 이론은 그 혼자만의 주장이 아니다. 그의 편에 서는 사람들이 늘고 있다. 실제 노벨 물리학 상을 받은 박사도 버린담 교수의 말에 동조하고 있다. 그와 함께 연구하고 싶어 한다.

어떻게 하면 중력이란 녀석을 우리 눈으로 볼 수 있을까? 물건을 던지면 하나같이 떨어지니 이것이 중력일까? 한번 중력과 정전기를 떠올려 보자. 이 지구의 모든 물체를 지구 중심으로 잡아 끈다는 힘이 바로 중력이라고 한다. 정말 거대한 힘이 아닐 수 없다. 지구의 71%를 차지하는 막대한 양의 물도 끌어당기지 않는가. 반면 옷을 입거나 벗을 때 마찰에 의해 생기는 힘이 전자기력이다. 이 지구의 모든 물체를 끄는 중력에 비해 매우 약한 힘일 것이다. **과연 그럴까?** 그러나 앞서 말한 리처드 파인만의 주장처럼 그렇지 않다.

정전기 실험 : 마찰로 정전기를 발생시킨다.

자를 대자 실험자의 머리카락이 붙는다.

사진) 2016년 평평한 지구 세미나를 주최했을 당시. 실험에 참가하신 두 분은 부부로서 이 날이 바로 부인 되시는 분의 생일이었다고 한다. 축하드려요. ^^

202

위 정전기 실험을 본 사람 중 일부는 이런 생각을 할 것이다. "사람의 머리카락이라고? 이건 무게가 너무 가볍잖아. 때문에 중력이 간섭하지 못해!"라고 말이다. **과연 그럴까?** 그렇다면 만약 머리카락이 아닌 무거운 물체라면, 그렇다면, 중력의 영향을 더 많이 받는다는 것인가? 그런 해석이라면 중력의 힘이 질량에 비례한다고 말하고 있는 것과 같은 것이다. 자유낙하가 물체의 무게와는 상관이 없음을 하나의 실험을 통해 보여드리겠다. 그전에 잠시 위와 같은 실험을 하게 된 배경에 대해 설명하겠다.

Turn off your TV란 유튜브를 운영하는 난 2016년 10월 30일 세미나를 주최했다. 믿기 힘든 주제인 평평한 지구를 인터넷에 올리다 보니 많은 논쟁이 오간 것이 사실이다. NASA의 지구 이미지 사진에 푹 빠진 사람은 나의 동영상을 보고 분노했고 결국 본인들이 나사를 대변한다면서 나를 욕하고 비꼬는 채널을 만들어 홍보하기에 이르렀다. 반대로 소수이기는 하지만 나와 같은 생각을 하는 사람이 있다는 것을 알게 되었다. 그리고 둥근 지구와 평평한 지구 사이에서 고민하는 사람들을 보았다. 그렇게 해서 유튜브라는 것을 시작하고 평평한 지구란 것을 소개한 지 불과 몇 달 만에 세미나를 열게 된 것이다.(책을 쓰는 도중 2차 세미나도 열었고 약 50여 분이 참석했다.) 약 30분가량이 모였고 분위기는 화기애애했다. 참석자 중 평평한 지구 자료를 꽤나 많이 모은 사람도 있었다. 평평한 지구에 대한 박식한 댓글이 맘에 들어 이 책의 앞 Part 1을 맡아달라 부탁했다. 이날 세미나엔 평평한 지구를 단순히 음모라 치부하며 참석한 사람부터 나의 주장, 그러니까 평평한 지구에 믿음이 생겨 왔다는 사람 그리고 내 채널에서 소개한 RFID 칩, 인구 감축(Depopulation, Agenda21), FRB(미 중앙은행), 수도 불소화 사업의 위험성, 켐트레일, 마인드 컨트롤 울트라(MK Ultra), 위장 작전(false flag)을 통한 외계인 침공, 미국과 영국 그리고 이스라엘의 합작품 911 테러(자작극), 뉴 월드 오더(NWO 신세계 질서), GMO 유전자 변형 작물, 세월호, 일루미나티, 수비학, 프리메이슨 등등 평평한 지구보다는 그동안 내가 유튜브에서 꺼낸 얘기를 듣고 그것들이 궁금해서 참석한 분까지 여러 부류의 사람들이 있었다. 사실 위 나열된 얘기들은 전혀 별개의 것이 아니다. 평평한 지구와도 깊은 연관이 있다. 그러나 이 모든 것을 여기에서 다 다룬다는 것은 쉽지가 않다. 이것은 책 분량의 문제가 아니다. 자칫 음모론만 나열하다 끝나는 책이 될 수도 있기 때문이다. 이를 경계 해야만 한다. 아무튼 평평한 지구 세미나는 약 2시간에 걸쳐졌다. 생일임에도 불구하고 나의 세미나를 찾아 주신 부부, 지방에서 올라와 주신 분, 새벽 늦게까 지 날 보겠다며 기다려 주신 분들 그리고 교통사고로 인해 다리를 다치셨음에도 불구하고 세미나에 참석해 주신 분까지 그 열정과 사랑에 진심으로 감사드린다. 다시 한번 이 자리를 빌려 무한히 감사드린다.

머리카락은 무게가 가볍기 때문에 중력 작용이 미미하다고 말하는 사람이 있다. 이는 아리스토텔레스의 오류를 21세기인 현재에도 범한다 는 뜻이다. 아리스토텔레스는 10배 무거운 물체가 땅에 떨어질 때는 그 시간이 십분의 일이 걸린다고 했다. 물론 틀린 이론이다. 그렇다면 무게는 자유 낙하와 상관이 없다는 뜻인가? 무시해도 된다는 것인가? 여기에는 무게보다는 떨어지는 물체의 **모양**이 그것을 결정한다고 보는 것이 맞다. 낙하하는 물체의 모양이 **부력과 연관되는 것이다.** 어떤 모양인가에 따라 다른 결과가 나온다면 그것을 통해 중력 작용의 허구 를 증명할 수 있지 않을까?

준비물: 휴지 한 장, 망치

휴지는 가볍다.

망치는 무겁다.

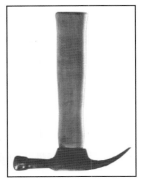

망치와 가벼운 휴지(한 장)를 동시에 떨어트리면 망치가 먼저 떨어지고 휴지가 나중에 떨어진다. 그렇다면 무게 때문에 이러한 현상이 벌어졌을까?

준비물: 뭉친 휴지 한 장, 망치

**뭉친 휴지나 안 뭉친
휴지나 무게는 같다.**

**망치는 휴지에 비해
무겁다.**

뭉친 휴지 한 장과 망치를 같은 높이에서 떨어트리면 동시에 떨어진다. 중력이 있어 무거운 물체인 망치를 더 강하게 잡아 끈다고 배웠던 사람이라면 휴지의 무게가 바뀌지 않았음에도, 단지 휴지 모양만 변한 것만으로 다른 결과가 나왔다는 것을 보고 놀랐을 것이다. 이는 중력 때문에 발생하는 현상이 아니다. 밀도와 부력에 따른 작용이다. 결과가 보여주듯 무게와 큰 상관이 없다. 그렇다면 달에 갔다는 아폴로 15호가 보여준 '깃털과 망치 떨어트리기 실험'은 어떨까? 진공상태에서는 무게와 상관없이 똑같은 가속도로 물체가 떨어진다는 것을 잘 알 것이다. 실험 결과도 그러했다. 우주인이 떨어트린 망치와 깃털은 동시에 떨어졌다. 이 얘기를 다시 말하자면 지구 표면 근처에서 공기의 저항을 무시할 때 모든 낙하 물체의 가속도가 동일하다는 것을 말한다. 그러한 가정하에 일정한 가속도를 중력 가속도 g로 9.807 m/s2를 구한 것이다.

뉴턴의 제2법칙 w=mg를 완성시켰고 우린 이것을 실생활에 사용한다. 그러나 이 실험에서 중력이라는 힘의 오류가 있다고 본다. 반대 상황을 펼쳐보자. 지구엔 공기의 저항이 엄연히 존재한다. 그러한 환경임에도 우주에서의 실험과 같은 결과를 가져왔다면? 즉, 휴지를 뭉쳐 둥글게 만들면 망치와 같은 속도로 떨어지듯 깃털이 어떤 모양을 했는지 그리고 어떤 각도로 떨어졌는지에 따라 다른 결과가 나온다면 어떻겠는가. 이는 무게나 진공상태의 환경이 아닌 밀도의 영향이란 뜻이다.

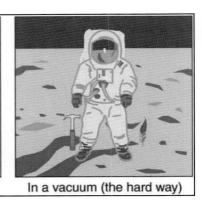

지구에서의
깃털과 망치

달에서의
깃털과 망치

아폴로15호에서 진행했다는
실험 그러나 지구에서도 두
물체는 같이 떨어진다.

깃털과 망치를 동시에
떨어트린다.

가벼운 깃털과 무거운
망치가 동시에 떨어진다.

아폴로 15호가 진행했다는 실험은 달이라는 공간만이 아닌 지구라는 환경에서도 해야만 했다.(실제 달에 간 적이 있기는 한가?) 어떤 실험이든 비교를 할 수 있어야 한다. 그래야만 그 실험 결과를 인정할 수 있지 않겠는가. 보듯이 중력이란 힘은 물체를 지구 중심으로 끄는 힘이라고 정의하고 있다. 그렇다면 수평으로 움직이는 물체는 어떨까. 상하가 아닌 좌우의 움직임 말이다. 차 안에서 볼펜을 위로 던지면 그 볼펜은 뒤로 가는 것이 아니다. 다시 자신에게 떨어진다. 그러나 내부의 밀도가 달라지면 그 결과도 달라진다. 맞다. 그러니까 휴지의 모양이 바뀌면 결과도 바뀌듯 차 내부의 환경이 바뀌면(밀도의 변화) 그 결과도 달라진다. 달리는 버스에서 볼펜을 위로 던졌다가 그것이 내려올 즘 창문을 연다면 어떻게 될까? 중력이 끌어당기기 때문에 같은 위치에 떨어질까? 아니다. 볼펜은 뒤로 날아간다. 밀도에 변화가 생겼기 때문이다. 물론 관성의 개입이 없다는 것은 아니다. 수직 낙하에서만 밀도가 작용되는 것이 아니란 것을 말하고자 함이다. 버스 안은 독립된 공간으로 인식해야 한다. 버스가 멈춘 상태라도 강풍이 분다면 열린 창에 들이닥친 바람으로 인해 볼펜은 뒤로 움직이게 된다. 차가 움직이기 때문에 발생하는 것이 아니다. 움직이지 않는 집을 보자. 집은 고정되어 있다. 태풍이 몰아치면 창문을 닫는다. 외부에서 벌어지는 혼란이 집 내부로 들어오지 않게 하기 위해서다. 밀도의 변화를 차단하는 것이다. 잠수함도 같은 이치로 생각해 본다면 밀도의 변화가 어떤 결과를 가져오는지 더욱 명확해진다.

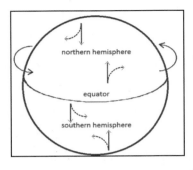

**지구 자전에 의해 생기는
힘을 전향력이라 한다.**

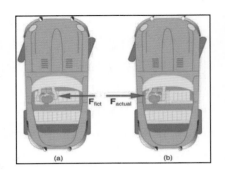

**자동차의 핸들을 급하게 꺾으면
쏠림 현상을 느낄 수 있다.**

우린 같은 시간을 두고 한 바퀴 회전할 때 지름이 작은(골프공) 것보다 지름이 큰(지구) 것이 훨씬 빨리 돌아야 한다는 것을 위에서 보았다. 그렇다면 총알보다 빠른 1천6백 킬로로 회전하는 곳에선 최소한 쏠림 현상 정도는 느낄 수 있어야 하지 않을까? 360도 구에서의 회전은 각기 다른 속도를 나타낸다. 북극이라는 곳과 남극이란 곳은 회전의 힘이 0이고 중앙으로 갈수록 그 속도가 높아져 무려 1천6백 킬로까지 회전한다고 한다. 그러나 세상 그 어느 곳도 이러한 회전의 힘을 느낄 수 있는 곳은 없다. 그렇다면 우리의 감각이 그토록 둔감한 것인가? 그러나 아무리 천천히 달리는 자동차라도 브레이크를 밟으면 쏠림 현상을 경험할 수 있다. 맞다. 우리에겐 매우 민감한 감각기관이 있다. 그렇다면 전향력은 중력과 무게의 그것처럼 차원과 관계를 갖는 것은 아닐까? 자동차에서 발생하는 1차원 힘과 3차원에서 발생하는 힘은 다른 결과를 가져올까? 하늘을 보자. 시속 1천km로 나는 비행기에서 점프를 해도 같은 자리에 착지한다. 그러나 비행기 내부도 별반 다르지 않다. 위 자동차의 예와 같다. 비행기가 이륙하여 공중에 떠있어도 거기서 발생하는 내부 환경은 1차원 상에서의 상대속도와 같다. 밀도의 변화가 일어나지 않는 이상 그리고 점프하는 사람의 방향이 비행기가 전진하는 방향과 같지 않다면 이동하는 양(+)의 변화는 없는 것이다. 지구 회전 방향과 상관없이 관성의 법칙이 동일하게 적용하며 중력의 역할이 이 동일한 힘에 어떻게 각각 작용하는지 미스터리다. 그러나 명백히 알 수 있는 것이 하나 있다. 중력은 선호하는 물체에 선택적으로 힘을 적용치 않는 다는 것이다.

수도꼭지가 관찰자 시점으로 오른쪽에 있다.

수도꼭지가 관찰자 시점으로 좌측에 있다.

북반구와 남반구는 회전하는 지구 즉, 전향력에 의해 물 빠짐 현상이 다르게 나타난다고 주장하는 사람도 있다. 이것이 바로 지구가 돈다는 강력한 증거라고 한다. 그러나 위 중력 실험에서 보았듯이 환경이 바뀌면 결과도 다르게 나타난다. 물을 좌측에서 붓느냐 또는 우측에서 붓느냐에 따라 물 빠짐 현상이 다르게 나타난다. 변기에서의 물 내림 현상도 변기의 모양에 의해 달라진다. 전향력 때문에 발생하는 현상이 아니다. 이러한 실험은 개인이 얼마든지 할 수 있고 증명할 수도 있다. 그러나 둥근 지구를 주장하는 사람들은 싱크대의 크기가 대수롭지 않기 때문에 그러하다고 한다. 그러나 많은 곳에서 전향력을 설명할 때 상기와 같은 실험을 하고 이를 예로 들어 그 힘을 설명하고 있다. 쓰면 뱉고 달면 삼키는 것은 과학이 아니다. 내 개인적인 생각이다. 학교 교육 시스템 중 잘못된 부분도 있다고 생각한다. 어린아이가 태양을 그릴 때 빨간색을 칠하면 높은 점수를 주고 노란색으로 칠하면 낮은 점수를 주는 것처럼 한 가지 현상을 들어 이론을 체계화하고 그것이 절대 진리라고 가르치는 것은 옳은 교육이 아니라고 생각한다. 큰 오류에 빠질 수 있다. 그리고 현 교육 시스템을 꼬집자면 누군가에 의해 매우 의도된 자료들이 공유되고 또한 그것이 교육된다는 것이다. 우리가 책에서 배우는 위대한 인물 중 그 순서가 바뀌어야 할 사람도 있고 아직 소개조차 되지 않은 사람도 있다. 훌륭한 업적에도 불구하고 힘들게 찾아봐야 한다. 왜 아인슈타인도 인정한 세계 최고의 천재 과학자 니콜라 테슬라를 우리 교육은 가르치지 않는지 안타깝기만 하다. 반대로 남의 지식을 도용한 에디슨은 어릴 때부터 교육한다.

아인슈타인

니콜라 테슬라

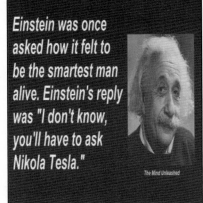

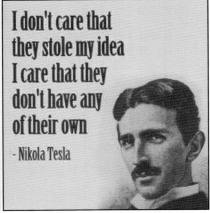

어떤 이가 아인슈타인에게 천재로 사는 기분이 어떠냐고 묻자 그가 대답했다. "난 몰라. 그 질문은 니콜라 테슬라에게 하게나."

사람들이 내 기술을 훔치는 것은 상관 않는다. 다만 그들 자신이 가진 기술이 전무하다는 것은 유감이다.

난 초등교육부터 에디슨을 배웠다. 대부분이 그러할 것이다. 1%의 영감과 99%의 노력이란 그의 말에 감동하였고 고무된 것이 사실이다. 그러나 실상을 알고 난 뒤 큰 충격에 빠졌다. 그의 기술적 가치는 그리 높지 않을 뿐만 아니라 남의 아이디어를 자신의 것으로 포장하기에 이른다. 맞다. 테슬라와 비교할 수 없다. 교류 전기를 배워야 할 에디슨이 세계의 영웅 노릇을 하고 있다니…… 안타깝게도 나는 테슬라라는 위대한 인물을 성인이 되어서야 알게 됐다. 아쉽다. 전기의 아버지라 불린 테슬라를 가르치지 않는 이유는 무엇일까? 그렇게 해서는 안 되는 일이 있었던 것은 아닐까? 물론 있다. 무한 에너지에 사람들이 눈을 뜨면 화석 연료로 부를 축적한 엘리트들(록펠러 가문, 석유 7 공주 그리고 OPEC 산유국)이 위협을 당하기 때문이다. 그들에게 있어 인류는 단지 자신의 발 아래에 놓고 부려먹어야 하는 노예에 불과한 존재다. 그들이 평평한 지구를 숨기는 목적도 이와 별반 다르지 않다고 본다.

니콜라 테슬라
(1856년7월10일~1943년1월 7일)

토머스 에디슨
(1847년2월11일~1931년10월18일)

전기의 아버지 니콜라 테슬라

테슬라의 교류 전기를
부정하다 된통 혼난 에디슨

우리의 교육이 올바르다면 테슬라와 에디슨 중 전자를 우선적으로 교육하고 알렸을 것이다. 그렇게 하지 않은 이유가 분명 있다고 본다. 인류의 번영은 엘리트들에게 있어 재앙이다. 테슬라의 프리 에너지가 상용화될 시 그들이 착취할 것은 줄어들게 된다. 노예와 동급이 될 수 없었던 그들이다. 그러므로 문명의 혜택을 최대한 저지해야만 했다. 평평한 지구를 속이는 이유도 여기에 있다.

평평한 지구		둥근 지구	
	풍부한 자원		부족, 결핍, 불안, 이주
	순환 에너지, 영속적 힘		한계 에너지, 고갈
	지구 온난화 불가능		지구 온난화 직격탄(록펠러의 사기)
	우주의 중심		수많은 행성 중 하나에 불과한 지구
	외계인 없음		외계인 침공 언제나 가능
	운석 충돌 없음		운석 충돌로 대멸종 항시 가능
	빅뱅 없음		빅뱅 이론 합리화
	진화론의 문제점		진화론은 완벽한 이론
	무한 에너지		유한 에너지
	평등주의		경찰국가, 독재정치, 빅브라더, 각종 세금과 제약, RFID 칩
	영혼불멸, 윤회		영혼사멸

속이는 자와 속는 자.

　책의 제목 '사랑한다. 평평한 지구'에서 알 수 있듯이 표지에 쓰인 글귀부터 믿기 힘들다. 내용은 더더욱 믿을 수 없는 것들로 메워진다. 지구는 자전하지 않는다. 중력도 전향력도 부정된다. 위성도 없으며 허블망원경도 없다 등등. 이 믿지 못할 말들이 전부 사실이라면 그동안 우리가 학교라는 울타리에서 배운 지식은 과연 무엇일까? 평평한 지구가 밝혀지면 결국 이것들의 오류는 역사의 한 귀퉁이에 처박혀 쓸쓸히 사라지게 된다. 제일 먼저 시선을 던질 곳은 뻔하다. 미 항공우주국 나사다. 그동안 그들이 인류를 대상으로 보여준 거짓들, 특히 인공적으로 왜곡시킨 것들이 흐느적거리며 나타날 것이다. 그동안 증거라고 내밀었던 것이 결국 이미지에 불과했다는 것을 스스로 인정해야만 할 것이다. 하지만 이러한 일이 당장 일어나지는 않을 것이다. 맞다. 조만간 벌어질 일은 아니다. 우리는 오랜 시간 매트릭스에 갇혀 있었다. 때문에 가슴 한편에선 나사의 말이 맞기를 간절히 기도한다. 심지어는 그들을 위한 변호도 작정할 것이다. 대부분의 사람은 과거 학습된 기억과 현재 확인되는 이성의 부딪침에 갈등을 겪을 것이다. 누구를 믿어야 할까? 그냥 지구가 둥글다고 인정하고 사는 게 낫지 않을까? 속고 사는 것이 편하지 않을까? 한참을 고민하다 '무시'라는 처방을 내릴 수도 있을 것이다. 그러나 명심해야 한다. 거대한 거짓말은 영속성을 지니고 있다는 것을 말이다. 그리고 그것이 권력자의 통제수단으로 이용된다는 것을 말이다. 양파껍질처럼 감싸고 있는 모호한 부정과 부끄러운 화장을 하고 있는 거짓의 가면을 벗겨보자.

허블 망원경이 촬영했다는 은하계

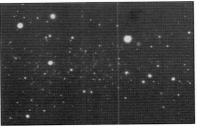

다른 은하계도 촬영할 수 있다는 나사의 허블 망원경, 그런데 지구는
촬영할 수 없다. 그리고 유독 지구를 관찰하고 있다고 주장할 때만
수많은 별들이 사라진다. 암흑의 공간만이 가득하다.

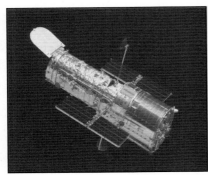

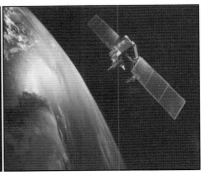

허블 망원경 이미지   인공위성 이미지

1945년 인공위성이라는 개념을 처음 갖고 있었던 인물이 있었다. 그
는 아서 찰스 클라크란 사람이다. 필자도 책을 20여 권 가까이 출간한
작가다. 책 장르가 다름에도 불구하고 난 그의 공상과학 소설을 좋아한
다. 아무튼 그는 영국의 작가이자 발명가이며 미래학자다. 맞다. 인공위
성 개념은 공상과학 소설가인 아서 찰스 클라크의 머리에서 처음 나왔
다고 할 수 있다. 그러나 상상이 현실이 된다는 말이 매번 통하는 것은
아니다. 상상이 상상으로 끝날 때가 더 많다. 인공위성도 그렇다고 본다.
두말하면 잔소리다. 난 위성이 없다고 본다.

故) 아서 찰스 클라크　　　**클라크가 출간한 공상과학 책**

정말 위성이 없다면, 그렇다면, 우리에게 알려진 이 모든 것이 저 공상과학 소설가 한 사람의 상상이 만들어낸 허구란 말인가? 그의 상상이 진실처럼 꾸며져 세상에 뿌려졌다는 것인가? 아무리 그래도 그렇지 한 사람의 상상이 모든 인류를 속일 수 있을까? 인류가 그렇게 허술 하단 말인가? 그렇다면 왜 속이는 것일까? 하는 의문이 지속적으로 생긴다. 그래서 난 많은 지면을 할애하여 우리가 잘 모르고 있는 몇몇 가문을 소개할까 한다. 왜냐면 이들을 알아야만 평평한 지구를 포함한 모든 의문이 풀리기 때문이다.

생각해 보자. 만약 나사가 주장하는 우주가 있게 되면 대멸종을 겪은 공룡이 실재했을 수도 있다. 이는 인류의 대재앙도 언제든 가능하다는 뜻이다. 인류의 전멸도 운석 충돌로 인해 언제든 일어날 수 있다는 것이다. 이는 위장 작전(false flag)을 교묘히 이용하는 무리에게 있어 강력한 무기다. **문제-반응-해결의 순환으로 이용될 수 있는 하나의 시나리오가 된다.**

문제-반응-해결의 좋은 예로 지구 온난화를 들 수 있다. 사실 지구 온난화에서 문제가 된다는 CO_2 는 나무와 식물들에 있어서 자양분이다. 오히려 푸른 숲을 이루는 데 더욱 도움이 된다. 산업혁명 때 소비된 화석연료 그리고 자동차 산업의 발달로 인해 대기에 CO_2 양이 급속히 늘었다고 하는데 이는 사실과 다르다. 성층권에 형성된 이산화탄소의 양은 미미하며 과거에 비해 전혀 늘지 않았다. 이는 3만 명의 과학자들이 내놓은 자료에서도 증명되는 바이다. 지구 온난화 이론은 간단하다. 온

실가스의 발생으로 인해 이 땅에 들어온 열이 지구 밖으로 나가지 못한다는 데에 있다는 것이다. 그 이론이 사실이 되기 위해선 애초 빛이 들어올 때부터 방해를 받아야 한다. 다시 말해 빛이 그만큼 적게 들어온다는 것이다. 또한 이산화탄소 때문에 지구 밖으로 그 열이 빠져나가지 못한다고 하는데 대기권에 드리운 이산화탄소량은 3% 미만이다. 그럼에도 불구하고 지구온난화가 인류의 대멸종을 야기한다고 주장한다.

정치인부터(대표적으로 알 고어) 연예인까지(대표적으로 레오나르도 디카프리오) 이러한 거짓을 퍼 나르고 있는 실정이다. 여기서의 '문제'는 이산화탄소다. 사람들의 활동이 많아지면 그만큼 이산화탄소의 양이 늘어나고 불어난 인구에 의해 서비스 활동도 많아지게 되므로 사람들의 반응은 인구 감축으로 흐르게 되어있다. 여기에 더해 글로벌 엘리트들은 탄소 포섭 장치와 같은 장비를 선점해 놓았다. 그러므로 두 마리 토끼를 잡을 수 있는 해결책을 제시할 수 있는 것이다.

문제: 이산화탄소의 발생 그로 인한 지구온난화. 반응: 자연을 보호하자. 인구를 줄이자. 해결: 산아제한, 탄소세를 내자. 탄소 포섭 장치를 구매하자.

이처럼 문제-반응-해결은 누가 어떻게 문제를 가공하고 꾸미느냐에 따라 대중을 선동할 수 있고 자신들이 원하는 아젠다를 실행할 수 있다. 더욱이 이러한 작전을 수행함에 있어 비난을 받지 않는다는 이점을 취할 수 있다. 이러한 문제-반응-해결을 가장 잘 활용하는 가문을 이제부터 소개하고자 한다.

인류를 지배한 일루미나티와 프리메이슨

일루미나티와 연결된
다국적 기업 및 조직도

일루미나티 13 혈통

전시안 피라미드

일루미나티들은 피라미드 꼭대기의 눈을 전시안(全視眼, all-seeing eye)이라 부르기도 하며 섭리의 눈(Eye of Providence)이라 부르기도 한다. 그 눈은 삼각형 안에 들어 있기도 하고 때론 빛이 감싸고 있는 형태로 나타난다. 프리메이슨이 두르는 앞치마에도 전시안이 새겨져 있다. 1달러의 뒷면 중앙에는 13개의 단으로 이루어진 피라미드가 있다. 여기서 13은 일루미나티 혈통을 뜻하기도 하고 13개의 주를 상징하기도 한다. 일루미나티에게는 13이란 숫자가 완벽을 뜻하며 프리메이슨에겐 33이 그러하다. 일루미나티도 하나의 종교 형태를 띠고 있다. '전시안'은 신과 싸워 한쪽 눈을 잃었다 (아폴로)는 내용이 정설이다.

(왼쪽) 피라미드 13 단 위에 있는 전시안이 보인다. (오른쪽) 미국을 상징하는 독수리가 13개의 잎사귀와 13개의 화살을 움켜쥐고 있다. 이 1달러 지폐엔 보헤미안 글로브 인신제사를 지낼 때 우뚝 서있는 부엉이(석상) 신 몰락도 숨어 있다.

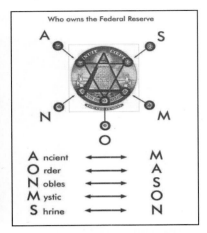

호루스의 눈은 고대 이집트의 신격화된
파라오의 왕권을 보호하는 상징으로
태양의 눈, 라의 눈 그리고 달의
눈이라고 불린다. 그들이 태양을
세상의 중심으로 만들어야 하는 이유
중 하나다.

누가 미 중앙은행(FRB)을 실제로
소유했는지 지폐에 메시지를 숨겨
놓았다.

프리메이슨의 로고에서 흔히 볼 수 있는 알파벳 "G"는 God(신)을 뜻
한다고 알려져 있고 기하학Geometry의 약자라고도 알려져 있다. G는
이집트 신의 삼위일체 오시리스, 이시스 그리고 호루스를 뜻하고 있다.

프리메이슨의 앞치마

**프리메이슨 멤버가 앞치마를
두르고 있다.**

전시안과 삼각 컴퍼스 그리고 삼각자가
보인다. 그 안에 알파벳 G가 있다.
테두리는 알파벳 M자를 떠오르게
하는데 Free Mason에서 M을 따온
것이다.

일루미나티 전시안을 가운데 두고
태양과 달이 보인다. 태양과 달의
크기가 같다는 것을 알 수 있다.

프리메이슨 로고는
우리 생활과
함께한다.

유스타스 멀린즈가 쓴 "미국은
점령당했다."를 참고하기 바란다.

일루미나티나 프리메이슨에 대해 처음 들어보는 사람도 있을 것이다. 만화나 소설 그리고 영화에서나 나오는 비밀 단체로 알고 있는 사람도 있을 것이다. 그러나 반대로 많은 수의 사람들이 이들의 아젠다를 간파했고 이들의 야욕을 저지하기 위해 노력하고 있다. 이 비밀 집단의 치부를 폭로하는 사람들이 늘어나고 있다. 실제 프리메이슨의 계략을 필름에 담은 사람도 있다. 그들의 꿈 신세계질서(New World Order)를 카메라에 담은 감독의 이름은 데이비드 크로울리다. 그는 영화 엔딩을 얼마 남겨놓지 않은 상태에서 일가족이 몰살을 당하는 불운을 겪게 된다.

왼쪽) 데이비드 크로울리 영화감독

일가족이 살해 당했을 수도 있다는
로컬 뉴스

알렉스 존스가 운영하는
infowars에서 인터뷰를 하고 있다.

부인과 사랑하는 딸마저 주검으로
발견된다.

과연 그가 담은 내용이 무엇이길래 일가족이 전부 몰살 당했을까?

데이비드 크로울리의 영화
Gray State의 한 장면

둥그런 원 안에 프리메이슨의
앞치마가 보인다.

오바마의 명령에 의해 단두대
수만 개가 미국에 도착했다는
FOX뉴스

Fox 뉴스에서 단두대가 수입된
과정을 설명하고 있다.

미 전역에 설치된
피마 캠프

관을 실어 나르는 트럭

트럭에 프리메이슨
로고가 보인다.

이 자리를 빌려 데이비드 크로울리의 명복을 빈다. 그의 작품 Gray State은 유튜브 영상으로 볼 수 있다.

살인과 협박을 언제든 일삼을 수도 있는 상기의 가문과 특정 엘리트 집단이 이 지구를 정복했다고 봐도 좋다. 그러나 그것을 아는 사람은 적다. 그만큼 그들의 비밀이 잘 유지되었다는 반증이다. 우리가 자유를 누리고 산다는 것은 착각일 수도 있다. 돈만 보더라도 그렇다. 이는 좋은 예다. 평평한 지구를 다루는 이 책이 금융을 언급하는 것은 다름이 아니다. 전 인류를 대상으로 속이기 위해선 엄청난 금액이 필요하기 때문이다. 더욱이 우리가 속고 있다는 것을 모르게 만들어야 하기 때문에 전방위적 협조자가 필요하다. 그래서 그들은 명목화폐를 잘 이용할 수 있는 자본주의 시스템으로 착취를 가한다. 하루하루를 노동에 매달려 세금이나 내는 노예가 절대적으로 필요했기 때문에 그들은 허상의 돈을 만들기에 이른다. 맞다. 우리가 사용하는 돈엔 속임수가 있다. 돈을 노동과 시간으로 등가 시켜 자유로운 생각을 할 수 있는 환경을 차단한 것이다. 못 믿겠는가? 그럼 기축통화인 미 달러를 보자. 누가 그것을 관리하는 주인일까? 미 연방준비은행을 국가가 관리할까? 아니다. 이는 엄연히 사금융이다. 미 중앙은행 Federal Reserve Bank에서 Federal(연방)은 속임수다. 마치 국가가 돈을 관리하고 있다는 것처럼 사람들을 속이기 위해 사용한 단어다. 일부러 연방이란 단어를 갖다 붙인 것이다. 물류 회사가 붙인 이름 페덱스 Fedex(Federal Express)랑 별반 다르지 않다고 생각하면 된다. 그럼에도 불구하고 세계는 미 달러를 기축통화로 사용하고 있다. 정말이지 유대의 돈 다루는 기술은 놀랍기 그지없다.

미 연방준비은행 마크	개인 물류회사의 마크 페덱스	미국의 수도 워싱턴에 위치한 FRB

13개의 잎사귀를 보라. 7 또한 수비학적 의미를 지니고 있다.	물류회사에 사용되고 있는 Federal 연방	개인 사금융에 불과한 미 중앙은행

세계 그 어느 나라도 미 중앙은행의 앞길을 막지 못한다. 양적 완화를 몇 차례 거쳤음에도 여전히 달러는 기축통화의 위상을 유지하고 있다. 그러하다면 미국의 상황은 어떨까? 마찬가지다. 엘렌 그린스펀의 말대로다. 그 누구도 FRB에 개입할 수 없다. 미 대통령도 이들의 말에 순종한다. 물론 여기에서의 이들이란 FRB 미 중앙은행을 관리하는 사람들을 말한다. FRB는 크게 3개의 가문이 나누어 가졌다. 로스차일드, 록펠러 그리고 JP. 모건이 바로 그들이다. 이들이 미국의 실제 주인이며 세계를 움직이고 있는 사람들이다. 물론 환치기 선수 조지 소로스 그리고 월가에서 활동하는 뱅커들이 있기는 하다. 하지만 위 세 가문의 사람만큼의 영향력은 없다. 세상에서 가장 부자라고 알려진 워렌 버핏이나 빌 게이츠는 새 발의 피다. 이들과 견줄 수 없다. 맞다. 세계 최고의 부자는 빌 게이츠가 아니다. 이는 잘못된 정보다. 주식 투자의 대가 워렌 버핏이나 백신으로 세계 인구의 10%를 제거할 수 있다는 빌 게이츠의 재산은 FRB를 관리하는 무리와 비교하자면 미미한 수준에 불과하다. 아무튼 로스차일드가 FRB의 지분을 가장 많이 가졌다고 추측되며 그들이 바로 일루미나티 핵이다. 이들의 파워는 막강하다. 그래서 금융 카르텔이라고 불린다. 우리가 사용하는 돈도 저들이 만들어 놓은 하나의 시스템에 불과하다. 허상이다. 등가물을 없애기 위해 의도적으로 금본위제와 은본위제를 폐지시켰다고 본다. 그래야 인플레이션을 마음대로 조종할 수 있기 때문이다. 세계 대공항을 마음대로 유발시키기 위해서 그들과 반대 의견을 가진 사람들을 제거했다고 보는 경제 전문가들이 많다. 그들이 유명인들의 암살에 개입되었다는 것도 많은 부분 밝혀졌다. 존 F. 케네디도 그들의 희생양이었다는 것이 최근의 조사 결과에서 어느 정도 밝혀졌으며 링컨도 그들의 손에 죽임을 당했다는 증거가 속속 나오고 있다. 이를 입증할 자료는 많다. 진실을 밝히겠다는 내부 폭로자들의 증언이 있음에도 불구하고 '증거가 나왔다'는 말로 대처할 수밖에 없다. 그것은 CIA가 고안해낸 단어가 큰 힘을 발휘하기 때문이다.

1967년 CIA는 "음모론자"라는 단어를 만들어 냈다. 그 이유는 누구라도 정부의 공식 발표를 부정하거나 의문을 가지면 상기의 단어를 이용하여 맹공격을 퍼붓기 위해서다.(CIA Document 1035-960)

In 1967, the CIA Created the Label "Conspiracy Theorists" to attack Anyone Who Challenges the "Official" Narrative

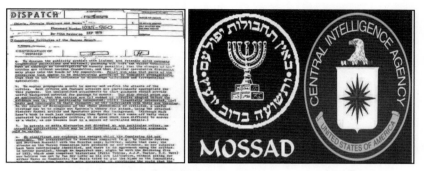

1967년 CIA는 "음모론자"란 단어를 만들어 냈다. 그 누구든 당국에 도전하거나 대항하는 사람은 적으로 간주하고 대중에게 나쁜 사람으로 인식되게 만들기 위해서다. 매국노 또는 이단으로 만들어 살아가는 데 어려움을 주고 진실을 전달하는 사람들의 운동에 제약을 주기 위해 만들어낸 단어가 바로 "음모론자"다.

사실 '음모론자'는 평평한 지구를 주장하는 내가 가장 많이 듣는 소리다. 언쟁이 높아지면 새로운 가능성을 제기하는 사람이 불리해진다. 다시 말해 기존 보편적 사고와 이론이 유리하단 것이다. 실제 '음모론'이란 말을 꺼내는 것만으로도 사람들에게 나쁜 이미지를 심어줄 수 있다. 단지 그 하나의 단어를 꺼냄으로써 상대의 주장을 깔아뭉갤 수도 있다. 하지만 음모라는 단어에서는 시간의 전후가 중요치 않다. 입증하는 자가 결과를 지킬 수 있다. 음모라는 단어가 어떻게 만들어지게 되었는지를 설명한 이유도 여기에 있다. '음모'라는 단어를 교묘하게 이용하는 무리들의 목적을 알아차려야 한다. 그래야 평평한 지구를 숨기려는 자들의 의도도 알 수 있게 된다. 그들은 이미 이러한 전술을 오래전부터 사용했고 활용하고 있다. 그리고 가짜 돈으로 세상을 점령하고 있다.

**FRB를 저지하기 위해 모인
세 명의 갑부**

**뉴욕 아메리칸에 실린
타이타닉 침몰 소식**

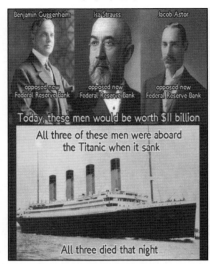

**새로운 중앙은행 시스템(FRB)을
거부한 세 사람**

**타이타닉 희생자가 1,800명까지
늘었다는 신문 기사**

여기 음모론으로 치부되는 하나의 사건을 보도록 하자. 영화로도 잘 알려진 타이타닉이 그러하다. 침몰하는 타이타닉 여객선에는 벤자민 구겐하임(Benjamin Guggenheim), 아이사 스트라우스(Isa Strauss) 그리고 야곱 아스토르(Jacob Astor)가 타고 있었다. 그리고 타이타닉엔 JP. 모건도 있었는데 그는 타이타닉이 침몰하기 하루 전 배에서 내려 북 프랑스로 떠났다. 아쉽게도 FED 미 중앙은행에 반대한 위 세 사람은 목숨을 잃었다. 역사가 증명하듯 미 중앙은행의 설립을 반대하거나 또는 달러의 위상에 금을 가게 하는 사람들은 제거 일 순위가 된다. 미국에는 이러한 속담이 있다. **한 번은 우연일 수 있다. 두 번은 필연이다. 세 번은 너의 적이다.** 믿기 힘든 우연이 무한히 반복되는 나라가 바로 미국이다. 그리고 그 사악한 힘은 세계로 뻗어 있다. 믿기 어렵겠지만 세상의 아비규환 중 일부는 이들이 고의적으로 만들어낸 위장 작전(False Flag)이다. 그들에겐 국가란 없다. 세상이 전부 자신의 것이라고 믿고 있기 때문이다. 일루미나티가 가장 많이 공을 들인 위장 작전이 하나 있다. 그것은 바로 911 테러다. 이것을 통해 그들은 많은 것을 얻었다.

911 테러에 악용된 홀로그램 기술

911테러 당시 쌍둥이 무역 빌딩과
홀로그램 비행기

실감 나는 홀로그램 시연

실내 체육관에서 홀로그램 고래를
보여주고 있다.

왼쪽 날개가 사라졌다.

**날개가 수백 미터 떨어진 건물 뒤로
숨는다.**

윌리엄 빌 쿠퍼

1980년대 미 CIA에서 팀 오스만이란
이름으로 활동했던 오사마 빈 라덴

미 쌍둥이 무역 빌딩의 붕괴는 반년 전 예견된 일이다. 이러한 위장
작전이 일루미나티에 의해 벌어질 것이라고 폭로하신 후 살해당하신
윌리엄 빌 쿠퍼(왼). 그는 자신의 라디오 방송에서 만약 쌍둥이 무역
빌딩에 테러(911 테러)가 벌어진다면 범인은 오사마 빈 라덴이 아니며
이는 미국의 자작극일 것이라고 했다.

버락 후세인 오바마 유세 현장

백악관에서 전 국무장관 콘돌리자
라이스와 함께한 오사마 빈 라덴

사탄 핸드사인이 인상 깊다.

오바마와 오사마는 같은 인물이라는
음모론이 파다하다.

일루미나티는 내부자 소행(Inside Job)인 911테러를 통해 큰 도약을 했다. 이 계획은 사실 피낙 PNAC(Project for the New American Century 새로운 미국의 세기를 위한 프로젝트)이란 명명으로 오래전부터 준비 중이었다.(911 테러의 실체가 궁금하거나 더 깊이 있게 알고 싶은 분은 내가 이북으로 출간한 "잘 속는 사람에게 함정의 문이 열리면"을 참고 하라.) 부정선거의 논란에도 불구하고 대통령에 당선돼 일루미나티의 임무를 과감히 수행했던 부시 그리고 당시 미 국정을 담당했던 고위층 간부들이 이 사건에 깊숙이 개입되어 있다. 자국민을 살해한 대가로 미 국은 중동의 여러 나라에 내정간섭을 할 수 있었다. 강제로 미 중앙은 행을 꽂아 넣었다. 이러한 일련의 사건들이 믿기 힘들다면 존 퍼킨스가 쓴 '경제 저격수의 고백'을 참고하기 바란다. 아직도 911 테러가 아랍 테러리스트들의 짓이라고 생각하는 사람이 있다면 본인이 눈뜬 장님과 별반 다름없다고 생각하면 된다. 아무튼 조지 W. 부시는 이 사건으로 전범이란 딱지를 붙였다. 맞다. 위장 작전이 명백하다. 그는 자국민을 살해한 것이다. 그것도 전쟁을 일으키기 위해서 말이다. 그는 자신의 아 버지가 그러했듯 민간인들을 무차별적으로 학살했다. 그러나 처벌은 피 했다. 죄를 짓고도 처벌을 피한다? 어떻게 이런 일이 가능할까? 잊지 마라! 엘리트들의 힘은 막강하다. 법 위에 군림하고 있다. 이들 글로벌 뱅커의 말을 듣지 않는 사람이나 국가들은 융단 폭격을 맞게 된다. 이 라크 후세인을 볼 것 같으면 미 달러를 기축통화에서 버리고 유로를 사 용하려 했기 때문에 죽임을 당했다는 설이 가장 설득력 있다. 대량 살 상무기나 오사마 빈 라덴을 숨겨 줬다는 것은 거짓으로 밝혀졌다. 또한 시리아의 가다피도 금본위제를 되살리려 했기 때문에 살해를 당했다는 설이 가장 유력하다. 이렇듯 미국은 미 달러가 기축통화에서 빠지는 것 을 싫어한다. 이유가 있다. 세계의 경제를 그들 엘리트 뱅커들이 조종하 려 하고 있기 때문이다. 인플레이션과 디플레이션을 마음대로 조종하고 세계의 대공황을 자신들이 원할 때 일으키려 하기 때문이다. 그것이 프 린팅 화폐에 열정을 쏟아 붓고 있는 이유다. 종이와 잉크 값만 계산하고 막대한 수입을 취하는 그들은 노동자에 있어 암적인 존재다. 결국 사람들은 이들이 만들어 놓은 빚의 무덤에서 세금만 내다가 삶을 다하게 된다.

FRB의 한 축 데이비드 록펠러

102살이 된 록펠러. 7개의 심장 이식을 받았다.

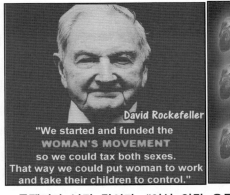

록펠러가 남긴 말이다. "여성 인권 운동에 자금을 쏟아부어 그들에게 힘을 실어주자. 그렇게 되면 남자들만 아니라 여자도 세금을 내야한다. 그러면 우린 더 많은 세금을 거둬들일 수 있다. 아이가 있는 여자들은 일을 해야한다. 그럼 아이에게 소홀할 수밖에 없다. 그 틈을 타 우리가 아이들을 지배하자."

록펠러가 위와 같이 말한 이유가 있다. 단순히 세금만 더 거둬들이고자 하기 위함이 아니다. 그가 원한 것은 아이들의 영혼이다. 아이들의 순수함을 망치고 가족을 불행하게 만든 후 결국 가정을 붕괴시키고자 함에 있다. 그래야 자신들이 추구하는 신세계 질서(뉴월드오더)에 더욱 가까이 다가갈 수 있기 때문이다. 자원이 풍족하고 경제적으로 행복하다면, 그래서 사는 데 아무런 걱정이 없다면 그 누가 자신과 자신의 가족에게 개 목걸이와 같은 베리칩이 심어져 노예로 살아가길 원하겠는가. 그들은 부모로부터 자식에게 전달되는 지식의 힘을 두려워했다. 그래서 최대한 부모 자식 간에 시간을 허락하지 않는 사회를 구상했다. 그리고 부모의 빈자리에 TV라는 괴물을 던져 준 것이다. 이들 글로벌 뱅커들에겐 목적이 있다. 금융 통합 후 세계를 단일 정부로 묶으려는 것이다. 금권을 손에 넣어야 신세계 질서 New World Order(N.W.O)가 쉽게 진행될 수 있다. 인류를 허황된 달러에 의존하게 만든 뒤 그것을 휴지로 만들어 버린 후 사람들의 손에 RFID 칩을 심으려는 계획이 오래전부터 진행되어 오고 있다. 북한과 쿠바 그리고 이란 등 미 중앙은행이 들어가지 못한 나라가 아직 있다. 이란 같은 경운 미국의 협박과 보복이 지속되고 있다. 분명 그들 글로벌 엘리트들에겐 이들이 걸림돌임이 분명하다. 단일 정부를 수립하기 전 금권을 먼저 통합하려 했는데 자신들의 협박과 회유에도 불구하고 미 중앙은행을 거부하고 있는 것이다. 세계도 이들의 움직임에 동참하려 한다. 달러의 실상을 본 세계는 그것의 의존도를 낮추려 한다. 브릭스(BRICS)가 그 대표적인 예라 하겠다.

달러의 가치는 표면적일 뿐이다. 양적완화를 몇 차례 거친 미국이다. 결국 신용을 잃은 달러는 붕괴할 것이다. 그러한 전망을 내놓은 유명 경제학자는 많다. 우린 지폐라는 것이 명목 화폐라는 것을 잘 알고 있다. 하지만 막상 그것이 가짜라고 하면 믿으려 하지 않는다. 그렇기 때문에 프린팅 화폐에 절대적 가치를 두는 것이다. 이런 사회가 지속되면 빛의 노예로 살아갈 수밖에 없다. 게임에서나 사용될 프린팅 화폐가 실물경제를 지배하고 있다는 것은 매우 놀랍고도 무서운 일이다. 거기에 더해 전자 화폐라니…… 정말 두려운 일이 진행 중이다. 이러한 것은 내부 폭로자들이 있어 많이 밝혀지게 되었다.

미국의 영화감독 아론 루소가 록펠러와 나눴던 얘기는 알렉스 존스가 운영하는 INFOWARS.COM에서 들을 수 있다. 거기엔 록펠러가 사람들의 손에 RFID 칩을 심어 노예로 부려먹으려는 계획이 상세하게 나온다.

"미국 자유에서 파시즘으로"라는
다큐먼트를 찍은 故) 아론 루소 감독
그리고 석유 재벌 닉 록펠러

쌀 한 톨 크기의 RFID칩. 이것을
이용하여 사람의 자유를 제한하고
노예로 부리려 한다.

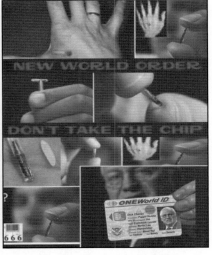

한때는 친구였던 영화감독 故) 아론
루소(왼)와 닉 록펠러(오른).
루소는 세계를 통치할 권력집단인
CFR에 가입하라는 닉의 제안을
거절했다.

록펠러가 원하는 것은 단일정부
수립 그리고 RFID 칩이다.

록펠러는 평평한 이 땅이 둥글다고 믿게 만든 사람 중 하나다. 그가
고안한 RFID 칩이 상용화를 앞두고 있다. 어떻게 이런 일이 가능할 수
있을까? 이런 믿기지 않는 상황은 흡사 영화 매트릭스를 떠올리게 한다.
등가물이 없는 가짜 돈으로 세계를 거머쥔 무리들이 암을 일으킬 수도
있는 칩을 사람들의 몸에 심고 있다. 어린아이의 몸에 저것이 박힌다
는 생각을 하니 끔찍하기만 하다. 그러나 몇몇 국가에선 저것을 상용화
하자는 움직임이 일고 있고 미국에선 법안을 통과시키기까지 했다.

HR Bill 4919 - Kevin and Avonte's Law of 2016

230

장애인 실종을 방지하기 위한 한 방편으로 추적이 가능한 기기를 사람의 몸에 심는 것이 법률로 지정됐다. 알츠하이머 같은 정신질환자 그리고 신경 질환 환자들을 위해 베리칩을 상용화한 것이라 주장하고 있다. 그렇다면 우리의 아이들은 어떻게 될까? 그들의 손에도 보호라는 명목으로 그것이 사용될 수 있지 않을까?

RFID칩으로 인해 암에 걸린 강아지　　**쌀알 크기의 베리칩**　　**RFID칩 심는 기계**

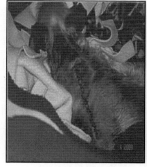　　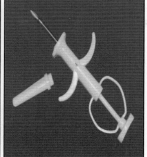

암 제거를 위해 등을 절개 했다.　　**매우 작은 크기로 쉽게 이식 가능.**　　**혼자서도 칩을 장착할 수 있다.**

　　조지 오웰의 1984는 진행형이다. 빅브라더가 우리 곁에 있다. 인류를 감시하는 이유가 무엇이겠나. 맞다. 노예로 부려먹기 위해서다. 그래서 그들에겐 인구 감축이 필요하다. 소수를 관리하는 것이 다수를 관리하는 것보다 훨씬 쉽기 때문이다. 그들에겐 노예로 부려먹을 인구만 있으면 된다. 인구가 줄어들면 줄어들수록 저항하는 힘도 약해지게 된다. 천재가 태어날 확률도 인구의 감소만치 줄어드는 것이다. 그들에게 있어 뛰어난 인재는 최대의 적일 수밖에 없다. 이 부분에 있어 그들 엘리트들이 인구 감축을 어떻게 진행하고 있는지 그리고 무엇으로 우리의 의식과 아이큐를 갉아먹는지를 아래 다루겠다. 다시 말하지만 이 책은 평평한 지구를 다루려고 쓴 것이다. 더 이상의 상세한 설명(엘리트의 금융)은 사족을 다는 꼴이 된다. 이 점을 이해하기 바란다. 어떻게 저들이 거대한 자금을 지니게 되었는가에 대해선 로스차일드의 금권 역사를 다룬 책을 한번 보라고 권하고 싶다. 물론 이들의 부가 하루아침에 이루어진 건 아니다. 부를 축적한 로스차일드의 시작을 보려면 워털루 전투를 참고해야 한다. 프랑스의 나폴레옹과 영국 그리고 네덜란드의 워털루 전투가 그들의 시드머니(seed money)가 되었다. 이 전투로 로스차일드는 주식 시장에 혼돈을 주어 거액을 거머쥐게 됐다. 록펠러도 석유 사업에 뛰어들 때 악랄한 방법을 이용하여 경쟁사를 제거해 나갔다. 거대한 자본을 거머쥔 그들은 자신들의 영향력을 확장해 나갔다. 우린 자본주의와 민주주의 사회가 인류 최종의 형태라고 생각하며 살아가고 있다. 그러나 토인비의 지적을 명심해야 한다. 많은 경제학자들이 현 자본주의 시스템에 경고를 보내는 이유가 있다. 그러나 그것을 여기서 다룬다는 것은 취지와 맞지 않는다. 앞서 얘기했듯이 이 책은 평평한 지구가 핵심이다. 때문에 현 자본주의 문제점이나 저들의 금권 장악 역사는 거두절미하겠다. 또한 그동안 글로벌 뱅커(Banker)들이 저질렀던 위장 작전들 false flag에 대해선 뒤의 일루미나티와 프리메이슨의 수비학을 다루는 곳에서 공개토록 하겠다. 이러한 음모의 역사를 알고 싶으신 분은 내가 운영하는 유튜브 채널 Turn off your TV에 방문 바란다.

상기의 엘리트들이 NASA와 긴밀한 관계를 맺고 있다는 것은 더 이상 비밀이 아니다. 이러한 정보는 고급 정보도 아니요 구하기 어려운 정보도 아니다. 사실 나사는 그들이 이용하는 작은 조직에 불과하다. 그들이 조종하는 기구는 아래와 같다.

UN, EU, NATO, OECD, FRB, WTO, CFR, IMF, IBRD, WHO, CDC, FDA, **"NASA"**, 미 국방성, CIA, NSA, FBI, KGB, MI6, 에셜론, IS, 모사드 (이스라엘), 카네기 재단, 록펠러 재단, 로스차일드 재단, 포드

재단, 크라이슬러 재단, 템플리톤 재단, J.P 모건, 국제결제은행(BIS), 체이스맨하탄은행, 제일 국립 씨티은행, 아메리카은행, 유럽중앙은행, 수출입은행, 프루덴셜보험, AP, UPI, AFP, 로이터, CNN, NBC, ABC, CBS, FOX, 뉴욕 타임스, 워싱턴포스트, LA타임즈, 월스트리트 저널, 타임스 미러, 하버드대, 예일대(스컬 엔 본즈: 조지 부시 일가), MIT, 프린스턴대, 콜롬비아대, 시카고대, 보스턴대, UCLA대, 록히드마틴, 보잉, 더글러스, MS, IBM, GM, 암웨이, 질레트, 디즈니랜드(월트 디즈니 프리메이슨), MGM영화사, 워너 브러더스, 라이온스클럽, 로타리클럽, 보이스카웃, 걸스카웃, 그린피스, 적십자, 세계교회협의회(WCC), 전미 교회협의회(NCC), 기독교 청년연합회(YMCA), 기독교 여전도연합회(YWCA), 전미 여론조사센터, 신지학협회, 타비스코, 프로세스 교회, 몰몬교, 여호와의 증인, 사이언톨로지교, 통일교, 마피아, KKK, 삼합회 등이다. 세계 핵심 기구나 단체 또는 대다수 기업들은 모두 일루미나티 가 장악하고 있다.

돈을 추적하면 피라미드 꼭대기에 누가 있는지 알 수 있다.　　**일루미나티 그룹**

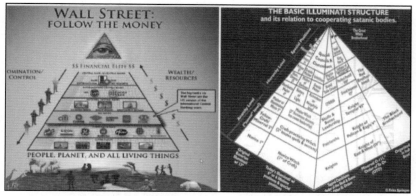

모든 자원과 부는 엘리트들이　　사탄 숭배자들의 머니 카르텔
독점하게 되어 있다.

글로벌 기업들의 문어발 경영. 그들의
머리에 촉수를 꽂은 엘리트(ELite)가 있다.

글로벌 기업가 중 한 명
네슬레의 CEO 피터
브래벡(Peter Brabeck)

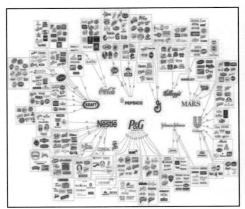

세계를 움직이는 것은 소수의
엘리트들이며 이들이 만들어 놓은
시스템에 우린 순종하며
살아가고 있다.

"인간은 물에 대한 권한이
없다"고 주장한 전) 네슬레
사장. 그가 말한 인간이란
엘리트를 제외한 인류(Goy,
Gentile)를 뜻하는 것은
아닐까?

상기 조직의 공통점이 있다면 실제 주인이 유대인이란 것이다. 이들이 원하는 것은 국경 없는 사회다. 다국적 기업을 육성하여 세계로 뻗어 나가게 한 후 새로운 땅에 촉수를 꽂는다. 이는 마치 록펠러가 만든 유엔의 그것처럼 단일정부를 그리고 있다. 이러한 전략이 유대인들이 신봉하는 탈무드에서 왔다는 것이 최근 많은 자료에서 나오고 있다. 히틀러가 주장한 지배 민족(Master race) 그리고 유대인이 주장하는 선택받은 민족(God chosen people)엔 자신과 다름을 인정치 않는 극단적 이기심이 깔려 있다. 특히 탈무드에선 유대인과 다른 민족을 고이(goy)와 젠타일(gentile)로 부르고 있다. 그 말의 뜻은 짐승이다. 이것이 문제되자 현재에 와서는 이교도라 칭하거나 비 유대인을 지칭한다고 한다.

매우 극단적이며 나와 다름을 인정치 않는 심리 상태의 민족에게 막강한 권력이 주어졌다. 이런 이해 하에선 NASA의 거짓말도 놀랄 일은 아니다. 목적이 수단을 정당화할 수 있다고 믿기 때문이다. 거짓말이 나쁘지 않다는 개념을 갖게 된 것이다. 전술의 한 수단으로서 거짓말을 사용하고 있다. 때문에 거짓말을 자랑스러워하기까지 한다. 아무 거리낌 없이 인류를 속일 수 있는 이유도 분명 이것과 깊은 관계가 있지 않을까 나는 생각한다. 특히 외계인 침공은 상당히 오랜 시간 공들인 작전 중의 하나라고 본다. 프린팅 화폐에 절대적 가치의 허울을 뒤집어 씌울 수 있는 사람이라면 우주라는 공간도 허위로 가공할 수 있지 않을까? 외계인이 침공한다는 눈속임수로 인류를 해할 수 있지 않을까?

별의 이동

별의 회전이 매번 같다.
나사의 볼텍스로 가능한
설명일까?

실제 촬영된 별

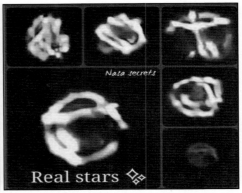

보는 바와 같다. 별은 행성이 아니라고
본다.

목성

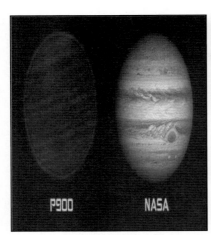

왼) 니콘 P900으로 찍은 사진
오른) 나사의 목성 이미지

잊지 말라. 달에서 찍었다는 지구
사진은 조작이란 것을.

화성

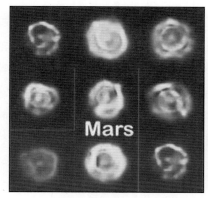

니콘 P610 카메라로 찍은 화성
사진

나사가 그린 화성 이미지 사진

금성

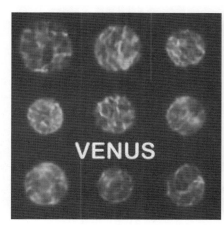

카메라로 찍은 금성 사진

나사가 그린 금성 이미지 사진

먼 거리에 위치한 달의 분화구마저 깨끗이 볼 수 있을 정도의 고성능 카메라라면 결론은 같다. 나사가 주장하는 다른 행성들을 촬영해도 결과는 마찬가지다. 평평한 지구에선 행성의 존재를 인정치 않는다. 그리고 우주라는 미지의 세계도 나사에 의해 가공됐다고 본다. 약육강식의 정글법칙으로 우뚝 선 서구 헤게모니가 뱅크 카르텔에 거름을 주어 역사의 꽃을 피웠다면 매트릭스에 인류를 가두는 것도 불가능하지만은 않다고 생각한다. 보라! 평평한 지구에 살면서도 우린 둥근 지구에 갇혀 있다. 이러한 결과를 얻기까지 거대한 자금이 들었다는 것에 대해 이견이 없을 것으로 본다. 맞다. 평평한 지구를 설명하면서 화폐를 다룬 이유가 여기에 있다. 그것이 앞서 명목화폐를 다룬 이유다. 아무튼 그들이 허구의 세계 즉, 우주를 가공한 것은 인류를 속여 자신들이 추구하는 아젠다를 이행하기 위한 것이라고 나는 생각한다. 특히 외계인 침공은 상당히 오랜 시간 공들인 작전 중 하나라고 보는 바이다. 운석 충돌이 되었든 아니면 UFO가 되었든 우주라는 공간을 만들어낸 이유가 분명 있을 것이다.

**외계인 침공이 거대한
작전으로 이용될 수도 있다.**

나사 곳곳에 프리메이슨의 지문이 보인다.

**나사를 운영하는 핵심 인물들이 프리메이슨에 가입했다는 것은 많은
자료와 그들이 주고 받은 편지에서도 나온다.**

그동안 나사를 통해 둥근 지구 모습(이미지)을 많이 보았을 것이다.
이미지를 보여준 이유는 간단하다. 그 이미지가 진짜라고 믿으라는 것
이다. 이는 평평한 땅을 둥글다고 속이기 위해서다. 그런데 여기서 하나
명심해야 할 것이 있다. 그것은 지속성이다. 이것을 지속시키기 위해선
상대로 하여금 속고 있다는 것을 모르게 하여야만 한다. 거대한 거짓말
에 속은 사람은 의심할 생각조차 하지 않는다. 아무리 믿기 힘든 거짓
말이라도 큰 목소리로 계속해서 얘기하면 사람들은 결국 믿게 된다는
히틀러의 말이 떠오른다. 이러한 정보는 계속해서 공유된다. 이는 치명

적이다. 위태로운 것이다. 고착화된 그것은 똬리 튼 독사다. 나사가 만든 이미지의 세상이 우리 곁에 머물며 관여하게 된다. 이런 환경 하에서 외계인의 출몰은 어떨까? 나사가 만들어낸 우주에 속아 넘어간 사람이라면 외계인 출현과 운석 충돌을 믿어 의심치 않을 것이다. 그러나 나사가 주장하는 우주가 없다면 얘기는 달라진다. 앞서 소개한 아마추어 로켓 개발자의 그것이 돔과 부딪치는 영상이 공개됐다. Rocket hit the dome 또는 operation fishbowl을 검색해 보기 바란다. 상기의 영상을 본다면 지구의 돔을 부정 하기는 어려울 것이다. 생각해 보라! 이 땅이 둥글다고 믿게 된 것은 결국 나사가 그려낸 이미지에 의해서다. 우리를 둘러싼 모든 환경이 둥근 지구만을 보여주었다. 때문에 지구는 무조건 둥글다는 상이 박혀버린 것이다. 외계인도 마찬가지다. 그것의 존재 여부는 중요치 않다. 계속해서 노출시키면 사람들의 마음엔 그것이 새겨진다. 둥근 지구처럼 그것을 믿게 되어 있다.

영화 인디펜던스데이

인류의 위협이 외계로부터 온다는 시나리오다. 수비학을 참고 바란다. 이 영화의 개봉일이 2016년 6월 24일 이다.((1)6.6.6.)

영화 우주 전쟁

우리가 사는 땅 아래 외계인들이 숨어 있다는 스토리. 이 영화의 개봉일 2005년 7월 7일 $2+5+7+7=21=3 \times 7=777$. 777은 신세계질서 뉴월드오더의 숫자다.

외계인 침공은 영화산업의 발달부터 단골 소재였다. 너무나도 많은 외계인 스토리가 있다. 할리우드는 나사의 상상력에 활활 타오를 기름을 부어준다. 월트 디즈니의 우주는 아이들 마음에 박힌다. 픽션을 주로 하는 영화업계와 만화계에서만 이를 다룬다면 다행일지도 모른다. 그러나 외계인의 존재 그리고 그들의 공격을 메인 뉴스가 다루기 시작했다. 논픽션의 정보만을 보도한다는 뉴스가 외계인을 다룬다는 것은 많은 의미를 지닌다. 이렇듯 나사가 만들어낸 광활한 우주는 외계인 침공의 합리성에 불을 지펴주고 있다. 만약 외계인 침공이 작전대로 진행된다면 그들은 무엇을 기대할 수 있을까? 무엇보다 UN 기구의 확대를 들 수 있다. 세계를 하나로 더욱 쉽게 묶을 수 있다. 외부의 적 외계인을 막기 위해 세계는 단일정부 수립에 문을 열 것이다. 하나가 된다는 것은 중앙집권의 힘이 더욱 확대된다는 뜻이다. 세계가 하나가 되니 전쟁이 없을 것이란 생각은 매우 큰 착각이다. 국경선에 배치된 군의 총구가 민중을 향하게 되어 있다. 경찰들은 군과 함께 민중을 감시하는 집단으로 변하게 된다. 국가가 하나가 되면 최소 내정간섭이란 단어는 사라지게 될 수도 있다. 그러나 소수의 엘리트가 전 인류를 관리하는 막강한 힘을 부여 받게 된다. 피라미드 계급 사회에서의 하층민에겐 인권은 없다. 결국 국가도 빼앗기고 권리마저 빼앗기게 된다.

나사와 프리메이슨

이들도 일루미나티와 함께 추구하는 아젠다가 있다.

1. 모든 개별국가의 파괴 – 단일 정부 수립을 통한 하나의 정부
2. 사유재산제도 폐지 – RFID칩, 모든 부를 소수의 엘리트들이 관리
3. 개개인의 상속권 폐지 – 모든 자원과 금융은 빅 브라더에게로
4. 애국주의 파괴 – 단일 정부의 저해 요소로서 국수주의를 역정보로
　　　　　　이용
5. 모든 종교의 파괴 – 인간을 타락시킬 수 있는 악마를 숭상하게 한다
6. 결혼제도 폐지를 통한 가족제도의 폐지 – 동성 결혼 심지어는 로봇
　　　　　　과 결혼하는 트랜스 휴머니즘을 지향. 우생학을
　　　　　　통한 열등민족의 멸종.
7. 세계 단일정부 수립 – ‘1984’를 현실화 시켜 인류를 노예화한다.

단일 정부를 이룩하기 위해 쉼 없이 움직인 그들이다. 사실 이 계획은 이미 수 세기 전부터 진행되어 오고 있다. 그들에게 수정은 없다. 목적을 향한 직진만이 있을 뿐이다. 그들은 의지를 꺾을 줄 모른다. 탈무드의 프로토콜을 천명으로 여기고 있다. 수많은 전략과 계략으로 세계를 아비규환으로 만들고 있는 그들에게 있어 인구를 줄이는 아젠다는 숙명일지 모른다. 실제 인구 감축을 위해 자신의 모든 것을 바친 두 명의 시오니스트가 있다.

세계를 자신들의 영향력 아래에 두고 조종하기 위해서 선함과 평화를 대체할 무언가가 필요했다. 그것은 공포와 악이다. 그들은 안다. 살육과 파괴를 지속해야 좌절과 공포가 늘어난다는 것을 말이다.

세계를 공포에 몰아넣고(low energy frequency) 침묵하게 함으로써 자신들의 힘을 유지하는 것이다. 그렇다고 직접 손에 피를 묻히거나 하진 않는다. 푸른 피(돈)를 이용하여 애완견 정치인들을 끌어들인다.

242

헨리 키신저

인구 감축이 최우선이라고
주장하는 키신저. 베트남
전쟁을 고의적으로 일으켜 많은
사람을 희생시킨 전범임에도
노벨 평화상을 받았다.

알버트 파이크

'모랄스 엔 도그마'를 쓴 33도 프리메이슨
알버트 파이크. 그는 세계에 3 번의
전쟁이 일어나야 자신들이 추구하는
세상이 온다고 역설하였고,
1차 대전과 2차 대전은 그의
시나리오대로 일어났다. 그리고 그가
계획한 3차 대전이 남아 있다.

일단 푸른 피가 수혈 되면 인간의 모습은 찾아보기 힘들어지게 된다. 교활한 사이코패스들에게 있어 거짓말은 애교다. 이러한 자들이 이끄는 사회는 매우 위험한 수렁에 빠지게 된다. 이는 단지 한 나라만의 문제가 아니다. 전 세계적인 문제로 대두된다. 지독한 거짓말로 인류를 속일 수도 있다. 평평한 지구만 보더라도 알 수 있지 않은가. 지구가 둥글다는 것 그리고 우주(나사가 주장하는 진공 상태의)가 있다는 정보만으로도, 이는 대량 살상의 도구가 될 수 있다. 우린 반복의 역사에 산다. 과거 습득한 지혜가 있다. 그럼에도 그들 글로벌 뱅커로부터 벗어나는 것은 쉽지 않다. 너무 쉽게 조종 당하고 있다. 평평한 지구를 설명하기 위해선 누가 거짓말을 하는지에 대한 설명도 필요하다. 세계를 기만하고 우리의 몸과 마음을 병들게 함으로써 자신들의 힘을 유지하는 세력의 작전과 방법 등을 아래 소개하고자 한다.

그들이 그리는 세계(신세계질서 NWO)는 인구 절벽이 현실화 되었을 때 가능하다. 때문에 이를 최우선적으로 다루고 있는 것이다.

Agenda 21을 본 사람이라면 잘 알 것이다. 유엔(UN)은 인구 감축을 최우선으로 한다. 뛰어난 두뇌를 소유한 인구의 증가는 이들 소수 엘리트들에게 방해가 된다. 위협이 된다. 그래서 그들은 최대한 이를 억제하려 하고 있다. 그래서 전쟁도 고의적으로 일으킨 것이다. 전쟁은 빨리 죽는다고 해서 일명 패스트 킬(Fast kill)이라고 불린다. 그러나 전쟁 종식 후 평화가 다시 찾아오면 전쟁으로 줄어든 숫자 이상으로 인구가 폭발적으로 증가한다. 이 현상을 베이비 붐(Baby boom)이라고 한다. 여러 차례 폭발적인 인구의 증가를 경험한 글로벌 엘리트들은 눈을 돌렸다. 노선을 소프트 킬(Soft Kill)로 수정했다. 민간인이 그 타깃이다. 소프트 킬은 전쟁의 유무와 상관 없이 사람들을 병들어 죽게 만들 수 있다. 안타깝게도 이를 눈치채는 사람은 많지 않다. 이성을 가진 인간이라 자부하면서도 때때로 이것이 작동치 못할 때가 있다. 소프트 킬은 말 그대로 천천히 죽게 되는 것이다. 그러므로 시간이 걸린다. 하지만 불임과 질병이 유발되어 인구의 증가를 방지할 수 있다. 또한 사람들은 병의 원인이 어디에서 기인했는지 알아차리지 못한다. 그저 유전되었거나 운이 없었다 생각한다. 어떻게 이런 악마 같은 생각이 가능할 수 있을까? 정말 가능하기는 한 것일까?라고 생각하겠지만 이것이 현실이다. 부정할 수 없다. 생각해 보라. 인류가 아무리 그들 글로벌 엘리트들에 비해 힘이 없다고 하여도 엄청난 인구의 숫자가 존재한다면 함부로 할 수 없을 것이다. 이는 마키아벨리의 군주론에서도 볼 수 있는 내용이다. 아무튼 그들은 계획을 했고 자신들의 계획을 조지아 가이드 스톤에 새겨 넣었다.

조지아 가이드 스톤

첫 문구부터 인구를 감축하라 명시했다.

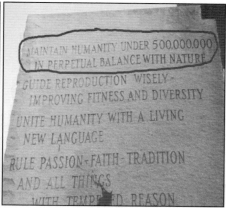

조지아 가이드 스톤의 첫 구절은 인구 감축이다. 그것을 최우선으로 하고 있다. 인구를 5억으로 유지하여 자연과 함께 조화를 이루자고 한다. 현재 여러 나라가 인구 절벽을 겪고 있다. 한 번 인구가 꺾이게 되면 회복하기는 무척 힘들어진다. 자본주의 경쟁 사회를 만든 후 이에 적응하지 못하는 노동자를 도태시키고 농촌을 황폐화 시켜 식량을 거대 다국적 기업들이 나눠 갖는 방법을 통해 인류를 노예화하고자 한다. 록펠러의 말처럼 말 듣지 않는 사람은 RFID 칩을 꺼서 아무런 사회 활동도 하지 못하게 만드는 것이다.

인신제사가 벌어진 흔적 가이드 스톤 꼭대기가 피로 흥건하다.

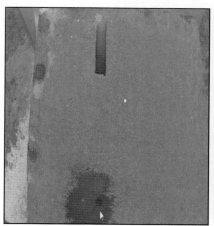

화난 시민들이 조지아 가이드 스톤에 욕을 써 놨다.

인구감축 계획(Depopulation)

공기

공기는 인간에게 있어서 가장 중요한 것이다. 하늘을 보면 흰 연기를 쏟아내는 비행기를 볼 수 있다. 흰 그것은 땅으로 내려온다. 선택권은 없다. 마시게 된다. 맞다. 숨을 쉬지 않고는 살 수 없다. 그들은 UN이나 NASA를 이용하여 켐트레일을 뿌리고 있다. 단순히 인간에게만 문제가 발생하는 것이 아니다. 자연이 파괴된다. 특히 벌과 나무가 많은 피해를 당하고 있다. 켐트레일이 훑고 지나간 지역엔 수백 마리의 새와 물고기들이 떼죽음을 당한다.

비행기로 독 기체를 뿜고 있다.

켐트레일 뿌린 후 하늘

비행기 권운이 아니다. 독 기체 켐트레일이다.
출처: Human are free

하늘이 켐트레일로 가득하다. 이것은 지상으로 내려와 땅을 황폐화하고 생명을 병들게 한다.
출처: Natural News

더글라스 E. 롤랜드

나사, 리튬 및 각종 화학 물질 살포 인정

수상 경력의 저널리스트 윌 토마스

NASA Confesses to Dosing Americans with Airborne '독 기체 확인!' 책 출간

켐트레일을 조사 발표하고
세미나를 주최하여 많은
진실을 알리고 있다.

켐트레일이 우리를 죽이고
있다는 내용의 책

전 FBI 국장 故) 테드 건더슨

일급 비밀 문서를 공개 폭로하고 있다.

당장에라도 캠트레일 뿌리는 것을 멈추어야 한다고 주장. 유튜브에도 이를 공개했다. Former FBI chief Ted Gunderson exposed death chemtrail

911 테러 등 정부에 의해 자행된 위장작전을 설명하고 있다. 이러한 폭로 때문일까? 그는 2011년 7월 31일 사망한다. 7+3+1=11 일루미나티 수비학을 보면 11이 많은 의미를 가졌다는 것을 알게 될 것이다.(세타의 경고)

이 기체의 무엇이 문제일까? 캠트레일의 성분 중 일부를 공개하면 아래와 같다. 다시 말하지만 일부를 소개한 것이다. 여기엔 과학자들도 잘 모르는 성분이 다량 섞여 있다.

알루미늄 (Aluminium)- 신경독을 유발 시키고 알츠하이머 병을 유발 시킨다고 알려져 있다. 과거 사람들에 비해 현대인의 알루미늄 오염도 가 상당히 높게 나타난다. 알츠하이머 환자가 급격히 늘어나는 것과 연관된다.

나노 알루미늄 코팅 유리섬유(CHAFF)- 뇌를 손상시키며 불안, 편집 증, 기억상실, 과민반응, 민첩성 저하 및 판단력 저하 등 심한 감정의 동요를 일으킨다.

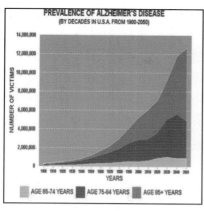

켐트레일을 뿌린 시기부터 하늘 높이 치솟는 알츠하이머 환자

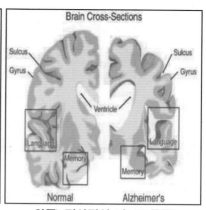

왼쪽) 정상적인 뇌, 오른쪽) 알루미늄에 의한 신경 독으로 뇌 기능이 정상적으로 작동 되지 않는 뇌

　알루미늄에 의한 피해는 단기기억 상실증뿐만 아니라 학습 능력 또한 저하시킨다.(믿기 힘든 외계인 침공을 지속하기 위해선 사람들의 뇌를 망쳐 놔야 할 것이다.) 치매환자들에겐 공통점이 있다. 보통 사람들에 비해 몸 속 알루미늄의 함량이 매우 높다는 사실이다. 알루미늄이 신경 전달물질에 해를 가한다는 것은 밝혀진 지 오래다.

　마그네슘 (Magnesium)- 우리 몸에서 가장 많이 차지하는 무기물이며 미네랄이다. 건강의 필수 요소다. 하지만 어떤 물질과 만나느냐에 따라 독이 되기도 한다. 켐트레일에서 뿌리는 알루미늄이 마그네슘과 섞여 지상 사람들이 마시게 되면 혈액이 굳게 된다.

　티타늄 (Titanium)- 허파에 티타늄이 쌓이면 기침을 하게 되고 가슴 통증 또한 겪게 된다. 그리고 마그네슘과 함께 티타늄이 혈관에 들어가게 되면 혈액이 응고된다. 이는 심혈관 발작을 일으키는 원인이다.

바륨 (Barium)- 심장 부정맥, 마비, 고혈압, 위장장애 및 호흡기의 문제를 야기한다. 또한 다발성 신경장애와 같은 신경 퇴행성 질환과 관계가 있다. 바륨에 중독되면 근육이 약해지고 신장에 문제가 발생한다. 이 물질도 알루미늄처럼 신경계에 문제를 일으킨다. 바륨은 우리 몸속에 있는 칼륨(Potassium)을 밖으로 밀어내기 때문에 근육에 문제를 일으키는 것인데 이것이 심각해지면 심장근육에도 피해를 주게 된다. 물과 바륨이 섞였을 때도 큰 문제를 야기한다.

에틸렌 디브로마이드(Ethylene dibromide: EDB)- 간과 호흡기 그리고 심혈관을 손상시킨다.

카드뮴(Cadmium)- 발암성 물질이다. 심혈관계 신장, 위장, 신경계, 생식기 및 호흡기관을 손상시킨다.

수은(Mercury)- 신경계 손상, 소화기관 악영향, 심장 및 면역 손상.

박테리아

슈도모나드 플루오레센스(Pseudomonas Fluorenscens)- 생물학 무기로 피를 오염 시킨다. 기침과 현기증도 유발한다.

슈도모나드 에류기노사(Pseudomonas Aeruginosa)- 기관지염, 눈귀 감염, 뇌 수막염, 낭포성섬유증, 관절과 근육통, 위장병과 관련이 깊다.

Mycoplasma Fermetans Incognitus- 걸프전에서 사용된 생물학 병원체로 만성 피로를 일으킨다.

모겔론스 병(Mogellons)- 아직까지 확인 되지 않은 병으로서 이것이

박테리아인지 아니면 바이러스인지를 구분하지 못했다. 피부를 오염시켜 사망에 이르게 한다.

유전자 변형 곰팡이(Modified molds) 및 곰팡이 (Fungus)- 공기에 살포된 곰팡을 마시면 면역기능이 저하 된다. 몇몇 의사들은 암을 곰팡이로 보고 있고 이것이 수소이온 농도 Ph를 떨어트리는 역할을 하고 있다고 믿고 있다.

해독 방법으로는 클로렐라(Chlorella)와 팩틴 성분이 함유된 음식 그리고 고수와 같은 것들로 중금속 등을 몸 밖으로 내보낼 수 있다. 더 자세한 사항은 내가 운영하는 유튜브 채널에 오셔서 확인해도 좋다.

물

물 없이는 생명이 존재할 수 없다. 이렇게 소중한 자원이 고의적으로 오염된다면 어떨까? 바다를 오염시킨 후쿠시마 원전을 얘기하는 것이 아니다. 우리가 일상생활에서 매일같이 접하는 물을 얘기하고 있는 것이다. 여기에 의도적 속임수가 있다면? 정말 두려운 일이 당연하게 일어나고 있는 세상에 살고 있다.

불소로 쥐약도 만든다. 매우 위험한 물질이다.

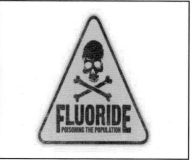

불소를 담은 통에 해골 표지가 박혀 있다.

과연 우리의 수도는 안전할까? 불소를 담은 통에 해골 표시가 있다는 것은 무엇을 뜻할까. 우린 불소가 치아에 좋다는 거짓에 속고 있다. 그로 인해 우리의 건강을 해치고 있는 것이다. 이 또한 인구 억제에 해당한다. 그러나 확대해석은 옳지 않다. 난 자연계에 존재하는 불소를 얘기하는 것이 아니다. 인공적으로 만든 화학 불소를 얘기하고 있는 것이다.

치아 건강을 위해 불소를 탄다?

불소는 오히려 치아의 적이다.

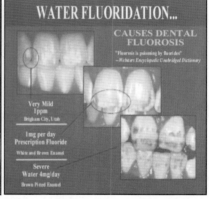

2차 세계대전 당시 유대인 캠프에 폭동을 저지 하고자 물에 불소를 넣었다. 무취, 무색, 무미이기 때문에 속이기 쉽다.

불소의 함량이 많으면 많을수록 치아는 손상을 입는다.(단, 화학 공정의 불소가 아닌 자연계에 존재하는 불소는 다르다.)

알루미늄처럼 불소도 신경 독을 발생시킨다. 하버드 대학에선 불소가 아이들의 아이큐를 떨어뜨린다고 발표했다.

하버드 대학교- 불소가 아이큐를 떨어뜨린다.　불소가 암을 일으킨다고 주장하는 댄 벅 박사

"In point of fact, fluoride causes more human cancer death, and causes it faster than any other chemical."

Dr. Dean Burk PHD
(34 years at the national cancer institute)

권위를 자랑하는 대학의 박사들이 불소의 위험에 대해 경고하고 있다.　불소보다 치명적으로 암을 일으켜 사람을 죽이는 물질은 없다.

음식

보다시피 공기와 물이 오염되었다. 그러나 여기서 멈출 그들이 아니다. 그들의 목적은 인구 억제와 인구 절벽이다. 그들은 인류에 GMO 유전자 변형 작물을 내놓았고 이로 인해 많은 사람들이 건강을 잃고 있다. 자살자가 치솟는 이유를 유전자 변형 작물에서 찾는 과학자도 있다. 한국과 일본은 자살률 세계 1,2위의 불명예를 지니고 있다. 그리고 두 나라 모두 유전자 수입 대국이다. 유전자 변형 식품은 건강에 전연 도움되지 않는다. 단지 거대 수확만을 목적에 둔다. 그렇다면 늘어난 양만큼 가격은 저렴할까? 그렇지 않다. 가격적인 면에서도 결코 싸다고 할 수 없다. 이런 백해무익을 사람들에게 먹이는 이유는 무엇일까? 이에 대해 '죽음의 밥상 GMO'라는 책을 쓴 작가로서 나름 많이 알고 있다고 생각한다. 하지만 GMO 작물을 여기서 다루기엔 분량이 너무 많다. 그 심각

성을 잘 알기에 책으로도 출간한 것이지만 평평한 지구에서 다룰 것은 아니다. 그래서 그것의 위험성과 유전자 변형 작물의 문제점을 폭로한 박사를 잠시 언급하고자 한다. 임신 불능을 유발 시키기 위해 고의적으로 GMO를 이용한다고 폭로하신 박사님이다. Seeds of Deception이라는 책을 쓴 제프리 M. 스미스 박사다.

제프리 M. 스미스 박사

Book: Seeds of deception

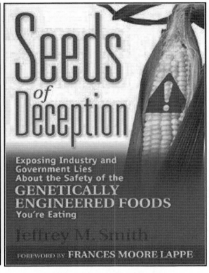

GMO음식의 위험성을 널리
알리고 있다.

제프리 박사가 출간한 책
'속임수의 씨앗'

아쉽게도 상기의 책은 한국어 번역판이 없다. 그래서 영어 원서로 읽었다. 읽으면 읽을수록 스미스 박사님을 존경하게 됐다. 종자 사업을 통해 세계의 식량을 조종하고 동시에 인간의 건강을 해치려는 다국적 기업에 맞서는 의인이다. 앞서 인구 감축을 최고의 목표로 둬야 한다고 말한 전 미 국무장관 헨리 키신저가 식량의 중요성을 역설한 적이 있다.

"오일을 조종하는 자가 국가를 조종할 수 있고 식량을 조종하는 자가 인류를 조종할 수 있다." 그러나 세상은 당하고 있지만은 않는다. 유전자 변형 작물을 유통하면 테러리스트로 간주하는 나라도 있다. 러시아 푸틴은 GMO를 수입유통 금지한다고 천명했고 많은 나라들이 자국민의 보호를 위해 유전자 변형 작물을 거부하고 있다. 유전자 변형 작물로 인해 건강과 재산 심지어는 목숨을 잃은 농민들이 유전자 변형 작물들을 모아 놓고 화형식을 치르며 데모하기도 한다. 안타깝게도 대한민국은 여전히 GMO 수입국 1위다.

성난 군중: GMO가 들어간 음식에 라벨을 붙이라며 백악관 앞에서 데모하고 있다.

화가 난 헝가리 농민들: GMO 옥수수를 모아 놓고 화형식을 치르고 있다.

소비자의 알권리를 위해 데모에 나선 미 시민들

유전자 변형 작물로 인해 피해를 입은 농민들의 분노가 폭발했다.

그들 글로벌 엘리트들은 공기와 물 그리고 식량을 교묘하게 조종하며 이것으로 인구를 줄이고자 한다. 실제 성과를 많이 거두었다. 자유를 만끽하며 살고 있다는 것은 착각에 지나지 않는다. 우린 그저 실험용 쥐 기니피그일지도 모른다. 아무튼 유엔에서 가장 심혈을 기울이고 있는 부분은 다름 아닌 인구 감축이다. 그것을 위해 공을 들이고 있는 운동으로 Agenda21과 Agenda2030이 있다. 이 안건을 보고 있자면 환경을 핑계로 사람들을 대량 제거하려고 하는 것은 아닌가 하는 의심마저 들 정도다. 지구 온난화와 같은 사기를 지속적으로 유지하는 이유도 마찬가지다. 여기에도 문제-반응-해결이 이용된다. 인간이 줄어들면 그만큼 자연이 깨끗해진다는 생각을 사람들의 마음에 심어 놨다. 만약 그들의 뜻대로 인간의 숫자가 절벽으로 떨어진다면 그래서 그들에게 대항할 수 있는 사람이 줄어든다면 결국 그들 엘리트들은 자신들의 염원인 뉴 월드 오더 신세계 질서를 통해 인류를 노예로 부리게 되는 것이다.

미 45대 대통령 도날드 트럼프 트위터

지구 온난화는 사기이며 글로벌 엘리트들이 만들어 놓은 돈벌이 수단에 지나지 않는다고 맹비난하고 있다.

난 정치인들을 좋아하지 않는다. 법꾸라지(법+ 미꾸라지)인 사법부도 싫다. 공권력도 고운 시선으로 보지 않는다. 정치적 성향의 글을 쓰는 것을 좋아하지 않는 나다. 다만 이번 대선에서 승리한 트럼프의 공약 가운데 마음에 드는 것이 있다. 바로 911테러의 재조사와 백신의 안전성에 관한 것이다. 이는 정의를 추구함과 동시에 인류의 삶의 질을 향상시킬 수 있는 내용이다.

도날드 트럼프: 백신이 자폐를 일으킨다.

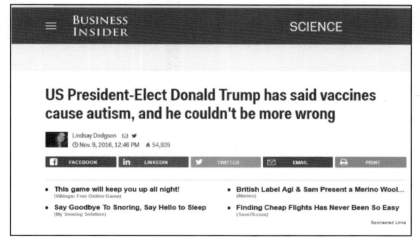

백신의 부작용, 특히 자폐에 관해서는 미 질병관리 본부국 CDC에서도 인정한 것으로 백신과 자폐는 밀접한 관계를 갖고 있다.

백신의 위험성을 밝혀 자폐에 걸리는 아이들을 막자

The President-Elect of the United States of America has said he believes that vaccines are harmful, and has repeatedly and erroneously claimed that they cause autism. This is untrue and it's dangerous.

Back in 1998, British medical researcher Andrew Wakefield published a paper in the health journal The Lancet which claimed to show a link between children who were given the measles, mumps and rubella (MMR) vaccine with autism and bowel disease.

Trump has some worrying views on vaccination. Michael Vadon / Flickr

자신이 알고 있는 아이들 중 백신을 맞은 후 자폐에 걸린 아이들이 있다며 백신의 유해성에 대해 조사해야 한다고 연설하고 있다.

출처-비즈니스 인사이더

엘리트들이 인류를 대상으로 거대한 생체실험을 감행하고 있다. 이것은 민족과 국가를 팔아먹은 고위공직자들이 있기에 가능한 것이다. 그들은 민족의 반역자이자 매국노다. 아무튼 엘리트들은 상기와 같은 물질이 인체에 어떤 변화를 일으키는가 관찰하고 있음이 분명해 보인다. 안타깝게도 한국에서 그러한 실험이 가장 활발하게 진행 중이라고 생각된다. 우리는 거대한 움직임을 느끼지 못하고 하루하루 살아갈 뿐이다. They live we sleep 이란 영화를 본 적이 있다. 어쩜 영화가 담고 있는 내용처럼 그들은 깨어 있고 우린 잠들어 있을지도 모른다.

공상과학은 공상에 있나 현실에 있나

공상과학 소설가 찰스 클라크의 얘기로 돌아가 보자. 그가 쓴 과학소설 중 가장 잘 알려진 작품이 있다. 그것은 "2001 스페이스 오디세이"다. 실제 그는 이 소설을 영화화했다. 그와 함께한 유명 감독이 있는데 그의 이름은 스탠리 큐브릭이다. 큐브릭은 할리우드 지하창고에서 달 착륙 영상을 찍었다고 폭로한 사람으로 유명하다. 1999년 3월 4일 스탠리 큐브릭 감독은 자신의 집에서 인터뷰를 했다. 당시 인터뷰와 녹화를 담당했던 머레이 기자는 88페이지에 해당하는 문서에 사인을 했다. 그 정도로 큐브릭은 신중을 기했고 달 착륙이 거짓이란 폭로에 매우 신경을 썼다.(큐브릭은 달 착륙은 거짓이란 폭로 영상을 찍고 3일 후 사망하게 된다. 3월 7일 3x7=21=777) 그는 15년이 지난 후 자신의 인터뷰를 공개할 것을 허용했고 현재 그 시간이 지나 볼 수 있게 됐다. 달 착륙은 할리우드 지하창고에서 찍은 거짓 영상이다.(물론 이를 음모론이라 몰아가는 사람도 있다.)

위성은 한 공상과학 소설가의 머리에서 나온 이후 현재까지 아무도 그것을 본 사람이 없다. 그럼에도 우리의 마음엔 그것이 실존하고 있다. 이러한 것이 가능한 것은 위에서 설명한 집단들의 힘이 개입되어 있기 때문이다. 그들은 인간의 무지를 자신들의 힘으로 잘 활용하고 있다.

허블 망원경도 없다는 것이 지배적이다. 그것 또한 위성과 마찬가지로 본 사람이 없다. 있다면 왜 보여줄 수 없겠는가? 영화나 공상과학 소설에서만 그 모습을 볼 수 있다는 것은 무슨 뜻일까? 그렇다면 무슨 목적을 위해 그리고 무엇을 숨기기 위해 이미지 사진을 만들고 그러한 것들을 사람들에게 보여주는 것일까? 지속해서 이러한 조작 사진을 노출하는 이유는 무엇일까? 우린 이를 깊이 있게 생각해봐야 한다. 맞다. 비판적 시각이 필요하다. 나의 생각은 이렇다. 이러한 것들이 **실제로 존재한다고 믿게 만들려는 의도가 있기에** 그러한 것이다. 실재하지 않는 물건이나 생명체라도 계속해서 마주하게 되면 마음의 변화가 생긴다. 무의식적으로 믿게 된다. TV 뉴스나 극장에 가면 둥근 지구가 나오는 것을 볼 수 있다. 어디 영상뿐인가. 우리 주위에 널려 있는 지구모양 공산품들은 하나같다. 둥글다. 비록 실제로 지구를 보지 못하였다고 하더라도 이러한 환경에서는 둥근 지구를 믿지 않을 수 없을 것이다. 우린 우리도 모르는 사이에 지구가 둥글다고 세뇌 당하고 있다. 놀랍지 않은가? 생각해보라. 단 한 장의 지구 사진도 내놓지 못하고 단지 이미지 사진만으로 세상을 속였다. 이러한 이미지를 가장 많이 보여주는 것이 있다. 바로 TV다. 특히 뉴스 미디어에서 이를 가장 많이 노출시킨다. 뉴스 내용 중 고의적으로 역정보를 담아내는 경우가 있다. 물론 대형 미디어는 일루미나티들이 관리한다. 언론을 장악하는 것이 그들 엘리트들의 최우선 과제였을 정도로 미디어의 파워는 막강하다. 그것으로 사람들의 마음을 조종할 수도 있다. 아래를 보면 둥근 지구를 모델로 하여 영화나 뉴스를 내보낸다. 마치 이 모습이 지구의 실체인 양 말이다.

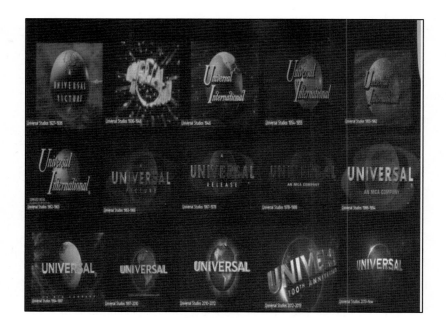

260

수십 년간의 헤게모니(아폴로 달 착륙 및 위성 등)를 통해 둥근 지구만
보게끔 인류는 세뇌되어 왔다.

환상이 조금 걷힌 사람이라면 한번 외계인을 떠올려 보자. 외계인을 본 적 있는가? 대부분이 영화를 통해 이를 접했거나 TV를 통해서 접했을 것이다. 실제로 본 적 있냐고 물으면 대부분의 사람들이 '없다'로 답할 것이다. 지구를 본 적 없으면서 둥근 지구를 그리듯 우린 외계인을 본 적이 없으면서 외계인을 떠올린다. 노출 증가가 사실 여부와 관계없이 믿음과 비례한다는 것을 보여 주고 있다. 담고 있는 내용이 사실이건 아니건 상관없다. 모든 것이 이미지에 달려있다. 이런 점에서 일루미나티의 할리우드는 나사에 큰 힘을 보태고 있다. 데이비드 록펠러가 여성인권 운동에 힘을 쓴 이유가 단순히 돈만을 목적으로 한 것이 아니듯 할리우드 또한 돈만을 목적으로 설립한 곳이 아니다. 돈은 부수적일 뿐이다. 할리우드가 쏟아내는 영화를 이용 사람들의 마음에 환상과 공포 그리고 사타니즘을 심어 놓았다.

허블 망원경은 있으면서도 없다.

소피아 프로그램

내가 없다고 말한 허블 망원경은 실제로 존재한다. 단, 우주라는 공간이 아닌 성층권 내에 있다. 우주에 떠 있는 허블 망원경은 잘못된 정보라고 본다. 난 이를 의심치 않는다. 증거가 있다. 이 망원경은 소피아라는 프로그램으로 운영된다.

SOFIA 는 Stratospheric Observatory for Infrared Astronomy(성층권 적외선 천문학 관측소)의 약자다. 비행기가 허블 망원경을 싣고 성층권 가까이에서 비행한다. SOFIA의 기반 플랫폼은 보잉 747SP 와이드 바디(wide body)다. 맞다. 지구 이미지 사진처럼 우주에 떠 있는 허블 망원경은 컴퓨터그래픽에 불과하다. 실제는 항공기를 이용하여 촬영하

기사 제목: NASA lies about the Hubble
Telescope: It's really on a Boeing 747

**나사는 허블 망원경에 대해
거짓으로 속였다.**

**이 망원경은 보잉 747기에서
사용된다.**

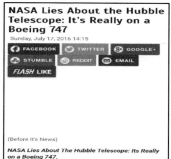

그동안 나사가 저질렀던 거짓말 등을 나열하며 꼬집는 기사다. 그런데 아쉬운 점이 있다. 메인 뉴스, 일명 공룡 미디어는 침묵 하고 있다. 이 거대 뉴스 미디어들은 정부에 의해 조종되기도 하며 거짓 뉴스를 내보내 사람들을 속이는 데 사용되기도 한다.

는 것이다. 아래는 한 뉴스 매체에서 허블 망원경의 허구에 대해서 다룬 기사 내용이다. (출처: beforeitsnews.com)

나사 마크가 붙어 있는 비행기   **후미 부분에 위치한 망원경**   **비행기 내부에서 찍은 망원경**

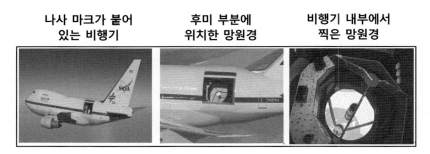

인공위성이나 허블 망원경은 왜 존재하기 힘든 것일까? 이유는 간단하다. 환경의 제약 때문이다. 길이, 시간, 질량, 전류, 온도, 물질의 양 그리고 광도(빛의 세기)의 일곱 기본 단위 모든 것에 영향을 주고 있다. 위성과 같은 물체가 온도의 제약을 받는다면 믿기 힘들 것이다. 비행하는 물체의 재질에 따른 온도의 영향은 어떨까?

원소기호 13번인 알루미늄의 녹는 온도는 660도다.

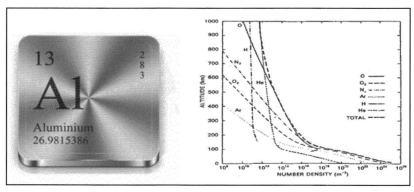

열권은 상공 80km부터 시작하는데 때에 따라서 온도가 2000도에 육박한다. 이런 환경에서 알루미늄으로 만든 위성이 살아남는다는 것은 불가능하다. 더욱이 반세기 넘게 아무 고장 없이 지구를 돈다는 것은 상식적으로 이해하기 힘들다. 그렇다면 알루미늄보다 강한 소재를 사용한다면? 무거운 물체는 많은 에너지를 소비한다. 다시 말해 가벼워야 잘 난다는 말이다. 그러나 가벼우면서도 강도를 유지하는 물질도 있다. 알루미늄보다 녹는 점이 훨씬 높은 물질을 소개하겠다.

원소 주기율표

원소기호 22번 티타늄은 녹는 온도가 무려 1,688도에 달한다. 보다 시피 알루미늄에 비해 녹는 점이 훨씬 높다. 하지만 열권의 환경을 견 디기에는 턱없이 부족한 것이 사실이다. 아무튼 열권의 환경이 대기권 과는 다르다는 이유를 들어 이 열을 무시해도 된다고 주장하는 사람을 봤다. 과연 그럴까?

티타늄으로 휘감은 블랙버드는 마하 3의 속도로 주행이 가능한 비행 기다. 그러나 빨리 나는 만치 그만큼 마찰열이 더 발생한다. 얇은 날개 와 뜨거운 엔진에 불이 붙을 수도 있다. 때문에 주기적으로 지상에 내 려와 열을 식혀야 하는 문제점도 안고 있다. 약 7분이란 시간 동안 가 열된 열을 식혀야 한다.

SR-71 블랙버드 X-43A

마하3의 속도로 날 수 있다. **시속 1만 1200킬로로 날 수 있다.**

　현재까지 가장 빠른 비행기로는 마하 10의 속도로 날 수 있는 X-43 A이다. 이 속도로 날면 고도를 떨어뜨리기가 쉽지 않다. 저항으로 폭발이 생길 수 있기 때문이다. 마하 10의 속도면 서울에서 미국까지 1시간 내에 주파할 수 있다.

　그런데 고도를 떨어트리지 않고 직진으로만 난다면 과연 지구가 둥글 수 있을까? 비행기는 각 모델과 성능에 따라 고도가 정해져 있다. 그것을 무시했다가는 큰 사고로 이어질 수 있다. 8만 5천 피트(약 25.9km)의 고공에서 마하 3.3의 속도로 비행할 수 있는 제트기는 SR-71이 유일하다. 마하의 속도를 넘나드는 이 최첨단 비행기가 굳이 열권의 영역에서 날지 않고 그보다 낮은 공간에서 난다고 하여도 문제는 발생한다. 마찰열이 발생하기 때문에 속도를 늦춘다든가 아니면 지상에 내려와 엔진을 식혀 주어야 한다. 그러하다면 성층권을 넘어 열권에서의 비행은 어떠할까? 티타늄도 녹일 수 있는 마하의 영역에서 알루미늄 재질의 위성이 그러한 극한의 환경을 견딜 수 있을까? 인공위성이 떨어지지 않고 궤도를 돌려면 7.9km/s 그러니까 마하 23의 속도로 날아야 한다는 계산이 나온다. 세상에서 가장 빠른 비행기의 두배 이상을 날아야 한다는 계산이다. 이는 불가능하다. 그럼에도 NASA는 인공위성 관련 소식을 멈추지 않는다. 그들은 이것을 이용하여 얻은 데이터라며 세상에 공개하고 있다. 아래는 그들이 공개한 내용중 하나를 취해본 것이다.

1989년 미국 NASA는 우주 배경 복사 탐색 위성(COBE위성)을 대기권 위로 올려 10개월 동안 우주의 모든 방위에 관하여 넓은 파장대의 파동들에 관한 자료를 분석한 결과 플랑크 흑체 복사 분포 곡선과 정확하게 일치 한다는 것을 발표 하였다. 만약 NASA의 발표가 사실에 기인한다면 우주로 내보낼 기술력이 인류에게 있다는 말이 된다. 이것에 관해선 지구 저궤도 Low Earth Orbit 즉, 인류가 상공 2천 킬로 이상 올라간 적이 없다는 폭로를 아래에 설명함으로써 이와 같은 자료에 의문을 제기하는 바이다.

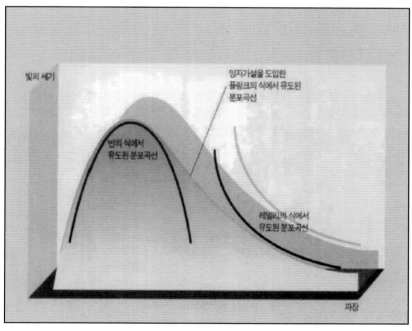

플랑크 흑체 복사 분포 곡선

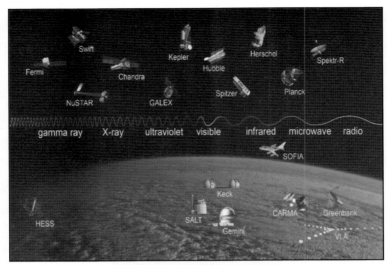

고도에 따라 존재한다는 위성들

그렇다면 어떻게 해서 우리는 위성과 연관된 장비들을 사용하고 있는 것일까? 그 답은 해저에 있다. 위성은 없다는 포스터도 보인다.

포스터- 위성은 신화다.	세계에 깔려 있는 케이블	해저 케이블을 확인하고 있다.

99%의 통신은 해저 케이블을 통해 이루어지고있다. 그리고 나머지 1%가 열기구, 비행기, 드론, 빌딩, 안테나 그리고 포물면 반사기를 통해서이다.

해저 케이블이 각 나라에 연결되어 있다. 위성 통신이 아닌 해저의 광케이블을 이용하는 것이다.

해저에 깔려 있는 광케이블 그리고 이를 보수하는 다이버. 광케이블은 대형 선박을 이용하여 깐다.

우주 쓰레기 추락 얘기는 한 번 본 것 같기도 하다. 그리고 우주선의 귀향이라든지 우주인이 타는 소형 비행선이 바다에 떨어진 모습을 TV에서 본 적 있다. 그런데 여기서 이상한 점을 발견할 수 있다.

마찰열로 인해 화염에 휩싸인다.

낙하산 작동

바다에 떠 구조를 기다린다.

3천도 이상의 화염 그리고 마하 23의 속도로 추락하는 모듈

충격을 감소시키고자 낙하산을 편다.

3천도의 열을 발생시키고도 수증기가 보이지 않는다.

바다의 수온을 10도로 봤을 때 3천도 이상의 물체가 닿으면 연기가 피어 올라야 정상이다. 또한 사람이 3천도의 열을 견딜 수 있다는 것은 상상조차 하기 힘들다.

계속해서 나오는 내부 폭로자들

우리가 기존에 알고 있던 지식, 기존 교육과 대치되는 상황들을 위에서 보았을 것이다. 믿고 안 믿고는 크게 중요치 않다. 확실한 것은 우리가 배운 것들이 충분히 의심해 볼 수 있다는 것이다. 그러나 우리 사회는 경직되어 있다. 비판적 시각이 잘 허용되지 않는다. 결국 NASA를 통한 정보를 진실로 받아들이고 그들이 주장하는 세상이 전부라고 믿고 살아간다. 마치 요람 위 매달아 놓은 둥근 액세서리 지구를 보는 유아 같다. 이 악순환을 끊어야 하지 않을까? 아직 나의 글이 불편한 사람도 있을 것이다. 나의 전문성을 의심하는 사람도 있을 것이다. 천문학자가 아닌 사람이 우주에 대해 알면 얼마나 알겠냐고 생각할 것이다. 그러나 오히려 그러한 단체들과 연관이 없기 때문에 더욱더 투명하게 볼 수 있는 것은 아닐까? 만약 그러하다면, 전문성을 근거로 진실 여부를 가늠한다면, 미 항공우주국 나사에서 근무하는 사람들의 얘기를 들어보는 것이 제일 정확할 것이다. 일반인인 나도 나사의 거짓에 신물이 난다. 나사에서 근무하는 사람이라면 어떨까? 나사의 거짓말에 실망감을 감추지 못한 사람도 있지 않을까? 그리고 다른 주장을 펴는 사람은 없을까?

물론 있다.

멧 보이랜드는 나사에서 근무했던 직원이다. 당시 그는 상관에게 여러 질문을 했다. 지구가 도는 장면을 보여 달라는 부탁도 했다. 그러나 그의 요청은 단 한 번 받아들여지지 않았다. 반면 그래픽 위성 그리고 소피아로 구동되는 허블 망원경의 거짓에 신물을 느꼈다고 한다. 우주도 마음대로 드나들며 다른 은하계도 수시로 볼 수 있다는 나사가 바로 머리 위 상공에서 벌어지는 기상상황 하나 제대로 알지 못하고 그러한 장비 하나 제대로 갖춘 것이 없다는 것에 실소를 터트렸다. 결국 그는 나사를 떠났다. 그 후 유튜브 및 페이스북 등을 이용해 무엇이 진실인지 사람들에게 알리고 있다.

멧 보이랜드

랍 스키바

전 NASA 미술 감독 멧 보이랜드. 유튜브 동영상으로 나사의 거짓말을 폭로하고 있다.

가장 활발하게 평평한 지구를 세계에 알리고 있다. 진실을 전달하는 데 많은 시간과 돈을 아끼지 않는다.

보이랜드의 뒤에 스크린이 보인다. 착륙선이 달에 착지하려 한다. 이 사진이 담고 있는 내용은 매우 깊이가 있다. 곧 저 비행선(모듈)에선 우주인이 내리게 된다. 인류의 첫발이 달에 찍히게 되는 것이다. 그런데 이상하다. 누군가가 저 장면을 찍고 있지 않은가? 이미 카메라맨이 달에 와서 비행선이 도착하는 장면을 찍고 있는 것이다. 그렇다면 어떻게 암스트롱이 탄 저것이 달에 도착한 첫 번째 비행선이 될 수 있겠는가? 만약 저 비디오가 사실이라면 암스트롱은 카메라맨보다 늦게 달에 도착한 사람이 되는 것이다. 또한 카메라맨은 별도의 비행선을 타고 우주에 나갔다는 뜻이 된다. 큐브릭의 폭로를 단순히 음모라고만 치부할 수 있을까?

미 항공우주국 나사의 거짓말을 폭로한 사람은 멧 보이랜드는 단 한 명뿐일까? 그렇지 않다. 많은 수의 사람이 나사의 거짓말에 대해 폭로하고 있다. 그러한 내용은 어렵지 않게 찾아볼 수 있다.

보이랜드처럼 나사의 거짓말을 폭로하는 사람들이 늘어나는 추세다. 그 중 대표적인 몇 명만 소개하고자 한다.

케리 마티윅 Cary Martyyuik	나사 철자 대신 거짓말	양파 모양을 한 지구
		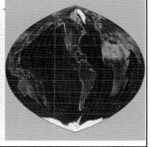
나사 아폴로 달 착륙 프로그램의 역사학자	거짓말의 빈도수가 많아지자 새로운 라벨을 만들어 유포하기에 이른 사람들	나사가 주장하는 둥근 지구라면 현재의 지도는 많은 왜곡을 가져오게 된다.

케리는 나사가 만들어낸 허구의 헤게모니를 걱정하였다. 금방 들킬 거짓말을 계속 하는 이유를 그는 알 수 없다고 하였다. 그래서 그는 정중히 아폴로 달 착륙 프로그램을 지휘하는 상사에게 아래와 같이 물었다.

케리: "이렇게 많은 부분을 사람들에게 속여도 되는 건가요?"

그러자 답변이 돌아왔다.

NASA commander: "많은 부분이라고? 아니지, 우린 모든 것을 속이고 있네! (We lied about everything)"

속이고 있다는 말을 대놓고 한다. 그럼에도 세상은 관심을 갖지 않는다. 이는 사람들의 모든 관심사가 돈에 집중되어 있기 때문이다.

돈과 시간은 떼려야 뗄 수 없다. 이것을 아는 엘리트들은 자유로운 생각을 방해할 목적으로 프린팅 화폐와 시간을 등가시켜 사람들의 삶과 자유를 빼앗고 있는 것이다. 자본주의에 있어 돈은 인간 위에서 군림하기 때문에 노동자의 시간도 그들의 것이라고 봐도 크게 틀린 말은 아닐 것이다. 아무튼 인류는 더 많은 돈을 모으는 데 시간과 열정을 쏟아붓고 있다. 진실보다 지폐를 모으는 데 더 열정을 쏟는다. 사람들의 마음엔 이미 문신의 그것처럼 지울 수 없는 둥근 지구가 새겨져 있을지도 모른다. 그래서 머니 카르텔이 이끄는 단체 나사는 걱정을 하지 않는 것인지도 모른다. 침묵만 하면 모든 것이 알아서 해결이 되니까 말이다. 둥근 지구에 사로잡힌 사람들은 나사가 거짓말을 할 리 없다고 생각한다. 속고 있다는 것이 밝혀져도 큰 의미를 두지 않는다. 마크 트웨인의 말처럼 사람을 속이는 것보다 속고 있다는 것을 알리는 것이 더욱더 어려운 일인지도 모르겠다.

아래는 나사에서 공개한 명왕성(Pluto)이다. 나사에선 명왕성의 이름과 같은 플루토의 사진을 넣었고 이를 만천하에 공개했다. 세계는 이 웃지 못할 사진을 지구의 그것처럼 실제 사진이라고 믿고 있다.

나사가 공개한 명왕성

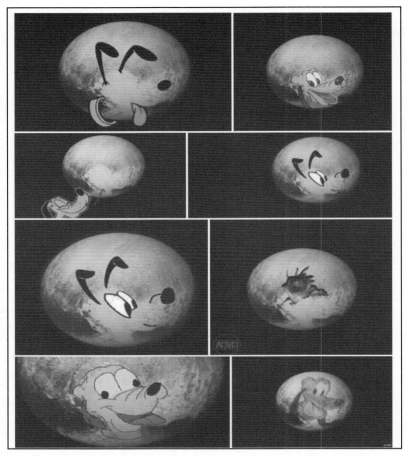

명왕성은 영어로 플루토다. 디즈니 만화 캐릭터 중에 개 플루토가 있다.

아래 사진은 한술 더 뜬다. 지구에 SEX란 글자가 선명하게 보인다. 그리고 사탄 숭배자들이 좋아하는 숫자 666도 보인다. 잊지 말기를… 이들 단체들이 종교와 관련 있다는 것을 말이다.

274

지구 이미지 사진

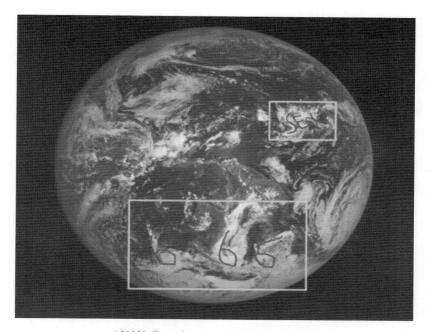

선명하게 보이는 SEX 글자와 666 숫자.

나사는 매년 다른 이미지 사진을 내놓는다.

둥글다는 것을 뺀 모든 것이 계속해서 바뀐다.

666은 사탄을 뜻하는 악마의 숫자라고 알려져 있다. 이러한 숫자를 나사에서 자주 인용하는 것은 분명 의도가 있어 보인다. 이는 단지 이미지 사진에서만 보이는 것이 아니다. 지구 운동에서도 많이 등장한다. 지구는 태양의 주위를 시속 666마일로 돈다고 정의했다. 그리고 지구 곡률은 일곱 제곱마일 당 666피트라고 한다. 그리고 지구의 기울기를 볼 것 같으면 90도에서 23.4도를 빼면 66.6도가 나온다.

워싱턴 DC 기념탑

이것의 높이는 6660인치이며 넓이는 666인치다.

**존재하지 않는 회사와 직원 한 명 없는 버뮤다
666 P.O.Box에 매년 80억 파운드를
송금함으로써 구글은 세금 한푼 내지 않았다.**

구글 버뮤다 메일박스 666

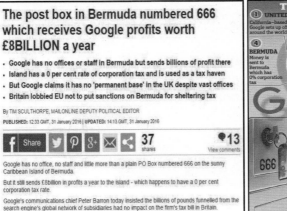

전부 우연일까? 그런 의심이라면 일루미나티 수비학을 공부해 보길 바란다. 미국은 프리메이슨과 일루미나티의 오컬트 문양으로 도배가 된 나라다. 그리고 그 영역이 점점 넓어져 세계로 뻗고 있다.

왜 지구 사진에 섹스라는 글자를 넣었을까?

왜 컴퓨터 이미지로 사람들을 속일까?

구름을 이용하여 섹스란 글자를 써 넣었다.

달에서 찍었다는 이 사진은 조작된 것으로 밝혀졌다.

우리는 마인드 컨트롤을 당하고 있다. 어린아이들은 더욱 취약하다. 글로벌 엘리트들은 아이들이 좋아하는 것들에 환상의 씨앗을 심어 놓았다. 이것은 나중에 다가올 그들의 세계 뉴월드오더(신세계질서)를 위해서다. 어린이들이 가장 좋아하는 것 중 하나가 만화다. 만화하면 떠오르는 회사가 있다. 맞다. 월트 디즈니다. 이 회사도 미 항공우주국 NASA와 깊은 관계를 맺고 있다. 아이들의 마음에 우주를 심어 놓는다. 그러한 프로그래밍이 지속되어 내셔널지오그래픽까지 이어지게 되면 나사의 함정에서 빠져나오기 쉽지 않게 된다. 나사의 달 착륙 영상은 실제 디즈니랜드 지하 창고에서 촬영 되었다는 애기가 정설로 전해진다.

디즈니와 나치 로켓 과학자
폰 브라운

히틀러와 도날드 덕

전범이었지만 로켓 기술이 있어
살아남은 폰 브라운(오른쪽). 그는
병상에 누워 죽기 전 두 가지를
말했다. "창공엔 돔이 있다." "가짜
외계인 침공이 있을 것이다."블루빔
프로젝트뿐만 아니라 프로젝트
블루북도 존재한다.
Project Blue Book.

2차 세계대전은 부시 가문과
석유 제왕 록펠러 그리고 CFR
멤버들이 계획하였다는 것이
"전쟁은 사기다"를 쓴 버틀러
장군에 의해 폭로됐다. 어찌됐든
표면적으로는 독일을 적대시해야
할 미국이 아닐까?

지구 구름 모양에 SEX란 글자 그리고 666이란 숫자를 넣은 것은 분명 수상한 일이다. 그런데 이러한 몹쓸 짓이 뜻밖의 곳에서도 발견된다. 위에서 언급한 월트 디즈니가 그러하다. 어린이가 보는 방송에 이러한 것들을 지속적으로 노출시키는 이유가 무엇일까? 록펠러의 말을 떠올려 보라.

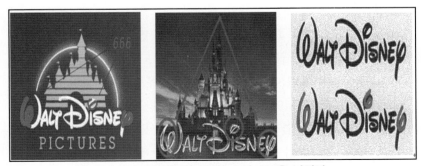

월트 디즈니 스펠링에 교묘히 숫자 666을 넣었다.

엘리트들은 자신들이 믿는 신(루시퍼)을 대중에게 선보인다. 그런데 어린이가 보는 만화에까지 그 영향을 뻗쳤다니 믿기 힘들 것이다. 월트 디즈니에는 남자의 성기를 전문적으로 그리는 사람이 있다. 기억하는가! 데이비드 록펠러가 했던 말! 부모 모두 돈을 벌게 만들어 세금을 더욱 거둬들이고 집에 홀로 남겨진 아이들을 컨트롤하자고 했던 것 말이다. 명백하다. 그들은 아이들이 좋아하는 만화를 이용했다. TV를 이용한 것이다.(이런 이유로 난 유튜브 채널의 이름을 Turn off your TV(티브이를 꺼라)로 지었다.) 아직도 이들 단체의 아젠다가 의심되는가? 어린이 만화에 남녀의 성기를 그려 넣는 직업이 있다는 것이 단지 음모론으로만 치부할 수 있는 것일까? 어린이들이 보는 만화에 성기를 왜 그려 넣어야 하며 그리고 SEX란 글자를 왜 써 넣어야만 하는가? 그러한 유해 영상을 부모들에게 들키면 안 된다. 지속적으로 성에 노출시킬 수 없기 때문이다. 그래서 교묘히 그려 넣고 있다. 대부분의 부모들은 이를 눈치채지 못하고 있는 실정이다. 그러나 아이들은 다르다. 이러한 것들이 잠재의식 속에 살아 있게 된다. 무의식적으로 조종당하게 된다. 위에서 언급했던 단체들의 실체를 보면 그들이 원하는 것을 알 수 있다. 이들이 원하는 것은 행복한 가정과 튼튼한 국가가 아니다. 오히려 반대다. 그들에게 필요한 것은 노예다. 노예에게 행복은 사치다.

디즈니사의 인기 캐릭터. 미키 마우스 남근모양 모자를 들고 있다.

디즈니사 탱글드. 머리카락으로 남자를 감고 있다. SEX란 영어 알파벳이 보인다.

남근에 의해 바지가 튀어나온 것이 보인다.

　월트 디즈니는 프리메이슨이 많은 관심을 쏟고 있는 곳이다. 우주를 심어 놓는 장소로 아이들의 순수한 영혼보다 쉬운 곳은 없을 것이다. 일단 프로그래밍이 되면 운석 충돌과 외계인 침공에 대한 의심은 사라지게 된다. 비판적 시각을 제거해 버리는 것이다. 이들의 악랄함은 여기서 멈추지 않는다. 일루미나티와 프리메이슨은 할리우드의 스타들을 이용하여 자신들의 메시지를 전달하기도 하고 미래에 벌일 위장 작전 계획을 공개하기도 한다. 히든 메시지(hidden message)를 가장 많이 숨겨 놓은 곳이 있다. 바로 911 테러다. 앞서 켐트레일 때 소개한 전 FBI 국장 테드 건더슨은 911 테러를 일루미나티가 저질렀다고 폭로했기에 목숨을 잃은 게 아닌가 하고 생각해 본다.

1983년 책 표지

타로 점핑맨

만화

미 쌍둥이 무역 빌딩이 폭발

911테러 당시 뛰어내린 사람 (더미라고 추측)

쌍둥이 무역 빌딩이 화염에 휩싸였다.

영화 매트릭스

일루미나티 카드 게임

 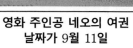 

영화 주인공 네오의 여권 날짜가 9월 11일

좌) 일루미나티 카드 게임 1980년 우) 911테러 당시 모습 2001년

NASA 나사란 단어엔 우리가 생각하지 못한 뜻도 있다.

히브리어 사전

프리메이슨이 관리하는 나사

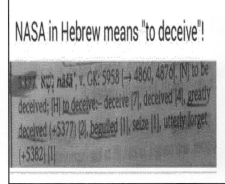

**실제 나사는 히브리어로
거짓말이란 뜻을 가지고 있다.**

**뱀 혓바닥 아래 나치 깃발과
프리메이슨 로고가 보인다. 그리고
오퍼레이션 페이퍼클립으로
살아남은 2차 세계대전 전범들도
있다.**

나사의 역사는 우리가 알고 있는 것과 사뭇 다르다. 하버드의 공부벌레처럼 두꺼운 안경을 끼고 밤낮없이 공부하는 그런 사람들로 이루어진 곳이 아니다. 그들의 역사엔 사타니즘과 흑마술 그리고 강신술과 같은 주술이 빠질 수 없다. 그것들은 아래에서 다루기로 하겠다. 일단 우리가 배운 과학의 역사, 특히 나사가 발표한 것들 중 오류는 없는지를 보자.

앞서 달 착륙 프로그램의 역사를 쓴 사람이 폭로한 내용 중 "우리(나사)는 모든 것을 거짓말한다!"라는 것이 있었다. 그렇다면 우리가 알고 있는 인류 최초의 달 착륙 프로그램은 무엇일까? 닐 암스트롱의 달 착륙 이야기는 무엇이란 말인가? 그는 진정 달에 갔을까?

사진은 진실을 담는다.

닐 암스트롱은 달에 도착(?)하여 아래와 같은 말을 남겼다고 한다.

"한 사람에게는 작은 한 걸음이지만 인류에게는 거대한 도약이다.(That's one small step for a man, one giant leap for mankind)" 듣기에는 참 멋있는 말이다. 그러나 그의 이러한 미사여구도 한낱 사람들을 속이기 위한 시나리오에 지나지 않았다는 것이 밝혀졌다.

암스트롱의 발자국　　　　　**착륙선의 다리**

70kg의 닐 암스트롱의　　　　**4톤에 달하는**
발자국 사진　　　　　　　　**달 착륙선 사진**

보다시피 몸무게 70kg의 성인은 달의 표면에 깊은 발자국을 남길 수 있다. 그러나 4톤의 무게를 자랑하는 착륙선은 남기지 못한다. 심지어는 작은 달 착륙선 안에 저 큰 차가 들어갔다고 한다.

저 작은 비행선 안에 우주복을
입은 사람과 큰 차가 들어간다고
한다.

사람의 발자국은 남는데
타이어 자국은?

그러나 언제나 변명은 가능하다. 달 착륙선의 위치가 단단한 바위라
서 바닥에 자국이 없다고 말할 수도 있을 것이다. 실제 그렇게 주장하
는 사람도 있다. 그렇다면 인류가 내디딘 첫 신발의 바닥 모양은 어떨
까?

**닐 암스트롱이 입었다는
우주복**

신발 바닥을 보라

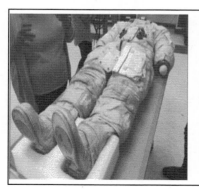

신발 밑창이 매우 매끄럽다.

달에 찍힌 모양과 같은
족적이라 볼 수 있겠는가?

나사의 주장은 믿기 힘들다. 그렇다면 달에서 찍었다는 지구 사진은 어떤가? 여기서도 단 하나의 별을 관찰할 수 없다. 그렇다면 어디서 이러한 것들을 촬영했다는 말인가? 큐브릭의 죽음을 헛되게 해선 안 될 것이다.

달에서 찍은 지구사진

달에 있는 돌멩이

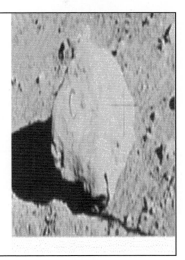

달에서 찍었다는 지구 사진 또한 거짓으로 판명 났다.

돌멩이에 써진 알파벳 C를 보라. 영화를 촬영할 때 Center 중간을 가리키는 용도로 사용되지 않았나 생각해 본다.

현재까지 인류가 달에서 지구를 봤다는 명백한 증거는 없다. 오히려 조작의 흔적 그리고 나사 내부 폭로자들의 증언만이 이어졌다. 달에 갔다고 알려진 닐 암스트롱마저 그것이 거짓이었다고 고백하고 있는 실정이다. 그렇다면 달까지는 아니더라도 높이 떠서 지구를 본 사람은 없었을까?

물론 있다.

어거스트 피카드

신문에 실린 기사 '세상에서
가장 높이 오른 남자'

세계 최초로 지구를 본
사람 어거스트 피카드

1931년 5월 29일 자 신문.
10마일을 올라간 남자의
이야기를 타이틀로 달았다.

"(The Earth) seemed a flat disc with an upturned edge." ~ Dr. Auguste Piccard (1884 - 1962), Swiss physicist, inventor and explorer, on his return from his 1931 record-setting balloon flight of about 15.8 miles.

"지구는 마치 평평한 디스크처럼 보였지. 테두리가 약간 올라간 형태 말이야."

어거스트 피카드(1884-1962) 스위스 물리학자.

인류는 세계 최초를 기억한다. 올림픽으로 따지자면 신기록과 같은 것이다. 세계 최초 동력 비행사는 라이트 형제다. 세계 최초의 여성 대통령은 아르헨티나의 이사벨 마르티네스 데 페론이다. 그런데 세계 최초로 가장 높이 올라간 사람의 기록이 없다는 것은 의아하다. 더욱이 그는 처음으로 지구의 모습을 본 사람이 아닌가. 이러한 역사는 매우

중요하며 우리 교육에서 반드시 다루어져야 하는 것이다. 불현듯 누군
가가 떠오른다. 무한 에너지로 인류의 삶의 질을 높이려 했던 그러나
좌절을 맛봐야만 했던 니콜라 테슬라 말이다. 피카드란 과학자도 테슬
라처럼 잘 알려지지 않았다. 대부분의 사람들이 이름 한 번 들어보지
못했을 것이다. 아무튼 스위스 물리학자 피카드의 말은 나사의 그것과
명확히 배치된다. 둥근 지구가 아니라 평평한 땅을 말하고 있기 때문이
다.

**열기구를 이용하여 하늘을 난
피카드**　　　　**볼록 렌즈로 사물에 왜곡과
곡률을 준 나사**

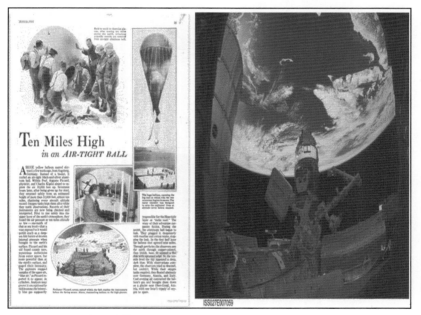

**1931년 신문사에서 다뤘던
내용으로 지구는 평평하다는
그의 얘기를 기사에 넣었다.**　　**나사가 촬영했다는 지구는 Go-pro
물고기 눈알 렌즈로 촬영한
것이다.(모든 사물이 휘어져 보인다.)**

피카드가 1931년도에 평평한 지구를 보았다면, 그래서 지구의 모 양
을 구체적으로 설명할 수 있었다면, 그 후론 이 땅의 모습을 본 사람이
없을까? 이를 확인할 역사적 자료는 없을까?

물론 있다.

1935년 11월 11일 Explorer2

익스플로러2가 고도
13.7마일(22.048km)에서 찍은 사진

1946년 10월 24일
V2 #13

V2 #13이 고도 65 마일에서 찍은
평평한 지구사진

로케트 발사 직전

굴곡이 없다

그러나 불과 1년도 지나지 않아 사진이 바뀌게 된다.

1947년 3월 7일

V2 #21   V2 #21 로켓이 찍었다는 사진

V2 #40 로켓이 찍었다는 1948년도 지구 사진

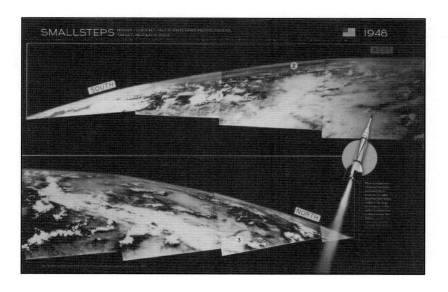

V-2 로켓이 60마일 고도에서 찍었다는 사진

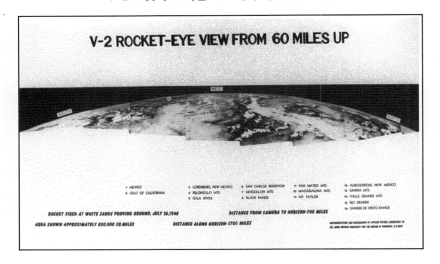

1946년 고도 65마일에서 지구를 찍었다는 V2로켓 #13과 1948년 고도 60마일에서 찍었다는 V2로켓 #40은 그 모양에서 많은 차이를 보인다. 조작의 흔적이 보인다. 물론 여기에서 말하는 조작은 후자를 뜻한다. 불행한 것은 이러한 속임수의 연속을 보고도 세상은 반응하지 않는다는 것이다. 이러한 무관심에 안심할 수 있는 무리는 바로 엘리트들이다. 사람들이 잠들었다고 생각하기에 그 어떠한 거짓말도 손쉽게 하는 것이다. 위에서 보지 않았는가? 행성에다 만화 캐릭터를 집어넣는 장난 말이다. 여전히 명왕성엔 만화 캐릭터가 숨 쉬고 있다. 장난이 너무 심해서일까? 명왕성은 행성에서 퇴출 당하는 수모를 맞게 된다.

다시 나사의 달 착륙 프로그램 애기로 돌아가고자 한다. 더 많은 거짓말들과 마주칠 것 같은 느낌이 들지 않는가? 인류가 달에 간 적이 있든 없든 달 착륙 시도가 실패로 끝난 경우도 있었다. 안타깝게도 우주인 전원이 사망했다는 뉴스 보도도 있었다. 전 세계가 우주인들을 태운 우주선의 폭발 광경에 가슴 아파했다. 그러나 십수 년이 흐른 후 대반전이 일어난다.

스페이스 챌린저 폭발 사진과 함께
대서특필

우주인들의 죽음을 슬퍼하는 여성이
신문 앞면을 장식

1986년 1월 28일 스페이스 셔틀 챌린저 호가 임무 수행 중 폭발하는
사고를 겪었다. 그래서 탑승객 7명 모두가 사망했다는 뉴스가 세계에
타전 됐다. 그러나 닐 암스트롱의 고백처럼 여기서도 해명할 것이 많아
보인다.

스페이스 챌린저 호가 폭발하고 십수 년이 지나 멀쩡히 살아 있는 그들이
발견 됐다. 심지어는 비행선을 탈 때 사용했던 이름을 그대로 사용하고 있다.
아무리 나사의 재정이 과거에 비해 어려워졌다고는 하지만 세계를 상대로
거대한 사기를 꾸민 것이다.

이러한 무리수를 두는 것엔 이유가 있다. 국민의 관심과 세계의 관심이 그들에겐 필요했던 것이다. 탈냉전이 군비 축소로 이어지는 것은 당연한 것이다. 그리고 당장에 결과물을 내기 어려운 우주과학에 연구개발비의 축소가 이어짐은 당연한 수순이다. 군수업자에게 평화는 재앙이듯 전쟁을 기반으로 성장한 나사에게 평화는 뱅크 런(bank run)을 뜻한다고 본다. 또한 외계인 침공을 믿게 하기 위해선 지속적인 이벤트가 필요하다. 이는 나사의 창립 과정을 통해 설명토록 하겠다.

이어지는 양심 고백

그동안 우린 닐 암스트롱이 달에 갔다는 근거를 들어 지구가 둥글다는 것을 믿게 되었다. 그러나 2009년 3월 30일 닐 암스트롱은 플로리다에 위치한 자신의 자택에서 아래와 같이 말한다.
"1969년 아폴로 11호는 달에 갈 수 있는 기술이 없었다. 지난 세월 동안 미국정부 때문에 사실을 숨겼다. 나는 달에 가지 않았다."
그는 마지막까지 겁쟁이가 될 수 없었던 것이다. 끝까지 거짓말을 할 수 없었던 것이다. 하지만 그의 양심 고백은 이슈를 낳지는 못했다. 왜냐면 지구가 둥글다고 믿게 만든 사람들이 언론을 장악했기 때문이다. 잊지 마라. 그들의 손이 미치지 않는 곳은 거의 없다는 것을, 심지어는 종교의 영역에서도 진보를 보인다. 그들은 자신들이 믿는 신을 절대적 가치로 보고 있다. 그리고 인류 위에 군림하려 하고 있다. 나사 곳곳에 프리메이슨의 지문이 묻어 있다는 것은 숨길 수 없는 사실이다.

아폴로 달 착륙 후 기자회견

**마라톤 선수 손기정의 금메달
시상식**

이 표정이 진정 인류 최초로 달을
밟았다는 사람의 표정일까?

일장기를 가슴에 달아야 했던
손기정 선수의 슬픈 표정이
떠오른다.

할리우드, 나사 그리고 사타니즘

유대 사업 중 많은 부분을
차지하고 있는 할리우드

영화 우주전쟁의 한 장면

영화 산업으로 큰 돈을 벌어들이고
있는 할리우드. 그러나 단지 돈만이
목적일까?

할리우드의 주 소재 중
하나는 외계인 침공이다.

　'사랑한다. 평평한 지구'가 왜 할리우드를 담을까 생각할 사람이 있을 것이다. 지구가 둥근지 아니면 평평한지만 알려주면 되는데 군이 영화 산업까지 다룰 필요가 있냐고 말이다. 그러나 할리우드와 나사는 뗄 수 없는 관계다. 필름 회사들이 나사를 대표한다고도 볼 수 있다. 그들의 영상이 나사의 과학기술을 부풀리는 데 큰 역할을 한 것만은 사실이다. 우주는 이미 인간이 점령한 공간이 되어 버렸다. 때문에 대다수의 사람들은 아직 인류가 지구 저궤도 밖으로 나간 사실이 없다는 것을 잘 모르고 있다. 또한 할리우드와 나사는 종교와 깊은 관계가 있다고 본다. 그것을 놓치면 안 된다. 그래야 평평한 지구를 숨기려 했던 이유와 윤곽을 볼 수 있다. 아래는 할리우드 유명 스타들이다. 이들이 방송 중 사탄을 언급한 부분을 해석해 보았다.

저스틴 팀버레이크

본 조비

릴 웨인

 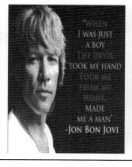 

사람들아 들어라! 나의 주인은 사탄이다! 악마는 항시 나와 함께 있다.

내가 어렸을 때 악마가 내게 손을 내밀었지. 집 밖으로 날 끄집어낸 후 날 남자로 만들어 줬지.

난 돈을 위해 내 영혼을 악마에게 팔았다.

J. 콜

니콜 폴리지 "스누키"

닥터 드레

 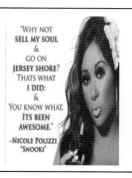 

악마 앞에선 순한 강아지가 되라!

악마에게 영혼을 파는 게 뭐 대수야. 뉴저지 해안으로 가봐 난 그랬으니. 넌 알게 될걸! 이것이 얼마나 멋진 것인지

난 거울에 있는 악마를 봤지

케니 웨스트

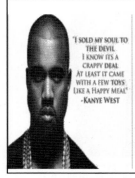

난 내 영혼을 악마에게
팔았지. 난 이게 형편
없는 거래라는 걸 알아.
적어도 몇 가지
장난감과 함께 오기
전까진 말이야. 이건
행복한 저녁 식사야.

멜리샤 포드

난 네가 유명해지는
게 꿈이라면 넌
악마와 피의 서약서를
써야 할 거야.

브래드 피트

난 나 자신을 위해 많은
시도를 했다.
사타니즘은 정말로
효과가 끝내줘. 난 이걸
현실화 시켰어.

타일러 더 크리에이터

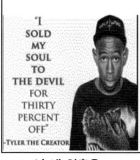

난 내 영혼을
악마에게 30%
할인해서 팔았다.

니키 미나즈

로마! 이 녀석은 내 안에
있어. 그가 꺼낸 말을 입에
담고 싶지 않아. 난 그에게
여러 차례 떠나라 했어.
그러나 꿈쩍도 않아.
사람들이 위로를 했으니
그는 떠나지 않을 거야.

제이 지

예수는 널
살리지 못해!

케이티 페리

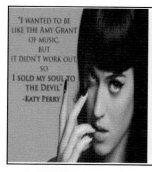

난 정말 에이미 그랜트
처럼 되고 싶었지.
그러나 쉽지 않았어.
그래서 난 악마에게
영혼을 팔았어.

케샤

세상의 끝에서
사탄 숭배자의
리더가 되는 것이
바로 나야.

존 레논

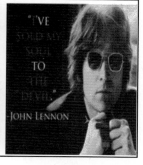

난 내 영혼을
악마에게 팔았다.

레이디 가가

난 괴물, 피, 악마,
사탄을 볼 수 있지.
난 그들을 보면
그리스도가 떠올라.

카를로스 산타나

악마와 천사는 같은
기운이다. 어떻게 정신을
집중하고 그것들을 이용
하느냐. 초를 켜고 향을
켜라. 노래를 불러라.
그러면 갑자기 목소리가
들릴 것이다. 그걸 적기만
하면 된다.

짐 모리슨

나는 사탄의 모습을 한
음악을 베니스 운하에서
만났다. 사탄이 내 옆을
따라왔다. 비밀스런
마음이 내 피부 그림자로
스몄다.

비욘세 **비틀즈** **마릴린 맨슨**

내가 일할 곳으로
안내해준 이가 있지.
그리고 나는 무대
위에 설 때 새롭게
태어나게 되지.

우린 예수보다 유명해.
나는 신앙심이 먼저
사라질지 락이 먼저
사라질지 정말
모르겠어.

크리스찬들을 끝낸
사람으로 난 기억
될 거야.

지미 헨드릭스 **드레이크** **마돈나**

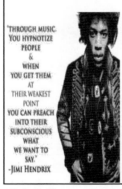
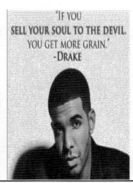

네가 음악으로 사람들을
취하게 했을 때 그래서
그들의 약점을 잡았을 때
너는 목사가 되어 사람들
잠재 의식에서 설교 할
수 있다.

악마에게 영혼을
팔면 더 많은 부가
따라온다.

지옥에 가는 거?
난 상관치 않아!

퍼지	에미넴	안톤 라비

악마가 왔다. 곧 날 잠식할 거야. 의식은 설설 기고 부두 인형이 날 부려먹겠지.	난 내 영혼을 악마에게 팔았어. 다시는 전으로 돌아갈 수 없어.	사탄은 교회에서 태어났다.

할리우드 스타 중 많은 사람들이 사탄의 존재와 악마의 존재를 언급하고 있다. 그리고 그들에게 영혼을 팔았다는 계약에 대해 말을 하고 있다. 그런 사람들을 우리 아이들이 모델로 삼고 있는 것이다. 나사는 어떨까? 그곳에 글로벌 엘리트들의 힘이 뻗어 있지 않다고 장담할 수 있겠는가? 이들이 추구하는 새로운 세계(N.W.O : 뉴월드오더 : 신세계질서)를 완성시키기 위해선 악의 힘을 에너지로 이용하여야 한다. 이 힘은 무지를 만나게 되면 더욱 커진다. 속은 사람은 그것을 몰랐기 때문에 당할 수밖에 없었단 말로 위안을 삼을 수밖에 없다. 그렇다. 우린 진실을 알아야 한다. 늦은 것은 없다. 지금이라도 진실에 눈을 뜨면 된다. 몇 년 전 난 아젠다21과 연관이 깊은 나사의 프리젠테이션을 본 적이 있다. 제목은 미래 전쟁(future warfare)이다. 내 느낌상 여기에서 지칭하는 전쟁은 '인류'를 뜻하는 것 같았다. 엘리트 VS 인류(Goy, Gentile) 말이다. 내용 중 인간이 대량 사망했을 때 이 시체들을 어떻게 처리할지에 대한 내용이 구체적으로 나와 있다. 난 이 프리젠테이션을 보는 동안 한 인물이 계속해서 떠올랐다. 그의 이름은 에릭 비앙카로서 생물학

자이며 유대 시오니스트로 알려져 있다. 그는 사람을 죽이는 데 에이즈는 속도가 너무나 느리므로 에볼라를 창궐시켜 인구의 97%를 제거해야만 한다고 주장했던 사람이다.(그의 이 주장 후 얼마의 시간이 지나 에볼라 바이러스가 창궐했다.) 또한 나사의 프리젠테이션에는 스마트 더스트(Smart dust)에 대한 내용이 있었고 기타 최첨단 장비를 이용하여 인간의 위치를 추적하는 기술 등 나사의 일과는 멀어 보이는 내용의 글이 상당수 담겨 있었다. 실제 나사가 운영하는 실험실에서 마인트 컨트롤(MK mind control ultra) 피해를 당했다는 사람이 나오기도 했다. "뜨거운 역사 추악한 진실"이란 책의 저자 케시 오브라이언은 마인드 컨트롤 프로그래밍 기관으로 아래를 꼽았다.

팸프벨 요새, 맥클레런 요새, 레드스톤 군수공장, 마샬 우주항공센터, NASA 고다드 우주비행센터, 맥딜 공군기지, 탕커 공군기지, 샤스타 산 등이 있으며 그녀의 첫 마인드 프로그래밍 장소로는 NASA 캐나다 우주센터가 있다. 이곳에서 그녀는 정신 교란과 감각차단 그리고 가상현실과 초음파 등의 공격을 받으며 기억 파괴 그리고 마인드 컨트롤을 당했다며 주장했고 그것을 책으로 펴냈다. 아무리 생각해봐도 이것들은 나사가 하는 일과는 동떨어져 보인다. 만약 거대한 작전이 몰래 진행중이라면 이 책은 유용하게 사용될 수도 있다. 특히 외계인 침공이 그러한데 2차 세계대전의 로켓 기술자 폰 브라운이 사망하기 전 외계인 침공을 언급했다는 것은 이미 이 계획이 오래전부터 진행되어 왔음을 뜻한다. 외계인을 부정하는 나의 글에 불편함을 느끼는 사람도 있을 것이다. 특히 외계인과 UFO를 연구하기 위해 자신의 인생을 바친 사람이라면 더욱 그럴 것이다. 하지만 그것이 우리를 해치는 데 사용되는 도구라면 냉철한 판단이 요구된다. 진실을 알아야만 한다. 우리의 마음에 두려움이 들어서면 이를 방어하는 데 큰 어려움을 겪게 된다. 잘 알지 못하는 물질이나 생명체에 대한 두려움은 방어를 힘들게 만들 때가 있다. 이는 살아감에 있어 많은 제약을 가져온다. 공포는 엄청난 힘을 가지고 있다. 공포에 질린 상대는 쉽게 조종할 수 있다.

우주인들의 손 모양이
무언가를 닮았다.

사타니스트들이
사용하는 핸드 사인.

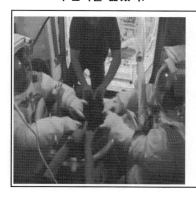
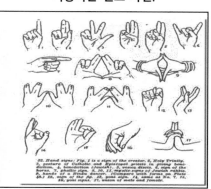

사타니스트로 유명한
Anton LaVey

사탄 숭배 신도
(십자가가 뒤집혀 있다.)
Upside down cross

검지와 새끼
손가락이 뿔을 상징

사탄의 핸드 사인　　　미 유명 공상과학드라마　　천체물리학자이자
　　　　　　　　　　　　　　스타트렉　　　　　　과학지 저자인
　　　　　　　　　　　　　　　　　　　　　　　　닐 타이슨

　사타니즘에 가장 많이 노출된 곳 중 하나가 바로 위에서 설명한 할리
우드다. 이는 플라즈마 텔레비전을 통해 자신들(일루미나티)의 에너지를
전달하고자 함에 있다고 본다. 남녀노소 가릴 것 없다. 사람들은 잘생긴
영화배우와 몸매 좋은 미녀 그리고 가창력이 뛰어난 가수들과 같은 탤
런트들을 좋아한다. 엘리트들은 이를 간파했다. 스타들을 이용하여 사람
들을 TV와 더욱 밀착하게 만들었다. 많은 시간을 허비하게 만들어 창
의적인 생각을 막는 것이다. 또한 스타들이 하는 행동과 라이프 스타일
을 통해 사람들의 마음에 그들의 아젠다를 심어 놓기도 한다. 3S(Sport,
SEX, Screen)가 큰 몫을 한 것만은 틀림없다. 이쯤에서 다시 나사의 얘
기로 넘어가겠다.

밝혀지는 사실들

바트 시브렐
(Bart sibrel 과학지 저술가)

미 폭스 뉴스와 인터뷰

그는 달에 갈 수 없는 이유를
반 알렌 벨트 방사선 때문이라고
주장했다.

FOX뉴스는 글로벌 엘리트들이
차지한 단체다. 당연히 폭로자를
좋아할 리 없고 인터뷰 내내
시브렐을 놀리는 내용이 많았다.

그렇다면 Van allen belt란 무엇인가?

반 알렌 띠는 지구 주위를 감싸고 있는 방사능대다. 1958년 미국인 반 알렌(Van Allen)이 로켓에 의해 관측 발견하여 그의 이름을 사용하고 있다. 고 에너지의 양자나 전자 등이 지구의 자계에 포착되어 층을 이루고 있는 것으로, 방사선의 강도는 적도상 약 4,000㎞ 및 16,000㎞ 부근에서 최대다.

나사 직원 Orion Mission Engineer 오리온 미션 엔지니어 켈리 스미스 (Kelly Smith)가 반 알렌 벨트에 대해 열심히 설명하고 있다.

반 알렌 벨트 문제를
지적하고 있다.

모듈 내부 이미지

모듈에 타는 우주인:
냉각장치와 산소
공급의 문제로 우주에
나가는 것은 불가능
하다고 본다.

위 켈리 스미스가 인터뷰 중 한 말.

"deeper into space than we have ever gone before."
우리가 이전에 가지 못했던 더 깊은 우주로
"We will pass through the Van Allen Belts- an area of dangerous radiation."
언젠가 나사는 반 알렌 벨트를 지나가게 될 것입니다.

이전에 가지 못한 우주? 그렇다면 닐 암스트롱의 달 착륙은 무엇이란 말인가? 그리고 아래 문장 will은 희망의 의지를 담고 있다. 다시 말해 우주라는 공간에 나간 사실이 없음을 말하고 있는 것이다. 오리온 미션을 담당한 나사 엔지니어 켈리 스미스의 말이 그러하다면, 반 알렌 벨트의 거리에 비해 수 배나 더 떨어진 달에 어떻게 도착할 수 있었을까? 과연 어떤 방법으로 지구로부터 38만 5천킬로가량 떨어진 곳에 아무 문제없이, 여러 차례 오갈 수 있었을까? 나는 인간이 달에 간 적이 없다고 생각한다. 뿐만 아니라 인류는 아직 지구 저궤도 이상을 올라간 사실이 없다고 생각한다. 결론적으로 우리가 생각하는 우주와 나사가 보여준 기술은 가짜라고 본다. 나사 전문가들의 인터뷰를 계속해서 보자.

인류는 지구 저궤도(Low Earth Orbit, LEO) 이상 올라간 적이 없다.

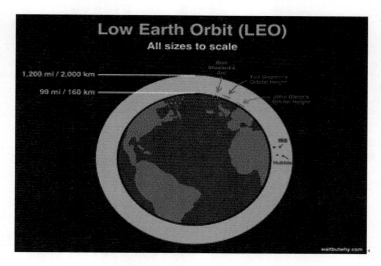

상공 160 킬로미터부터 2천 킬로미터까지의 거리를 LEO(low earth orbit)라고 한다.

나사의 주장에 의하면 미국은 1969년부터 1972년 사이 달에 6번 갔다고 했다. 그러나 2017년 현재까지도 나사는 지구 저궤도(LEO)를 넘어서지 못하고 있는 것으로 보인다. 실제 이런 얘기를 나사 직원들이 무의식적으로 하는 것이 카메라에 잡혔다. 현재의 기술력으로도 상공 2천 킬로를 넘어설 수 없다면 어떻게 반세기 전인 1960년도엔 그것이 가능했을까? 어떻게 238,000마일(383,023.872km)의 거리를 아무 문제 없이 통과하여 달에 갈 수 있었을까?

아래는 우주인들과 과학자들 그리고 미 대통령의 TV 인터뷰와 연설을 모은 것이다. 그들은 지구 저궤도(LEO)를 언급하며 우주에 나가지 않았음을 말하고 있다.

오리온 프로그램 매니저
마크 게이어(Mark Geyer)

오리온 프로그램
로고

앞으로 이용 계획이라는
상상도 모듈

"인간을 태양계로
내보내는 것이 우리의
목표"라고 인터뷰
한다.

나사 오리온
프로젝트 로고

오리온 프로젝트를
위해 앞으로 사용
될지도 모를 비행선

남성 우주인 Terry Virts

미 항공 우주국 NASA 소속
우주인 테리 버츠

테리 버츠의 증언

"현재의 기술력으론 지구 저궤도밖에 올라갈 수 없다.
"Right now, we can only fly low earth orbit."

그것이 현재 우리가 갈 수 있는 최대한의 거리다.
"That's the farthest we can go."

그런데 인터뷰를 한 장소가 우주에 떠있는 우주선이다. 다시 말해 우주에서 촬영하고 있는데도 불구하고 지구 저궤도를 언급하며 그 이상은 오를 기술이 없다고 말하고 있는 것이다. 이것은 자신이 인터뷰하는 장소가 우주선이 아닌 지구이며 블루 스크린이 장착된 셋트장에서 찍고 있다는 것을 뜻한다. 무중력 상태로 보이게 하려고 우주인이 와이어에 매달리는 경우도 흔하다. 그런 환경에서 인터뷰를 하게 되면 뇌가 부담을 느끼게 된다. 자신도 모르게 진실이 튀어나오는 것이다.

남성 우주인뿐만 아니라 여성 우주인도 지구 저궤도에 대해 언급한다.　　　**지구 저궤도뿐만 아니라 정지 궤도도 보인다. 과연 인류가 저 공간을 통과했을까?**

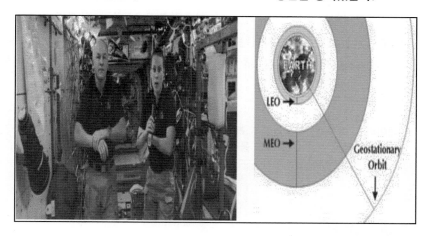

여성 우주인: "분명한 것은 현재 테스트 중인 우주 정거장 기술이 지구 저궤도를 넘어서게 하는 데 도움을 준다는 것이다."

나사 과학자, 나사 소속 엔지니어 그리고 우주인까지도 지구 저궤도 이상은 오를 수 없다고 한다. 그러한 기술이 아직까지 없다고 얘기하고 있다. 그렇다면 미국을 대표하는 대통령은 어떨까?

2010년 4월 15일 케네디 스페이스 센터 케네디 우주센터 전경

**케네디 스페이스 센터에서 연설 중인 버락 후세인 오바마:
"10년 안에 지구 저궤도를 넘어서는 기술을 더욱 확대 발전시키자."**

　나사와 관련된 사람들 그리고 비록 다른 분야에 종사하지만 과학과 물리학을 연구하는 사람들이 현재의 기술력으로는 지구 저궤도 밖으로 나갈 수 없다고 한다. 심지어는 의사나 사업가 등 비전문 과학자들도 지구가 평평하다며 인터뷰를 하고 있다.

데이비드 아구스 의학 박사	레고 CEO 올레 키르크	도날드 트럼프 트위터

CBS 인터뷰 중: "지구는 평평하기 때문에 지카 바이러스 모기들이 더욱 잘 퍼져 나간다."	나사가 보여주는 우주는 픽션이야.	지구는 평평하며 자전하지 않아.

308

나사에 소속된 엔지니어와 우주인뿐만 아니라 과학과 물리학을 전공하는 사람들마저 인간이 우주에 나가는 것은 픽션이라고 말을 하고 있다. 그런데 우린 왜 그것을 믿기 힘든 것일까? 맞다. TV다. 우린 그것과 연결되어 있다. 만화와 영화 그리고 다큐멘터리나 뉴스를 통해 프로그래밍 된 것이다.

정치인 트럼프가 평평한 지구를 지지해서 놀랐을 것이다. 사실 그는 지구가 평평하다는 것을 단순히 지지만 하는 게 아니다. 지구가 평평할 수밖에 없는 이유를 자신의 경험, 그러니까 비행기를 타고 세계를 돌아다닌 경험을 통해 그것을 알 수 있다고 말한다. 그러나 일부에선 그가 비전문가란 이유로 무시한다. 귀담아들으려 하지 않는다. 문제는 진실이 아니라 이미지라고 한 말을 떠올려 보라. 전문가가 진실의 척도가 된다고 생각하는 사람들이 있기에 이제부터는 과학 전문가들을 대상으로 해서 이를 다루겠다. 물리학과 천문학을 전공한 과학자들의 주장을 들어보기로 하자. 앞으로 소개할 과학 전문가들은 물리학 교수라는 타이틀을 달고 나사의 거짓말을 책으로 출간까지 한 사람들이다. 더 나아가 영화로도 만들었다. 어쩜 달 착륙의 허구는 평평한 지구와는 별개의 것으로 비칠 수도 있다. 하지만 인류가 둥근 지구를 믿게 된 이유 중 가장 큰 하나는 아폴로 달 착륙에 기인한다. 그들이 보여준 영상과 사진이 결정적 증거가 된 것이다. 그러므로 이는 평평한 지구에 있어 매우 중요한 내용이라 할 수 있다. 아폴로 달 착륙의 허구를 폭로한 그들이 주류의 입장에 서서 침묵을 할 수도 있었을 것이다. 그럼에도 그렇게 하지 않는 것은 학자로서 양심을 버릴 수 없었기 때문이다.

나사 보이저 프로젝트를
담당했던 존 H. 마울딘 교수

Ph.D, Science Education, University of Texas; MS Physics, Purdue;
BS Physics, Cornell
Worked on the NASA Voyager project

그가 출간한 저서

원문 발췌- John H. Mauldin has a bachelor's degree in engineering physics
(Cornell University, master's in physics (Purdue University), and Ph.D. in
science education (University of Texas). He has four books published in
science and technology covering mathematical graphics in Perspective
Design (1985; second edition now being prepared), physics in Particles in
Nature (1986), solar energy in Sunspaces (1987), and optics in Light,
Lasers, and Optics (1988). He has taught physics and engineering at
several colleges and universities, done education research and development
at MIT and University of Texas, and worked at NASA in electronic power
engineering on an early phase of the Voyager missions. Cosmic particles
are dangerous, come from all sides, and require at least 2 meters of solid
shielding all around living organisms.

존 H. 마울딘 교수는 여러 학위를 소유하고 있다. 코넬 대학에서 물리학 석사 (Purdue University), 텍사스 대학(Texas University)에서 과학교육 박사를 취득했다. 마울딘 박사는 여러 과학 책을 출간 한 것으로도 유명하다. 원근법 디자인(1985년 2판), 자연 입자(1986), 태양계(1987), 태양 에너지, 빛, 레이저와 광학 그리고 수학 그래픽을 다루는 4권의 책을 1988년도에 연이어 출간했다. 그는 여러 대학에서 물리학과 엔지니어링 기술을 가르치고 있고 MIT 및 텍사스 대학(Texas University)에서도 연구와 개발을 수행했다. 나사에서 보이저(Voyager) 임무를 수행한 이력도 가지고 있다. 그는 우주에 존재하는 입자가 매우 위험하여 생명체에 큰 손상을 준다고 보았다. 때문에 생명체를 보호할 수 있는 차단막이 필요하다 주장했다. 그리고 그것의 두께는 최소한 2미터 이상이 되어야 한다고 했다.

Solar (or star) flares of protons, an occasional and severe hazard on the way out of and into planetary systems, can give doses of hundreds to thousands of REM over a few hours at the distance of Earth [b-Lorr]. Such does are fatal and millions of times greater than the permitted dose. Death is likely after 500 REMs in any short time.

태양계와 별의 양성자 플레어는 각종 암을 일으킬 수 있다. 이는 허용 수치보다 수백만 배 이상 더 큰 것이다. 이러한 노출에 따른 손상은 매우 극단적이다. 짧은 시간에 죽음을 불러일으킬 수 있다.

The Apollo capsule was not even 1/10 meter thick, the Van Allen Belts have over 100 REM/hour, so the astronauts could not have survived going to the Moon.

나사 보이저 프로젝트를 담당한 마울딘 교수는 얇은 아폴로 캡슐로는 태양의 화염을 견딜 수 없을 뿐만 아니라 방사선을 견딜 수 없다고 말했다. 다시 말해 아폴로는 달에 가지 않았다는 것을 위와 같이 표현한 것이다.

로우 란제로티 박사　　　　　　　**뉴저지 기술대학**

Dr. Lou Lanzerotti − New Jersey Institute of Technology

아래 대화 내용은 뉴저지 기술대학의 로우 란제로티 박사와 닉키 폭스 박사 그리고 댄 스미스 박사의 대화를 간추려 놓은 것이다.

Dr. Nicky Fox and Dr. Dan Smith − John Hopkins University, Applied Physics Laboratory

"This critical region of space" (Critical means a matter of life or death)
"우주는 매우 위험한 지역이다." (위험하다는 뜻은 죽음과 관련이 있다는 말이다.)

"These high energy particles can cause damage with any matter they come in contact with"

"이러한 고 에너지 입자들은 어떠한 것이든 접촉하게 되면 많은 손상을 가한다."

"The radiation belts are two donut shaped regions that encircle the Earth. They are the home to very intense radiation, both electrons and protons. When these particles get energized they cause problems for satellites and astronauts."

"두 개의 도넛 모양으로 지구에 퍼져 있는 전자와 양성자 방사능 띠는 매우 강렬한 것이다. 이러한 입자들이 위성과 우주 비행사들에게 많은 문제를 발생시킬 수 있다."

New Orion space capsule with radiation shielding
방사능 차단막을 설치한 뉴 오리온 스페이스 캡슐

Apollo capsule was 6.4 tons.   Orion capsule is 9.8 tons
아폴로 캡슐은 6.4톤이다. 오리온 캡슐은 9.8톤이다.

Why not simply use the Apollo capsule again if it was sufficient?
만약 아폴로 캡슐이 안전에 부합했다면 왜 굳이 오리온 캡슐로 더 무겁게 업그레이드 했겠나?

위 말의 뜻은 아폴로 11호가 정말로 달에 도착하였다면 더욱 무겁게 비행선을 개발할 필요가 없었을 것이란 것이다. 무겁다는 것은 그만큼 환경의 제약을 많이 받는다는 말이다. 그런데 만약 이러한 극단적인 환경에도 불구하고 우주선 밖으로 나온 우주인이 맨손으로 작업 한다면 어떨까? 그리고 우주선 외부 개폐되는 문이 알루미늄 호일처럼 얇다면?

우주선 밖에서 작업을 한다.

엄지부분이 골무라고
주장하는 사람도 있다.

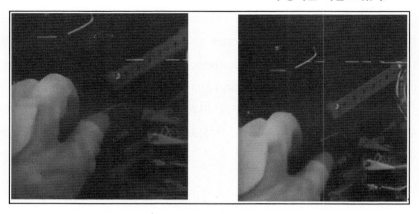

외부와의 연결을 차단하는
얇은 문

종이처럼 얇은 문

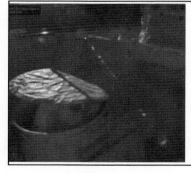 

극한의 환경을 견디기에는
매우 조잡해 보인다.

문이 너무나도 얇아
쉽게 찢어질 것 같다.

빌 케이싱 나사 엔지니어

NASA Contractor – Engineer

Bill Kaysing, US Navy officer, USC graduate, Rocketdyne head of
technical publications.

빌 케이싱의 인터뷰 **인류는 달에 간 적이
없다는 그의 저서** **달에 간 적이
없다는 그의 영화**

**FOX 채널에 나와
달 착륙은 사기라고
폭로하고 있다.** **달에 간 적이 없다는
책을 출간** **달에 간 적이
없다는 영화 개봉**

Author: We Never Went to the Moon: America's Thirty Billion
Dollar Swindle (1976)

그의 저서 중엔 "우린 달에 가지 않았다. 미국이여 30빌리언 달러를
날렸네"가 있다.

화려한 수상경력의 영화감독이자 음악감독 그리고 저널리스트인 바트
시브렐(Bart Sibrel)의 필름

A funny thing happened on the way to the Moon
달에 가는 동안 너무나도 재미있는 일이 생겼네 그려.

제임스 맥캐니 코넬 대학 교수   코넬 대학교

Prof. James McCanney, M.S. Physics
거두절미하고 인류는 달에 간 적이 없다고 단언한다.

"Obviously, they didn't go to the Moon. The United States did not go to the Moon.

The Russians knew it all along. I thought at the time we did, but I have since learned, we absolutely did not."

"분명히 말하지만 미국은 달에 간 적 없어. 러시아도 다 알고 있는 내용이야. 난 달에 갔을 수 있다고 생각한 적이 있긴 있었지. 하지만 조사를 하면 할수록 그것이 불가능 하다는 것을 알 수 있었지."

인류가 달에 간 적이 없다고 발표한 과학자와 교수 몇 명을 다뤄봤다. 이는 나사의 주장과는 완전히 배치된다. 그래서 혼란스러운 사람도 있을 것이다.

책 중반부를 넘어가는 시점에도 지구를 본 적 있냐는 원초적 질문에 부합하는 답은 없다. 태양계뿐 아니라 은하계를 아우르는 나사가 아직도 상공 2천 킬로 이상은 올라갈 수 없다는 것이 가히 놀라울 따름이다. 나사와 관련된 내부 고발자들의 양심 고백은 하나를 가리킨다. "인간은 달에 가지 않았다." 그러므로 우주라는 공간에도 가지 못했다는 것이다. 저명한 과학자들이 앞장서서 나사와 아폴로 달 착륙의 허구를 조목조목 다루어 주었다. 인간이 우주에 나간다는 것이 가능하지 않다는 것을 다시금 확인 시켜 주었다. 여러분도 이를 확인할 수 있다. 지구가 평평하다고 주장한 과학자와 인간은 달에 간 적 없다고 주장한 박사들의 실명을 남겨 놓았다. 그들의 주장을 원문(영어)으로 남긴 이유는 독자들도 진실을 찾아보라는 뜻에서다. 의심이 나거나 아니면 더 많은 정보를 얻길 원한다면 언제든 검색하라. 그리고 그들이 새로이 업데이트하는 자료가 있다면 그것을 들여다보라. 분명하다. 주장과 증명은 다르다. 증명엔 입증 책임이 있다. 그동안 나사는 주장을 많이 했다. 그러나 거기엔 진실이 아닌 부분도 꽤 있었다. 거짓과 눈속임이 상당했다고 본다. 그렇다면 나사는 왜 거짓말을 일삼는 것일까? 분명 거기엔 이유가 있을 것이다. 난 나사의 설립 과정에 눈을 돌렸고 그곳에서 매우 의미 있는 인물들을 발견하게 됐다.

나사 그 시작의 역사

미 항공우주국이 NASA라는 이름을 얻기 전 미국은 NACA(National Advisory Committee for Aeronautics)란 이름을 사용하였다. 1914년 1차 세계대전이 발발하면서 NACA는 전쟁을 수행하기 위해 정부와 산업계 그리고 학계 연구진들을 포섭하여 무기 개발에 박차를 가한다. 이러한 전쟁 프로젝트는 1차 세계대전이 끝난 뒤에도 계속 유지되었다. NACA는 1920년대에 얇은 에어포일 이론(Thin Airfoil Theory)을 정립 하고 항공기술 발전에 많은 기여를 한다. 2차 세계대전 당시 고속 비행 능력을 인정받은 P-51 무스탕도 NACA가 개발한 층류 에어포일 (laminar air foil)을 사용한 것이다.

P-51 무스탕　　　　　　　　　　**층류 에어포일**

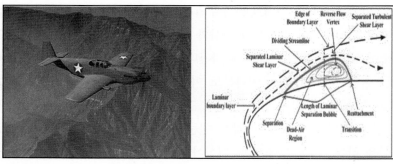

그렇게 자신의 이름을 떨치던 NACA는 1940년대 말 세계 최초 유인 음속기 X-1을 개발하기에 이른다. 두려울 것이 없었다. 그런 그들에게 소련의 인공위성(스푸트니크) 소식은 마른하늘의 날벼락과도 같았다. 과학에 뒤처질까, 경찰국가의 타이틀을 빼앗길까 두려웠다. 저 광활한 미지의 세계, 우주라는 공간을 소련이 먼저 점령하게 된 것이다. 노심초사하던 미국은 드와이트 D. 아이젠하워의 명령으로 NACA에 하나의 단어를 더 추가한다. 그것은 바로 SPACE의 앞 자인 (S)를 붙인 것이다. 우주를 가리키는 약자가 하나가 더 붙어 현재의 NASA가 된다. 그러니까 나사가 설립된 시점 그리고 발전 과정을 보면 명백해진다. 세계 1차, 2차 대전이 진행 중이었다는 것을 알 수 있다. 나사가 세계대전과 관련이 있다는 것을 아는 사람은 많지 않다. 비록 그것을 알더라도 전쟁과 직접적인 관계가 있을 거라고는 여기지 않는다. 대부분의 사람은 미국과 소련의 과학경쟁 구도가 나사를 탄생시켰다고 생각한다. 소련과의 우주 개발 경쟁이 나사의 과학 발전에 밑거름이 됐다고 알고 있다. 그렇기 때문에 앞으로 소개할 뜻밖의 얘기들이 다소 충격적으로 다가올 수도 있다. 나치 전범부터 고양이 피를 마시며 동성애에 집착하는 흑마술사, 그리고 아동성애자와 연쇄 살인마 등등 미 항공우주국 나사와는 전혀 어울릴 것 같지 않은 사람들이 등장한다. 이제부터 그들이 활동했던 무대 중 한 곳을 조명하겠다. 그곳의 이름은 바로 JPL이다.

JPL은 캘리포니아 로스엔젤레스 북쪽 칼텍에 위치해 있다.
제트추진연구소(Jet Propulsion Laboratory)라고 부른다.

JPL

JPL의 시작은 1936년 미국 칼텍의 구겐하임 항공 연구소(Guggenheim Aeronautical Laboratory, GALCIT)에서다. 당시만 하더라도 로켓이란 것은 허구로서 공상과학 만화에서나 등장하는 물체로 알려졌다. 과학자가 로켓에 대해 얘기하거나 그것을 만들겠다고 나서면 그 자체만으로도 명성에 큰 상처를 낼 정도였다. 그래서 실제 그것을 개발하고도 애써 로켓이란 이름을 사용치 않았다. 대신 나는 데 도움을 주는 장치라는 이름을 넣어 사용했다. 그러다 로켓의 고정관념을 깬 사람들이 나타나게 된다. 폰 카르만, 잭 파슨스, 프랭크 마리나 그리고 에드 포먼이 바로 그들이다. 폰 카르만 교수는 로켓을 개발하겠다는 이 세 명(잭 파슨스, 프랭크 마리나, 에드 포먼)의 젊은이들을 위해 전폭적인 지원을 아끼지 않았다. 캠퍼스 안에서 실험할 수 있는 장소를 마련해 주었고 로켓 개발에 필요한 정보를 제공했다. 로켓 폭발 사고로 학교에서 더 이상 실험을 할 수 없게 되자 그는 외부 실험실을 만들어 주었다. 1943년 JPL이 정식으로 창설되었고 카르만은 그곳의 소장을 맡게 된다. 실상 이름은 제트추진연구소(Jet Propulsion Laboratory)로 JPL이라 불렸지만 그곳에서 업무를 보는 사람들은 하나같이 잭 파슨스 래버러토리(Jack Parsons Laboratory: 잭 파슨스 연구소)라고 불렀다. 이것만 보더라도 그의 역할이 얼마나 컸는지 알 수 있는 대목이다.

매거진) 왼쪽 가슴을
면도날로 그어 역 오각성을
새긴 잭 파슨스.
잭 파슨스의 왼쪽 가슴에
장식된 펜타그램

투탕카멘의 저주가 실제로는
크로울리의 연쇄살인이었다는
의심을 받고 있다.

**흑마술에 빠져 사탄의식을 행했던 잭 파슨스(Jack Parsons)
그리고 그의 정신적 지주 크로울리.**

　매거진은 왜 로켓 개발자 파슨스를 소개함에 있어 오컬트(펜타그램)
문양을 극대화했을까? 이유는 간단하다. 그것은 그가 사타니스트로 알
려졌기 때문이다. 로켓 기술과는 전연 상관없어 보이는 주술적 의미의
펜타그램이 그의 가슴에 새겨져 있다는 것은 많은 단서를 제공한다. 그
의 주변 인물들이 그에게 어떠한 영향을 끼쳤는지도 보아야 한다.

　과거 펜타그램은 군사력의 상징을 나타낸 적도 있다. 하지만 중세 이후 상황이 바뀐다. 악마 숭배의 상징으로 사용됐다. 악마 숭배 전통에서 빼놓을 수 없는 것이 바로 염소 신 바포메트(Baphomet)다.

　바포메트는 십자군의 일원이었던 성당기사단(Knight Templar)에 의해 더욱 퍼져 나갔다. 성당기사단이 이슬람 지역에서 유럽으로 귀환하면서 이교도의 종교의례를 배워왔다. 그리고 그들이 섬겼던 신이 바로 바포메트다. 바포메트라는 이름 자체도 이슬람의 시조인 모하메드의 이름이 변형되었을 것이라고 전해지고 있다. 이 바포메트는 염소의 얼굴에 여성의 몸을 가진 모습으로 주로 그려진다. 하지만 상기의 그림처럼 역 펜타그램으로 사용되는 경우도 있다. 펜타그램이 뒤집힌 모양은 기독교에선 악마, 마녀의 발, 인간의 참된 본성이 뒤집어진 모습이라고 여겨 이단시하고 있다.

아무리 봐도 로켓맨(Rocket man)이란 타이틀과 잭 파슨스의 펜타그램은 어딘지 부자연스럽다. 다시 말해 굳이 그러한 오컬트 문양을 그려 넣을 필요가 있었을까? 하는 생각이 든다. 그러나 매거진은 잭 파슨스가 사타니스트라는 것을 최대한 부각시키고 싶어 했다. 책 표지에 하늘을 날고 있는 로켓도 보인다. 남자의 성기를 닮았다. 이것이 의미하는 바는 크다. 크로울리의 동성 난교 정신을 잘 나타낸 그림이다. 크로울리는 사타니스트라지만 파슨스는 로켓 엔지니어가 아닌가. 아무리 봐도 사타니즘과 로켓 엔지니어는 괴리가 있어 보인다. 그러나 그의 과거는 다른 것들을 말해준다. 파슨스는 과거 캘리포니아 아가페지부의 동방 성당기사단의 신도였다.(히틀러 또한 동방 성당기사단의 일원이었다. 히틀러는 "지옥의 서"를 최고의 책으로 꼽을 정도였으며 교주 크로울리와 많은 교류를 가졌다.) 그리고 잭 파슨스는 그 성당에서 운명적인 만남을 가지게 된다. 공상과학 소설가 론 허버드를 만난 것이다. 론 허버드는 사이언톨로지라는 종교를 창시한 인물이다. 그 둘은 크로울리의 입회 하에 마녀의식을 거쳤다. 이 의식은 상당히 선정적인 내용을 담고 있다. 때문에 그 의식에 대한 소개는 하지 않기로 하겠다.

사이언톨로지교 건물.
상당한 재산을 확보하고 있다.

한때 사이언톨로지 신도였던
톰 크루즈.
딸과 같이 있으면 안 된다는 교리
때문에 종교를 바꿨다.

허버드. 사이언톨로지
신도를 치료하고 있다.

과학과는 동떨어져
보이는 주술 치료

론 허버드가 출간한
공상과학 책.

사이언톨로지교의 입김이
나사에 들어가지 않을까?

　　허버드는 공상과학 소설을 천여 권이나 저술한 사람이다. 이것으로
기네스북에 오르기도 했다. 이러한 사람과 함께 영적인 교류를 나눈 사
람이라면 일반인이 생각지 못한 것들을 떠올릴 수 있을 것이다. 단지
상상에만 머문 것이 아닌 현실 세계에서도 그것들을 꺼냈을 것이다. 사
실 UFO란 것도 사타니즘을 신봉한 잭 파슨스의 입에서 처음 나온 말이
다. 그러니까 그가 미확인 비행 물체 UFO(Unidentified Flying Object)
에 대한 얘기를 꺼내기 전엔 그러한 개념 자체가 세상엔 없었던 것이다.
맞다. 아무도 그것에 대해 생각지도 않았다. 그러한 것을 생각해 본다면
그들의 교감이 새로운 물체를 상상하였고 그 상상이 현실 세계에 투영
되어 결국 우리 앞에 나타났다고도 볼 수 있지 않을까 하고 나는 생각
해본다. 난 외계인 침공이 하나의 위장 작전(False flag)이라 생각하는
사람으로서 이러한 사탄 의식에 빠져 있는 사람들의 아젠다는 매우 경
계하여야 한다고 본다. 인구감축을 최고의 목표로 두고 있는 그들이다.
이는 Agenda21만 봐도 잘 알 수 있는 내용이다. 인류의 수가 획기적으
로 줄어든다는 뜻은 그들의 힘이 더욱 막강해진다는 뜻이다. 다시 말

해 약해진 인류를 더욱 쉽게 조종할 수 있다. 이들의 계획은 앞에서 다룬 공기, 물 그리고 식량 등의 설명으로 충분했으리라고 본다. 여기에서 잠시 수비학을 언급하자면 Agenda21의 숫자 21은 21세기를 뜻하기 위해 사용된 숫자라고 보기보다는 그들이 추구하는 신세계질서를 뜻한다고 본다. 숫자 777은 알리스터 크로울리가 창안한 뉴월드오더의 숫자다. 3X7=21

**엘리트의 계획 중
하나인 블루빔 프로젝트**

**그 어떠한 형상이든
하늘에 띄울 수 있다.**

**금권의 통합, 국가의 통합, 종교의 통합을 꾀하려 했던 그들의
계획(New World Order: 신세계 질서)을 떠올려 보라.**

블루빔 프로젝트를 사용하는 이유는 간단하다. 문제-반응-해결의 수순을 밟을 수 있기 때문이다. 만약 외계인이란 것이 있어 그것이 지구를 침공한다면 피의자는 외계인이 된다. 비록 인간이 그러한 시나리오(외계인 침공)를 만들어 실제 인류를 대상으로 대량 학살을 벌인다고 하여도 사람들의 눈만 감쪽같이 속이면 비난에서 벗어날 수 있는 것이다. **문제**-외계인 침공 **반응**-죽기 싫다. 지구를 빼앗기기 싫다. **해결**-세계를 단일 국가로 묶자. 하나가 되어 외계인과 맞서 싸우자.

나사의 아버지라 불릴 정도의 네임 밸류(Name Value)를 자랑하는 잭 파슨스 그리고 사이언톨로지의 창시자인 허버드. 이 범상치 않은 인물을 키워낸 사람은 다름 아닌 알리스터 크로울리다. 그의 영향력은 그가 사망한 후에도 지속된다. 그의 사탄 정신은 현재에 와서도 그 맥을 잇고 있으며 식을 줄 모른다.

비틀즈 '페퍼상사'에 크로울리가 보인다.

크로울리는 마릴린 맨슨, 오지 오스본 등 로커들의 영웅이다.

사타니스트들의 신 크로울리

크로울리는 약물을 사용 무아지경에 빠진 상태에서 동성섹스 또는 이성간의 성행위를 함으로써 악마와 직접적으로 교류할 수 있다고 믿었으며 동물 등을 죽여 제사 의식에 바쳤다.

그의 본명은 알렉산더 크로울리(Alexander Crowley)다. 1875년 영국에서 태어났다. 알렉산더에서 알리스터로 이름을 개명했다. 알리스터는 그리스어로 '**복수의 신**'을 뜻한다. 그는 어려서 흑마술에 심취해 있었다. 결국 '황금의 여명회(Hermetic Order of the Golden Dawn)'에 가입하고 영적 수업을 받게 된다. 그리고 결혼에 이른 그는 이집트에 신혼여행을 가고 그곳에서 전쟁의 신 호루스의 계시를 받기에 이른다. 그리고 훗날 지옥의 서라는 책 "리베르 레기스"를 출간한다. 크로울리는 숫자 9를 생명의 잉태로 받아들여 이를 수비학에 접목 시켰다. 1912년,

"지옥의 서" 리베르 레기스 초판을 발행했고 9개월 후 발칸 전쟁이 발발 하였다. 이로 인해 1차 세계대전의 빌미를 제공하게 된다. 1913년, 지옥의 서 리베르 레기스를 두 번째 출판한다. 그리고 9개월이 지나 1차 세계대전이 발발하게 된다. 1930년, 3번째 출판을 한다. 역시나 재앙은 9개월 후에 일어났다. 만주사변이 일어난 것이다. 그리고 1938년, 이 책이 출판된 후 제 2차 세계대전이 벌어졌다. 한국에선 세월호 침몰 전인 2013년 3월 22일 세타의 경고라는 메모가 발견되어 많은 화제를 낳기도 했다. 세타는 숫자로 9다. 3월 22일은 창세기의 3장 22절이 된다. 스컬 엔 본즈에서는 영생을 지칭하는 322를 로고로 쓰고 있다. 그러나 수비학은 이곳에서 다루는 것보다 뒤에서 다루는 것이 나을 것 같다. 그렇게 하겠다. 그리고 수비학에 관심이 있으신 분은 내가 운영하는 유튜브 채널을 참고하면 좋을 듯하다.

이런 일련의 사건들을 그저 무시라는 단어로 대처하기엔 나사에서 활동했던 위 사람들의 업적이 너무나도 크다. 또한 2차 세계대전의 수많은 전범이 나사에 몰려왔다는 사실 또한 무시 할 수 없다.

케네디 대통령과 함께 걷는 폰 브라운 로켓 기술자

로켓기술을 건네는 조건으로 미국으로 집단 이주한 나치 전범들을 다룬 책

독일 과학자들이 미국에 합류했다는 뉴스

위 사진 중 케네디와 함께 걷고 있는 베르너 폰 브라운이 보인다. 그는 이 책의 중간을 화려하게 장식한 V2 로켓의 주인공이다. 독일의 과학자로서 오퍼레이션 페이퍼 클립에 제일 먼저 뽑힌 인물이다. 그의 이름은 2001년 봄 미국 뉴욕에서 다시금 회자 되는데 그는 죽기 전 두 가지를 고백했다. 첫째는 창공엔 돔이 있다는 것이고 둘째는 외계인 침공이 있을 것이란 것이다. 그의 이 말은 많은 뜻을 함축하고 있고 이것으로 밝힐 것은 산재해 있다.

외계인 폭로 회견장에 등장한 폰 브라운

외과의사 스티브 그리어가 주축이 되어 UFO와 외계인에 대한 폭로 기자회견(Disclosure Project)이 워싱턴 D.C 소재 내셔널 프레스 클럽에서 열렸다. 30시간이 넘는 언론 인터뷰가 이어질 만큼 사람들의 관심은 뜨거웠다. 결과적으로 이러한 세미나는 외계인에 대한 궁금증을 더욱 증폭시키고 UFO가 실존한다는 믿음을 더욱 강력하게 심어준다. 그러나 명심해야 할 것은 세미나에 참석한 사람들의 이야기는 어디까지나 개인의 경험을 통한 증언이거나 확인되지 않은 사실들의 나열이란 것이다.

최근 스티브 그리어는 외계인 침공을 이용한 위장 작전이 준비 중에 있다는 동영상을 촬영하여 유포하고 있다.(Hoax alien attack coming! Dr. Steven Greer.) 그도 블루빔 프로젝트의 목적이 대중을 속이기 위함이란 것을 알아차린 것이다. 평평한 지구가 밝혀지게 되면 더 많은 것들이 쏟아져 나오게 될 것이다. 그렇게 되면 인류는 한층 더 안전한 삶을 영위할 수 있게 된다.

외계인 폭로 기자회견장　　　　**데스크 앞에 서 있는 그리어가 보인다.**

이러한 세미나는 군중 심리를　　　**전문가들도 다수 포함되어**
불러일으키기에 충분한 힘을 가졌다.　　**외계인에 대해 설명하고 있다.**

　　외계인 폭로 회견에 참여한 캐럴 로신은 폰 브라운 박사를 대신하여 밝힐 것이 있다고 했다. 그것은 이미 그가 외계인의 존재에 대해 알고 있었으며 외계인은 이미 오래전 지구에 와서 정착해 있었다는 내용이다. 그리고 1970년도에 미국이 진행 했던 우주 방위 계획에 대해 외계인들이 우려를 표했다는 것도 말했다. 이어 브라운 박사가 과거 말했던 **"우주방위계획의 주적이 외계인이 아니며 이는 허구다."**라고 한 것은 외계인이 없어서 그러한 주장을 펼친 것이 아니라 외계인이 미국에 직접적인 위협이 되지 않아서 그러한 애기를 한 것이라 했다. 그러나 이 애기는 캐럴의 주장일 뿐이다. 소문은 과장되기 마련이며 부풀려지기 마련이다. 침상에서 죽기 전 폰 브라운은 외계인 침공이 있을 것이라는 고백을 했다. 만약 캐럴의 증언대로 외계인이 오래전부터 지구에 와서 살았다면 우주로부터의 침공이 아닌 지구 내에서 일어난 침공이 되어야만 한다. 외계인 침공은 사람들이 만들어낸 소설에 불과하다. 그래서일까?

단순한 주장만으로는 사람들의 관심과 외계인 존재에 대한 믿음을 확고히 다질 수 없다고 생각한 캐럴은 폰 브라운 박사의 스승(헤르만 오베르트)을 언급하기에 이른다. 그가 UFO 그리고 외계 기원설을 지지했다는 설명을 이어서 했지만 여기에 대한 증거자료는 미미하다. 그것을 입증할 어떠한 자료도 없다. 이처럼 외계인 관련한 대부분의 자료가 모호하기 그지없다.

폰 브라운 박사의 로켓 업적 때문일까? 많은 사람들이 그의 이름을 팔아먹는다. 우주항공 공학자인 클락 매클레란도 그의 이름을 들먹였다. "스타게이트 연대기"란 책을 출간한 그는 폰 브라운 박사가 직접 자신에게 로즈웰에서 UFO와 외계인을 봤다는 얘기를 했다고 주장했다. 그러나 폰 브라운의 유언은 하늘에 돔이 있다는 것이었다. 그것이 있어 지구 밖으로 나갈 수 없다면 당연히 그것을 통해 들어온다는 것도 불가능하지 않을까?

**빌 나이(Bill Nye),
미국 과학 교육학자**

FOX 뉴스 출연

**지구는 닫혀 있어 인간은 절대
탈출할 수 없다.**
Big Think에서 발표
(The earth is closed system)

**인간은 달에 간 적 없다고 한
인터뷰에 출연.
(바트 시브렐의 주장)**

외계인 폭로 회견장에서 벌어지는 일련의 사건을 보고 있자면 "선동"이라는 단어마저 떠오른다. 인류는 둥근 지구를 절대적 진리라 믿으며 살아왔다. 그것이 둥글지 않다는 의심조차 하지 못하게 만든 과정은 매우 단순하며 명백하다. **이미지다.** 둥근 그것을 계속 노출시키며 회자한다. 그러한 단순 반복이 둥근 지구를 만들어 냈다. 지속된 이미지의 노출은 없는 것도 존재하게 만들며 실체를 보지 못했음에도 보았다고 믿게 만든다. "지구 = 둥글다"처럼 사람들의 마음속에 그것이 자리 잡게 됐다. 그렇다면 대단원의 장이 남아 있다.

평평한 지구 왜 숨기는가?

　나사의 운영 목적 중 하나가 지구의 생김새를 숨기는 것은 아닐까 하는 생각이 들 정도로 그들은 지구의 모습을 숨기기 위해 열정을 쏟아붓고 있다. 어디 지구뿐이랴. 도대체 나사가 설명하는 우주란 무엇일까? 진공 상태에서 운석들이 떠돌아다니는 환경, 그것이 그들이 정의한 우주다. 인류가 지구 저궤도 밖으로 나간 사실이 없다는 글을 위에서 보았을 것이다. 그러한 것들은 망각한 채 나사의 우주만 믿어도 좋을까? 초에 유리컵을 뒤집어 씌우면 산소가 점점 줄어들어 결국 불은 꺼지게 된다. 우주에 산소가 없다면 태양은 왜 꺼지지 않을까? 하는 생각도 가능하지 않을까? 이는 단지 유치한 생각일까? 그러나 비판적 사고와 의문은 항시 열려있어야 한다. 그래야만 진실과 더욱 가깝게 된다. 열린 사고가 밝힐 수 있는 것들은 많다. 사실 평평한 지구도 이런 사소한 것으로부터 시작했다. 아직도 비판적 시각에 두려움이 남아있는 사람이라면 나사가 주장하는 우주를 가만히 들여다보길 바란다. 나사의 우주는 지구에 있어 극단적으로 위험한 공간이다. 그것이 존재하면 공룡 대멸종도 가능하다. 이는 인류의 멸종도 가능하다는 뜻이다. 여러모로 보나 돔이 없는 지구는 불안하다. 운석 충돌이 언제 덮칠지 모른다. 그것으로 인해 대형 쓰나미가 온다거나 빙하기가 출몰하여 대다수의 인간이 얼어 죽을 수도 있다. 나사가 인구감축에 신경 쓴 집단과 연결 됐다면 한 번쯤은 이들이 내놓는 자료를 의심해 볼 필요도 있다. 소프트 킬과 패스트 킬의 장점만 고루 취할 수 있는 위장작전이 있을 수도 있기 때문이다. 이러한 작전을 펼침과 동시에 자신들이 찬양하는 신을 높이 그릴 수도 있다.

프리메이슨의 홀리 바이블

호루스는 복수, 하늘 그리고 수호의 신이다.

이 책은 33페이지부터 시작한다.

태양의 눈, 라의 눈 또는 달의 눈이라고 불린다.

그들에게 있어 태양은 절대적이다. 태양이 중심이 되는 신을 믿는다. 그렇기 때문에 지구는 하찮아야 한다. 여러 행성들 중 하나의 죽어 있는 돌덩이로 그려야만 한다. 일부 과학자들의 주장과 아마추어 로켓 개발자가 쏘아올린 로켓을 근거로 보자면 지구엔 분명 돔이 있다. 그러한 것이 있음에도 불구하고 없다고 주장하는 것은 우주의 이벤트를 지구로 끌어들이기 위해서라고 생각한다. 언제든 운석이나 외계인이 덮칠 수 있다는 이론을 유지하기 위해선 돔은 다뤄선 안 될 물질인 것이다.

무지개를 만들기 위해선 세 가지가 필요하다. 빛, 유리, 물.

평평한 지구의 돔

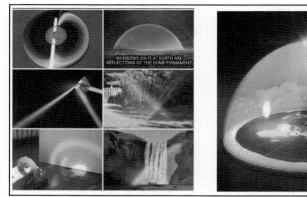

언제든 멸종이 일어날 수 있는 불안한 지구를 만드는 목적은 명백하다. 이러한 위기를 세계가 함께 지혜롭게 극복하자는 감언이설을 이용하여 모든 나라를 단일 국가로 묶으려는 속셈이라고 생각한다. 결국 자신들의 아젠다(인구 감축)를 위해선 평평한 지구가 아닌 둥근 지구가 필요했던 것이다. 천문학적인 돈을 들여 이것을 믿게 만든 것은 위와 같은 이유라고 나 자신은 생각한다.

우린 위에서 나사의 창립 멤버들 중 일부는 2차 세계대전의 전범이었다는 것을 봤고 일부는 흑마술과 사타니즘 그리고 강신술과 같은, 그래서 과학과는 동떨어졌다고 생각되는 사람까지 나사와 깊게 연루된 것을 봤다. 위성이 그러했듯 UFO 그리고 외계인이란 것도 공상과학 소설을 쓰는 그들의 머리에서 처음 나왔다는 것을 잊지 말아야 한다. 이들이 상상한 것이 단지 그들의 머릿속에만 존재하지 않고 실제로 튀어나와 세상 사람들의 마음에 박혀버린 것을 보면 정말이지 놀랍기 그지없다. 상기 인물들 모두는 프리메이슨 그리고 일루미나티와 연결되어 있다. 이것은 더 이상 비밀도 아니다. 이들에 의해 미국의 대통령이 결정된다는 것도 그리 놀랍지 않다.(미 대통령은 빌더버그에 의해 뽑힌다.)

334

다시 말해 이들의 아젠다를 위해 일하는 사람이 바로 미 대통령일 수도 있다는 것이다. 그 중 대표적인 인물을 소개할까 한다.

예일 대학의 스컬엔본즈 멤버

Skull & bones
비밀 결사대

가운데 시계 좌측 첫 번째에 서 있는 사람이 미 41대 대통령이다.

322는 영생을 뜻하는 숫자로 성경의 3장 22절을 가리키고 있다. [창세기]

조지 H. W. 부시는 전쟁광이다. 대표적으로 파나마 침공과 이라크 전쟁을 들 수 있다. 그는 이를 통해 무고한 시민을 무참히 살해했다. 심지어는 CIA에서 중책을 맡고 있었을 당시 존 F. 케네디의 암살에 깊이 관여를 했다는 자료도 속속 나오고 있다.

부시 CIA 국장 시절	타임즈에 실린 리 하비 오즈월드	케네디 조사 보고서
		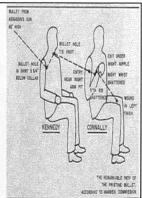
케네디 암살 당시 부시의 행적이 밝혀지지 않고 있다.	오즈월드는 자신의 무죄를 주장한 2틀 뒤 살해를 당하게 된다.	케네디를 살해한 마법 총알. 한 발의 총알이 지그재그로 움직이며 두 명의 사람에게 7군데 상처를 남긴다. 물론 이는 불가능하며 거짓 거짓 조사다.

실제 개리슨 검사가 지목한 범인은 따로 있었다. CIA에서 근무한 클래이다. 그는 이스라엘 모사드로 케네디 암살의 확신범이었다. 세상에 벌어지는 많은 테러 사건에서 이 단체(모사드)가 개입되어 있다는 것을 알고 있는 사람들은 그리 많지 않다.(더 정확한 정보를 원한다면 팔레스타인의 독립을 위해 싸우는 켄 오케페(Ken o'keffe)의 강연을 듣길 바란다.) 거의 모든 위장 작전에 모사드(로스차일드 휘하 특수 부대)의 지문이 묻어 있다는 것을 알게 될 것이다. 아무튼 부시는 100살을 바라보는 현재까지도 건재함을 과시한다. 그렇다면 그들은 왜 케네디를 제거해야만 했을까? 아래 케네디의 연설문을 보자.

암살 당하기 7일 전 그의 연설

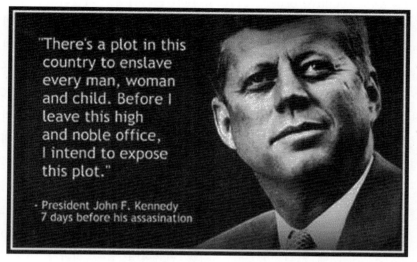

"There's a plot in this country to enslave every man, woman and child. Before I leave this high and noble office, I intend to expose this plot."

- President John F. Kennedy
7 days before his assasination

**미국의 모든 사람을 노예로 만들자는 계획이 벌어지고 있습니다.
네, 여자와 남자 그리고 아이들까지 말입니다. 제가 백악관을
떠나기 전 이 계획을 폭로하겠습니다.**

위 연설이 허구라고 주장하는 사람도 있다. 그러나 아래의 연설 내용은 확인이 가능하다.

"비밀이라는 말은 자유롭고 개방된 사회와는 어울리지 않습니다. 미 국민으로서 비밀결사와 비밀서약, 비밀의식에 반대합니다. 우리는 이미 오래전에 은폐의 위험성과 그것을 정당화하기 위해 제시된 것들이 더 큰 화를 부른다는 것을 알 수 있었습니다."

케네디의 연설에서 알 수 있듯이 그가 비밀 조직을 경계했음은 분명하다. 그는 이 단체가 미국뿐만 아니라 세계의 발전과 번영에 큰 저해를 가져오는 요소로 봤다. 그래서 자국민을 보호하기 위해, 더 나아가 인류와 미래를 위해 그 문제의 그룹을 세상에 알리기로 한 것이다. 그

렇게 하여 인류 노예화를 막으려 했던 것이다. 그러했기 때문에 대통령 행정명령(executive order 11110)을 내려 은본위제를 되살리고 FRB를 막으려 했던 것이다. 하지만 이들의 힘은 너무나도 막강했다. 이 비밀 단체는 인류를 상대로 싸울 힘이 있다. 또한 악이 가득하다. 전쟁을 위해서라면 자국민도 가차 없이 학살한다. 사실 민족이란 개념도 없다. 극우 유대주의 시오니스트(Zionist)로서 선민사상과 우생학에 빠진 KKK단이다.(NAZI의 어원이 민족주의 Nationalism와 시온주의 Zionism의 합성어라는 설도 있다.) 다윈의 그것처럼 약육강식을 인간사회에 그대로 적용 시킨다. 나의 설명이 너무 극단적이라 생각할 것이다. 그렇다면 구글에 Operation Northwood를 검색하여 이를 확인하기 바란다. 거기엔 미 CIA가 쿠바와의 전쟁을 일으키기 위해 자국민을 학살 하자는 계획이 고스란히 담겨 있다. 또한 오퍼레이션 드랍킥(Operation Drop kick)을 검색 해 보길 바란다. 모기를 이용하여 병의 전파가 어떻게 이루어지는지 그리고 사람들이 어떻게 죽어가는지를 관찰하기 위해 민간인을 대상으로 하여 생물학전을 실행한 자료가 있다. 흑인 인구와 아이큐를 떨어뜨리기 위해 백신(자폐 유발)을 이용했다는 증거가 터져 나왔다. 또한 원자 폭탄 잔해가 인체에 어떤 피해를 가하는지 관찰하기 위해 시민들이 사는 곳에 몰래 그것을 매장한 맨하탄 프로젝트(Manhattan project)도 있다. 아직까지 밝혀지지 않은 위장작전은 산재해 있을 것이다. 케네디는 그들이 제안한 작전 오퍼레이션 노스우드(Operation Northwood)에 반기를 들었다. 거절한 것이다. 전쟁을 일으키기 위해 자국민을 희생시킬 수 없었던 것이다. 또한 그는 미 중앙은행에 맞서 은본위제를 되살리려 했다. 때문에 살해를 당한 것이다. 전쟁을 위해서라면 아무 거리낌 없이 자국민도 살해하는 그들에게 인류의 행복과 안정은 안중에 없다. 전쟁은 패스트 킬(Fast kill)이 될 수 있으나 평화가 찾아오면 베이비 붐(baby boom)이 일어난다. 인구가 다시 늘어나게 되는 것이다. 반면 소프트 킬(Soft kill)은 시간이 걸린다. 하지만 많은 사람들을 제거함과 동시에 임신 불능의 상태로 만들 수 있다. 영속성의 중단을 꾀한 것이다. 하지만 이러한 만행을 수행하는 그들도 늙는다. 그리고 죽는다. 그러므로 그들의 계획은 항상 진행만 될 뿐이다. 그들의 염원인 신세계질서는 보지 못하는 것이다. 그런 그들에게 있어 외계인 침공은 어떨까? 운석충돌은? 전쟁의 그것처럼 대량 인명피해를 순식간에 가져올 수 있다. 인구절벽이 삽시간에 이루어진다. 반면 전쟁과는 다르게 책임은 피할 수 있다. 전쟁을 일으키면 국제법상 전범이 된다. 하지만 외계인이 전쟁을 수행했다면? 운석 충돌로 인해 대량 사망한다면? 맞다. 죄를 물을 수 없다. 그러므로 문제–반응–해결을 이용할 수 있는 수단이 되는 것이다. 이는 Fast kill과 Soft kill의 이점을 동시에 취할 수 있는 방법임에 틀림없다. 그동안 일루미나티는 나사를 영웅으로 만들기 위해 많은 공을 들였다. 우주 괴물을 물리치는 내용의 어린이 만화에서부터 지구로 돌진하는 위성을 폭파하는 할리우드의 화려한 그래픽 영화까지, 이 모든 것은 우주를 누비는 미 항공우주국 나사 직원들을 인류를 구하는 영웅으로 그린다. 이러한 시나리오는 신세계질서를 이행하기 위한 하나의 도구가 된다.

할리우드 영화 '아마게돈'　　　　**할리우드 영화 '딥 임팩트'**

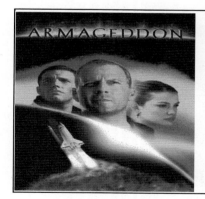

지구로 돌진하는 행성을　　　　**지구로 떨어지는 운석에**
폭파하기 위해 우주로 향하는　　　**의해 거대한 재앙이 발생**
우주 비행사들

상기의 영화를 보자면 거대한 그것이 당장이라도 지구로 떨어질 것만 같다. 이런 프로그래밍 하에서는 거대한 운석이 지구를 향해 돌진하더라도 그래서 지구와 충돌하게 되더라도 이상할 것이 없어 보인다. 공룡도 그러했다고 배우지 않았던가?

공룡의 멸종은 운석의 충돌 때문에 일어났다고 보는 설이 가장 많다. 그런데 만약 공룡이란 것이 누군가에 의해 가공된 생명체라면 즉, 조작이었다면 어떻겠는가? 우린 공룡이 살았던 시간까지 거슬러 올라갈 수 없다. 그렇다면 조작된 유물은 없었을까?

**BC 3100년경 지어졌다는
스톤 헨지**

**스톤 헨지를 1954년에
건설했다는 증거 사진**

일본계 미국인 미치오 카쿠

그의 저서 미래의 물리학

　미래의 물리학을 쓴 일본계 미국인 과학자 미치오의 글을 인용하자면 이렇다. 킹콩은 가상의 동물이다. 그것이 존재할 수 없는 이유로는 킹콩의 거대한 몸집에 있다고 했다. 생명체는 크면 클수록 더 많은 제약을 받게 된다. 큰 몸집이 오히려 약점으로 작용할 수 있다는 것이다. 인간도 키가 2미터 이상 넘어가게 되면 오히려 불편함을 겪게 된다. 걷기도 힘들어진다. 다시 말해 더 약해지는 것이다. 다윈의 주장처럼 자연환경이 생명체에 영향을 준다면 오히려 거대한 몸집이 생존에 불리하게 작용할 수도 있다. 난 육식 공룡을 보고 있자면 항상 의문이 들곤 했다.

341

용불용설이 진화론의 핵심이지 않겠는가? 그런데 거대한 몸집을 자랑하는 육식 공룡의 팔을 보자면 그것이 너무나도 볼품이 없었다. 아무리 날카로운 이와 튼튼한 다리가 발달하였다고 치더라도 치열한 생존경쟁에 있어서 쓸모없는 팔은 치명적일 수밖에 없다. 비현실적인 공룡의 팔을 언급하고 있자니 불현듯 나사의 명왕성(Pluto 플루토)이 떠오른다. 아무튼 공룡의 존재여부는 현재 조사가 진행중인 것으로 알고 있다. 만약 공룡의 존재가 사실이 아니라면 공룡 대멸종도 허구가 된다. 이는 운석 충돌로 인한 그들의 멸종은 사기가 된다는 것을 뜻한다. 공룡의 멸종을 예로 든 것은 다름이 아니다. 어떠한 생명체가 과거 멸종을 하였고 그 이유가 운석충돌이라면 우리도 멸종할 수 있다는 것을 말하고자 함에 있다. 그리고 이를 문제-반응-해결로 이용하려는 무리가 있다면 엄청난 피해가 야기될 수도 있다. 세계의 부호들은 지금 지하에 화려한 대피소를 만들어 놓았다. 311 후쿠시마 원전이 그러하듯(데이비드 아이크의 저서 X-파일은 기자 짐 스톤의 진술을 바탕으로 후쿠시마 원전 사고의 숨은 내용을 담았다. 책은 후쿠시마의 원전이 자연재해로 인한 재앙이 아닌 고의로 폭발시킨 사건으로써 이스라엘 모사드가 건-타입 형태(나이트 비전 광학 렌즈를 장착한 감시카메라)의 소형 핵폭탄을 작동시켰다는 것을 밝히고 있다. 작자도 짐 스톤과 후쿠시마 원전 위장작전을 조사한 제임스와 친분이 있고 이에 관해 상당한 시간 연구를 했다. 결론은 이스라엘의 광학렌즈 마그나 회사에서 소형 핵폭탄을 설치하여 터트렸다는 결론에 도달했다.) 무기(HAARP)로 인공지진도 만들어 낼 수 있는 세상에 우린 살고 있다. 가짜로 만들어낸 운석 충돌 시나리오도 충분히 가능하다고 생각한다.

인류를 파멸시키고 자신들만의 세계를 만들겠다는 꿈을 가진 집단에 대해선 위에 설명해 놓았다. 그렇다면 그들이 누구를 이용하는지를 봐야 한다. 사람들을 통솔할 수 있는 권좌의 사람이 적격일 것이다. 사람들은 민주주의 다수결 원칙에 의해 대통령이 뽑힌다고 착각한다. 그러나 실상은 다르다. 빌더버그가 뽑은 사람이 대통령이 된다. 엘리트들은 다수의 사람을 상대할 필요가 없다. 노숙자나 부랑자들을 트레이닝해서 얻을 것이 없다는 것을 그들 엘리트들은 잘 안다.

**거대 지진해일 및 충격에도
버틸 수 있는 견고한 지하벙커**

**오랜 시간 품위를 유지하며
지낼 수 있게 공을 들여 만든
대피소란 것이 곳곳에 보인다.**

**외부 충격을 대비하기 위해 매우
두꺼운 콘크리트 문을 만들었다.**

**장시간 지낼 수 있는 환경을
조성해 놓은 것이 눈에 들어온다.**

**벙커 밖의 아비규환에 전혀 영향을 받지 않는 엘리트들의 지하 벙커. 만약
인류가 거대한 거짓말에 지속 노출되면 그들의 뜻이 이루어질 수도 있다.**

맞다. 한 나라를 통솔하는 대통령이 그들의 타깃이다. 그들에게 자신들과 함께하면 신과 같은 자격을 부여하겠다며 회유하고 손을 내민다. 그리고 그에 걸맞은 작위를 준다. 뇌물 등을 이용하여 국회의원과 사법부를 자기 사람으로 만들면 더욱 쉽게 대중을 조종할 수 있다. 동시에 사람들의 수준을 TV 등과 같은 것들을 이용하여 계속해서 떨어트린다.

고의적으로 인플레이션을 일으켜 물가를 상승시키기도 하고 위장 작전을 통해 고통을 주기도 한다. 결국 그들은 물질만능의 사회를 이루었다. 돈을 위해서라면 물불을 가리지 않는 사회가 된 것이다. 프린팅 화폐의 통화량을 늘려 돈의 값어치를 계속해서 떨어뜨리고 동시에 가정을 붕괴시키는 작업 또한 진행한다. 이를 알아차린 사람들은 그들이 고안해 낸 단어 음모론자를 활용하여 사장시키고 있다.

그들이 과거 대통령에게 어떤 주문을 했으며 그것으로 취하려 했던 것이 어떤 것인지를 보도록 하자.

**스위스 제네바에서 소련의 대표 고르바초프와 미국의 대표 레이건이
사인을 서로 주고 받고 있다.**

**1985년 11월, 스위스 제네바에서 고르바초프와 레이건 대통령이
정상회담을 한다. 그리고 여기서 레이건이 뜻밖의 말을 한다.**

"In our obsession with antagonisms of the moment, we often forget how much unites all the members of humanity. Perhaps we need some outside, universal threat to make us recognize this common bond. I occasionally think how quickly our differences worldwide would vanish if we were facing an alien threat from outside this world"

"우린 순간의 집착 속에 살고 있습니다. 우린 우리 인류가 얼마나 잘 연결되었는지를 잊고 살아갑니다. 아마도 우리가 외계의 생명체로부터 공격을 받는다면 그래서 협력을 하게 된다면 이러한 행동들로 세계가 하나가 된다는 것이 얼마나 중요한지 알게 될 것입니다."

고르바초프도 레이건의 말에 동의하였고 외계인의 침공이 있을 시 함께 대적하여 그들과 싸우자고 .했다.

**그의 외계인 침공 발언은 2년 후
유엔 연설에서 다시 나온다.**

타임즈 지

General Assembly September 21,
1987 Speech to the United Nations
General Assembly

**외계인 침공방위계획을
그리고 있다.**

"우리가 외계 침입을 당한다면, 그래서 위험에 직면하게 된다면, 세계는 너나 할 것 없이 하나가 되어야만 합니다. 이미 우린 그들의 영향력 아래 있는 것은 아닌가 하고 나는 생각할 때가 있습니다."
From a speech with President Mikhail Gorbachev, in 1988

그는 외계인 침공에 관한 많은 연설을 남겼다. 세계가 하나로 통합하여 외계 침공을 막아야 한다는 그의 주장은 당시로선 이해하기 힘든 부분 중 하나였을 것이다. 하지만 대통령이, 그것도 미국이란 초강대국을 대표하는 사람이 헛소리를 하겠냐고 생각하는 사람들이 많았다. 그래서 외계인 소재의 할리우드 영화나 UFO 등을 다룬 미스터리 소재 책들이 불티나게 팔려 나갔다.

**외계인 침공 연설문을 보며
고민에 휩싸인 레이건**

**故) 레이건 대통령의
손 글씨가 보인다.**

그는 외계 침공에 관한 내용의 연설문 아래에 손글씨를 남겼다. 고민한 흔적이 역력하다. 글씨체로 보건대 그는 거짓말하는 것을 괴로워했을 것이다. 노트 중간에 지그재그 표시도 있다.

아무튼 로날드 레이건의 이러한 황당무계한 연설은 당시로선 이해하기 힘든 내용이었다. 하지만 1990년 조지 H. W. 부시가 하나의 단어를 외치면서 그 뜻이 더욱 명확해졌다. 부시는 재임기간 내내 뉴 월드 오더(NWO : New World Order : 신세계질서)란 말을 입에 달고 살았다. 로날드 레이건이 외계인 침공을 들어 세계를 단일 정부로 묶으려 했다면 부시는 전쟁과 공포를 통해 신세계질서를 유도한 것이다.

전쟁광이자 프리메이슨인
조지 워커 부시. 젊었던 시절
나사를 방문한 사진.

나이 들어 휠체어 신세를 지게 된 부시.
나사를 방문해 둘러보고 있다.

인류를 속이기 위해 오랜 시간
공을 들였다.

부시가 우주인을 촬영하고 있는
장소를 지나는 장면이 우연치 않게
찍혔다. 나사는 블루스크린을
이용해 사람들을 속이고 있다.

1948년 예일 대학 졸업앨범
스컬 엔 본즈 멤버
조지 하버트 워커 부시

1968년 예일 대학 졸업
앨범 스컬 엔 본즈 멤버
조지 W. 부시

프리메이슨에 먼저 입단한 그는 자신의 아들마저 프리메이슨 멤버로 만들기 위해 관에 집어넣고 자위를 하게 만들었다. 이런 비밀스러운 행위가 세상에 알려지게 된 것은 내부 고발자가 있기에 가능한 것이다. 이들의 비밀스러운 의식은 내부 폭로자들에 의해 많이 노출된 상태다. 그러나 대다수의 사람들, 특히 TV에 빠져 마인드 컨트롤 된 사람들은 폭로자들을 향해 손가락질하기에 여념이 없다. 자신의 안녕과 목숨을 걸고 폭로하는 사람들을 향해 음모론자라 놀리기 일쑤다. 이러한 사람들의 힘이 더해지기에 엘리트들은 자신의 역량을 마음껏 쏟아 낼 수 있는 것이다. 세상을 향해 자신들의 아젠다를 소리 높여 포효할 수 있는 것이다.

세계를 자신들의 휘하에 넣기 위해 인구감축에 많은 열정을 쏟는 인물의 입에서 나오는 말을 들여다보자.

New World Order Speeches of President George H. W. Bush
신세계질서를 연설한 조지 H. W. 부시

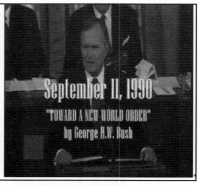

President George H. W. Bush,
State of the Union, 29 January
1991

1990년 9월 11일 신세계 질서를
다시 한번 더 외치고 있다.

What is at stake is more than one small country; it is a big idea: a new world order, where diverse nations are drawn together in common cause to achieve the universal aspirations of mankind—peace and security, freedom, and the rule of law. . .

하나의 국가, 이건 대단한 아이디어입니다. 신세계질서는 갈라졌던 세계를 하나로 뭉치게 하는 인류의 염원입니다. 세계의 평화와 안전 그리고 자연과 법치주의를 실행시키기 위해…

전쟁광 부시는 신세계질서란 말을 여러 차례 입 밖으로 꺼냈다. 세계인들이 지켜보는 공식적인 자리에서 말이다. 어디 한번 그 수를 헤아려 보도록 하자.

The end of the cold war has been a victory for all humanity. A year and a half ago, in Germany, I said that our goal was a Europe whole and free. Tonight, Germany is united. Europe has become whole and free, and America's leadership was instrumental . . .1

냉전 종식은 인류의 승리였습니다. 1년 반 전, 전 이런 말을 했습니다. 우리의 목표는 유럽 전체가 하나의 자유 국가가 되는 것이라고 말입니다. 오늘 밤, 독일은 하나가 되었습니다. 유럽은 자유를 얻게 되었고, 미국의 지도력이 사용된 것입니다. . . .1

The world can, therefore, seize this opportunity to fulfill the long-held promise of a new world order, where brutality will go unrewarded and aggression will meet collective resistance. . . . 2

그러므로 세계는 신세계질서에 대한 오랜 꿈을 성취 할 수 있는 기회를 포착 할 수 있게 됐습니다. 잔인함은 힘을 얻지 못하고 침략은 저항에 부딪치게 됩니다. . . .2

Maxwell Air Force Base War College in Montgomery, Alabama on 13 April 1991

I wanted to speak . . . about the new world taking shape around us, about the prospects for a new world order now within our reach. . . . The new world order really is a tool for addressing a new world of possibilities. . . . 3

나는 말하고 싶었습니다. . . 새로운 세계가 우리를 둘러싼 모습을 말입니다. 새로운 세계 질서가 바로 우리 눈앞에 있습니다. . . . 신세계질서는 새로운 가능성을 제시하는 도구입니다. . . .3

350

1991년 1월 16일 페르시아만에서 연합군의 군사 행동 발표

Announcement on 16 January 1991 of allied military action in the Persian Gulf:

We have in this past year made great progress in ending the long era of conflict and cold war. We have before us the opportunity to forge for ourselves and for future generations a new world order—a world where the rule of law, not the law of the jungle, governs the conduct of nations. When we are successful—and we will be—we have a real chance at this new world order, an order in which a credible United Nations can use its peacekeeping role to fulfill the promise and vision of the U.N.'s founders. . . . 4

우리는 지난 한 해 동안 갈등과 냉전의 긴 시대를 끝내는 데 커다란 진전을 이루었습니다. 우리는 우리 자신과 미래 세대를 위해 신세계 질서, 그러니까 정글의 법이 아닌 인류를 위한 법을 만들었고 그러한 국가를 세웠습니다. 이것으로 세계에 일조할 기회를 얻었습니다. 우리가 또다시 성공할 때, 우리는 이 새로운 세계 질서(New World Order)에 진정한 기회를 맞이하게 될 것입니다. 우리 모두가 신뢰할 수 있는 유엔! UN을 창립한 창립자(록펠러)의 약속과 비전을 이행하기 위해 평화를 유지할 수 있습니다. . . . 4

1990년 9월 11일 의회 합동 회의 연설

Address before a joint session of Congress on 11 September 1990:
Clearly, no longer can a dictator count on East-West confrontation
to stymie concerted United Nations action against aggression. A
new partnership of nations has begun…..5

더 이상 독재자가 동서의 대결에 개입할 수 없습니다. 유엔의 협력이
그러한 침략 행위를 저지 할 것입니다. 새로운 국가 간 파트너십이 시
작 되었습니다…..5

We stand today at a unique and extraordinary moment. The crisis
in the Persian Gulf, as grave as it is, also offers a rare opportunity
to move toward an historic period of cooperation. Out of these
troubled times, our fifth objective-a new world order-can emerge: a
new era-freer from the threat of terror, stronger in the pursuit of
justice, and more secure in the quest for peace. An era in which the
nations of the world, East and West, North and South, can prosper
and live in harmony. A hundred generations have searched for this
elusive path to peace, while a thousand wars raged across the span
of human endeavor…..6

우리는 오늘 특별한 순간에 와 있습니다. 페르시아만의 위기는 무덤
과 같았습니다. 역사적인 협력 시기로 나아가는 데 최소한의 기회를 제
공했습니다. 이러한 어려운 시기를 맞아 우리는 우리의 다섯 번째 목표
신세계질서의 등장을 보았습니다. 새로운 시대는 공포의 위협으로부터
자유롭고, 정의를 추구할 때 더 강하고, 평화를 추구할 때 더 안전할
것입니다. 동양과 서양이 그리고 남과 북이 조화롭게 번영하고 살아갈
수 있는 시대가 바로 그것입니다. 수백 세대가 평화에 대한 길을 모색
했고, 결국 천 번의 전쟁이 격렬하게 일어났습니다…..6

Today that new world is struggling to be born, a world quite different from the one we've known. A world where the rule of law supplants the rule of the jungle. A world in which nations recognize the shared responsibility for freedom and justice. A world where the strong respect the rights of the weak[!]. This is the vision that I shared with President Gorbachev in Helsinki. He and other leaders from Europe, the Gulf, and around the world understand that how we manage this crisis today could shape the future for generations to come·····..7

오늘날 이 새로운 세계(N.W.O)는 우리가 알고 있는 것과는 아주 다릅니다. 그것을 이룩하기 위해 고군분투하고 있습니다. 법이 약육강식 힘의 지배를 대신하는 세상. 국가가 자유와 정의에 대한 공동의 책임을 인식하는 세상. 세상이 약한 자들의 권리를 존중하는 세상. 이것이 내가 헬싱키에서 고르바초프 대통령과 공유한 비전입니다. 그리고 유럽과 걸프의 다른 국가 지도자들은 오늘날 우리가 이 위기를 어떻게 관리하느냐에 따라 미래 세대가 더 나은 삶을 살 수 있다는 것을 이해하게 됐습니다·····..7

The test we face is great, and so are the stakes. This is the first assault on the new world that we seek, the first test of our mettle. Had we not responded to this first provocation with clarity of purpose, if we do not continue to demonstrate our determination, it would be a signal to actual and potential despots around the world. . ···8

우리가 마주할 시험은 훌륭할 것입니다. 이것은 우리가 추구하는 신세계에 대한 첫 번째 공격이라 할 수 있습니다. 우리의 목적이 명료하지 않으면 그래서 이 첫 번째 도발에 응답하지 않는다면, 그리고 우리가 우리의 결심을 계속해서 보이지 않는다면, 이것은 전 세계의 실제적

이고 잠재적인 위협이 될 것입니다.(신세계질서를 받아들이라는 뜻) …8

Once again, Americans have stepped forward . . . At this very moment, they serve together with Arabs, Europeans, Asians, and Africans I n defense of principle and the dream of a new world order. . . … 9

다시 한번, 미국인들은 앞으로 나아갔습니다. . . 바로 이 순간 그들은 원칙을 지키고 새로운 세계 질서의 꿈을 위해 아랍인, 유럽인, 아시아인, 아프리카인들과 함께 하며 봉사할 것입니다. . . … 9

1990년 9월 19일 샌프란시스코의 주지사 후보 피터 윌슨 기금 모금 Fundraiser for gubernatorial candidate Pete Wilson in San Francisco on 19 September 1990:

Ours is a generation to finally see the emergence of promising, exciting new world order which we've sought for generations. And we are witness to the first demonstration of this new partnership for peace: a united world response to Iraq's aggressive ambition. . . . 10

우리는 유구한 역사를 거쳐 우리가 그동안 추구해 왔던 유망하고 흥미로운 신세계질서의 등장을 마침내 볼 수 있게 된 세대입니다. 그리고 우리는 평화를 위한 새로운 움직임을 목격하고 있습니다. 이는 호전적인 이라크의 야망에 대한 세계의 대응인 것입니다. . . . 10

로날드 레이건이 외계인 침공 연설에 큰 힘을 쏟았듯 부시 또한 신세계질서에 대해 열변을 토했다. 이러한 외계인 침공과 신세계질서 연설은 과거에만 국한된 것은 아니다. 이것은 현재 진행형이다.

354

전 영국 총리 제임스 고든 브라운	조 바이든 전 미국 부통령	로버트 버드 전 미 상원의원

신세계질서가 지구를 구한다.	신세계 질서를 최대한 앞당기자.	전세계 인구의 95%는 5%의 사람들이 자신들을 이끌어 주길 바란다. <뜨거운 역사 추악한 진실> 케시 오브라이언의 증언

여기에서 신세계질서를 외친 인물들을 전부 다룬다는 것은 힘든 일이다. 일루미나티가 뻗은 문어발 다국적 기업 CEO들은 하나같이 신세계질서를 추구하고 있다. 그들이 국경 없는 기업을 만든 것은 다름이 아니다. 중앙집권의 힘을 실어줄 수 있는, 자신들만의 신세계질서를 전파하기 위함이다.

일루미나티를 위해 가장 큰 역할을 한 대통령 중 오바마를 빼놓을 수 없다. 물론이다. 유머감각이 뛰어난 오바마도 외계인에 관한 얘기를 많이 꺼냈다. 단순히 얘기에만 그치지는 않았다. 대통령령으로 외계의 위협에 대비하자는 행정명령을 발의했다.

외계의 생명체로부터 자국민을
보호하자는 취지로 Executive Order
13112을 발의했다.

일부에선 그의 외계인 침공이
위장작전을 암시한다고
생각하고 포스터를 만들었다.

Obama Signs Executive Order
Protecting Citizens From Alien
Species

로날드 레이건의 작전이 다시 한번
수면 위로 떠오른다.

물론 오바마의 행정명령이 외래 식물과 동물 등 자연을 교란 시킬 수 있는
생명체를 지칭한 것일 수도 있다. 그러나 그 모호한 뜻이 미래에 어떻게
적용될지 모른다. 외래 생명체라고 지칭한 그것이 훗날 외계 생명체를 말하는
말하는 것일 수도 있다. 이러한 모호한 행정명령이 위장작전(false flag)과
만나게 되면 거대한 파괴를 불러일으킬 수도 있다. 그는 드론을 사용하여
민간인을 무참히 살해한 인간이다. 하지만 부시가 그러했듯 그 또한 그림자
정부의 비호를 받는다. 세상의 비난은 그들의 만행을 멈추게 할 수 없다.
오히려 반대다. 헨리 키신저가 노벨 평화상을 받았듯 그 또한 그러했다.

로날드 레이건과 고르바초프가
그러했듯 오바마와 푸틴이 외계인
침공에 대항 하자며 얘기하고 있다.

바티칸도 외계인 침공에 대해
많은 성명서를 발표하고 있다.

성 추문만 없었다면 나름 괜찮았다는 평을 받는 미 42대 대통령 빌 클린턴(33도 프리메이슨)도 외계인 발언을 자주 했다. 그리고 그의 부인 힐러리도 Area51과 미확인비행물체 UFO에 대한 얘기를 자주 했다. 그들은 토크쇼에 나와 외계 생명체에 대한 얘기를 늘어놓기도 했다.

위클리 월드 뉴스신문. 클린턴과 외계인의 재회를 다룬 기사를 썼다.

위클리 월드. 힐러리가 외계인 아기를 입양했다는 기사를 실었다.

외계인이 빌 클린턴을 지지한다는 뉴스

외계인 남자친구를 뒀다는 힐러리 클린턴

지미 킴멜 쇼에 나온 힐러리.
UFO와 Area51구역에 대해 말하고
있다.

힐러리에 앞서 그의 남편인
빌 클린턴이 킴멜 쇼에 나와서
외계인에 대해 말했다.

자신이 대통령이 된다면 미확인
비행물체에 대한 정보를 줄 수도
있다고 말하고 있다.

외계인 질문에 능수능란하게
대처하는 클린턴

토크쇼 진행자인 킴멜 Kimmel이 클린턴에게 하나의 질문을 던진다. "만약 내가 대통령에 당선된다면 곧바로 백악관으로 뛰어가 UFO와 관련된 자료를 뒤져 볼 것이다"라고 말하면서 아래와 같은 질문을 던진다.

Kimmel: "빌 당신도 그랬나요?"
Clinton: "비슷하긴 하죠."

클린턴은 모호한 답변으로 사람들의 심리를 자극하기 시작한다. 그럼으로써 대중들은 외계인의 존재에 대해 더욱 집착한다. 이어 클린턴은 자신의 임기 2년째에 로즈웰 UFO 추락 사건에 대한 조사를 착수했다고 밝혔다.

Kimmel: "외계인이 있는지 우리에게 말해줄 수 있겠습니까?"

Clinton: "현재 우리가 알고 있는 것이 무엇이겠습니까? 우리는 팽창하는 우주에 살고 있습니다. 우리 모두는 수십억 개의 별과 행성이 존재한다는 것을 알고 있고 또한 우주는 계속해서 커진다는 것을 알고 있습니다. 우리는 최첨단 망원경을 통해 새로이 밝혀진 20개의 행성이 태양계 밖에 존재한다는 것을 알아냈습니다. 그런 광활한 우주에 인간만이 존재한다는 것은 믿기 힘들겠죠."

그의 이러한 답변은 나사가 그려 놓은 우주를 사람들에게 떠올리게 하기에 충분하다. 우리의 잠재의식은 디즈니 만화가 보여줬던 우주에 이어 내셔널지오그래픽의 화려한 그래픽 우주를 마구잡이로 쏟아낸다. 그리고 마침내 할리우드에서 보았던 우주가 머리에 머물게 되며 그것이 실재한다는 착각을 하게 된다.

Kimmel: "오, 그러니까 외계인이 있다는 얘기군요?"

Clinton: "아니요, 나는 내가 잘 알지 못한다는 취지로 말을 한 겁니다. 그러나 언젠가 외계인이 지구에 방문한다면 영화 '인디펜던스 데이'와 같은 우주인은 아니었으면 좋겠습니다."

분명 클린턴은 '아니오'라는 답변을 했다. 하지만 이는 모호한 부정에 속한다. 강한 부정은 긍정의 이미지를 줄 수도 있다. 아니라는 답변에도 불구하고 외계인에 대한 여러 상황들을 나열한다는 것은 나름의 의미를 부여한 것이다. 자신이 처음에 대답한 것이 실제와는 다를 수 있다는 뉘앙스를 남겼다.

클린턴은 80년대 로날드 레이건이 제시한 내용(외계인 침공)과 비슷한 몇 가지 얘기를 더 꺼냈다. 만약 외계인이 공격을 가해 온다면 모든 인류가 현명하게 단합하여야 한다고 했다.

미국 대통령 중 레이건과 클린턴보다 외계인 이야기를 많이 꺼낸 사람은 없을 것이다. 대동소이로 둘은 외계인 침공을 우려했다. 레이건이 급작스럽게 외계인 침공을 발표했다면 클린턴은 다른 방법을 사용했다. 그는 자신의 재임기간 중 외계인 조사를 지시한 것이다. 선동(propaganda)에 있어선 후자가 더 발전한 케이스다. 보다시피 클린턴은 로즈웰 사건의 수사를 지시했다. 그럼에도 불구하고 외계인 존재에 대한 **모호한 부정**의 답변을 내놓았다. 이는 듣는 이로 하여금 굉장한 호기심과 극적 흥미를 자아내게 만든다. 다시 말해 논쟁을 낳는 것이다. 의구심이 드는 대화가 이어지면 이어질수록 사람들의 마음엔 변화가 생긴다. 구석에 박혀 있던 막연함이 덩치를 키운다. 거기에 더해 목격자들(검증되지 않은)이 사방에서 튀어나오면 현실의 귀퉁이를 차지했던 막연함이 중앙에 박힌다. 마치 둥근 지구 이미지 사진이 그러했던 것처럼 말이다.

로즈웰은 미확인 비행물체 UFO와 외계인이 수시로 출몰하는 지역으로 유명하다. 그런데 만약 이 장소가 의도된 곳이라면 어떨까? 왜 엘리트들은 이곳을 외계인이 나오는 장소로 지목했을까? 그리고 왜! 뉴 햄프셔 주 화이트 마운틴이 첫 외계인 납치 장소일까? 여기엔 분명 이유가 있을 것이다.

33도 선상에 위치한 뉴 햄프셔 화이트 마운틴 입구

1961년 9월, 화이트 마운틴에서 외계인에게 납치 당했다는 베티와 바니 힐. 신문 기사는 외계인이 표본을 구하기 위해 그들의 피를 훔쳤다는 내용을 담고 있다.

　　믿기 힘들겠지만 엘리트들(사타니스트)은 경도와 위도 등의 지형을 따져 대형 위장작전(false flag)을 펼친다. 또한 이를 통해 인신제사(Human sacrifice ritual)를 지내고 있다. 미 42대 대통령 빌이 수사를 지시한 로즈웰 UFO사건을 한번 들여다보자.

1947년 7월 8일 자 로즈웰 데일리 레코드 신문

상기 신문은 1947년 7월 7일, 미국 뉴멕시코 주 로즈웰에 추락했다는 UFO에 관한 내용을 담고 있다.(발생 년, 월, 일의 이어짐은 777로 알리스터 크로울리의 숫자 신세계질서다.) 한 농부가 보안관에게 북쪽의 인근 목장지대에서 비행물체로 보이는 잔해와 사체를 발견했다고 신고한다. 군은 즉각 반응했다. 일반인의 현장 접근을 차단하고 잔해와 사체를 수거했다고 발표했다. 이튿날 오전 로즈웰 인근에 주둔한 509 전투폭격단 소속 윌리엄 블랜차드 대령은 기자회견을 열었다. 로즈웰 목장에 추락한 비행접시 잔해를 수거했고 이것을 상부기관으로 이관했다는 발표였다. 군이 나서서 성명서를 발표한 것이다. 이는 미 전역과 세계의 관심을 끌기에 충분한 이벤트였다. 사람들의 이목이 로즈웰에 집중될 때 군은 새로운 발표를 한다. 제 8공군 사령부 로저 레미 장군은 수거된 물체들은 비행접시가 아니라 레이더 추적 기상관측 기구의 잔해라며 정정 발표를 했다. UFO와 같은 추상적인 것에는 '모호한 부정'이 매우 잘 먹힌다. 명확하지 않고 어딘가 미심쩍은 발표는 오히려 UFO에 관한 의혹을 더욱 키운다. 논란의 중심이 된다. 상기에서 말한 뉴 햄프셔 화이트 마운틴 외계인 납치 사건도 마찬가지다. 연속의 도화선에 불을 붙인다. 훗날 외계인에게 납치당한 사례 모음 컨퍼런스가 벅스 카운티에서 열렸다. MUFON(Mutual UFO Network)이 주최했으며 베티와 바니 힐 납치사건을 다뤘다. 이러한 일련의 사건이 무언가를 떠오르게 하지 않는가? 워싱턴 DC에서 열렸던 UFO 그리고 외계인에 대한 폭로 기자회견(Disclosure Project) 말이다. 그곳 역시 마찬가지다. 확인되지 않은 주장만이 난무했다. 그러나 분명한 것은 이러한 이벤트들이 갖는 힘을 무시할 수 없다는 것이다. 진실 여부를 떠나 세간의 관심을 끌기에 충분하다는 것이다. 이것만으로도 사람들 마음 한 귀퉁이에 **모호한 이미지**의 씨앗을 심을 수 있다. 이 씨앗에 거름(거짓)만 잘 주면 현실을 집어삼킬 수 있다. 둥근 지구를 맹신하게 된 것도 별반 다르지 않다. 명백하다. 이미지의 반복 노출이 둥근 지구를 만들었다. 오로지 이미지였다. 아무도 실제 지구 사진(전체적 모습)을 본 적이 없다. 우린 집단 최면에 걸렸다. 그것을 알아차리지 못하면 그 자체가 바로 현실(Reality)이 된다. 진실(True)과 현실(Reality)은 동의어(同意語)가 아니다.(다르다와 틀리다처럼 말이다.) 현실은 어떻게 받아들이느냐에 따라 그 결과가 달라진다. 또한 현실에 따라붙는 가지각색의 '거짓' 그리고 '왜곡'이 아무런 문제를 발생시키지 않을 때가 많다. 속이는 사람의 입장에선 더할 나위 없다. 이를 통해 문제-반응-해결을 만들어낼 수도 있다.(외계인 침공, 운석충돌, 역병 등) 집단 최면은 거대한 매트릭스의 거울을 만든다. 이 세계에선 진실이 큰 의미를 가지지 못한다. 반복된 이미지의 노출이 우리의 의식에 금을 가게 만든다. 그 틈으로 오염된 정보가 쏟아져 들어온다. 그것이 가득 차게 되면 정보를 수신하는 안테나(몸)와 필터(의식)는 제구실을 못하게 된다. 아무리 조그만 정보라도 그리고 아무리 보잘것없는 현상이라도 여러 해석을 생성한다. 이것이 가능하다고 믿게 만든다. 결국 우리의 이성은 '인식하지 못한 상태'로 침몰한다. 맞다. 최면에 빠진 집단은 역정보를 여과 없이 받아들인다. 동시에 모호함을 최대한 부각시키며 이를 과도하게 보호하려 한다. 클린턴이 외계인의 존재에 대한 모호한 견해를 내놓으면 내놓을수록 더 많은 관심이 쏟아지는 것처럼 사람들은 미지의 부정 받는 대상이 현실이기를 바라는 마음을 갖고 있다. 실제로 모호한 부정을 통한 관심 끌기는 과거부터 이어져 왔다. 그렇다면 왜 로즈웰일까? 수많은 장소를 제치고 왜 로즈웰이어야만 했을까? 만약 UFO추락이 사전에 꾸민 작전이라면, 그래서 많은 사람을 속이기 위한 선동이었다면, 대도시가 더욱 적합하지 않았을까? 그러나 알아야 할 것이 하나 있다. 그것은 이들 엘리트들이 **수비학을 통해 자신들의 행동을 강행한다**는 것이다. 이 말의 뜻은 앞으로 그들이 펼칠 위장작전이 **수비학**을 통해 나올 공산이 크다는 것이다.

이 33도 선을 따라가다 보면 매우 섬뜩한 것들이 눈에 들어온다. 바로 사람의 목숨을 빼앗는 장소가 집합된 곳이기 때문이다.(사형장 및 전장 그리고 위장작전 등) 전설의 고향에서나 봤을 인신제사가 아이티(IT) 시대에 벌어지고 있다. 그것도 합법적으로 말이다. 어떻게 이런 일이

가능할까 생각하겠지만 그들의 손이 미치지 않는 곳은 없다. 입법, 사법, 공권력과 군까지 푸른 피(돈)가 수혈될 수 있는 모든 곳에 그들의 힘은 뻗어 있다.

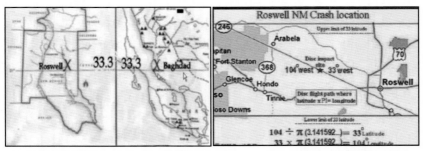

로즈웰에 추락했다는 UFO 위치와
이라크 바그다드의 위치 33.3도

UFO가 33도 위치에 추락했다고 한다.
104/π(3.14)=33도 33xπ(3.14)=104

세계 엘리트들의 인신제가
논란이 되고 있다.

인신제가 벌어지고 있는 33도 선

° 미시시피 사형장: 미시시피 파츠만은 악명 높은 감옥이다.
   북위 N 33.92 (9+ 2=11)

° 조지아 사형장(1): 조지아 주 잭슨에 위치, 북위 N 33.29 (2+ 9=11)
(아리조나의 "31"을 역으로 하면 13이다.(일루미나티 13혈파) 미시시피
"92"와 조지아"29"는 수비학 11이다.)

° 조지아 사형장(2): 애틀랜타 북위 N 33.65 (6 + 5 = 11).

° 사우스 캐롤라이나 사형장: 릿지빌 위도 N 33.0326
  (3 + 2 + 6 = 11).

° 파키스탄 라왈핀디 감옥 사형장: 북위 N 33.35 (1979년 4월 4일 파키스탄 대통령 지아 울 하크가 독재자 부토를 교수형 시킨 곳이다.)
  (3 + 3 + 5 = 11)

° 이라크 아부 그 라이브 사형장(일명 공포의 집으로 통한다.) – 북위 N 33.29 (남성 사형수의 경우 조지아 사형장에서 시행하는 방법과 동일하다). (2+ 9=11) 이 감옥은 특이하다. 죄의 유무를 따지지 않는다. 단지 의심스럽다는 것이 죄의 기준이 된다. 억울한 누명을 쓰고 갇혀 있는 사람이 많다. 아무런 죄나 불법을 저지르지 않고도 인신제사의 희생양이 되는 것이다.

° 레바논 북부에 위치한 루미 사형장 – 북위 33.60에 위치해 있다. 애틀랜타에서 치르는 사형 방식과 동일한 방법으로 형을 집행한다. 과거 수니파를 대표한 총리 라피크 하리리는 베이루트 도심지역에서 차량폭발로 경호원과 함께 살해 당한다. 그는 죽기 전 사형제를 부활시켰다.

° 빌 클린턴은 33.66도에 위치한 아칸소 호프에서 태어났다.(3+ 3+ 6+ 6=18=666) 이곳의 위치는 애틀랜타에 위치한 여성 사형수 감옥과 평행 선상에 놓여있다. 클린턴은 신생아를 인신제로 바치는 부두교 의식을 취함으로써 모니카 르윈스키와의 성추문을 막으려 했다.

° 바티칸은 좌익세력과 흑마술사에 의해 점령당했다고 보는 시선이 강하다. 사우스 캐롤라이나에서의 화형식은 매우 유명한 일화를 낳았다. 33도 평행선과 맞닿은 이곳은 화형을 통한 인신제가 벌어지는 곳으로도 잘 알려져 있다. 또한 사우스 캐롤라이나의 찰스턴은 "세계의 어머니들이 사는 곳"으로 유명하며 과거부터 인신제의 장소로 널리 이용되었던 곳이다. 요한 바오로 6세가 교황이던 1963년 6월 29일 (6, 2+ 9=11 61

365

1 upside down 911) 그들 악의 세력이 바티칸을 침입했다.

° 테네시 내쉬빌 사형장 – 북위 N 36.10 (3X6=18=666) 이곳은 튀니지와 동일한 선상에 있다. 한때 로마를 점령할 뻔한 한니발이 살았던 곳으로 테네시는 인신제사와 악마들의 주요 거점지로 잘 알려져 있다. 그리고 아이들을 대상으로 한 인신제사가 600년 가까이 이어져 오고 있다. 내쉬빌에는 신비주의자들(오컬티스트)이 신봉하는 유명한 시계탑이 있다. 이 시계탑은 이라크 스타게이트를 모방했다. 이라크는 북위 33도 선상에 위치해 있고 성배와 관련된 많은 유물이 묻혀 있는 곳으로 유명하다. 바그다드의 사담 타워와 내쉬빌의 시계 타워는 동일 선상에 놓여 있다. 라스베이거스의 네바다와 내쉬빌의 TN 그리고 카르타고는 나란한 위치에 있다.

° 룩소르 호텔 카지노는 피라미드 모양으로 지었으며 북위 36.12(3x6 =18=666)에 위치해 있다. 이 호텔을 짓는 동안 많은 노동자들이 자살을 했다. 인부를 구하기 힘들어 건축 기간은 더 늘었다. 테네시의 피라미드는 세계에서 세 번째로 크다. 9,200 개의 유리창으로 덮여 있으며 32층 높이다.(9 + (1 + 1)) 여기에서의 32층은 미 달러의 피라미드가 담고 있는 내용과 같다.

지도로 본 33도 선

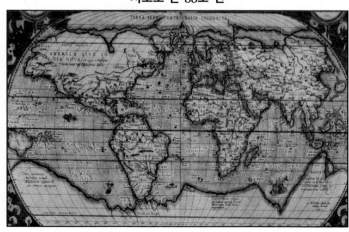

북위 33도 죽음의 라인

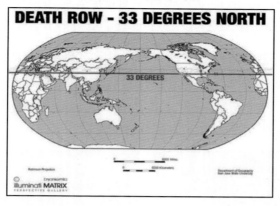

북위 33도 선상에서 벌어진 사건사고가 미국과 일부 지역에서만 벌어진 것이라고 생각한다면 오산이며 착각이다. 이들 글로벌 엘리트들의 만행은 전 인류를 대상으로 한다. 세계 곳곳에 자신들의 심복들을 심어 놓고 대형 위장 작전을 벌인다. 위장 테러로 자신들의 힘을 과시하는 그들은 매우 사악하다. 평평한 땅을 둥글다고 믿게 만들 수 있을 정도의 계략을 자랑한다. 물론 사람을 살해하는 만행을 드러내 놓고 할 수는 없다. 그러하기에 특정한 날짜와 장소에 덫을 놓는다. 미래 이들의 꿈이 현실이 되면, 즉 신세계질서가 이룩되면, 만천하에 그것(위장작전을 통한 인신제사와 수비학)을 공개할 터이다. 그들의 신세계에선 그들이 바로 법이요, 신이니까.

책의 마지막을 향해가는 중대한 단락이다. 그럼에도 불구하고 수비학을 설명하는 데에는 그만한 이유가 있다. 순식간에 대형 인명 피해를 발생시킬 수 있는 운석 충돌과 외계인 침공 그리고 인공 지진과 같은 것들이 사용될 가능성이 높기 때문이다. 사탄과의 영적 교류를 떠나 그들 엘리트들도 사람이다. 육신엔 유통기한이 있다. 신세계질서를 외친 그들도 늙는다. 죽음이 다가오고 있다. 조급할 것이고 초조할 것이다. 천천히 죽이는 소프트 킬(soft kill)에 악담을 쏟을 것이다. 그들에겐 시간이 없다. 인구감축을 순식간에 이룩할 수 있는 대형 이벤트가 필요하다. 숨기고 있던 날카로운 송곳니와 발톱을 드러낼 때가 왔다. 히든 카드(hidden card)를 던질 타이밍이다. 난 그들의 조급함이 느껴진다.

천하를 호령하며 무소불위의 권력을 휘두르던 그들 글로벌 엘리트들은 수소(水素)를 집어삼키는 세월(歲月)에 산화(酸化)되고 있다. 걷고 숨쉬는 것마저 힘들어한다. 그들이 꿈꾼 신세계질서(新世界秩序)는 다른 차원으로 넘어가 먼지 입자의 그들을 기다릴 터이다.

이들의 아젠다는 승계된다. 고로 대형 이벤트들은 잠정적 위험으로 남아 있다. '대량 살상'이 과연 불가능한 얘기일까? 엘리트들은 99%의 인류가 잠들어 있다고 생각한다. 그래서 그들은 함부로 행동한다. 마취된 환 자의 목숨이 날카로운 메스를 든 의사의 손에 달려 있듯 잠들어 있는 우린 매우 위험한 상태다.

깨어나야 한다. **공격이 들어오기 전 알아야 한다.**

이젠 깨어날 차례다. 그래야만 한다. 그들이 만들어 놓은 둥근 매트릭스의 구를 깨부수고 평평한 현실의 땅을 밟자. 아울러 그들의 코드를 읽는 눈도 기르자. 과거의 대형 참사에서 수비학의 개입을 발견할 수 있다면, 이것을 통해 미래의 위험도 예측할 수 있을 것이다. 지리적 위치에 따른 재난과 대형참사가 벌어진 날의 수비학을 볼 수 있는 안목을 길러야 한다. 명백하다. 깨어나는 사람이 많아지면 많아질수록 데이터는 쌓인다. 이것만으로도 그들의 아젠다 수정이 불가피할 것이다. 엘리트들의 계획이 철회될 수도 있다. 지구온난화의 사기가 만천하에 밝혀졌듯이 이들의 우생학도 만천하에 드러날 것이다.

명목화폐 프린팅 머니엔
등가물이 없다.

돈 뿌리기 양적완화 작전

이제 '사랑한다. 평평한 지구'가 글로벌 뱅커들의 금융 카르텔을 다룬 이유를 알게 되었을 것이다. 세상을 속이기 위해선 거대한 액수가 필요하다. 돈의 흐름은 단서다. 이 자금이 흘러들어간 곳이 어디인지 파악하면 큰 윤곽을 그릴 수 있다. 그 그림엔 세계를 대표하는 기관이 서로 연결된 것이 보인다. 프린팅 화폐를 기축통화로 만든 그들이 최우선시하는 것이 무엇인지 잊어서는 안 된다. 맞다! 그것이다! 인구감축이다!

다시 강조하지만 돈을 추적하면 그들의 아젠다가 보이듯 수비학을 보면
그들의 위장작전과 인신제사가 보인다.

**세월호는 북위 33.3도에 위치한
제주도를 향하다 침몰하게 됐다.**

타이타닉 침몰

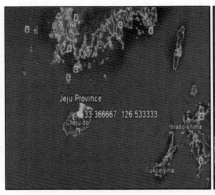

1+ 2+ 6=9,
9+ 5+ 3+ 3+ 3+ 3+ 3=29=2+ 9=11
세타는 9이며 경고는 11이다.
4+ 1+ 6=11

**타이타닉 침몰은 세월호와 같은
날짜인 4월 16일이다.**(East time)

**세월호 세모그룹의
로고**

이탈리아 국기

세모 유람선 주식회사

**빨간색=1, 녹색=2,
흰색=6**
1+ 2+ 6=9, 9=세타(θ)

로마 교황청이 있다.

**전화번호 끝자리가 모두
11(101). 잠실점의 경우
416으로 시작하여 마지
막 3자리는** 611 upside
down 911

알파벳과 수비학 코드 101, 111, 666, 777, 911, 33, 11, 13, 9

각 알파벳은 배열상의 숫자가 있다. 이 숫자들의 합과 년, 월, 일 또는 월, 일 날짜의 합이 이들의 '행동' 코드다.

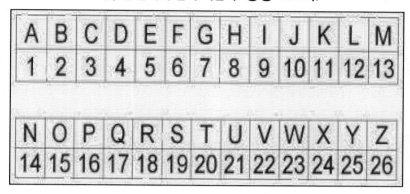

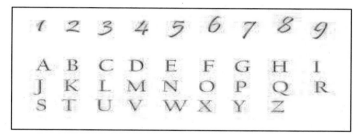

우선 이들 일루미나티와 프리메이슨이 이용하는 조직과 수비학의 조합을 보도록 하자.

CBS 13

CNN 뉴스를 옆으로 보면 33이다.

맥도날드를 옆으로 돌리면 13

{호루스의 눈 13 C B S} {3 14 14=3+ 1+ 4+ 1+ 4=13 C N N} {3 9 1 =3+ 9+ 1=13 C I A (미 중앙정보국Central Intelligence Agency)} {4 8 19=4x8=32-19=13 D H S (미국 보건교육복지성 (Department of Human Services)} {6 2 9=6-2=4+ 9=13 F B I (미 연방수사국 Federal Bureau of Investigation)} {14 19 1=1+ 4=5-19=negative14 + 1=negative1 3 N S A (미 국가안보국 National Security Agency)} {1 15 12=1+ 15=16-1=15-2=13 A O L (아메리카 온-라인(America On-Line) 피라미드의 전시안이 연상 된다.} {6 5 13 1=6-5=1+ 13 =14-1=13 F E M A (미국 연방재난관리청(Federal Emergency Management Association)} {5 16 1= 5+ 1=6+ 6=12+ 1=13 E P A (미 환경보호청(Environmental Protection Agency)} {13 9 F =1+ 3= 4+ 9 =13F(13층) F=Freemason} {M I 6 (영 정보국(British Intelligence)} {23 8 15=2x3=6-8=-2+ 15=13 W H O {세계보건기구 (World Health Organization)} {10 7 2=2x7=14-01=13 K G B (러시아 첩보국 (Russian Intelligence)} {14 1 6 20 1=1x 20=20+ 6=26+ 1=27-14=13 N A F T A (북미자유무역협정(North American Free Trade Agreement)} {14 1 20 15=14-1=13-20=negative 7-1=negative 8- 5=negative 13 N A T O (북대서양조약기구(North Atlantic Treaties Organization)} {20 2 14=20-2=18-1=17=4=13 T B N (Trinity Broadcasting Network)} {21 19 1=2x1=2+ 1=3+ 9=12+ 1=1 3 U S A} {14 1 19 1=14-1=13+ 19=32+ 1=33 N A S A} {8 1 1 18 16=8-1 =7+ 1=8+ 18=26+ 1=27+ 6=33 기후조작 무기 하프 (H A A R P)} {9 2 13=9+ 2=11 11+ 13=33 1+ 1+ 1=3 I B M} {24 6 12=24+ 6=30+ 1 =31+ 2=33 X F L} {21 11=2=1=3x11=33 U K (영국(United Kingdom)} {1+ 2=3 3은 33을 만든다. A B C} {21 14=2+ 1=3 1-4 =33 그리고 3 은 33이 된다. U. N. United Nations UN깃발은 33구역 으로 나뉘었다.} 유엔 설립은 록펠러가 했고 국제연합(國際聯合)인 UN (United Nation) 은 단일 국가 (One World Government)로 묶기 위한

기구일 수 있다.

평평지구와 판박이 UN 로고

양쪽 13개의 잎사귀

33구역으로 나뉜 UN로고

지구가 평평하단 이 단순한 상식을 UN이 모를 수 있을까?

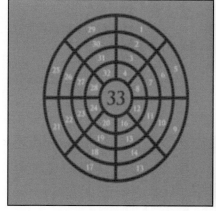

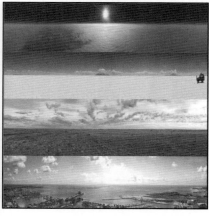

육, 해, 공 그 어디든 수평을 이룬다. 그래서 수평선, 지평선이란 말을 사용한다. 그 어떠한 장비도 지구의 곡률을 측정할 수 없다. 그것이 없기 때문이다. 즉 둥글지 않다는 말이다.

세상에서 가장 긴 다리 단쿤 특대교

　이 책의 Part 1에서 다루었던 대교가 있다. 나도 이것의 곡률 계산을 해보았다. 단쿤 특대교는 장쑤성의 단양 시와 쿤산 시를 연결하며 창저우 시, 우시 시, 쑤저우 시 등 중요 도시를 통과한다. 이 교량은 총 길이 164,800m로 세계에서 최고로 긴 교량으로 기네스에 올랐다.

　만약 지구가 둥글다면 이 교량엔 높이의 차이가 있어야만 한다. 그래야 굴곡에 의한 침수가 생기지 않기 때문이다.

102.4mile X 102.4= 10,485.76

10,485.76 X 8/12= 6,990.50

　만약 지구가 둥글다면 약 7천 피트(2,134미터)의 굴곡이 있어야 하며 다리 또한 이 굴곡에 따라 높이가 달라야 한다. 그러나 다리를 만들 때 지구 굴곡률은 무시 된다. 다리와 물의 높이가 평행을 이루며 뻗는다. 굴곡은 없다. 이는 상식이다. 물의 성질을 보라. 물은 언제나 수평을 이룬다. 과연 거대 기구 NASA와 UN이 이를 몰랐을까?

지도로 본 단쿤 특대교

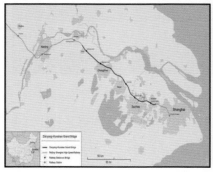

**세계에서 가장 긴 다리로
기네스북에 오른 대교**

태국에서 미국까지의 거리는 8,614 마일이다. 굴곡이 없다.

베트남에서 멕시코까지의 거리는 9,112 마일이다. 굴곡이 없다.

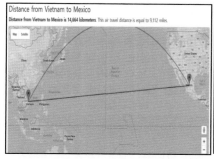

일루미나티가 제일 많은 공을 들인 911 테러 그리고 수비학

뉴스위크에 소개된 젊은 시절 데이비드 록펠러

뉴월드오더의 꿈을 이루지 못하고 있는 록펠러

미 쌍둥이 무역빌딩 월드 트레이드 센터(WTC: World Trade Center)의 붕괴는 이미 오래전 그들의 계획하에 있었다.(인신제사도 하나의 이유다.) 그러니까 붕괴를 시키기 위해 지은 건물이다. 이것을 무너뜨리기 위해 많은 국가가 개입됐다. 특히 이스라엘의 모사드가 적극 개입하였다. 현재엔 이들이 건물에 폭탄을 숨기는 자료마저 나왔다.(후쿠시마 원전 폭발은 3월 11일 벌어졌다. 311, 711, 911)

1967년 쌍둥이 무역 빌딩에서 사진을 찍은 데이비드 록펠러, 그의 손목 시계가 9와 11을 가리키고 있다.

1985년 상영된 백투더퓨처의 한 장면으로 여성의 뒤편에 일루미나티 전시안이 보인다. 백투더퓨처는 911 테러를 암시한 영화로 유명세를 타고 있다.

이스라엘 예술과 학생이라고 신분을 속인 후 쌍둥이 무역 빌딩에 잠입 후 폭탄을 설치했다.

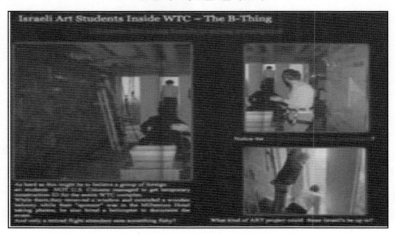

**이스라엘 모사드가 미 CIA와 결탁하여 벌인
내부자 소행(Inside job)이 911 테러다.**

MOSSAD

　미국 고위층 또한 이 범죄에서 자유롭지 못하다. 전쟁을 일으키기 위해 고의로 자국민 3천 명을 학살했다. 부시의 명분 없는 전쟁으로 약소국(아프간, 이라크, 파키스탄 등) 민간인 수십만명이 사망했고 수백만명의 전쟁 난민이 발생했다. 전쟁고아들은 굶주린 배를 움켜쥐고 무너진 건물 아래에서 죽어가고 있다. 911테러는 정의가 아닌 오로지 자신들의 꿈, 신세계질서를 이룩하기 위해 벌인 만행이다. 침통함을 금할 길이 없다. 문제는 이러한 위장작전이 멈추지 않는다는 것이다. 계속 진행된다. 현재 세계에서 벌어지는 거의 모든 테러가 이들의 계획하에서 벌어지고 있다고 봐도 무방하다. 물론 그곳엔 글로벌 엘리트들의 지문(수비학)이 난무하다. 그들이 911테러 때 이용한 수비학을 한번 보도록 하자.

　뉴욕 주는 미합중국 헌법을 승인한 11번째 주로 뉴욕의 알파벳 코드는 111이다. 뉴욕(New York City의 알파벳은 11개로 이루어졌다.) 쌍둥이 무역 빌딩의 모양은 11이다. 1966년도 시공을 하여 1977년도에 완공을 했다. 11년의 공사기간이 걸린 것이다. 그리고 지은 지 33년 후 파괴됐다. 쌍둥이 무역 빌딩 아래엔 33개의 의자가 놓여 있었다. 이 빌딩은 110층이다. 21800개의 창문이 있다.(2+1+8=11) 425000개의 콘

크리트 벽돌이 이용됐다.(4+ 2+ 5=11) 중앙 기둥은 47개다.(4+ 7=11) 911테러엔 쌍둥이 무역 빌딩 두 개만 무너진 것이 아니다. 7번 빌딩(World Trade Center7)도 무너졌다.(911=9+ 1+ 1=11, 711=7+ 1+ 1=9 세타의 경고) 이 빌딩은 47층 높이다.(4+ 7=11) 2001년 9월 11일 발생한 911테러는 2001년을 111일 남겨놓고 발생했다.(2+ 5+ 4=11) 테러리스트가 빌딩과 충돌하기 위해 이용했다는 비행기는 총 3대다. 그중 Flight AA11이 충돌했다는 빌딩은 아침 10시 28분에 무너졌다.(AA=11, 1+ 2 + 8=11) 이 비행기 안에는 81명의 승객이 있었고 승무원은 11명 있었다고 한다.(8+ 1=9 81+ 11=92 9+ 2=11 세타의 경고) 두 번째 비행기는 Flight 175으로 56명의 승객과 9명의 승무원이 타고 있었다고 한다.(5 + 6=11) 서쪽 타워는 충돌 56분 후 무너진다.(5+ 6=11) 세번째 비행기 Flight 77은 47분 만에 미 펜타곤과 충돌했다고 한다.(4+ 7=11) 이 모든 짓을 오사마 빈 라덴(Osama Bin Laden)이 저질렀다고 미국에선 보도했다.(알파벳 코드 110, 오사마 빈 라덴 알파벳은 13자) 납치범은 Khalid al-Mihdhar(코드 119, 119의 지역 코드는 이라크다. 역으로 하면 911), Mohamed Atta(101=11), Hani Hanjour(119 역은 911)였다. 미국은 911테러를 이유로 아프간을 침공했다.(아프가니스탄(Afghanistan)의 알파벳은 11자) 미 소방당국은 이 테러로 777명의 소방관이 사망했다고 발표한다. 그리고 9월 11일 목숨을 잃은 소방관의 숫자는 343명이다. (3x4x3=36 36=3x6=18=666)이다.
알리스터 크로울리의 뉴월드오더=777

수비학으로 본 니콜라 테슬라는 살해당했다. 인류를 위해 자신의 기술을 무료로 사용하고자 한 선한 마음이 악의 세력에겐 큰 부담으로 작용했다. 테슬라의 무한 에너지가 상용화되면 각종 세금을 거둬들일 엘리트들의 꼼수는 사장된다. 그러므로 신세계질서는 물 건너가게 되는 것이다. 이러한 이유로 위대한 천재 테슬라를 교과목에서 볼 수 없는 것이다. 대신 볼품없는 에디슨이 영웅으로 아이들에게 교육되고 있다.

테슬라가 사망한 호텔의 룸 넘버
3327 2+7=9 세타 33=11 경고
911 (수비학에선 같은 수가
반복 되면 11로 본다)

미래의 발전과 인류의 번영을 위해
자신의 기술이 무료로 사용되길 희망
한 테슬라. 그는 아무런 인정도 받지
못한 채 쓸쓸한 죽음을 맞이하게
된다.

수비학과 테러리즘

프리메이슨 33도와 마찬가지로 일루미나티에게도 그에 준하는 수가
있다. 파괴, 응징, 처벌, 처형의 뜻을 담은 **11**이다. 이 수는 위장작전의
대명사다. 직립보행을 하는 우리 모두가 그 테러의 대상이 된다.

세월호는 북위 33.3의 제주도를 향하다 침몰했다.(4월 16일 4+1+6
=11) 날짜의 합 또한 11이다. 그들의 위장작전은 전 세계를 대상으로
하고 있다.(내가 전자책으로 출간한 "잘 속는 사람에게 함정의 문이
열리면"을 보게 되면 대한민국 유람선(세월호)을 침몰시켜 많은 사람
을 살해하고 그것으로 공포에 휩싸이게 만든 후 아시아를 더욱 조종하
겠다는 내용이 증거 자료와 함께 있다. 이 영상은 세월호 사건 발생 11달

전의 동영상으로 그들 글로벌 뱅커(유대 시오니스트)들은 대형 위장 작전을 사전에 준비하고 일으킨다. 물론 그들 단독 범행이 아니다. 전방위적 협조자가 있다.)

믿기 힘든 사건이 연속적으로 발생하면 이를 다른 각도로 볼 필요가 있다. 한번은 우연일 수 있지만 두 번, 세 번 계속해서 일어난다면 주변을 봐야 한다. 의도가 없는지 확인해야 한다. 우연이라고 치부하는 것은 바람직하지 않다.

런던 대형화재 1666년 9월 2일(3x6=18=666, 9+2=11), 러시아 쿠르스크호 침몰 사고 2000년 8월 12일(8+1+2=11 훈련에는 30척의 배와 3척의 잠수함이 참가 33), 천안함 2010년 3월 26일(3+2+6=11, 사망자수 47= 4+7=11), 대구 지하철 참사 2월 18일(2+1+8=11, 11년 후 세월호 발생) 대구 지하철 방화범은 56세(5+6=11) 1호선 중앙로역의 1079호(1+1+0+7+9=18=3x6=666) 중앙로역 반대편에서 정차한 1080호(1+0+8+0=18=3x6=666) 방화범은 2004년 8월 30일 사망(8 +3+0=11) 매년 2월 18일 추모 행사 진행. 세월호 2014년 4월 16일(4+1+6=11) 북위 33.3도 제주도로 향하다 침몰(1970년 남영호도 북위 33도에서 침몰) 세월호 승무원 29명(2+9=11), 화물기사 33명, 세타의 경고 메모 날짜는 3월 22일이다.(세타=9, 경고=11, 스컬엔본즈 322=창세기 3장 22절 생명의 나무(제18대 대통령 취임식은 2월 25일 오전 10시 55분으로 헌정사상 처음으로 부녀가 대통령이 됐다. 33년이란 시간이 걸렸다. 이를 축하하기 위해 21발의 예포가 발사 됐다. 또한 생명의 나무 그리고 오방낭이 등장했다. 이를 수비학으로 풀면 18=666, 2+2+5=9, 1+0+5+5=11, 33, 21=777 뉴월드오더, 322 ≈ 수비학이 난무하는 취임식에서 오컬트 나비 배지가 보였다. 세월 호 탑승 단원고 학생의 수는 325명으로 미참가자는 13명이다.))
세월호는 일본 마루에이 페리(マルエ一フェリ一株式会社, A-Line Ferry Co.,Ltd.)사에서 약 18 년간 Ferry Naminoue (フェリ一なみのうえ 페리

나미노우에라는 이름으로 운항(3x6=18=666) 했다.

세모그룹 한강 유람선 침몰 14명 사망 1990년 9월11일(9+ 1+ 1=11 세타의 경고, 1990/9/11=111, 999 upside down 666), 타이타닉 침몰 east time 4월 16일(4+ 1+ 6=11), 니콜라스 케이지 주연 재난 영화 노잉(Knowing) 2009년 4월 16일(2+ 9=11, 4+ 1+ 6=11) 보스턴 마라톤 테러(east time) 4월 16일(4+ 1+ 6=11) 테러범으로 누명 쓴 조하르 차르니예프 2015년 5월 15일 사형 선고(5+ 1+ 5=11) 조하르 차르니예프 생년월일 1993년 7월 22일(1+ 9+ 9+ 3+ 7+ 2+ 2=33)

보스턴 마라톤 테러는 사전에 치밀하게 준비된 위장작전(false flag)이다.

피 한 방울 흘리지 않은 피해자(위기 연기자 Crisis actor).
수십 미터를 이동하는데 피 한 방울 없다. 추후 휠체어의 남자는
전장에서 다리를 잃은 군인으로 밝혀짐.

    말레이시아 MH307 실종 3월 8일(3+8=11, MH307=3x7=21=777), 개구리소년 실종 사건 1991년 3월 26일(3+2+6=11, 11년 하고 6개월 뒤(116 Upside down=911)인 2002년 9월 26일 유골로 발견, 프리딕션(Prediction) 영화 '아웃 브레이크' 개봉일 1995년 4월 5일 (1+9+9+5+4+5=33), 911테러와 켐트레일이 일루미나티의 범행이라고 폭로한 후 주검으로 발견된 전 FBI지국장 테드 건더슨의 사망일 2011년 7월 31일(7+3+1=11), 세계 1차 대전 종료일 11월 11일 11시 11분, 세계 2차 대전 종료일 9월 2일(9+2=11), 휘트니 휴스턴 사망일 2012년 2월11일(2+1+2+2+1+1=9), 폴 워커 사망일 2013년 11월 30일(2+1+3+1+1+3=11), 존스타운 사건 1978년 11월 18일 (1+1+1+8=11 교주 사망일도 11월 18일 나이 47세(4+7=11) 918명 자살 9+1+8=18=666), 고창 심원면 거룻배 전복 사고 1986년 7월 30일 (7x3=21=777), 13노트로 귀항 동호 유람선 화재 사건 1987년 6월 16일(6+1+6=13), 노르만 아틀란틱호 화재 2014년 12월 28일 (1+2

+ 2+ 8=13), 미라지호 침몰 사고 2014년 5월 15일(5+ 1+ 5=11, 2+ 1 + 4=7, 711) 56명 사망(5+ 6=11), 서해 훼리호 침몰 사고 1993년 10월 10일 오전 10시 10분, 씨랜드 화재 사고 1999년 6월 30일(666, 6x3 =18=666), 러시아 크루스크호 침몰 2000년 8월 12일(8+ 1+ 2=11. 118명 전원 사망), 버지니아공대 총기난사 조승희 사건 2007년 4월 16일(2+ 0+ 0+ 7=9, 4+ 1+ 6=11 **세타의 경고 911**), 일본항공기 123편 추락 520명 사망 1985년 8월 12일(8+ 1+ 2=11), 인도네시아 대지진 22만 7,898명 사망 2004년 12월 26일(1+ 2+ 2+ 6=11), 칠레 대지진 700명 이상 사망 2월 27일(2+ 2+ 7=11), 밤 지진 4만 3천 명 이상 사망 2003년 12월 26일 (1+ 2+ 2+ 6=11), 2004년 남아시아 대지진 2004년 12월 26일 인도네시아 수마트라 섬 지진(1+ 2+ 2+ 6=11), 이와태 미와기 내륙 지진 2008년 6월 14일(6+ 1+ 4=11), 도호쿠 대지 진 2011년 3월 11일(211, 311=후쿠시마 원전 사고), 네팔 대지진 2015년 4월 25일 네팔 수도 카트만두(4+ 2+ 5=11), 경주 지진 2016년 9월 5일(월요일) 8시 33분 − 9월 12일(월요일) 8시 32분 − 9월 12일 (월요일) 8시 33분 − 9월 17일(월요일) 8시 33분.

간략하게나마 일루미나티 수비학을 다뤘다. 이것을 통해 앞으로 다가 올 대형 이벤트의 지도를 그릴 수도 있다. 나사가 발표하는 운석 이름 과 그것의 충돌 날짜를 잘 살펴보길 바란다. 분명 무언가 보일 것이다.

믿음과 현실 그리고 배신과 진실, 그 사이의 존재

　우린 지금 어떤 시공간에 있는가? 무엇을 밟고 움직이는가? 직립보행의 인류(人類)가 활동하는 공간(空間)에 두 개의 상이 존재(存在)하게 됐다. 우리의 머리(意識)와 몸(知覺)은 각각 분리(Segregation)된 채로 나뉘었다. 동일(同一) 공간(空間)을 빼앗겼다. 좀비가 되어 매트릭스(Matrix) 세계를 떠돈다. 학습(Doctrine)된 머리(思考)는 1천 6백 킬로의 속도로 도는 둥근 지구(地球)안에 머물면서 중력의 유령에 짓눌리고 진공 상태의 우주(宇宙)를 기록한다. 그리고 지구로부터 약 1억 5천만 킬로미터에 존재한다는 태양(太陽)을 막연히 가늠하며 산다. 이 모든 거짓은 현실이 되었다. DNA 유전자를 닮은 가상현실(假想現實)은 우리 후손의 머리에 매트릭스를 프로그래밍(Programing)한다. 탈무드의 프로토콜(Protocol)을 이행하려는 그림자 정부는 인류의 무지(Ignorance)를 원동력(原動力)으로 사용한다. 글로벌 엘리트들의 발전기(generator)는 객체들(95%)의 배터리를 방전시키면서 채워진다. 이러한 인간의 무지와 무관심을 꼬집은 한 작가의 지적처럼 우린 놈(NOMB: None Of My Business) 증후군에 빠져 있다. 그렇다. 도살장의 소(CISH: Cow In Slaughter House) 증후군은 만연해 있다. 일루미나티의 헤게모니는 성공했다. 미 중앙은행(FED)으로부터 푸른 피(Money)를 수혈받는 다국적 기업이 세계의 방호벽(Firewall)을 허물면서 적과 아군의 경계는 모호해졌다. 케이블을 타고 흐르는 역정보는 전 세계를 공포(恐怖)로 감염(感染)시킨다. 어쩜 우린 이 극악무도하며 악랄한 전략(戰略)가들에게 양심(良心)을 기대하고 있을지 모른다. 그러나 그들이 진정으로 추구하는 것이 인구 감축(Depopulation)이란 것을 상기한다면 양심을 바란 우리의 생각(錯覺)이 얼마나 큰 오산(誤算)인지 깨달을 것이다. 물론이다. 추호도 기대치 마라. 그들의 입에서 평평한 지구가 나올 리

만무하다. 진실이 밝혀진다 한들 인정할 리 없다. 제거의 대상인 인류에게 이실직고 고백한다는 것은 엘리트들에게 있어 참을 수 없는 모욕이다. 다시 말해 평평한 지구는 인류가 깨어나기 전까진 매우 힘든 문제다. 그래서 가슴 아프다. 요람(搖籃)의 아기가 천장에 매달린 둥근 지구의 교구(教具)를 볼 때면 더욱 그러하다. 삶의 시작부터 거짓이 주입되는 것이다. 그렇게 우리의 뇌는 프로그래밍(Input) 된다.

평평한 지구를 숨기는 것은 상식을 불허하기 위해서다. 무지가 쌓일 때 문제-반응-해결은 극대화된다. 믿고 싶지 않겠지만 권력의 영역(5%)에서 벗어난 민초는 실험용 쥐 기니피그와 다를 바 없다. 개발도상국의 운명은 풍전등화다. 구호의 손길이 필요한 약소국은 더욱 쉽게 유린당한다. 글로벌 엘리트들은 피부색을 본다. 우생학이 교리로 자리잡혔다. 자본 그리고 문명의 혜택을 받지 못한 인간은 실험용 쥐마저도 될 수 없다. 그들을 꿈틀거리는 구더기로 인식하는 엘리트들은 광이 나는 명품 수제구두로 가난한 생명을 짓이긴다. 위장작전(False flag)에 희생당하는 인구는 무지가 쌓이는 세월이 늘수록 기하 급수적이다. 결국 부지불식간에 인구 절벽을 만난다. 쇠약해진지도 모르는 중산층(G20 국가)은 둥근 지구(Matrix)에서 프린팅 머니만 좇다 무덤에 들어가는 것이다. 이것이 현재의 시공간에 존재하는 우리다.

1954년 미국에서 하나의 실험이 진행됐다. 유타 주의 서부 사막에 약 3십만 마리의 벼룩을 떨구는 작전이었다. 엘리트들은 이를 오퍼레이션 빅 이치(Operation Big Itch: 큰 가려움증 작전)라 명명 했다. 군은 이 벼룩들이 얼마나 효과적으로 질병을 전파시킬 수 있는지 민간인을 대상으로 실험했다. 또한 이 생물학전을 실시하는 동안 군은 약 1억 마리의 모기를 한 달 안에 생산할 수 있는 해충 농장 건설을 추진했다. 이들이 모기나 벼룩과 같은 생물학 무기에 눈독을 들인 이유는 간단하다.

사람을 살상하는데 있어 저렴한 금액으로도 충분했기 때문이다. 또한 곤충과 해충은 전쟁터의 군인만을 대상으로 하지 않는다. 민간인도 무차별 공격하여 병을 전파한다. 물론 평화가 찾아와도 이 생물학 무기는 멈추지 않는다. 인구 감축에 지대한 공을 세울 수 있는 것이다. 과학자들은 이러한 생물학 작전으로 인해 사망한 인구를 약 62만 5천명이란 잠정치를 냈다.

빅 이치 오퍼레이션(Operation big itch: 큰 가려움증 작전)이 진행된 1년 후인 1955년, 조지아에서는 또 다른 실험이 진행됐다. 작전이란 말은 무색했다. 비행기에서 하나의 박스를 떨어뜨리는 것으로 임무는 완수됐다. 박스 안엔 33만 마리의 황열병 모기가 들어 있었다. 이 작전은 오퍼레이션 빅 버즈(Operation Big Buzz: 윙윙 사방으로 날리는 작전)로 불렸다. 바이러스에 감염된 모기가 민간인을 문 것은 당연한 수순이다. 그리고 이 작전으로부터 1년 뒤인 1956년, 빅 버즈 작전보다 더 큰 피해를 줄 수 있는 오퍼레이션 드랍 킥(Operation Drop Kick: 발로 차 떨구기 작전)이 수행됐다. 공군은 플로리다 인근 지역에 약 6십만 마리의 모기를 담은 박스를 떨어트렸다.

소수의 엘리트만이 알고 있는 비밀 계획은 산재해 있다.

생물학 무기가 저조한 결과(인명피해)를 낳았다고 생각한 엘리트들은 다른 실험을 하기 시작한다. 이는 1957년과 1958년에 착수된 작전으로 미 육군 화학 군단이 맡았다. 일명 오퍼레이션 엘.에이.씨(Operation L AC)로 불린다. 이 비행기엔 생물학 무기로 사용했던 모기와 이를 대신할 것이 실렸다. 아연과 카드뮴 그리고 황화물 등을 넣은 기체가 그것이다. 미 전역은 물론이고 캐나다마저 독기체로 덮였다. 뭔가 떠오르는 것이 없는가? 어디서 본 듯한 내용일 터이다. 맞다. 켐트레일이다. 미국은 자국민을 대상으로 방사성 물질을 뿌렸다. 상기에서 나열된 오퍼레이션 빅 버즈(Operation Big Buzz), 오퍼레이션 빅 이치(Operation Big Itch), 오퍼레이션 드랍 킥(Operation Drop Kick) 등 이 모든 작전은 군인만을 대상으로 하지 않았다. 민간인을 대상으로 한 생물학 무기다. 명백하다. 그들은 인류를 실험용 쥐로 본다. 그들의 동반자는 신으로부터 선택받은 민족이어야만 한다. 그러니 인권(human right)이란 말이 가당키나 하겠는가. 소수의 글로벌 엘리트를 제외한 인류는 손에 베리칩(RF ID)이나 박고 살아가야 한다고 믿는다. 피부색과 언어 그리고 혈통이 다른 사람의 업적이 달갑지 않은 우생학자들이다. 다른 민족이 만들어낸 성과는 관심 밖이다. 그들을 자신들을 위해 몸을 써야만 하는 노예로 본다. 그리고 노예(인류의 5% Goy, Gentile) 신분계급 외의 직립보행 인간은 잉여물로 분류하여 제거할 것이다.

우리가 먹고 있는 음식 중 인육이 포함된 것들이 있다.

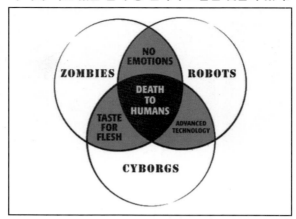

바이오 해저드는 우리 일상
깊숙이 침투해 있다.

바이러스를 이용한 테러는
오래전부터 준비해 온 작전이다.

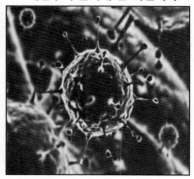

전쟁과 기근 그리고 생물학 무기와 테러를 이용한 인구감축엔 일정의
시간이 필요하다. 그 사이 만물의 어머니 자연은 면역과 항체를 선물한
다. 전쟁의 참상에 치를 떤 인간은 반전의 목소리를 높이며 악(Synago
gue of satan)과 대항한다. 때문에 그들 글로벌 엘리트들에겐 대형 이벤
트가 필요하다. 공룡 대멸종과 같은 재앙 말이다. 분명 패스트 킬(fast k
ill)과 소프트 킬(soft kill)은 극명한 색채를 가지고 있다. 글로벌 뱅커들
은 이 두 가지의 장점을 모두 취하려 한다. 그래야만 인구 감축이 단시
간에 온다. 사탄과 사타니스트들이 오랜 시간 머물며 공들인 기구가 있

다. 바로 나사(NASA)다. 허위의 우주를 만들어낸 나사(NASA)보다 더 좋은 단체는 없을 것이다. 최근 운석충돌이 크게 대두되고 있다. 또한 외계인 목격담이 광범위하게 퍼지고 있다. 이는 단지 루머로서 끝나지 않는다. 메인 뉴스가 이를 심도 있게 다룬다. 나사도 방대한 자료(모호한 부정 포함)를 내놓고 있다. 잘 알다시피 나사는 글로벌 엘리트들이 점령한 곳 중 하나다. UN처럼 인구감축에 많은 관심을 보이고 있다. 믿기 힘든가? 나사가 인구감축에 열을 올린다는 것이? 아래는 911테러가 발생하기 몇 달 전 나사에서 진행한 프리젠테이션이다. 에볼라 바이러스가 창궐하기 전부터 그들은 이를 준비했던 것이다.

나사 프리젠테이션(Presentation) 미래전쟁
"Future Warfare" 중 Page 43, Page 52.

켐트레일을 이용한 에볼라 바이러스 뿌리기, 모겔론 신드롬 일으키기, 합법적 생물학 무기, 환경 테러 벌이기 등의 내용이 있다. 이를 역정보로 활용하여 문제-반응-해결로 사용할 공산이 크다.

에볼라 바이러스 특허권을 가진 미국 정부 Ebola Patent
US20120251502A1

위장작전의 뜻은 사전에 계획을 세운다는 것이다. 다시 말해 시나리오가 있다는 말이다. 글로벌 엘리트들은 그러한 사전계획(위장작전, 인신 제사)을 대중매체에 흘리는 것을 무지 좋아한다. 왜냐면 자신들의 영향력을 과시하고 싶어 하기 때문이다.

수비학으로 666인 FOX뉴스의 기사로 세 개의 기사를 연결하면 하나의 문장이 완성된다. 빨간 부분을 읽으면 Crime, S. Korea Ferry, Ancient Easter Rite(대한민국 유람선 세월호는 사고가 아닌 범죄로 유대 부활절 의식을 위해 사용됐다.)이다.

CRIME STATS SPAT
Chicago cops fudge stats for Rahm, report says

- Robber, 74, who was homesick for prison to be sentenced

S.KOREA FERRY PROBE
Captain defends decision to delay evacuation call

- Third mate's first time navigating challenging waters
- VIDEO: Third mate at helm when South Korean ferry sank, reports say

ANCIENT EASTER RITES
'Holy fire' ceremony draws thousands in Jerusalem

- Pope Francis celebrates Easter vigil, seeks to bring faith to 'ends of the Earth'

LATEST NEWS
- US arms Syrian rebels with advanced antitank missiles after peace talks fail
- As Obama prepares for overseas trip, Asia seeks assurance in territorial spats
- Ohio couple married 70 years die 15 hours apart
- Gun ban for medical pot users dropped from Ill. proposal
- Magnitude 7.5 quake strikes off Papua New Guinea

죄와 벌? 하지만 난 단호하게 말할 수 있다. 글로벌 엘리트들을 처벌한다는 것이 불가능에 가깝다는 것을 말이다. 자신들이 신이라고 생각하는 그들은 아무런 두려움이 없다. 프린팅 화폐를 매점매석한 글로벌 뱅커는 그것을 방탄조끼로 이용한다. 인류가 둥근 지구에 갇혀 있는 시간까진 여유를 부릴 수 있다. 의식이 잠든 인간은 메스를 든 의사 앞의 환자에 불과하다. 우리가 활동하는 공간(둥근 지구)엔 현실(Reality)과 진실(True)이 공존하지 않는다. 맞다. 그들은 인류의 몸과 마음을 분리해 놓았다. 물론 소수이기는 하지만 진실을 보는 사람도 있기는 하다. 이들은 그들 글로벌 엘리트들에겐 위험한 존재일 것이다. 그러나 그들에겐 방어책이 있다. CIA가 만든 "음모론자"로 대응한다. 매트릭스 안의 사람들 눈에는 매트릭스 밖의 사람들이 테러리스트로 보인다. 삽시간에 선동된다. 흑색 분자로 분류되어 갇힐 때도 있다. 대형 언론매체는 매트릭스 밖을 볼 수 없다. 그렇게 소수의 목소리는 한계에 부딪히고 사장되는 것이다.

1997년 만화 심슨에서 에볼라 바이러스 창궐을 점쳤다.

나사 프리젠테이션. 공기로 전파되는 에볼라 종류를 언급하고 있다.

어떻게 버젓이 대량 살상을 꿈꿀 수 있을까? 의문이 들 것이다. 그렇다면 미국의 역사를 볼 필요가 있다. 누구에 의해 이 거대한 대륙이 움직였는지 봐야 한다. 미국의 역사는 프리메이슨이 썼다. 학살자이자 프리메이슨인 콜럼버스가 인디언의 땅에 뿌리를 내렸다. 모랄스 엔 도그마(Morals and Dogma)의 저자 알버트 파이크(33도 프리메이슨이자 KKK 백인우월주의자)가 비밀조직 가슴에 살아 숨쉬고 있다. 과거 미 대통령 중 15명이 프리메이슨으로 이름을 떨쳤다. 이를 볼 것 같으면 조지 워싱턴(George Washington), 제임스 먼로(James Monroe), 앤드류 잭슨(Andrew Jackson), 제임스 K. 폭(James K. Polk), 제임스 뷰캐넌(James Buchanan), 제임스 A. 가필드(James A. Garfield), 윌리엄 맥킨리(William McKinley), 시어도어 루즈벨트(Theodore Roosevelt), 윌리엄 H. 태프트(William H. Taft), 워런 G. 하딩(Warren G.

Harding), 프랭클린 D. 루즈벨트(Franklin D. Roosevelt), 해리 S. 트루먼(Harry S. Truman), 제럴드 R. 포드(Gerald R. Ford), 린든 B. 존슨(Lyndon B. Johnson)이 있다. 물론 이들도 수비학을 따르며 지형(33 도선)을 이용했다. 그중 한 대통령의 행적을 따라가 보자.

**조지 워싱턴 프리메이슨
국립 기념관**

**프리메이슨 앞치마를 두른
해리 트루먼**

해리 S. 트루먼(Harry S. Truman)

미 33대 대통령이며 33도 프리메이슨(Mason)으로 33도에 위치한 뉴멕시코의 백사장에서 첫 번째 원자 폭탄을 실험했다. 핵의 시대를 연 것이다. 그는 히로시마와 나가사키 좌표 33도에 위치한 곳에 원자폭탄을 떨어뜨림으로써 많은 사망자를 발생시켰다.

이 모든 것이 우연일까? 그렇다면 아래는 어떤가?

UFO를 다룬 뉴스 미디어가 삼각형 모양을 한 미확인 비행물체를 집중 보도하고 있다. UFO의 아래는 프리메이슨 유물과 일루미나티 전시안이 있다. 둥근 지구와 마찬가지로 오컬트를 사람들의 뇌에 프로그래밍 하고 있는 것이다.

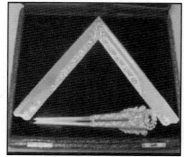

헤로인과 각종 마약 그리고 주술로 흥건한 비밀 회당. 그곳에서 악마와 소통하기 위해 난교 섹스 파티(동성)를 벌인 로켓 엔지니어 잭 파슨스. 그는 JPL의 원년 멤버로 활동했고 NASA의 아버지로 불리고 있다. 그러나 잊지 말아야 한다. UFO란 단어를 맨 처음 꺼낸 사람이 누구인지를 말이다.

UFO를 현실 세계로 끌고 나온 장본인들

알리스터 크로울리

잭 파슨스

L. 로날드 허버드

폰 브라운

월트 디즈니

UFO의 제로 페이션트(Zero patient)는 바로 로켓 엔지니어 잭 파슨스(Jack Parsons)다. 그와 마녀의식을 거치며 상당한 시간을 함께한 사람 중엔 허버드(사이언톨로지 종교를 창시)란 인물이 있다. 공상과학 소설을 천여 권이나 쓴, 그래서 기네스북에 기록된 사람이다. 범상치 않은 둘은 밤낮없이 마약에 취해 공상의 세계를 유영했다. 창공 너머의 로켓을 꿈꿨다. 반대로 창공 너머에서 다가오는 악마의 그림자를 두 팔 벌려 환영했다. 미지의 세계에 존재하는 사탄에 갈증을 느끼는 그들이었다. 더욱더 마약과 주술에 심취했다. 그 둘은 자신들의 영혼을 인류 최악의 사타니스트이자 33도 프리메이슨인 알리스터 크로울리에 저당 잡혔다. V2로켓의 아버지 폰 브라운과 33도 프리메이슨인 월트 디즈니가 파슨스의 UFO를 더욱 구체화하였다. 만화와 영화를 이용하여 외계인의 존재를 인류에 각인시켰다. 그리고 끝내 화려한 그래픽을 자랑하는 우주 다큐멘터리가 만들어지면서 성인들의 사고에도 뛰어든다. 어머니의 자궁에서 독립한 인간이 유아기를 거쳐 청년이 되고 부모의 위치가 되는 동안 잭 파슨스의 UFO와 외계인이 저절로 프로그래밍 되는 것이다. 그렇게 UFO는 매트릭스에서 큰 힘을 발휘하며 둥근 지구의 인류를 공격할 날만을 호시탐탐 엿보고 있다. 세계대전에서 이룩하지 못한 인류 대멸종을 위해….

사타니스트 잭 파슨스와 그의 부인

고의 전쟁을 일으키기 위해 히틀러와 프레스콧 부시 만나다.(스메들리 버틀러 장군의 책 "전쟁은 사기다" 참조)

위 중앙 검은 양복을 입은 사람이 V2
로켓 개발자 폰 브라운 박사다.
히틀러 첫 번째 줄 중앙에 있다.

일루미나티 전시안이 박힌 피라미드를
항시 소지한 조지 워커 부시와
그의 가족

염소신에 경배하는 사타니스트

메이슨의 악마 핸드 사인

큐브릭 감독 '샤이닝'의 한 장면. 티셔츠에 아폴로11호가 있다.

달 착륙이 할리우드 지하창고에서 벌어진 해프닝이었다고 고백한 큐브릭 감독은 자신의 영화에 히든 메시지를 숨겨 놓았다. 인류를 속이는 것이 큰 죄라는 것을 알았기 때문이다. 달 착륙이 거짓이란 사실을 사람들이 알아주기 바랐다. 그러나 CIA가 만든 '음모론'자는 여지없이 튀어나왔다. 그의 고백도 음모론이란 말에 가려졌다. 목숨을 건 사람들의 폭로가 이어져도 글로벌 엘리트들은 두려워하지 않는다. 그 어떠한 강력한 증거를 내놓아도 세상을 깨우지 못한다. 몸과 마음이 분리된 인간은 권위에 순종한다. 이것은 비참한 현실이다. 미 항공우주국 나사를 잊었는가? 둥근 지구(이미지)를 뒤덮은 구름에 666을 써넣고 그것으로도 모자라 SEX란 글자를 넣어 세상에 발표했다. 만화 캐릭터 플루토를 명왕성이라며 발표한 것도 기억할 것이다. 이러한 장난질은 현재 진행형이며 둥근 지구가 깨지는 날까지 계속될 것이다.

이 많은 콧구멍 중 블랙홀이 존재한다. 나사가 발표한 블랙홀 하나가 이 중에 있다.

중국이 달에 갔다며 내놓은 그래픽 자료. 세계가 글로벌리스트들에게 놀아나고 있다.

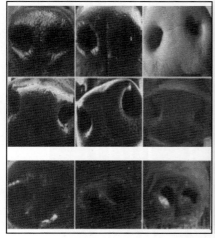

어쩜 그들 글로벌 엘리트들은 지구가 평평하며 돔으로 둘러싸여 있다는 것을 오래전 우리에게 알려줬을지도 모른다. 1983년 미국 드라마 V에 평평한 지구가 등장한다. 다이아나가 손으로 감싸고 있는 평평한 지구 안에는 태양과 달이 돌고 있다.

**매트릭스 세계 밖에 있는
다이아나의 눈빛**

돔 안에 두 개의 빛이 있다.

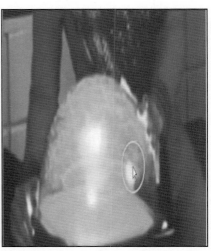

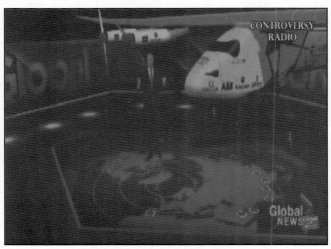

최근 뉴스로 평평한 지구 모델로 비행 구간을 설명하고 있다.

우린 창공 너머의 세계를 모를
공산이 크다. 난 우주가 진공이 아닌
물로 채워져 있다고 생각 한다.

폰 브라운 박사의 무덤 PSALMS 19:1
죽기 전 하늘엔 돔이 있다고
고백한 브라운 박사

우리를 둘러싼 모든 것들이 평평한 지구를 가르쳐 주고 있다. 잠잠한
호수와 시원하게 떨어지는 폭포수 그리고 자유롭게 나는 새들……

만약 지구가 둥글고 회전한다면 이 새들은 최소 2십 4만 킬로미터 이상을
쉼 없이 날아야 한다.

399

원근법은 평평한 지구를 잘 설명해 주고 있다.

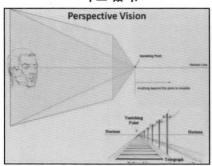

가까이 있으면 크고, 멀리 있으면 작아지면서 사라진다.

고요하다.

지구는 1천 6백 킬로로 돌지 않는다.

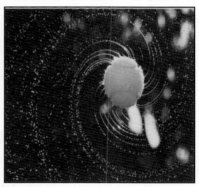

이렇게

쉽고

평평한 지구는 상용화 되었다.

간단하게 증명할 수 있는 것들을 과학자들은 정말 모르는 것일까? 나사에 근무하는 그 수많은 사람들이 전부 거짓말에 동참하는 것일까? 거짓말이 창피하지 않을까? 이러한 답은 미국의 명언을 꺼냄으로써 답하고자 한다.

"죽은 의사는 거짓말을 하지 않는다. Dead doctors don't lie" 사실을 말하면 살해를 당한다는 것을 은유적으로 표현한 것이다. 미국에선 많은 수의 의사가 살해를 당한다. 그들 피해자들에겐 공통점이 있다. 새로운 암 치료법에 대해 발표를 한다거나 대형 제약사에 피해가 갈 만한 내용의 리포터를 작성하면 죽음의 그림자가 따라붙는다는 것이다. 그리고 빼놓을 수 없는 것이 또 있다. 바로 백신이다. 백신과 자폐가 서로 연관 있다거나 백신이 위험하다는 것을 고발하면 여지없이 주검으로 발견된다. 아래는 암을 치유할 수 있는 방법을 소개한 의사 그리고 백신의 위험성에 대해 발표한 의사들이다. 전부 살해당했다.

나사 직원도 마찬가지다. 최근 2년간 74명이 넘는 직원들이 의문사를 당했다. 심지어는 나사 직원을 외계인이 죽였다는 뉴스도 버젓이 내보내는 만행을 저지른다.

최근 2년간 125명의 과학자들이 의문사로 죽었다.

에일리언이 나사 직원을 죽였다는 뉴스. 이런 믿기지 않는 이야기를 메인 뉴스가 다루고 있다.

그런 연유로 난 과학자나 의사들을 욕하지 않는다. 과연 당신이라면 진실을 위해 목숨을 내놓을 수 있겠는가? 당신 가족의 목숨이 위태로워 질 수도 있는데 폭로할 용기가 나겠는가? 만약 당신이 그렇게 할 수 없다면 거짓말을 하는 그들을 욕하지 마라. 그 자리에 여러분이 앉아 있었을 수도 있었으니까 말이다.

지구는 평평하며 자전하지 않는다고 명시된 1988년 나사의 다큐먼트 그리고 연방 항공국 FAA에서 발표한 자료 그리고 항공측량 학회에서 내놓은 다큐먼트 등 평평한 지구를 증명한 자료는 실제로 있다. 단지 있다뿐이랴. 여러 분야에서 활동하는 수많은 엔지니어들의 각종 자료가 있음에도 불구하고 여전히 평평한 지구를 받아들이는 데에 어려움을 겪는 독자도 있을 것이다. 뇌에 둥근 지구의 싹을 틔운 사람이라면 책을 읽는 순간이 힘든 시간일 터이다. 오른손의 감각이 말해주듯 책의 마지막 단락이 왔다. 손가락에 잡히는 종이가 매우 얇다. 둥근 지구를 마음에서 지웠든 그렇지 못했든 '사랑한다. 평평한 지구'의 마침표를 찍을 순간이 다가왔다. 작자의 처음 글 중 인공위성을 다룬 부분이 있다. 그리고 위성을 대신하는 기구들이 있다는 것을 강조했다. 열기구와 비행기 그리고 드론 등의 장비가 사용되고 있다. 군도 마찬가지다. 인공위성을 사용하지 않는다. 이 부분 추가하겠다.

이 접시는 위성과 수신하는 것이 아니다.　　　　**Troposcatter 기술을 이용하고 있다.**

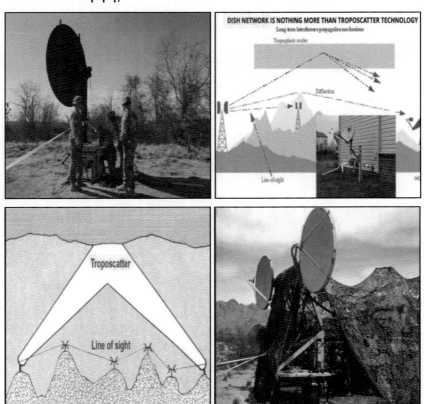

마지막으로 2차 세계대전 당시 히틀러가 사용한 평평한 지구 모델 지도와 미 국방부 자료를 공개함으로써 "사랑한다. 평평한 지구"의 대단원의 막을 내리려 한다.

2차 세계대전 당시 히틀러가 사용한 지도는 평평한 지구다.

1천 년 전부터 사용한 평평한 지구 지도.
빙벽 너머의 세상이 존재한다고 주장하는 사람도 있다.

미 국방성 로고. 13개의 별이 보인다.

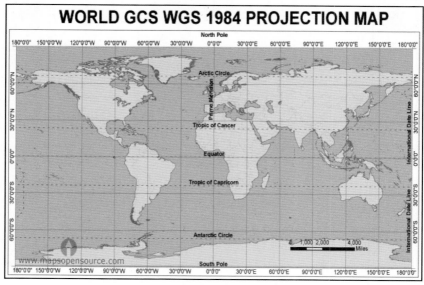

세계지구 좌표 시스템(WGS)은 미 국방부가 관리한다.

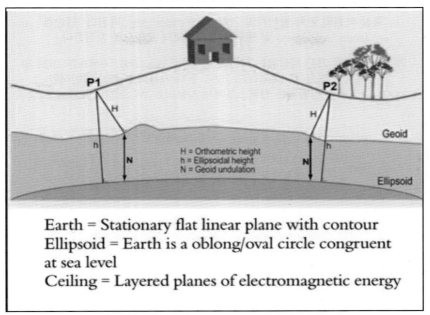

지구= 고정된 평면 외형
타원체= 해발에서 관찰되는 지구는 타원형
창공= 전자기층으로 나뉘어 있다.

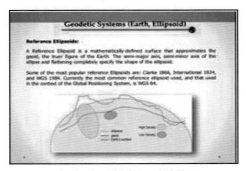

측지 시스템(지구, 타원체)

기준 타원체는 지구의 진화된 모습인 지오이드를 기준으로 하고 수학적으로 정의를 한 표면을 일컫는다.

중심 타원의 한쪽 끝까지의 거리(semi-major axis), 타원의 단반경 (semi-minor axis) 및 평평함을 타원체의 모양으로 지정한다.

가장 보편적인 기준 타원체는 다음과 같다 : clarke 1866, 국제표준 1924 및 세계지구 좌표 시스템(WGS) 1984. 현재 사용되는 가장 일반적인 기준 타원체는 컨텍스트에서 사용되는 WGS834이다.

세계지구 좌표 시스템 1984(WGS84)

World Geodetic System 1984 (WGS 84)

- Earth-centered, Earth-fixed terrestrial reference system & geodetic datum.
- WGS 84 is based on a consistent set of constants and model parameters that describe the Earth's size, shape, gravity and geomagnetic fields.
- WGS 84 is the standard **U.S. Department of Defense** definition of a global reference system for geospatial information.
- World Geodetic System 1984 (WGS84) spheroid, which is more or less identical & mathematically refined to **Geodetic Reference System 1980 (GRS80)**
- It is compatible with the **International Terrestrial Reference System (ITRS)**.
- **National Geospatial-Intelligence Agency** is the responsible organization for WGS 84.
- WGS 84 is the reference system for **Global Positioning System (GPS)**.

Ellipsoid reference	Semi-major axis a	Semi-minor axis b	Inverse flattening (1/f)
WGS 84	6378137.0 m	6356752.314245 m	298.257 223 563

지구 중심, 지구 고정 지상 시스템 및 측지 기준점

- WGS84는 지구의 크기, 모양, 중력 및 자기장을 설명하는 일관된 상수 및 모델 매개 변수를 기반으로 한다.
- WGS84는 지형 공간 정보를 위한 보완 시스템으로 **미국 국방부**가 표준이다.

- 세계 지구 좌표 시스템 1984(WGS84) **계측 표준 시스템 1980(GRS 80)**에 다소 동일하고 수학적으로 정제된 회전 타원체로
- **국제 지상 기준 시스템 (ITRS)**과 호환 가능하다.
- **국가 지리 정보기관**은 WGS 84의 책임 상부 조직이다.
- WGS84는 **글로벌 포지셔닝 시스템(GPS)**을 위한 기준 시스템이다.

책 읽기를 마친 독자가 평평한 땅을 되찾길 바라면서 글쟁이 김국일은 이만 물러나겠다. '사랑한다. 평평한 지구'는 우리의 것이다. 소중하게 지켜 나가자.

끝마치며

초조한 엘리트들

기세등등 신세계질서를 외치며 세상을 향해 포효하던 조지 워커 부시, 그가 사망했다는 소식이 파다하게 흐르고 있다. 아직 공식적인 발표는 없지만 그의 사망 뉴스가 나오는 날도 멀지 않았으리라고 본다. 천하를 호령할 것 같았던 데이비드 록펠러도 새로이 이식한 심장 7개로는 모자랐는지 사망 소식이 들린다. 식량을 독식해 세상을 조종하겠다고 큰소리치던 헨리 키신저는 걷는 것마저 힘에 부쳐 하고 있다. 조지 소로스 그리고 빌 게이츠 등 과거 신세계질서를 힘차게 외친 그들도 많이 늙었다. 인간의 육신이 영원불멸할 수 있다고 믿은 그들에게 죽음이 다가오고 있다. 사탄 시온주의 회당(Synagogue of satan zionist)의 망상에 사로잡힌 그들은 신세계질서만 외치다 쓸쓸히 죽어가는 것이다. 사람의 손에 전자칩을 박고 빅 브라더 시스템에 가둬 두려고 했던 그들의 신세계질서는 오지 않았다. 오히려 그들의 계략을 눈치챈 사람들이 늘어나면서 그들의 아젠다는 수정해야 할 처지에 놓여 있다. 아무리 그들이 강심장을 가졌다고 하더라도 초조함을 느낄 것이다. 죽기 전 신세계질서를 보기 위해선 급진적인 작전이 필요하다. 맞다. 오랜 시간 추진해 온 외계인 침공과 운석 충돌을 써먹을 시간이 온 것이다. 그동안 사람들이 마시는 공기(켐트레일)와 물(불소) 그리고 음식(GMO)을 이용하여 아이큐를 많이 떨어트려 놓았기에 한편으론 안심을 하고 있을 것이다. 뇌를 교란시켰으므로 비판적 시각을 잃었다고 생각할 것이다. 그래서일까? 최근 뉴스들을 볼 것 같으면 운석 충돌에 관한 뉴스가 많이 늘었다. 또한 외계인을 다루는 내용이 많아지고 있다. 이런 급박한 시기에 "사랑한다. 평평한 지구"가 나오게 됐다. 이 책은 단지 둥근 지구의 허구만을 밝히는 데 지면을 할애하지 않는다. 인류의 평화와 번영 그리고 진실을 알리는 책으로 자리매김하려 한다. 그래야 신세계질서에 반기를 들고 사람들에게 자유의 소중함을 전달해준 선구자들의 죽음이 헛되지 않기 때문이다. 우린 침묵을 강요 받는 사회에서 살고 있다. 이를 부정하기는 힘들 것이다. 진실이라고 여겨도 그것을 말하지 못하며 살아가고 있다. 그러나 누군가는 이 매트릭스의 독재를 깨부수어야 한다. 그리고 사람들의 눈을 뜨게 만들어야 한다. 우린 그동안 너무나도 오랜 시간 깊은 잠에 빠져 있었다. 이젠 이 책을 통해 평평한 지구를 보게 됐으리라 믿는다. 더 이상 두려워할 것이 없다. 그 어떠한 힘도 우리 삶을 송두리째 파괴할 수는 없다. 그것이 바로 우리가 딛고 있는 이 땅 평평한 지구인 것이다. '사랑한다. 평평한 지구'는 우리의 삶과 언제나 함께하고 있다. 나는 이 따듯한 책을 추운 겨울 운명하신 어머니에게 바친다. 끝까지 읽어준 독자들에게 무한한 영광을 돌린다. 이 책은 출간되기 전 많은 우여곡절을 겪었다. 책이 나오기도 전에 선구매를 해주신 독자가 없었다면 출간되지 못했을 것이다. 모든 분에게 다시 한번 더 감사드린다. 부디 이 책이 많은 사람들에 읽히길 바라신다면 그래서 더욱 안전한 사회가 되기를 원하신다면 많은 홍보를 부탁드린다. 2쇄, 3쇄가 계속해서 이루어질 수 있도록 많은 관심을 바란다. 우리의 아이들에게 아름답고 훌륭한 평평한 지구를 유산으로 남겨주자. 그래서 외계인 침공과 운성 충돌이라는 공상에서 벗어나 두려움 없는 삶을 살게 만들자.

P.S.

이 책의 시작은 매우 원초적인 질문에서부터였다. 그 질문에 대한 나의 대답은 아래와 같다.

문: 지구를 본 적 있는가?
답: 나 자신은 성층권 또는 대기권 밖으로 올라간 사실이 없다. 다만 비행기를 타고 상공 12km 정도에서 날면, 언제나 굴곡이 없는 수평선과 지평선을 만났다. 낮에 태양과 달을 동시에 목격한 적도 있다. 평평한 지구에 관심을 갖고 공부하다 인류 최초로 지구를 본 사람의 역사를 알게 되었다. 폰 브라운이 개발한 V2 로켓이 찍은 사진 중 1946년 이전 것은 지구가 평평했다.

문: 컴퓨터나 TV 또는 잡지에서 본 위성 말고 직접 망원경 또는 카메라를 통해 위성을 본 적이 있는가?
답: 없다.

문: 그렇다면 지구는 어떤가? 위성과 마찬가지로 컴퓨터 CGI 그래픽 또는 포토샵과 같은, 인공적으로 그려낸 것들 말고 실제로 촬영된 지구 사진(실사)이 있나?
답: 없다.

문: NASA는 왜 진짜 지구 사진을 공개하지 않는가?
답: 위장작전의 하나를 수행하기 위함이 아닌가 생각한다.

[문제]

지구를 타원형이나 조롱박 모양이 아닌 정확한 원으로 가정하고, 그것의 반지름을 6,373km라고 가정하자.

이때에 10km의 직선 방향으로 진행하였을 때에 어느 정도의 하강 곡률이 발생하는지 그 식을 유도하여 보고, 그 하강한 값을 소수점 7째 자리까지 나타내어 보시오.

[풀이]

[정답]

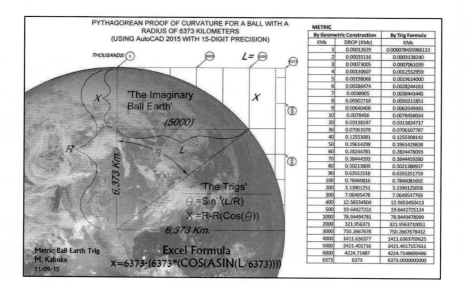

상기의 그림에서, 직선방향으로 나아가는 거리를 L(10), 반지름을 R(6,373), 그리고 그 사이의 각도를 θ라 하자.

이 때에, 여기서 구하고자 하는 하강 거리를 X라고 하고, 식으로 표현하면,

$$\sin\theta = \left(\frac{L}{R}\right), \quad \theta = a\sin\left(\frac{L}{R}\right), \quad \cos\theta = \frac{(R-X)}{R}, \quad X = R - R * \cos\theta$$

➔ $X = 6373 - 6373*(\cos\theta) = 6373 - 6373*(\cos(a\sin\left(\frac{10}{6373}\right))$

$\quad = 0.0078456\text{km}$

따라서, 10 km의 방향으로 진행을 하면 0.0078456km의 하강이 발생하여야만 한다.

초판 1쇄 발행일 (고급형) | 2017년 3월 8일

초판 1쇄 발행일 (보급형) | 2017년 9월 11일

성순 출판사
ISBN 코드 | 979-11-960289-1-6 (03800)
신고번호 | 제 307-2017-6호
주   소 | 서울 금천구 벚꽃로 286, 507-279호(가산동 삼성리더스타워)
등 록 일 | 2017년 2월 3일
편 집 인 | lunar Lim, 박옥수
연 락 처 | 010-5938-6916
E - mail | flatearth999@hanmail.net
홈페이지 | www.flatearth999.com (준비중)

구매를 하시면 평평한 지구모델의 진실을 밝히고 알리는 데에 큰 힘이 됩니다.

보급형(27,000원)이 아닌 고급형(All-Colored / 38,000원)을 원하는 분들께서는 유선 또는 이메일을 통하여 문의 주시기 바랍니다.